名典名选丛书

元明清词

张秉戍 选评

北京出版集团公司
文津出版社

图书在版编目（CIP）数据

元明清词 / 张秉戍选评. — 北京 : 文津出版社，2019.5

（名典名选丛书）

ISBN 978-7-80554-679-7

Ⅰ. ①元… Ⅱ. ①张… Ⅲ. ①词（文学）—作品集—中国—元代—清代 Ⅳ. ①I222.84

中国版本图书馆 CIP 数据核字 (2017) 第 253465 号

总 策 划：安　东　　责任编辑：王忠波　孔伊南

名典名选丛书

元明清词

YUAN-MING-QING CI

张秉戍　选评

出　　版　北京出版集团公司
　　　　　文津出版社
地　　址　北京北三环中路 6 号
邮　　编　100120
网　　址　www.bph.com.cn
总 发 行　北京出版集团公司
印　　刷　北京华联印刷有限公司
经　　销　新华书店
开　　本　880 毫米 ×1230 毫米　1/32
印　　张　15.25
字　　数　320 千字
版　　次　2019 年 5 月第 1 版
印　　次　2019 年 5 月第 1 次印刷
书　　号　ISBN 978-7-80554-679-7
定　　价　58.00 元

前　言

一

中国的诗歌是一个庞大的家族，除其内容，就其形式而论，真是丰富多彩。从广义上说，它包括了诗、词、曲三种类型。虽然词、曲原属于音乐的范畴，但随着岁时代序，文学与音乐的分离，词、曲也就渐渐从音乐系统中分离出来，成为诗歌家族中的成员了。

说到词，人们会立即想到宋，的确，宋词是我国词史上的一颗光辉耀眼的明珠，它是继唐诗之后中国诗歌领域里独领风骚的特殊诗体（长短句），故历来有“唐诗宋词”的美誉，并且形成了宋词光耀古今，后难为继的情势。但这并不等于说宋以后的词坛便完全衰败，无可诵读之家，无可撷取之作，事实并非如此。从词的发展史来看，元明两代词道式微，这是事实，而入清之后，词又出现了再造辉煌的局面，这也是事实。即便如此，在这七百多年里，三朝之中，优秀的词家，优秀的词作，仍是层出不穷，其中不少的诗人词作全可与宋之大家相媲美。这一点也是为词史家们所公认的。

元代以散曲、杂剧为盛，元词不免稍逊，词的作家大都社会地位较高，词的题材比较狭窄，反映社会现实的作品不多，艺术上受南宋词的影响较大，因袭多于创造，故其总体成就远不如宋，但也产生了一批杰出的诗人，他们的成就与宋人相比毫不逊色。作为元代大家的元好问，张炎称赞为“深于用事，精于炼句，风流蕴藉处不减周秦”。段克己、段成己兄弟皆宗东坡，词多豪壮。在前期里还有佐命元戎中的张弘范，其令词清俊，有小晏风调。中期作家里，刘因的笔力雄浑，逼似东坡。许有壬境界高迈，有“长枪大戟”意度。张翥守律严，措意深，被誉为“飞鸿戏海，舞鹤游天”。赵孟頫多黍离之悲，有骚人意蕴。白朴多凄怆之音。卢挚、萨都剌、司马昂夫、滕宾等，或清丽可诵，或爽利俊健，或情韵绵丽。元末之倪瓒清标绝俗，邵亨贞情韵浑融等等，这些词作家们的成就是不亚于宋人的。

词至明代虽较元更为衰落，陈廷焯说：“词至于明，而词亡矣。”（《白雨斋词话》）但这并不等于说明代无词了，而是说明人词没有超过元，更不要说两宋了。造成这种局面的原因非止一二，兹不予论。但是明人词中也有成就较著、词作不乏精制可读者。如杨基、高启、刘基等人还各具面目，保留了宋元遗风。瞿祐风情丽逸，为时人传诵。中叶的杨慎、王世贞、史鉴、徐渭、文徵明等均有可诵之篇。晚明虽无巨子可说，但陈子龙、夏完淳使词坛出现异彩。陈子龙以清丽之笔传凄婉之情，肇开后来之云间词派。夏完淳以十七岁而殉国，其词“慷慨淋漓，不须易水悲歌，一时凄感，闻者不能为怀”（《柳塘词话》）。王士祯称其“自是再来人”，早慧大节，并成绝世。另有女诗人如沈宜修、叶小鸾等亦有短制佳篇。

清季，词复振兴。仅就清词的数量来说，现在已知的顺治、康熙两朝诗人就多达2300余家，词作5万余首（以近年来南京大学编纂之《全清词》为据），真是洋洋乎大观了。而这仅仅是清初词坛，乾嘉之后尚不在此列。论其质量，清词也可与两宋比并，其中可与宋诗人相比的词家不乏其人。可谓一时才俊辈出，各种风格流派争镳并驰，异彩纷呈，出现了元明之际所没有的局面。

清初词坛虽仍有明末影响，接武王世贞、陈子龙之余绪，规模“花间”，主于婉丽，疏于律格，但毕竟有了复兴的起色，吴伟业、龚鼎孳、曹溶等辈，虽属易节之士，但于词却文采丰丽。与之同时的王士禄、王士祯兄弟，彭孙遹、毛奇龄、尤侗、余怀等，大率宗法“花间”，间取欧、晏，开了有清一代词林之风。其间尤值得重视的是，冠绝清代词坛之杰出的满族诗人纳兰性德，他的词专宗李后主，以令词见长，慢词虽非所擅，但亦有佳篇妙制，几近苏、辛。其小令格高韵远，极缠绵婉约之致，“能使残唐坠绪绝而复续，第其品格，殆叔原、方回之亚”（周之琦语）。此外，顾贞观、吴兆骞，亦为著名词家。

这里应予特别说明的是，词至清代，不但作家作品繁盛，成就卓著者众多，而且出现了自标门户的不同词派。这些词派不但为元明所无，即使两宋也不见如此明显的门户。而派系的出现，表明了清词的成熟与演进。其中主要的词派有“浙西”“阳羡”“常州”等。

浙西派以朱彝尊为首，龚翔麟、李良年、李符、沈皡日、沈登岸等，号为“浙西六家”，又有曹贞吉、徐釚、严绳孙、丁澎、王森等。朱彝尊词，令慢兼工，气韵并茂，言情体物，各造精纯。其领袖清词坛风骚达百年之久，影响所及直至晚清各家。

阳羡派是以陈维崧为首的又一大词派。陈维嵋、陈维岳、吴绮、曹亮武为其中坚，又有杨芳灿、洪亮吉、黄景仁等为其后劲。他们崇尚苏、辛，力主才气，词多豪壮，大有一泻千里之势。但往往粗豪而少潆洄。这一派的影响也同浙西派一样较为深远。

王易《词曲史》云："中清以后二派为人所诟病矣。盖浙西末流为委靡，为堆砌；阳羡末流为粗犷，为叫嚣。"致使嘉庆以后出现了以张惠言为首的常州派，其意在革故鼎新以纠其偏。张惠言《词选》、周济《宋四家词选》，影响甚大，他们强调立意，比兴寄托，所谓"微言大义"，强调胸襟学问，不尚雕琢，等等。这对尊崇词体，开拓词域，起了一定作用，但由于过分强调寄托，故往往流于晦涩，犯有拟古之病。与张惠言同时的周之琦、项鸿祚，又不受常州词派之羁勒，崇尚雅正，兼具文质。另有崇尚声律的凌廷堪、戈载等"吴中七子"亦成一时之风。

殆晚清之际，列强侵入，内忧外患，江河日下，国势艰危，词风之盛更突过前人，词坛呈现出多姿多彩的局面，或重情韵、重气势、重寄托、重声律，无所不备；或主北宋、主南宋、主唐五代、主乐府风诗，无所不具。其间代表者如蒋春霖、姚燮、谭献、蒋敦复、许宗衡等。蒋春霖词"气韵既高，声律复密；不专寄托，而情景自尔交融；不费推敲，而吐属自然深隐"（王易《词曲史》）。此外又有起于湖湘之词家，如王闿运、樊增祥；起于江浙之词家，如张景祁、冯煦；起于闽粤之词家谢章铤、林纾、黄遵宪等等，他们各衍清代诸派之绪，各有成就。

清末国势日非，朝政日紊，诗人咏叹更加入了忧国伤时之作，宛然《小雅》怨悱之音。其中“清末四大家”的王鹏运、郑文焯、况周颐、朱祖谋为其代表。另有一批忠贞爱国之士，虽不以诗人当世，却将满腔忠愤发之为词，其词作有着特殊的荡气回肠的感发力量，具有很高的教育意义和艺术价值，如邓廷桢与林则徐的唱和，梁鼎芬、文廷式等感念时事之章，特别是一些民主革命的先驱者，如秋瑾，其词忠义奋发，激昂慷慨，格调高亢，思想境界非同凡响，为清末词坛作了辉煌的殿后。

从以上所述元明清词坛的概况来看，我想应该得出这样一个结论，即这三个朝代的词是嗣响于宋词之后的不容忽视的艺术珍品，虽然它达不到宋词的思想、艺术的高度，但它们各具面目，自成风格，从不同的侧面反映出一定的社会风貌，在词学的发展史上有其独特的地位，三代词家所给予我们的不只是优美的词章和艺术的享受，而且这些艺术珍品还有助于我们认识各个时代的社会和生活，具有相当高的认识价值。

二

被称为“人学”的文学，是人文精神培养的重要途径，而作为文学中的诗歌，更是提高人的素质，陶冶人的性情，培养人的优美情操所必不可少的。“腹有诗书气自华”，苏东坡的这句名言，近年来常被引用，它的确道出了不争的事实，就是人的内心世界与外部形态的密切关系。

作为现代人，既需要“外美”也要有“内修”，这是谁都知道的常识。不过如何“内修”呢？读点诗歌，特别是读点千百年来被人们遴选出的优秀诗篇，因为“诗是培养趣味的最好的媒介，能欣赏诗的人们不但对于其他种类文学有真切的了解，而且也决不会感到人生是一件干枯的东西”（朱光潜《谈读诗与趣味的培养》）。就是说读诗不但可以享受到“美”，而且可以获得“真”与“善”，提高人生品位，提高人文素养。

我国素有“诗国”之称，我们中华民族历来有“诗教”的传统，我们的先人留给我们的诗歌数量之多、质量之高，在当今的世界上诚可谓无与伦比，人们对诗的热爱也是世界上堪称罕见的，时至于今，屈原、李白、杜甫、白居易、苏轼、李清照、辛弃疾等伟大的诗人几乎家喻户晓，他们的许多优美诗篇，即令五尺微童也能琅琅地诵出若干。这难道不是事实么！这一优良的传统不仅需要继承，而且更需要发扬光大，使“诗国”之称，“诗教”之统在改革开放的今天重放异彩，这应该也是不需多加说明的。

我们已经进入了知识经济的时代，这样的时代要求于人的是高素质。所谓高素质，是说作为自然人，有着健康的体魄；作为社会人，有着健康的心理，崇高的理想，高尚的道德，优美的情操，丰厚的科学技术知识与社会人文知识，等等。也就是说高素质的人才不仅要懂外语、计算机、经济类的知识，而且还要有相当高的人文素质。

但不无遗憾的是，而今我们呼唤学习、发展科技，尤其是高科技之声甚疾，对于人才的科技素质的培养非常重视，这当然是正确的，而对于同样应予重视的人文科学，培养人文素质方面则不能不说有所欠缺和忽视，这现状是令人担忧的。要知人文科学不同于自然科学的是人文科学起教化、熏陶作用，人的素质的提高，少了教化、熏陶，那是不可想象的。因为有科学知识不等于有科学的思想和精神，仅有科学知识而欠缺人文知识，对于人才来说是不健全的，对于社会来说，人文素质的高低直接影响到人的思维模式和道德情操，影响到社会的方方面面。因此当前人们大都有感于社会的浮躁，感到少了点人文精神的时候，提高人文精神，提倡读点人文精神含量高的文学作品，净化一下心灵，恰是使浮躁的社会安静下来的一剂良药。这个道理也是用不着多说的。

三

俞平伯先生在《略谈诗词的欣赏》中说道："概括地看，创作的过程由内及外，诵习的过程由外及内，恰好相似，只是颠倒过来。"又在《清真词释》上卷云："解析者，创作过程之颠倒也。"什么意思呢？意思是说创作者在产生了创作冲动之后，他要把自己的感动，把自己的情意表达出来，无论他是借景表达，还是直抒胸臆，或是别的什么手法，无一例外地都得用"文字""语言"，而"文字""语言"作为情意的载体，（有的人把这载体称作"语码"，也就是语言信息），诗人把它呈现在读者面前，把这语码传递给读者，因此说诗人创作是"由内及外"的过程；反过来，读者则正相反，就是说当他读诗人的作品时，通过诗人所传递的"语码"，所写出的"文字"去"窥探诗人的内心"，去解读诗人所要表达的情意，去领略、玩味诗人所描绘的境界，等等。所以说又成了"由外及内"的过程。

了解了这个道理，再来说诗词的欣赏。要知，读者想对某一作品作"由外及内"深入细致地欣赏，除却个人的修养造诣等诸多条件之外，更须注意的是欣赏作品要有一番"涵咏"

的工夫，也就是说需要耐心、仔细、认真地阅读和思考，一之不行则再，再之不行则三，总之，不能指望读过一二遍就以为得其所哉，不能的，说白了就是得琢磨，琢磨就是“涵咏”。正如朱光潜先生说过的：“作诗和读诗都必用思考，都必起联想，甚至思考愈周密，诗的境界愈深刻；联想愈丰富，诗的境界愈美备。”（《朱光潜美学文学论文选集》）具体到词应作怎样的“涵咏”呢？“读词之法，心细如发。先屏去一切闲思杂虑，然后心向之，目注之，谛审而咀味之，方见古人用心处。”（钱裴仲《雨华庵词话》）他们都明确指出了阅读和欣赏诗词的方法，这方法是千真万确的，读者不可不认真遵循。尤其是在阅读“词”这一诗体的时候，更应该耐心“涵咏”，原因是词与诗有所不同，简单地说，词比诗更含蓄、更深婉，词作往往是言在此而意在彼，这是词体本身的特质决定了的，所以须是“心细如发”地读，须要“思考”和“联想”。

不过作为读者，他又不是消极被动的，他在欣赏、涵咏的同时也有一个再创造的过程，无论你意识得到，还是意识不到，总要有一个“再创造”。这就是袁枚所说的：“作诗时，未必果有此意，而读诗者不可不会心独运也。”（《随园诗话》卷十五）当然这个“再创造”，这个“会心独运”因读者不同而有所不同，所以欣赏同一作品就会有不同的审美感受，这是不能强求一律的。

为什么这样说呢？因为“一般地说，我们都不应把画家的笔墨或诗人的语言看得太死、太狭窄。一件艺术作品是由自由大胆的精神创造出来的，我们也就应尽可能地用自由大胆的精神去观照和欣赏”（《歌德谈话录》）。因此我们欣赏诗词的时候，就是“由外及内”地去窥探诗人的内心世界，就是要与诗人一起去“同领景幻”，要有“涵咏”的工夫，而“探窥”和“涵咏”则要“会心独运”，“尽可能地用大胆的精神去观照和欣赏”。这样你会有自己独特的体悟，会产生有别于他人的审美感受，而这体悟和感受则是因人而异的。当然“大胆的精神”也须持之有故，言之成理，不能胡思乱想，不能主观臆断，或是“把我们所熟悉的东西加到古人身上去，改变了古人”（歌德《哲学史讲演录》第一卷）。

拙见如上，不知读者以为然否？

四

本书写作之大旨已如前述，不再多说。但这里还要向读者交代的是：

本书所选元明清三代诗人百二十家，词作二百首，应该说这很难做到全面反映七百多年词坛的风貌，但在词家词作的选择上还是从风格、流派等方面作了一些考虑，尽可能地把具有代表性、可读性，又能从某一个侧面反映出时代面貌、艺术上较为优秀的作品撷取纳入，这样或可得到以斑窥豹、尝鼎一脔的效果，读者可以从中看到这三个朝代的诗人词作有其不容忽视的成就，以及具有较高的审美价值和认识价值。

近年来有关元明清的词集及词之选本出版甚多，各本之间原文部分有所出入，本书采用的是通用版本，所录不主一家，择善而从，其中异文亦径取其一，不作说明。

书中作者生平简介，参照了一些相关的读本，兹不一一注出。

书的注释部分，力求通俗，不作繁琐的考证，以适合一般读者的需要。对作品中出现的典故，除指明其出处外，只作简明扼要的诠释，有的径用现代汉语作通俗解说。

为帮助读者阅读，于每篇词后作了说明文字，或交代背景，或述其本事，或就其某方面的特点予以适当评说，长短不一，不拘一格，惟以尽可能简明通俗为要。

本书对诗人未作朝代分列，原因是在众多的作者中，兼跨前后两朝者难定其所归属，如金元、元明、明清之际，许多作者身历两朝，殊难定夺，故采取不分朝代，只按其生年先后为序，作大体的先后排列。

本书在写作中幸蒙苏克非同志慨然相助，俾使书稿得以顺利完成，在此特示谢忱。

惟此书写作时间较短，匆促急就，加之本人学养有限，所以疏漏差错之处在所难免，还望读者能予谅解，不吝赐教。

张秉戍

2002 年秋杪于守拙楼

目　录

元好问

001　/　江城子（旗亭谁唱渭城诗）

003　/　临江仙（今古北邙山下路）

005　/　鹧鸪天（只近浮名不近情）

006　/　清平乐（离肠宛转）

008　/　迈陂塘（问莲根）

段克己

013　/　鹧鸪天（飐飐轻舟逆上溪）

段成己

015　/　临江仙（走遍人间无一事）

耶律楚材

017　/　鹧鸪天（花界倾颓事已迁）

李　治

019 / 迈陂塘（为多情）

白　朴

023 / 清平乐（朱颜渐老）

卢　挚

025 / 清平乐（年时寒食）

张弘范

027 / 南乡子（深院日初长）

028 / 浣溪沙（三首）（山掩人家水绕坡）

（一片西风画不成）

（新卜西山崦下庄）

刘　因

031 / 玉楼春（未开常探花开未）

033 / 人月圆（自从谢病修花史）

赵孟頫

035 / 虞美人（潮生潮落何时了）

037 / 浣溪沙（满捧金卮低唱词）
039 / 渔父词（渺渺烟波一叶舟）

滕　宾

041 / 鹊桥仙（斜阳一抹）

虞　集

043 / 南乡一剪梅（南阜小亭台）

张可久

045 / 人月圆（松风十里云门路）

许有壬

047 / 满江红（木落霜清）

张　翥

050 / 南乡子（野唱自凄凉）
052 / 踏莎行（芳草平沙）

李齐贤

054 / 巫山一段云（潮落蒹葭浦）

宋　褧

056 / 浣溪沙（落日吴江驻画桡）

倪　瓒

058 / 人月圆（伤心莫问前朝事）

司马昂夫

060 / 最高楼（花信紧）

萨都剌

062 / 满江红（六代豪华）

065 / 百字令（石头城上）

邵亨贞

067 / 浣溪沙（西子湖头三月天）

王从叔

070 / 阮郎归（风中柳絮水中萍）

黄子行

072 / 小重山（一点斜阳红欲滴）

刘　基

074　/　水龙吟（鸡鸣风雨潇潇）

077　/　渔歌子（钓得鳊鱼不卖钱）

杨　基

079　/　清平乐（欺烟困雨）

高　启

081　/　行香子（如此红妆）

083　/　念奴娇（策勋万里）

瞿　祐

086　/　摸鱼儿（望西湖）

史　鉴

089　/　解连环（销魂时候）

文徵明

091　/　鹧鸪天（万里南来道路长）

093　/　满江红（拂拭残碑）

杨　慎
096 / 临江仙（楚塞巴山横渡口）
098 / 临江仙（滚滚长江东逝水）

吴承恩
100 / 临江仙（春气着花如醉酒）

李攀龙
103 / 长相思（秋风清）

徐　渭
105 / 浣溪沙（浅碧平铺万顷罗）

王世贞
108 / 望江南（回首处）
109 / 望江南（歌起处）

王锡爵
111 / 渔家傲（芦荻萧萧秋正晚）

汤显祖

113 / 阮郎归（不经人事意相关）

俞　彦

115 / 长相思（折花枝）

袁宏道

117 / 竹枝词（雪里山茶取次红）

119 / 竹枝词（侬家生长在河干）

沈宜修

121 / 满庭芳（玉树香浮）

王彦泓

124 / 满江红（眼角相勾）

陈子龙

127 / 山花子（杨柳迷离晓雾中）

129 / 江城子（一帘病枕五更钟）

131 / 点绛唇（满眼韶华）

132 / 蝶恋花（雨外黄昏花外晓）

方以智

135 / 忆秦娥（花似雪）

叶小鸾

137 / 南柯子（门掩瑶琴静）

王夫之

139 / 蝶恋花（为问西风因底怨）

141 / 卜算子（也似带春愁）

张煌言

143 / 柳梢青（锦样山河）

145 / 满江红（屈指兴亡）

夏完淳

148 / 卜算子（秋色到空闺）

150 / 采桑子（片风丝雨笼烟絮）

万寿祺

152 / 双调望江南（烟雨路）

杜　濬

155　/　浣溪沙（亘古谁家国不亡）

余　怀

158　/　念奴娇（狂奴故态）
160　/　浣溪沙（燕子衔春入画梡）

柳如是

163　/　梦江南（人去也，人去鸬鹚洲）
165　/　梦江南（人去也，人去梦偏多）

屈大均

167　/　潇湘神（三首）（潇水流）
（潇水长）
（潇水深）
169　/　虞美人（无风亦向朱栏舞）
171　/　浣溪沙（血洒青山尽作花）

龚　贤

173　/　西江月（新结临溪水栈）

李　雯

175　/　月中行（新丝轻染石榴红）

吴伟业

177　/　临江仙（苦竹编篱茅覆瓦）

179　/　意难忘（村坞云遮）

181　/　贺新郎（万事催华发）

龚鼎孳

185　/　贺新郎（鹤发开元叟）

曹　溶

189　/　浪淘沙（痴绝此渔翁）

吴　绮

192　/　长相思（盼行程）

193　/　清平乐（乱山青接）

徐　灿

196　/　踏莎行（芳草才芽）

198　/　唐多令（玉笛擪清秋）

尤　侗

200　/　苏幕遮（朔云寒）

严绳孙

202　/　双调望江南（听宛转）

毛先舒

204　/　江城子（暮江烟外是高楼）

宋　琬

206　/　鹧鸪天（咄咄书空唤奈何）

208　/　满江红（试问哀蛩）

曹尔堪

211　/　满江红（碧树清溪）

宋征舆

214　/　玉楼春（雕梁画栋原无数）

毛奇龄

216　/　南柯子（驿馆吹芦叶）

史鉴宗

218 / 鹧鸪天（何处行春不可怜）

王士禄

220 / 如梦令（沙尾孤舟潮涌）

丁　澎

222 / 长相思（郎采花）

吴兆骞

224 / 念奴娇（牧羝沙碛）

吴文柔

228 / 谒金门（情恻恻）

王士祯

231 / 点绛唇（水满春塘）

233 / 浣溪沙（二首）（北郭清溪一带流）

（白鸟朱荷引画桡）

236 / 蝶恋花（凉夜沉沉花漏冻）

238 / 玉联环（枇杷门巷樱桃树）

彭孙遹

240 / 浣溪沙（客里佳辰只自怜）

董元恺

242 / 酷相思（帘卷帘垂朝复暮）

宋　荦

244 / 永遇乐（望去非花）

曹贞吉

247 / 卖花声（风紧纸窗鸣）

248 / 百字令（田光老矣）

陈维崧

252 / 南乡子（二首）（天水沦涟）

（鸡狗骚然）

254 / 虞美人（无聊笑捻花枝说）

256 / 醉落魄（寒山几堵）

257 / 满江红（坏堞崩沙）

260 / 水调歌头（东海黄门老）

263 / 贺新郎（掷帽悲歌发）

265 / 贺新郎（战舰排江口）

朱彝尊

268 / 高阳台（桥影流虹）
271 / 桂殿秋（思往事）
273 / 满江红（玉座苔衣）
275 / 卖花声（衰柳白门湾）
277 / 解珮令（十年磨剑）
279 / 卜算子（残梦绕屏山）
281 / 南楼令（疏雨过轻尘）
282 / 满江红（绝塞凄清）

董以宁

285 / 满江红（记得当初）

高士奇

287 / 浣溪沙（一片蓝田种不成）

顾贞观

289 / 青玉案（天然一帧荆关画）
291 / 金缕曲（季子平安否）

293 / 金缕曲（我亦飘零久）

纳兰性德

297 / 江城子（湿云全压数峰低）
299 / 采桑子（谁翻乐府凄凉曲）
301 / 金缕曲（德也狂生耳）
304 / 沁园春（瞬息浮生）
310 / 金缕曲（此恨何时已）
314 / 南乡子（泪咽却无声）
317 / 画堂春（一生一代一双人）
320 / 长相思（山一程）
323 / 如梦令（万帐穹庐人醉）
325 / 渔父（收却纶竿落照红）

沈　宛

327 / 菩萨蛮（雁书蝶梦皆成杳）

沈朝初

329 / 念奴娇（天工巧绝）

史惟圆

332 / 苏幕遮（柳敧风）

蒋景祁

334 / 阮郎归（天街微雨送春晖）

曹 寅

336 / 浣溪沙（曲曲蚕池数里香）

查慎行

338 / 贺新凉（蓦过中秋后）

340 / 临江仙（两岸菰蒲闻笑语）

杜 诏

343 / 满江红（一带寒汀）

厉 鹗

347 / 谒金门（凭画槛）

贺双卿

349 / 凤凰台上忆吹箫（已暗忘吹）

351 / 双调望江南（春不见）

郑　燮

353 / 瑞鹤仙（山河同敝屣）
355 / 沁园春（花亦无知）

蒋士铨

358 / 水调歌头（偶为共命鸟）

黄景仁

361 / 忆秦娥（湖天阔）
363 / 贺新郎（何事催人老）

杨芳灿

366 / 满江红（一梦黄尘）

凌廷堪

368 / 雨霖铃（秋容初肃）

张惠言

371 / 木兰花慢（是春魂一缕）

陈文述

374 / 减字木兰花（月明华屋）

邓廷桢

376 / 酷相思（百五佳期过也未）

周　济

379 / 蝶恋花（柳絮年年三月暮）

周之琦

381 / 好事近（片羽又青云）

林则徐

383 / 金缕曲（绝塞春犹媚）

龚自珍

387 / 浪淘沙（好梦最难留）

389 / 浪淘沙（云外起朱楼）

项廷纪

391 / 清平乐（水天清话）

392 / 玉漏迟（病多欢意浅）

顾　春

395 / 早春怨（杨柳风斜）
396 / 江城子（花开花落一年中）
398 / 江城梅花引（故人千里寄书来）

蒋春霖

400 / 柳梢青（芳草闲门）
402 / 卜算子（燕子不曾来）

谭　献

404 / 青门引（人去阑干静）

王鹏运

406 / 点绛唇（抛尽榆钱）
408 / 浪淘沙（华发对山青）

张景祁

410 / 齐天乐（客来新述瀛洲胜）

陈廷焯

413 / 蝶恋花（采采芙蓉秋已暮）

文廷式

416 / 鹧鸪天（劫火何曾燎一尘）

郑文焯

418 / 月下笛（月满层城）

421 / 浪淘沙（别枕雨声残）

况周颐

423 / 苏武慢（愁入云遥）

425 / 减字浣溪沙（惜起残红泪满衣）

梁鼎芬

428 / 菩萨蛮（无端横海天风疾）

朱祖谋

430 / 鹧鸪天（似水清尊照鬓华）

康有为

433 / 蝶恋花（记得珠帘初卷处）

谭嗣同

435 / 望海潮（曾经沧海）

梁启超

438 / 水调歌头（拍碎双玉斗）

王国维

441 / 采桑子（高城鼓动兰釭灺）

442 / 蝶恋花（窈窕燕姬年十五）

吴　梅

445 / 临江仙（短衣羸马边尘紧）

秋　瑾

447 / 鹧鸪天（祖国沉沦感不禁）

元好问

元好问（1190—1257），字裕之，号遗山，太原秀容（今山西省忻县）人。祖系出自北魏拓跋氏。金兴定三年（1219）进士，正大元年（1224）中博学宏词科，曾任行尚书省左司员外郎等职。金亡入元后不再出仕。著有《遗山集》四十卷，存词三百七十余首。

江　城　子

观　别

旗亭谁唱渭城诗①。酒盈卮，两相思②。万古垂杨，都是折残枝③。旧见青山青似染，缘底事，澹无姿④。

情缘不到木肠儿⑤。鬓成丝，更须辞。只恨芙蓉，秋露洗胭脂。为问世间离别泪，何日是，滴休时。

①旗亭：酒楼。渭城诗：指唐王维《送元二使安西》。此诗为历史上著名的送别之作，古代人常以此诗代指送别诗，因其首句为“渭城朝雨浥轻尘”，故称“渭城诗”。　②酒盈卮：斟满一杯酒。卮：酒杯。　③折残枝：古代风俗，送别时折柳枝相赠。“柳”与“留”谐音，含有挽留、惜别之意。　④缘底事：因为何事。澹无姿：指原所见“青似染”的青山，显得黯淡无姿了。　⑤情缘不到木肠儿：意思是只有铁石心肠的人，

见到此情此景才会无动于衷。木肠儿：晋代人夏统清高自适，不为官职、地位、金钱、美女所诱惑，太尉贾充说："此吴儿是木石心也。"（见《晋书·夏统传》）

古人对离别、送别非常重视，认为"悲莫悲兮生别离"，"黯然销魂者，惟别而已矣"。所以写送别的诗歌实在是太多了。但一般的作者多是写自身的体验，或是代人立言。而元好问的这首却独辟蹊径，即如其词题所说，是从"观别"——看他人送别——的角度去写别情，可他又没有纯以看客的身份、态度、情感去抒写，而是将自己也置于了局内，看着别人作别，他也和作别的人一样伤情动感了。正是因为诗人将自己作了全身心的投入，所以在其笔下抒写出的诗篇也就满含了深致动人的情感。

李渔《窥词管见》中说："作词之料不过情景二字，非对眼前写景，即据心上说情。说得情出，写得景明，即是好词。"所以如何把景情处理得当是词家们共同追求的境界。这首小词可以说是将景中情、情中景做到浑融交织的绝妙好词。

你看，上片以听到旗亭送别的曲声起句，可谓一开始就是景情齐到。接下二句写离宴，点出场景，而"两相思"一句更见情致，说明送者与被送者互不忍离，而诗人作为看客也随其所见而萌发了幽幽伤离之情。"万古"二句即承前句抒发感情，这种感情不仅是当时的伤离意绪，也含了万古同悲的内蕴。“旧见”以下三句看似景语，说原来看似染过的青山，一下子也变得黯然失色了。显然青山被拟人化了，因为诗人之情伤，故其笔下之景也就失色了，正是所谓“情哀则景哀”。下片侧重写“观感”。过片一句承上启下，说见到这离别的情景，除了铁石心肠的人，都会为之动情伤感的。接下二句又翻进一层，仍是情语，说别情本就是令人难耐的，而此时眼前作别的又偏偏是鬓生白发的男女，他们本应该是相互厮守，双栖双飞，可现在却“更须辞”，“更”，岂也，是说他们岂须再作伤别呢？言外之意则是隐射出这是一场爱情悲剧式的离别。接下去二句又把笔宕到眼前之景，说秋露洒在了芙蓉花上，花也失去了红润的颜色，显然这景带有诗人之情韵，而这景也为伤离之情作了烘托和渲染。最后三句则是纯用情语抒发感慨作结，表达了良好的心愿，愿人世间不再有离别，不再有眼泪。你看，小词从首至尾一路写来，景与情交织浑融，把“观别”而来的伤感表现得淋漓尽致。

临　江　仙

自洛阳往孟津道中作

今古北邙山下路①，黄尘老尽英雄。人生长恨水长东②。幽怀谁共语，远目送归鸿。　盖世功名将底用③，从来错怨天公。浩歌一曲酒千钟。男儿行处是，未要论穷通④。

①北邙山：又称北山、邙山，在今河南省洛阳城东北。汉魏以来王侯公卿多葬于此。 ②李后主《乌夜啼》："胭脂泪，留人醉，几时重。自是人生长恨水长东。"这里用其成句。 ③底用：何用、有什么用。④行处：随处、到处。穷通：指困厄与显达，顺利与不顺利。

金宣宗兴定五年（1221），元好问赴京应试，登第后，从洛阳返回登封，途经邙山时填写了这首词。

词写得沉郁旷达，议论横生，很有气势。上片抒发了途经邙山而生起的浩叹：古往今来，多少英雄豪杰在这条尘土飞扬的路上奔波忙碌，耗尽了毕生的精力，到头来又是怎样了呢？还不都是"老尽"，还不都是一样化归了尘土！所以接下去取用了李后主"自是人生长恨水长东"的名句加以概括，概括出了英雄无论古今，都一样地有着悲剧命运，而这同时也表明了自己的人生体悟。然而如此深怀悲慨又无人语共，真是寂寞，所以"远目送归鸿"就是一种无奈的寄托和安慰了。下片转为议论，诗人审视古今，深感即使是建立了盖世功名，最后不也都是和埋在这里的王公大人们一样，无论他生前多么风云际会，终归一抔黄土！因此，往日对天公不公的抱怨，那真是"错怨"。既然如此，那就顺应自然，浩歌一曲，美酒千钟，把男子汉穷通得失都置之度外，到醉乡中去寻得解脱吧！

诗人登第归来，按说应该是"春风得意马蹄疾"，可他却表现出如此凄清慷慨，而这种情怀正代表了金元易代，一大批读书人的苦闷和彷徨，这种情怀可以说是时代的折光。因为当时金朝大势已去，只剩有河南、陕西的一片狭小的国土，国势日蹙，大厦将倾，诗人为之忧心忡忡。对于想要建功立业的诗人来说，虽有勃勃雄心，却也难成其就，所以沉郁哀伤也就是难以避免的了。

鹧　鸪　天

只近浮名不近情，且看不饮更何成？三杯渐觉纷华近，一斗都浇块垒平①。　　醒复醉，醉还醒，灵均憔悴可怜生②。离骚读杀浑无味，好个诗家阮步兵③。

①纷华：又作“芬华”，繁华荣耀之意。斗：古代人用的酒器。块垒：指胸中不平之气。　②灵均：屈原。可怜生：真太可怜了。“生”字为语助词。　③读杀：一读再读，读过多遍。阮步兵：晋代竹林七贤之一的阮籍，曾做过步兵校尉，世称阮步兵。他有八十五首《咏怀诗》，针砭时弊，讥讽朝政，写得隐晦难懂。他既不满曹魏政权的腐败，又不肯为司马氏效劳，终日饮酒自乐，口不臧否人物，借以避嫌避祸，保全自己不受迫害。

金亡以后，元好问退隐不仕，回首一生走过来的路，自是感慨良深，故词上片一开始便用反诘语，他说人世间慕名利、轻人情的世态实在令人烦闷，面对这种可憎可恶的现实，又能奈何，若不喝上几杯，又怎能消除这苦闷呢？反诘之中流露出几许骚人情怀。接下去二句是写饮酒后的感受，说几杯酒下肚以后，酒酣耳热，增添了几分快意，胸中块垒顿时冰释，仿佛生出了荣耀之感。这既是对前句作了回答，又是对自己醉态的刻画，而同时也隐含了借酒浇愁之意。不过，虽说酒可以解忧，但这是无可奈何的办法，此外还能有什么消愁的灵丹妙药呢！诗人深藏的意蕴也就于此可见了。

下片转入了酒后发狂吟、出骚语的描述。其中用了两个典故，一个是屈原，一个是阮籍。屈原曾说过："举世混浊而我独清，众人皆醉而我独醒，是以见放。"这里诗人却说"醒复醉，醉还醒"，所以"醒"与"醉"没有什么界限，而屈原的被谗害，被流逐，不为众人理解，最后哀伤绝望，自沉汨罗江，真是太可怜了！接下二句一转，将独醒的屈原与能够自保的阮籍加以辨识，说屈原的《离骚》的确表达了一片忠贞，表达了爱国的赤诚，无奈楚王昏聩无能，腐败透顶，楚国最终得到的是覆灭的下场。《离骚》再好，读了千遍万遍也无济于事；而那终日用酒麻醉自己，借醉酒来全躯保命的阮籍，与屈原相比倒不失为一个"好"字，所以言外之意就是不妨像阮步兵那样，也来朝吟暮醉，安身自保。

清　平　乐

离肠宛转，瘦觉妆痕浅[①]。飞去飞来双语燕，消息知郎近远？　　楼前小雨珊珊，海棠帘幕轻寒。杜宇一声春去②，树头无数青山。

①“离肠”二句：意思是与丈夫离别而痛苦不堪，离愁使她消瘦，涂脂抹粉也掩饰不了她憔悴的容颜，只能让人觉得她妆痕太浅了。 ②杜宇：即杜鹃鸟，春末夏初啼叫，叫声似“不如归去”。

明人何景明说过：“汉魏作者，义关君臣朋友，辞必托诸夫妇。”（《何大复先生集》卷十四）就是说汉魏以来的作者，他们每欲写家国之恨，身世之感，朋友之谊，就要假托夫妇之情来表达。元好问这首词也是用了这一传统的手法。沈祖棻先生也曾说过，元好问的词“大量普遍地采用了男女之情喻家国之感的寄托手法”（《读〈遗山乐府〉》）。所以读这首词，乍看似是写闺中人对丈夫的思念，是属闺怨之作，可细察之，就会了然于作者君国之忧的良苦用心。

词是以抒情女主人公的口吻，以内心独白的方式倾诉柔肠。上片一开始“离肠”二句便点明丈夫离家在外，妻子空房独处，她回肠九曲地思念着丈夫，以致消瘦憔悴，昔日的容光不再，即使是梳妆打扮也掩饰不了。“飞去”二句，进一步揭示她内心的隐秘情结。语近情遥，辞浅意深，其内涵极富：燕来人不在；燕可以双飞双宿，人却空房独守；燕可以传递消息，但丈夫音讯都无，只两句便深含了多重意绪。下片又借移情之法，融情入景，“楼前”二句宕开一笔，写细雨珊珊，楼头独立，惟见帘外海棠经雨落英，这是一个乍暖还寒的时候，更增添了女主人公心头的寒意。最后“杜宇”二句，用杜宇“不如归去”的啼叫声进一步渲染了离怨的氛围，以远眺树外青山之景收尾，写出了其无聊无奈的情思在无限地扩展，甚至是怅触无边了。

读罢再与元好问身世联系起来看，其伤心人别有怀抱的寄意就不难看出了。诗人写作此篇大约是在金哀宗正大四年（1227），当时作者正由内乡（河南西峡）归里丁母忧（母丧还家），而此时的金王朝已是濒临灭亡，所以这词中的情思，显然是作者借思妇以喻自己对国家命运的关切和忧虑。有人说，本篇收尾可比之李白《忆秦娥》：“西风残照，汉家陵阙。”是很有见地的。

迈陂塘

泰和中，大名民家小儿女，有以私情不如意赴水者，官为踪迹之，无见也[①]。其后踏藕者得二尸水中，衣服仍可验，其事乃白。是岁此陂荷花开，无不并蒂者。沁水梁国用，时为录事判官，为李用章内翰言如此[②]。曲以乐府《双蕖怨》命篇。咀五色之灵芝，香生九窍；咽三危之瑞露，春动七情[③]。韩偓《香奁集》中自叙语[④]。

问莲根，有丝多少，莲心知为谁苦。双花脉脉娇相向，只是旧家儿女[⑤]。天已许，甚不教白头，生死鸳鸯浦[6]。夕阳无语，算谢客烟中，湘妃江上，未是断肠处[7]。　　香奁梦，好在灵芝瑞露，中间俯仰千古[8]。海枯石烂情缘在，幽恨不埋黄土。相思树，流年度，无端又被西风误[9]。兰舟少住。怕载酒重来，红衣半落，狼藉卧风雨[10]。

①泰和：金章宗（完颜璟）年号，即1201—1208年。大名：今河北省大名县，元代称大名路。民家：普通百姓家。私情：指青年男女间的爱情。踪迹：追寻查找。　②沁水：县名，今属山西省。　③五色灵芝：指色彩鲜艳的灵芝草。九窍：指人体耳、目、口、鼻、尿道及肛门等九个孔道，这里代指全部身心。三危：三危山，古代西域边地之山名，传说为仙山。瑞露：甘露。七情：喜、怒、哀、惧、爱、恶、欲等七种感情，这里指全部情感。　④韩偓（wò）：韩偓（842—约923），唐代诗人。其诗集名《香奁集》，诗多涉艳情，后人称其诗体为香奁体。此处所引“咀五色”二句语出韩偓诗集自叙。　⑤旧家儿女：此处指殉情的一对青年男女。　⑥鸳鸯浦：本为湖南慈利县内的浦名，这里则是泛指湖泊，意有双关。这三句意思是，上天都已认可这一对生死恋人的爱情，为什么人间却不容许他们白头偕老，竟然迫使他们惨死在荷塘里呢？　⑦谢客：指晋人谢灵运，其小字客儿，故称。谢灵运长期不得志，颇有怀才不遇之愤，于是徜徉山水，游伴烟霞。湘妃：指舜之二妃娥皇、女英，舜南巡云梦，死于苍梧之野，二妃闻讯痛哭，投湘水而死。四句的意思是，这一对青年男女的投水自尽，比起谢客遁迹烟霞，湘妃投江自尽来，更是令人悲哀的了。　⑧“香奁”三句：意思是韩偓说过，爱情是圣洁的，是仙界灵芝瑞

露滋育的圣果，美丽芬芳。 ⑨相思树：据《搜神记》载，韩凭妻何氏，貌美，康王夺之。韩凭自杀，何氏坚拒不从，即从高台之上纵身投下，自尽身亡。人们感于他们的爱情坚贞，便将二人相邻埋葬。不久，两坟冢各生一树，树上各栖一鸟，是为鸳鸯，交头悲鸣，声音凄切感人，人称此树为“相思树”。这三句意思是，当年韩凭夫妇的爱情故事是动人的，古往今来，岁月流逝，他们的爱情故事却长存人间。如今这一对青年男女的殉情，又是一桩美好的爱情故事，可竟然被摧残了。 ⑩兰舟：木兰舟，船的美称。红衣：指荷花瓣。这四句意思是，在此就多停留些时吧，免得载酒重来的时候，秋风秋雨将这里摧残，荷花凋谢，一片狼藉，那就更令人伤感了。

这首词的序文意思是说：在金章宗泰和年间，大名有一对男女青年，因为自由恋爱遭到反对，就投河自杀了。官府调查这件事也没有弄清，两人踪迹都无。后来采莲的人在水塘里发现了他们的尸体，从衣服上可以辨认出他们就是那对殉情的儿女，到此才真相大白。可巧就在这年，塘里的荷花开的都是并蒂莲。沁水人梁国用，当时是录事判官，就对李用章内翰说了此事。我则用《双蕖怨》（按：即《迈陂塘》，又名《摸鱼儿》《双蕖怨》等）词牌填写了这首词。“咀嚼色彩鲜艳的灵芝，全身心都生出了香气；喝了三危仙山的甘露，全部情思就被春情感动。”这是唐人韩偓《香奁集》中自序的话。

词前的这段序言说明了这首词写作的本事，将词序与词结合起来看，就会更觉凄婉哀怨。这里真可以借用《四溟诗话》中“此诗一读则改容，再读则下泪，三读则断肠矣”来形容。难道不是么？我想除了铁石心肠的人，总多少会被感动的吧！

封建时代男女爱情是不自由的，因此演出了像焦仲卿与刘兰芝，梁山伯与祝英台等不胜枚举的爱情悲剧。这首词所歌咏的也同样是一段爱情悲剧。作者用满腔同情、惋惜、悲愤又赞美的情感，歌颂了这一令人为之下泪的爱情故事。

词的上片，起句用问句，破空而来，“问莲根、有丝多少，莲心知为谁苦”。问中有比，运思巧妙。其中含有双重之问，将莲藕、藕丝与人事交织一起，若问若叹，莲根为藕，藕断丝连，所以是因藕起兴，以问作比，说一双小儿女殉情在此塘中，慨叹他们虽情事已绝，但情丝就像这藕丝一样不断，这是一层一问；再一层“莲心知为谁苦”，又一问，内中包孕了对儿女投水自尽之情的苦涩。接下二句“双花脉脉娇相向，只是旧家儿女”，点出本事，与起句关合，亦物亦人，浑融一体，意思是说，塘中荷花都是并蒂开放，一一相向，就如同恋人含情相对而立，这不正是那家儿女的影像吗？这是不是天意如此！接下去“天已许”二句，说上天都认可这生死之恋，人间为什么不容许呢？为什么让一对年轻美丽的生命殒命池塘中呢？最后，“夕阳”四句，似写景似议论似抒情，意蕴深长，意思是，夕阳藕池，暮烟渐起，亭亭荷花，袅袅随风，似怨似诉，悄悄地说着那哀艳悲惨的故事。这里又用“谢家”“湘妃”之典加以对比，更显出了断肠之痛。

下片前五句承上片意脉而议论，虽为议论却带情韵以行。“香奁梦”二句与题序呼应，意思是说爱情是圣洁神奇的，“中间”句，是将视野移向了由古至今的广阔的时空，即从古到今所有痴情者无不如此。“海枯”二句又与本事相接。说二人之爱情长存，遗恨长留人间，黄土是掩埋不了的。议论中深含了诗人的同情、赞美与敬慕之情。接下去“相思树”三句，借韩凭夫妇故事，进一步烘衬，说这对恋人被摧残，宛如当年的韩氏夫妇，他们的命运有如眼前风吹荷残一样。所以，接下“兰舟”四句，是表达了惜玉怜香之意。

这首词是咏并蒂莲的，是咏物的名篇，张炎在《词论》中称赞道：“妙在摹写情态，立意高远。”所谓“立意高远”，是说诗人咏情而不局限于一己的私情，而是从古今至情的高度着笔。

段克己

段克己（1196—1254），字复之，号遯（dùn）庵，绛州稷山（今山西省稷山县）人。金元时与其弟段成己擅名文坛，被称为“二妙”。金末进士，入元不仕，避居龙门山（今山西省河津县西），人们赞之为“儒林标榜”。克己、成己所著合编为《二妙集》。克己另有《遯庵乐府》词一卷行世。

鹧　鸪　天

飐飐轻舟逆上溪，何时柳树已成围①。贪看归鸟投林急，不觉残花入座飞。　兰棹举，曲尘霏②。新荷挽断有余丝。酒酣却对青山笑，面目苍然不入时。

①飐飐（zhǎn）：摇动、飘动之意。　②曲尘霏：有两种解释，一是指芳菲汇集而形成的氛围；一是指酒气飞散。因为“曲尘”是酒母上所生的黄菌，故借指酒。霏：纷落的样子。

诗人生活在金元易代之际，他虽然是金朝的进士，可入元以后却不再出仕，而是啸傲山林，隐居龙门，过起闲散自适的生活，但是他的心情却并不平静，在他的笔下常常流露出故国之思，身世之感，乃至忧思无端，凄清散淡的意绪。这首小词

《鹧鸪天》即可作为代表。

词的上片写行舟所感，下片写酣饮之情。诗人没有采用上片写景，下片抒情的模式，而是将情景交融，形成了情而景物化，景而情意化。上片四句，前二句一意，后二句一意。前二句写乘舟逆溪而行的意外发现，“柳树已成围”，含有流年易逝之感；后二句写“贪看”之景，即“归鸟投林急”和“不觉”残花飘落座中，所绘之景是游目所及，从远到近的景象，而意含无聊无绪和无所归依的隐怨。下片“兰棹举”二句，写其舟中痛饮，而兰舟边却是“新荷挽断有余丝”的撩人恼人之景，一句之中深含诗人几种心绪，新荷可爱，折断可惜，丝连可感，意在言外，诗人取其象征意义，这自然使人联想到句中所寄托的故国之思了。后二句写其借酒浇愁之意，但是“酒酣却对青山笑”，为什么会如此呢？原来深感自己“面目苍然不入时”，不但自己不“入时”，现实也不容我“入时”，所以这里的“笑”，其实是“愁多翻自笑”，是苦笑，是笑而当哭的笑。

“词贵意藏于内，而迷离其言以出之，令读者郁伊怆怏，于言外有所感触。”（沈祥龙《论词随笔》）这首小词可谓意蕴深藏，读之可感悟到诗人有老大的不愉快，但是其所表现出的词语却含吐不露，深婉蕴致，惟透过其表层去看，方可领悟其情其意之所在。

段成己

段成己（1199—1279），字诚之，号菊轩，河东（今山西稷山）人。与兄克己均以文章擅名，被称为“二妙”。金末进士。金亡后，与兄克己避地龙门山中。元世祖召其为平阳府儒学提举，坚不赴任，闭门读书。词有《菊轩乐府》一卷。

临　江　仙

走遍人间无一事，十年归梦悠悠。行藏休更倚危楼①。乱山明月晓，沧海冷云秋。　诗酒功名殊不恶，个中未减风流。西风吹散两眉愁。一声长啸罢，烟雨暗汀洲②。

①行藏：指出仕（做官）与归隐，语出《论语·述而》：“用之则行，舍之则藏。”危楼：高楼。　②长啸：打口哨。汀洲：水中的小洲。

这首词是作者几首题为“暮春感兴”的《临江仙》词中的一首。写这首词时，他已经四十六岁，正与其兄段克己隐居在龙门山。虽然元世祖几次征召他们出来做官，但他们力辞不就。

正是应当有所作为之年，偏以隐居消磨时光，闲散安逸，饮酒赏花，渔樵劳作，登临赋诗，虽不乏山林之乐，但他内心世界是苦闷、寂寞的，所以这首词即流露出他那苍茫凄凉，幽怨忧愤的情感。

上片前二句从时空两个角度落笔，抒写其愁苦情怀，接以“行藏”句照应，“行”照应了“走遍人间”，“藏”照应了“归梦”，意思是说，不要再登高楼了吧，因为这会让我想到仕途的不顺，归隐梦的悠长，更会愁上加愁了。后二句又承接前句，是从登楼所见景象的角度进一步表明“休更倚危楼”，因为清晨的乱山明月，秋空的沧海冷云，萧瑟凄怆，冷落寂寥，这是令人难耐的！

下片由上片所抒行藏全不如意的意脉，转为自寻开解的抒情，先说既然是不如意，那就在诗酒中讨生活，寻快乐吧，因为个中有它特有的情趣和风调，“西风吹散两眉愁”一句，便活画出自慰自解的情态。但这快乐能有多久呢？末二句又一转，说明自我安慰毕竟不能解决问题，各种愁苦和忧愤最终还是无法排遣。

这首词自然浅近，明白如话，直抒胸臆，在布局谋篇上不是平铺直叙，而是一波三折，屈曲宛转，词中虽用了典故，可是不费解，不露痕迹，极见匠心。

耶律楚材

耶律楚材（1190—1244），字晋卿，契丹族人，辽皇族子孙，金尚书右丞耶律履之子。金末曾任开州同知、左右司员外郎。元太祖取燕后被召用，很受信任。元太宗时，官至中书令。凡蒙古陋习悉为改革，元朝立国规制多出其手。太宗死后，皇后称制，怀忧以终。追封广宁王，谥文正。精通天文地理，术算医卜之学。工诗，风格清新自然，词仅存《鹧鸪天·题七真洞》一首，为元词中名作。

鹧 鸪 天

题七真洞①

花界倾颓事已迁，浩歌遥望意茫然②。江山王气空千劫，桃李春风又一年③。　横翠嶂，架寒烟④。野花平碧怨啼鹃⑤。不知何限人间梦，并触沉思到酒边⑥。

①七真洞：道观名。自汉代以来，道家把七个先后成仙的人称为“七真”，但对这七个人说法不一，且有“南宗”“北宗”之分。又，道家把仙人居住的地方称为“洞天”。　②花界：即“香界”，佛家语，指佛寺。这里指的是道观“七真洞”。这二句的意思是说，遥望那倾颓的道观，感到世事沧桑，人生无常，那就不必多想了，只

管放声歌唱吧。 ③王气：指象征帝王运数的祥瑞之气。劫：佛家语，佛家以为天地一生一灭是一劫，千劫，即指时间长久。这二句意思是说，江山上空有长久的帝王之气，可却没有一个朝代能够江山永固，留下来的只是这一年一度的桃李春风罢了。 ④架寒烟：山腰间云烟腾空缭绕。 ⑤平碧：平旷的原野上，绿草萋萋。 ⑥“不知”二句：意思是说，人生如梦，天地间何时是它的大限，惟此刻这眼前的情景却触动了我无限的情思，这情思与醉意一同涌上了心头。

耶律楚材是两朝人物，他身经丧乱，先仕金，后仕元，心灵深处有着难以言说的隐情和苦闷。这首词就是他即景抒怀，吐露其内心隐情的一篇佳作。他由山野间倾颓的道观联想到国家兴亡，人事沧桑，于是借题道观而抒发郁积在胸中的悲慨。

清人况周颐很欣赏这首词，认为很有苏轼、辛弃疾的遗风，尤其赞赏词的结尾，他说：“高浑之至，淡而近于穆矣，庶几合苏之清，辛之健而一之。”意思是说，这结尾处表现出一种高雅浑厚，雅淡到近于静穆的境界，可以说是达到了苏、辛清丽、雄健两种风格的浑一。

李 治

李治（1192—1279），字仁卿，号敬斋，真定栾城（今河北栾城）人。金哀宗正大末年（1231）进士。金亡北渡，流落忻崞（xīn guō）间（今山西忻州地区），常与元好问唱和，世称“元李”，晚家封龙山下（今属河北），与元好问、张德辉号称“龙山三老”。元世祖至元初，以翰林学士召，就职数月便以老病辞归。至元十六年（1279）卒，年八十八，能诗词，有《敬斋文集》存世。

迈 陂 塘

大名有男女以私情不遂赴水者。后三日，二尸相携出水滨。是岁陂荷俱并蒂[1]。

为多情、和天也老，不应情遽如许[2]。请君试听双蕖怨，方见此情真处[3]。谁点注？香潋滟、银塘对抹胭脂露[4]。藕丝几缕？绊玉骨春心，金沙晓泪，漠漠瑞红吐[5]。　　连理树，一样骊山怀古[6]。古今朝暮云雨[7]。六郎夫妇三生梦，幽恨从来艰阻[8]。须念取，共鸳鸯翡翠，照影长相聚[9]。秋风不住。怅寂寞芳魂，轻烟北渚，凉月又南浦[10]。

①参见第9页元好问《迈陂塘》注。 ②这二句意思是说，痴情的小儿女啊，真不应多情到如此地步！天如果有情的话，天也会被感动，会变衰老的。这里是化用了李贺的诗句：“天若有情天亦老。”遽：尽、完之意。 ③《双蕖怨》，即《迈陂塘》，又名《摸鱼儿》等，为唐教坊曲。这二句意思是，请听一听这首《双蕖怨》就会理解他们的情真之处了。 ④潋滟：水波荡漾，波光闪耀。这二句意思是，这香波潋滟，银色水塘中的并蒂莲，花如胭脂，含情带露，如此美丽动人的芳姿，是谁浇注、点染的呢？ ⑤玉骨：代指莲藕。春心：借喻藕心。金沙：金沙罗，花树名，似酴醿（tú mí）花，这里喻指莲花。这三句意思是，你看那几缕不断的藕丝，缠绕着洁白的莲藕、玲珑的莲心，那娇艳的莲花、带露的荷叶，一枝枝蕊吐胭红，并蒂开放，整个荷塘里连成了漠漠一片。 ⑥连理树：异本树木，枝干连在一起，喻夫妻相爱。骊山：在陕西临潼，上有华清宫，下有华清池。唐玄宗李隆基与杨贵妃曾于此有过恩爱情结，发誓愿世世为夫妻，但安史之乱起，玄宗奔蜀，途中于马嵬坡被迫赐死贵妃，以爱情悲剧结束。 ⑦朝暮云雨：宋玉《高唐赋》云：楚襄王梦中遇到巫山神女，神女回答襄王说，她的行踪是“旦为朝云，暮为行雨。朝朝暮暮，阳台之下”。后用此典故喻指男女恋情。 ⑧六郎：指唐武则天时受宠幸的张昌宗，张排行在第六，貌美，人们说他长得漂亮“似莲花”。后人以此作为美男子的代称。 ⑨“须念取”三句：意思是说，满塘的并蒂莲实在可爱，只盼着鸳鸯、翡翠鸟来与他们相伴，那就可以使他们少些寂寞；与他们相配为友的，也只有这些雌雄成对的鸟儿。取：语助词。 ⑩芳魂：喻指并蒂莲。北渚：北面的水涯。南浦：南面的水边。

这首词是与元好问《迈陂塘》的唱和之作，也是一曲赞美爱情忠贞的颂歌。可与元词并读。

张宗橚在《词林纪事》中说这首词“事奇而词亦工”，所说极是。“事奇”，可从本书元好问《迈陂塘》词序中得知；“词亦工”则是说本篇的写作极为精彩。精彩于何处？精彩在作者一反常规的手法而取得了更好的艺术效果。尤其是词的开头与结尾，令人称赏不绝。

一般填词多是从写景入手，而这首词却由情直入。上片一起句便是破空而来，纯用情语直叙，说这段爱情故事实在是太动人了，连天地都为之感动，如果天也有情的话，那么天也会变老的，其第三句的反问，实际是正话反说，是作者由衷的赞叹。接下去“请君”二句是又转进一层，说听罢我的这首《双蕖怨》，你就会明了他们的“情真处”。而自“谁点注”以下，笔触转向了对并蒂莲的刻画，从荷花、莲藕、藕丝等不同的层面去描写，极力谱写她们的美艳俏丽，并加以赞美，这既照应了词序，又借并蒂莲的形象歌颂了这对殉情的青年男女的不屈于恶势力的精神。下片先是连用“连理树”、“骊山”意、“巫山”恋、“六郎”情等一系列典故，说明这些爱情悲剧的历史性，从而加深了读者对这一社会悲剧的认识，也增强了对封建恶势力批判的力度。接下去“须念取”三句，又从历史回到了现实中来，表达了良好的意愿，盼望着能有鸳鸯、翡翠鸟来与他们相伴，既是互慰寂寞，又可相映生辉。最后“秋风”四句，以景语收尾，再次渲染悲剧的氛围，进一步衬托出芳魂的凄苦和幽怨。夏承焘、张璋二位先生对这一结尾颇为赞扬，认为“一结凄然，有余不尽，境界极为凄婉、高华”（《金元明清词选》）。

这首词开笔破空突起，先声夺人，结尾含蓄高远，悲韵不尽，中间描绘并蒂莲的形象，美艳哀婉，寓意深含，层次井然，情韵流注，确有其不同一般的感发的魅力。

白　朴

白朴（1226—1306？），字甫仁，又字太素，号兰谷，祖籍隩（yù）州（今山西河曲），后迁居镇定（今河北正定），父亲白华仕金为枢密院判官，金亡时父子相失，为元好问收养。入元后不仕，浪迹江湖，晚年徙家金陵（今南京市），放情山水，诗酒自娱。学识渊博，工杂剧，善散曲，亦能词，与关汉卿、马致远、郑光祖并称“元曲四大家”，其词工整，意境谐美，常以咏景怀古抒发亡国之痛，风格近宋代的“豪放派”，清人王鹏运引《四库提要》誉为“清隽婉逸，调适均谐”，有词集《天籁集》及杂剧、散曲等传世。

清　平　乐

题　阙[①]

朱颜渐老，白发添多少？桃李春风浑过了，留得桑榆残照[②]。　　江南地迥无尘，老夫一片闲云[③]。恋杀青山人不去，青山未必留人[④]。

①题阙：书写缺憾之意。　②桃李：比喻青春年华。桑榆：本指日落时的晚景，这里比喻人到暮年。　③“江南”二句：意思是说，江南风景宜人，水明山青，我可以像一片闲云一样逍遥其间。　④“恋杀”二句：

意思是说，我爱青山，青山是否也留我？

这首词质朴无华，平易自然，不假雕饰。作者抒发的是对生命短暂、人生易老的苦闷，以及无法解脱这种苦闷的情怀。

本词虽带有消极、伤感的色彩，但却不是毫无意义的呻吟。它深刻的美学意义，可以说一面是表达了人类在生命问题上的普遍的、共同的心境，一面则是从中可以看到时代的风云。因为诗人生逢乱世，少年时代即遭受国破家亡的离乱之苦，入元以后，仍心怀故国，誓不仕元，但又找不到出路，看不到希望。政治失意，生活困苦，势必使他生起孤独、寂寞、苦闷、迷惘等复杂的情怀，并以放浪形骸，流连山水来打发日子。而这种情态，正代表了金元时期，朝代更替中一大批知识分子普遍的苦闷痛切的心态。

卢　挚

卢挚（约1242？—约1315），字处道，一字莘老，号疏斋，又号嵩翁，涿州（今河北涿县）人。元世祖至元五年（1268）进士。历官少中大夫，河南路总管。成宗大德初，授集贤学士，又曾任翰林承旨。工诗文，有魏晋风，与刘因、姚燧齐名，世称“刘卢”“姚卢”，擅长散曲，多写闲适生活，风格婉丽，有《疏斋集》。

清　平　乐

年时寒食，直到清明日[①]。草草杯盘聊自适，不管家徒四壁[②]。　　今年寒食无家，东风恨满天涯。早是海棠睡去，莫教醉了梨花[③]。

①寒食：清明节前一日，据传此日是为纪念介子推而设。春秋时，晋文公夺取晋国王位后，介子推不愿做官即离开文公，与母亲一起躲避到绵山。文公得知介子推下落后，即寻至绵山，请介子推下山，但子推不肯，文公为迫使他下山，命令用火烧山，结果子推和母亲均被烧死，文公大恸，遂令今后此日禁火，名为“寒食节”。　②草草杯盘：指简单粗疏的食品。　③海棠：苏轼有《海棠》诗：“只恐夜深花睡去，故烧高烛照红妆。”这里以海棠比喻妻子。醉了梨花：暗喻春天逝去。

张炎在《词源》中说："词之难于令曲，如诗之难于绝句，不过十数句，一句一字闲不得，末句最当留意，有余不尽之意始佳。"用这段话来观照这首令词，你会发现它的妙处是与张炎所论极相符合的。

这首词清新妩媚，凄婉蕴藉，仿佛是作者于不经意中率尔而作，实则作了惨淡的布置。上片说每年到了清明前后，尽管家徒四壁，清贫淡泊，只有粗疏简单的食物，可也要和家人团聚，心情是舒畅的。下片一转，写今年寒食节，说今年却是一个人漂泊在外，凄清孤独，无聊无趣，虽是春到人间，自己却满怀惆怅。其中的"恨"字，所含内容良多，这里有离别之恨，飘流之恨，清苦之恨，失意之恨，等等。总之怅恨无边，含蕴极多。最后以怀念家中妻子作结。所以全篇中没有一字一句是"闲"，而结处又借典映衬，以花拟人，妩媚婉转，意蕴悠然。

张弘范

张弘范（1238—1280），字仲畴，易州定兴（今河北定兴）人。元代名将，累官至蒙古汉军都元帅，率兵攻陷崖山（今广东新会南），宋因以亡。卒赠银青荣禄大夫平章政事，谥武略。能文，工诗词，也有散曲。有词集《淮阳乐府》，另有《淮阳集》传世。

南乡子

深院日初长。万卷诗书一炷香。竹掩茅斋人不到，清凉。茶罢西轩读老庄。　世事莫论量。今古都输梦一场①。笑煞利名途上客，干忙。千丈红尘两鬓霜②。

①输：交出、付出。这句意思是，从古到今都如同一场大梦。　②千丈红尘：指茫茫世界。

元曲勃兴，元词的写作多少都受到了影响，所以许多词与曲近似，不免俚俗化，口语化。不过这些词虽浅白如话，明白易懂，但却能真切深刻，发人深思，饶有情趣。这首小令就是似浅而深，俚中见雅的一篇佳作。

这首词是写读书乐的。词中作者一面赞美读书的快乐，一面又讥讽了世人为了名利而奔忙的庸俗可笑。上片写读书人的乐趣，说初夏的时候，天日渐长，在深深的庭院里，燃起一炷香，在竹林掩映的茅斋里，饮罢香茗，拥坐万卷书中，读读老庄之书，优雅之极，清凉惬意之极。下片将笔锋一转，对追名逐利的世态作了嘲讽。说对于世事不要做评论，古今都一样，都是一场梦。所以真是可笑，那些在名利场上拼死拼活奔忙的人，其实都是瞎忙，在这茫茫的世界上，茫茫的人海里，即使你奔波到两鬓都白了，又有何用呢！

小词真是直白浅近，上下片对比分明，而作者愤世嫉俗的情怀却立见颖脱。其中"清凉"与"干忙"，又是点睛之笔，简洁有力，是作者所议论的结果，很有警世的味道。

浣　溪　沙（三首）

山掩人家水绕坡，野猿岩鸟太平歌，黄鸡白酒兴偏多[①]。　　幸自琴书消日月，尽教名利走风波，钓台麟阁竟如何[②]。

一片西风画不成，无人来此结茅亭，野猿山鸟乐升平。　　名利著人浓似酒，肝肠热醉不能醒，黄尘奔走过浮生。

新卜西山崦下庄，疏篱编竹草苫堂，门前流水柳成行[3]。　　满目烟岚诗酒地，十年鞍马是非场，虚名半纸几多忙[4]。

①黄鸡白酒：此处化用李白诗意。李白《南陵别儿童入京》诗：“白酒新熟山中归，黄鸡啄黍秋正肥。”　②钓台麟阁：指隐居山林与入朝为官。钓台：东汉严光（字子陵）隐居于今浙江桐庐西之富春山，垂钓于富春江，今江畔尚有钓鱼台。麟阁：即麒麟阁，在汉代未央宫中。汉宣帝时曾画霍光等十一功臣像于阁上，以表彰他们的功绩，后人便将画像于麒麟阁表示功勋卓著和最高荣誉。　③卜：卜居。崦（yān）：山、山曲。④烟岚：山林间蒸腾的云气、雾气。

张弘范是元朝一位能征惯战的将军。元初战争频仍，他南北征战，鞍马倥偬，不可能有闲暇去享受田园之乐，可是这三首《浣溪沙》却表现了山林之乐，很有点山林隐逸的文人雅士的情趣，这或许是这位将军的一时兴发，向往着优游山泉，享受一下隐逸之趣的生活吧，所以，他便展开自己的想象，描画了一幅美妙的山林情趣极浓的图画。不过透过这张美丽的画图，也还可以看到他心灵中的另一个侧面，那就是此中也隐隐地表达了自己对追名逐利的看法，同时也流露出了做官还是归隐的矛盾心情。

词共三首，各有侧重，但又互为补充，白描摹写，结构也大体一致，都是采用上片写景，下片抒情的惯用的手法，语言朴质无华，自然明丽。

第一首的上片以实笔出之，写的是实景，“山掩人家水绕坡，野猿岩鸟太平歌”，傍山临水的人家，与猿鸟共处同乐，一派幽静恬淡之境界；第二首又以虚笔摹画，这里没有具象化的景物，而是用“一片西风画不成，无人来此结茅亭”的“画不成”“无人来”做烘托，再用猿鸟之乐去点染，既与第一首相连，又不嫌重复；第三首又用实笔勾画，“新卜西山崦下庄，疏篱编竹草苫堂，门前流水柳成行”三句句句是实景，句句有境界，其中第三句“门前流水柳成行”又与第一首相呼应，极为巧妙。

这三首的下片都是“情语”，率真质朴，直发胸臆，纯任性灵，而且每首的抒情都与上片之景之境相融合，而三首所表达的情又是和谐统一，即明确道出了名利、鞍马之事是有风波，有是非的，不如琴书诗酒生活的快乐，所以得出结论是“钓台麟阁竟如何”，真不如丢开官场、战场，躲开名利之争，但归隐好还是为官好？不好解决，于是又转而为“黄尘奔走过浮生”，“虚名半纸几多忙”作结。官身不由己，田园山林之享只是愿望，官场是抽不得身的。事实上张弘范也的确是“黄尘奔走过浮生”，他至死也没有离开官场、战场。

刘　因

刘因（1249—1293），字梦吉，号静修，保定容城（今河北容城）人。长期隐居家乡，元世祖征召为承德郎、右赞善大夫，不久以母病辞归。后以集贤学士征召，以病辞。精研理学，又以文名。工诗词，受元好问影响较深。作品多感时伤事，风格高迈，比兴深微。其词被况周颐誉为“元之苏文忠（轼）”。有《静修集》三十卷，其中《樵庵词》一卷。

玉　楼　春

未开常探花开未。又恐开时风雨至①。花开风雨不相妨，说甚不来花下醉。　　百年枉作千年计②。今日不知明日事。春风欲劝座中人，一片落红当眼坠。

①探花：寻访花开的时间。　②乐府古辞《西门行》有：“人生不满百，常怀千岁忧。”这里是化用其意。

刘因作为一位理学大师，他本应当去做官的，但是他生活在蒙古贵族的统治之下，不愿与当道者合作，所以元世祖几次征召，他都固辞不就，宁愿归隐山林，了此一生。作为一位理学家，他的笔下吟诵出来的东西也就自然少不了“言理”的味道。在我国古典诗词中，有一类是言理的，讲究“理趣”，这类诗歌往往缺少审美价值。不过这并不是说凡“言理”之作就不是好诗，本篇就是一首以“理趣”取胜的佳作。这里作者虽欲“言理”，但他能用幽隐曲折的艺术手法，以旷达玩世的态度，挥洒自如地去表现，将其不肯与当道者合作的心情作了不温不火、恰到好处的表达。

你看，上片一开始先以化用古人诗句起句，辛弃疾有一首《蝶恋花·元日立春》，词中有句云：“春未来时也借问。晚恨开迟，早又飘零近。今岁花期消息定。只愁风雨无凭准。”这里则是化用辛词的词意，辛词是慨叹好事多磨，理想难以实现，其中暗喻了忧国伤时的怀抱。刘因这前二句则是用其词意又加以变化，是说常探花信，希望花开，但又恐风雨相碍。接下去二句则作了逆转，即使风雨相逼也无妨，花既然开了，不是也可以作“花下醉”的么？其旷达心怀可见。下片是紧承上片意脉进一步说，人生短暂，世事无常，何必作多余的烦恼，虽然春风把花吹落，那又何妨，还是开怀畅饮，及时行乐为好！

清人王鹏运曾说：刘因虽是理学家，可他的词：“朴厚深醇中，有真趣洋溢，是性情语，无道学气。”（见况周颐《蕙风词话》卷三）这首小词正是如此，它表达的是一段人生哲理，却又看不出什么道学气。

人　月　圆

自从谢病修花史，天意不容闲①。今年新授，平章风月，检校云山②。　门前报道，曲生来谒，子墨相看③。老子正尔，天张翠幕，山拥云鬟④。

①谢病：病愈。修花史：为花修史，意思是品评、吟咏花草之事。　②平章：指品评、评论。又，古代官职有“平章政事”等。检校：核查、检阅、查阅等意。又，古代官职也有此名，是指正官之外的加官。　③曲（qū）生：指酒。子墨：指笔。　④正尔：正是如此、正是这般。

这首词极富谐趣。作者运用双关、拟人等手法，又以游戏笔墨的形式，以轻松的笔调，巧妙的构思，表达了隐逸之乐，怡然自得的情趣。

词的上片说，病愈之后，本应该是悠闲自在，潇洒淡泊的，可是现在居然变得异常繁忙了。什么原因呢？作者用了一连串的双关语对如何繁忙作了形象的叙述。他要做修花史，要做平章、检校的事。但修史、平章、检校都是官场上的官职名，作者把它们用在了这里，这就巧妙地将吟咏花草、品评风月、徜徉云山的隐逸生活与国家大事、朝廷要职混在了一起，看似不伦，但是妙趣横生，耐人寻味，而同时也表达出了淡泊名利，乐居山林的情怀。

下片继续描写这种隐逸之趣。前三句连用两个典故。曲生，所指是酒，可他偏不直说酒，而是用唐人郑启《开天传信记》里的故事，这故事是说，有个方士叶法善与朝官聚会，有个人从外边大模大样地走进来，自称是“曲秀才”。叶法善就用剑砍了他的头，结果这秀才竟变成了一瓶酒。酒喝完了，叶法善就摸着酒瓶说：“曲生风味，不可忘也。”子墨，是从汉代扬雄《长杨赋序》中来，因为赋是用笔墨写的，所以就用笔和墨作为赋中的两个人物的称呼，笔叫“翰林主人”，墨叫“子墨客卿”。这里作者借用了典事，表达的是自己与世隔绝，门无宾客，自得其乐的清高，既风趣诙谐，又表意分明。后三句进一步表示自己陶然自乐，在青碧的、犹如一把翠绿大伞的天底下，傍着像是美如女子发髻式的云山，乐享着大自然的美妙。

这首词虽颇有调侃的味道，可细思之，便颇觉“朴厚深醇中，有真趣洋溢”（王鹏运语）。

赵孟頫

赵孟頫（1254—1322），字子昂，号松雪道人，湖州（今浙江吴兴）人。宋宗室，以父荫补官。入元，官至翰林学士。卒封魏国公，谥文敏。精于书画，称雄一世。书法遒丽圆转，人称"赵体"，画开元代画风。诗风清逸和婉，词也有风致，为人所称，冠绝当时，有《松雪斋集》《松雪词》等。

虞　美　人

浙江舟中作[①]

潮生潮落何时了？断送行人老。消沉万古意无穷，尽在长空淡淡鸟飞中。　　海门几点青山小，望极烟波渺[②]。何当驾我以长风？便欲乘桴浮到日华东[③]。

①浙江：此处指钱塘江。　②海门：钱塘江入海处。　③长风：《南史·宗悫（què）传》说，宗悫年轻的时候曾说　"愿乘长风破万里浪"到大海里去遨游，表现了他远大的抱负。乘桴（fú）：乘竹筏，即乘小船。语出《论语·公冶长》："子曰：'道不行，乘桴浮于海。'"桴：用竹木编成的船，大的称筏，小的称桴。日华：太阳。

赵孟頫是赵宋秦王德芳之后，生逢丧乱，家国不保，元灭宋后，作为宋王室后裔，经如此巨变，在心灵上、情感上受到了极大的创痛，这是很无奈的，再加上入元以后，由于他的才名很大，元征召他不敢不从，被迫做了元朝的官，这对他来说是不得已而为之，但却又是违心从命，其内心的痛楚也自是可想而知了。所以从前的诗评家们说赵孟頫是“王孙而婴世变，《黍离》之悲，有不能忘情者，故其长短句有骚人之遗”（见《历代词话》卷九引《尧山堂外记》）。意思是说，他作为王孙遭逢世变，但对故国不能忘怀，常存故国之思，所以他的词里就表现出了如同屈原一样的风调。

事实也是这样，他的词的确表现出更多的悲慨和无奈，或则寄情山水，委婉含蓄地表达出他的苦闷与淡淡的哀愁。这首词就是一篇代表，他写了在钱塘江中乘舟的所见所感。词以白描直叙写景抒情，浅近朴素，明白易懂，然而意蕴悠然，恬淡之中寓有骚人之旨。

上片以问句起，问得突兀，接以“断送行人老”一句，意思是钱塘江的潮水涨了又落，落了又涨，年年月月如此，而年年过往此地的行人知有多少，又知有多少人消磨去了青春，由壮到老呢！这一开头便把读者带到了不胜兴衰的慷慨之境，感慨良深：人为百代过客，潮起潮落，年年依旧，而人却只能由少到老，到归于尘土，没了踪迹。人生如此，国事亦然，这是含在表层意思之后的悲慨。

三、四两句又从杜牧诗《登乐游原》化出。杜诗云：“长空淡淡孤鸟没，万古消沉向此中”，其实杜诗还有二句：“看取汉家何事业，五陵无树起秋风。”这两句虽不见点化，但是蕴含在词句中了。杜牧登上乐游原，借汉代兴亡慨叹唐王朝的衰落，大有警世之意。赵孟頫此时所见与杜牧当时所见情景近似，因此联想到宋室的覆灭，自然唱出了亡宋的挽歌，“消沉万古意无穷，尽在长空淡淡鸟飞中”。意思是说，看到长空淡淡，群鸟远逝，想到万古无穷，劳生有限，人事沧桑，于家于国都是一样的，令人慷慨生哀。

下片前二句对眼前景作了进一步的刻画，说钱塘江入海处烟波浩森，一望无际，只有点点青山，静静地浮在海面，一派凄迷之景，不无伤情之意。后二句则借典，反用宗悫语意，表达了隐逸之思，意思是说，真想乘木筏去海上飘流，飘到太阳之东，远远地离开尘世。结处意蕴悠然，作者对浮世功名的态度，黍离之悲等尽在不言中了。

浣 溪 沙

李叔固丞相会间，赠歌者岳贵贵①

满捧金卮低唱词，樽前再拜索新诗②。老夫惭愧鬓成丝。　　罗袖染将修竹翠，粉香吹上小梅枝。相逢不似少年时。

①李叔固、岳贵贵：生平不详。　②索新诗：向诗人索要新诗。

这首词上下片各三句，都是前二句叙事，后一句抒情，布局匀称。

上片的前二句描写岳贵贵边唱边劝酒，再拜索诗的情景；下片前二句则是描绘她的衣容，没有一句去正面描写她，都是以烘托反衬的手法去完成，而岳贵贵的音容笑貌却宛然在目。你看，诗人不说她的罗袖之色似翠竹，而说修竹所以成翠，像是贵贵的罗袖染成的；不说粉香像枝头上的小梅花那样淡雅，而说枝头上的小梅花之所以香，是由于贵贵的粉香吹上去的，手法极为奇巧，虽然只用了两句，可贵贵的形象便跃然纸上，楚楚动人，呼之欲出。

上下片的第三句都是情语，细加品味，可见出其同中有异，又系之感慨。上片说贵贵索新诗，接的是“老夫惭愧鬓成丝”；下片是面对妙龄歌者的光彩照人，则所接又是“相逢不似少年时”了。上片前二句与下片前二句情景不同，故所接之句，所抒之慨也不一样。两相对照，启人深思。但此中的感慨还不单单是一般文人雅士叹老伤逝的慨叹，我们透过表层意思去看，再联系到这位宋室王孙的身世，就会感悟出他那更其深刻的感慨。这就如同清人叶申芗（xiāng）《本事词》中所说的：“赵孟頫以承平王孙，而遭世变，故其词多感慨。尝于李叔固席上，赠其歌姬贵贵云云。”说“承平王孙”不切，但“遭世变，故其词多感慨”是一点不错的。

渔 父 词

渺渺烟波一叶舟。西风木落五湖秋①。盟鸥鹭，傲王侯②。管甚鲈鱼不上钩。

①五湖：太湖的别称。 ②盟鸥鹭：与沙鸥、白鹭为盟友，即隐居山林之意。

赵孟頫这首小词是应和其妻管仲姬的。管仲姬工诗、善画，尤善画竹。她曾在一张《渔父图》上题写了一首小词："人生贵极是王侯，浮利浮名不自由。争相似，一扁舟。弄月吟风归去休。"赵孟頫看了，于是就和上这一首。夫妻唱和，实乃一段佳话，一大乐事。要知，赵孟頫是以诗、书、画三绝名世的，不光是元代的翘楚，就在我国历代的文化名人中也是一流的大家。所以他的书画蕴含诗意，而他的诗词又颇具画意，诗、书、画三者相得益彰。

这首小词寥寥五句，而诗境画境全出，美极妙极。

前二句写景，只轻轻几笔，短短两句，一幅清新淡远的图景就凸现在眼前了。因为是题画，所以词句须贴合画图，故这两句显然是对《渔父图》的描绘，但这里用了"五湖"，其深意就微妙地暗藏其中了，因为五湖是春秋吴越争霸后，范蠡携西施的隐居之所，范蠡不贪荣华富贵，不慕虚荣而功成身退，避祸远害，过自在逍遥的日子去了，而那位文种大夫却相反，最终遭到了杀身之祸，所以赵孟頫于这里不是就画说画，而是把深意藏于字里行间了。

后三句是紧承前二句直抒怀抱，说愿与鸥鹭结盟，相随游于云水间，忘去人世的一切，至于世人所追慕的王侯将相、富贵荣华，实在是祸害之机，杀身之源，应当远离，应当像渔夫一样，在烟波渺渺的太湖上，驾一叶小舟垂钓，家乡太湖的鲈鱼是鲜美的，不过不是志在求鱼，而是为了平和宁静，远离祸害，所以鱼上不上钩是无所谓的。

词短小而蕴意良深，诗人身在官场却傲视王侯，虽处富贵却向往江湖，他那不为名缰利锁所羁绊的飘逸洒脱的性格，这里表现得相当突出。

滕　宾

滕宾（1310年前后在世），宾，一作“斌”，字玉霄，黄冈（今湖北黄冈）人，一说睢阳（今河南商丘）人。元武宗至大年间，任翰林学士，出为江西儒学提举，后弃家为天台山道士，号涵虚子。平生风流蕴藉，飘逸不拘，好狂嬉狎酒，谈笑诙谐，拨弄文墨，被方回誉为“谪仙后身今太白”。工诗，擅词曲，尤以散曲著称。有《玉霄集》，有词一卷传世。

鹊　桥　仙

斜阳一抹，青山数点①。万里澄江如练②。东风吹落橹声遥，又唤起、寒云一片③。　　残鸦古渡，荒鸡野店。渐觉楼头人远。桃花流水小桥东，是那个、柴门半掩。

①一抹：一片、一条之意。　②澄江如练：形容清澈的江水像柔软飘动的银白色的丝带一样。语出自谢朓《晚登三山还望京邑》诗句：“余霞散成绮，澄江静如练。”　③“东风”三句：意思是说，一阵东风吹起，把江上行舟的橹声吹落在遥远的天边，而橹声落处又呼唤起寒云一片。

读了这首词会自然联想到马致远那首脍炙人口的散曲小令

《天净沙·秋思》："枯藤老树昏鸦，小桥流水人家，古道西风瘦马，夕阳西下，断肠人在天涯。"这首曲词为什么一直为人喜爱，赞不绝口呢？其中一个重要的原因就是，诗人把一系列的意象巧妙地组合在一起，形成一幅完美动人的图画，一个动人的艺术境界。而滕宾的这首词同样具有这个特点，可以说与《天净沙》有异曲同工之妙。

这首《鹊桥仙》只有五十六个字，而其中却有三十二字的单个意象，诗人将这些单个的意象作了高密度的完美的排列组合，结果一幅优美的山水画就浮现在读者的眼前了，把读者带到了一个江天水乡，恬静空阔的优美的境界中去，同诗人一起欣然陶然，享受着大自然的美景胜境。

此外，这首词通篇摹景，诗人以行舟江上为线索，次序展开画卷，而画图中的景物动静相间，同时在清幽的画面中带有一丝荒寂，宁静中又微露一点躁动，读者会从这个画面上感悟到诗人的心灵，诗人的意趣，令人回味无穷。李渔《窥词管见》有言："词虽不出情景二字，然二字亦分主客。情为主，景是客。说景即是说情，非借物遣怀，即将人喻物。有全篇不露秋毫情意，而实句句是情，字字关情者。"这首小词不正是这样的么？

滕宾生活在金元易代的动荡年代，入元以后，也曾做过官，但是颇不适意，终于辞官，又弃家从道。所以他向往自然，归依山水的情趣也就是很自然的了。

虞 集

虞集（1272—1348），字伯生，号道园，又号邵庵，祖籍仁寿（今属四川），寓居崇仁（今江西崇仁）。曾任大都路儒学教授。官至翰林学士兼国子祭酒，迁奎章阁侍书学士。曾预修《经世大典》。诗文并负盛名，号为当时大家。“一时宗庙朝廷之典册，公卿大夫之碑版咸出其手”。诗风端严精切，人比之“汉廷老吏”，但多应酬之作。亦能词。有《道园学古录》《道园遗稿》。

南乡一剪梅

招熊少府①

南阜小亭台，薄有山花取次开②。寄语多情熊少府：晴也须来，雨也须来。　　随意且衔杯，莫惜春衣坐绿苔③。若待明朝风雨过，人在天涯，春在天涯。

①招：邀请、特请。熊少府：熊昶，字昶之，豫章（今江西省南昌市）人，任崇仁县尉六年，以廉洁著称。少府：县尉的别称。　②南阜：亭名。在崇仁县南二里。薄有：略微有，即刚有一些。取次开：次序开放。　③“莫惜”句：意思是说，不要担心坐在山石间被苔藓弄脏了衣服。春衣：春天所穿的衣服。

这首词大约是作者在未赴大都（今北京）之前，作于崇仁县的。词题已经说明，作者写了这首词寄给熊少府，邀请他来聚会，一同饮酒赏春。所以这词就有点像邀请函的意味了。

既然是“邀请函”，是特邀熊少府来的，因此情意恳切，辞语婉转，通篇就围绕着“招”字落墨，篇幅虽然不大，却能从多个角度去突出“招”字，特别是上下片的结穴处，因为词牌于此要求词句的重复，而这里的重复是作者只将前句作了一字的改换，虽说只一字的更动，却能折进一层，将恳切的情意表达得更为婉转深细，将衷肠尽吐。同时如此叠句，也为全词增加了回环往复的韵律美，使得小词于轻快流畅、清切婉丽中更显出“招熊少府”的深情厚意。

张可久

张可久（1270—1352？），字小山，一说名伯远，字可久，号小山，庆元（今浙江鄞县）人。由路吏转首领官，后任桐庐典史，晚年为昆山幕僚，一生郁郁不得志。与散曲家卢挚、贯云石等人常相唱和。今存小令八百五十余首，套曲九篇，为元散曲家中作品最富者。作品内容多为写景咏物、送别唱和、记游怀古之类，风格清逸自然、工丽典雅，为明清曲家所推崇。有《小山乐府》（词曲合集）。

人　月　圆

三衢道中有怀会稽①

松风十里云门路，破帽醉骑驴②。小桥流水，残梅剩雪③，清似西湖。　　而今杖履④，青霞洞府⑤，白发樵夫。不如归去，香炉峰下，吾爱吾庐⑥。

①三衢：衢州，在今浙江省衢县，因县内有三衢山，故名。会稽：今浙江省绍兴市。　②云门：会稽的一处名胜云门山，又名东山，因晋代谢安于此隐居，故名。此地风光优雅，景色宜人。　③残梅剩雪：开残的梅花上还带着雪花。　④杖履：扶着手杖漫步。　⑤青霞洞府：仙人所居住的地方。　⑥香炉峰：会稽东南十五里有茅岘山，山的南边有一峰，即香

炉峰。吾爱吾庐：化用晋陶渊明《读山海经》“众鸟欣有托，吾亦爱吾庐”句意。

张可久生于宋，长于元，在元代为官，但久居下僚，长期在浙江地区当路吏、首领官、典史等小官吏。这首小词即写在浙江任职之时。

散曲是张可久的擅长，在元代是一大家，但也工诗填词。他的小词多清雅，长调多豪放，本篇《人月圆》就是他小令词的代表作。

这首小词虽字数很少，而其所包孕的内容却极多，全篇围绕一个“怀”字，上片写怀念会稽云门山旧游，下片写怀念会稽香炉峰旧居。清丽洒脱，流美自然。这首词调多用四字句，极易板滞，但本篇却鲜活灵动，将作者渴慕回归山林的心情表达得真切自然。

许有壬

许有壬（1287—1364），字可用，元代汤阴（今河南汤阴）人。天赋聪颖，博学多才。仁宗延祐二年（1315）登进士第。官至集贤大学士，改枢密副使，拜中书左丞兼太子左谕德。前后历官七朝，近五十年。遇事敢言，有政绩，谥文忠。善笔札，工诗文，长于词。其词内容多为记游怀古、咏物唱和之作，词风清新爽健，意境高迈，有《至正集》，别编名《圭塘小稿》。

满　江　红

次汤碧山清溪①

木落霜清，水底见、金陵城郭②。都莫问、南朝兴废，人生哀乐③。载酒时时寻伴侣，倚阑处处皆楼阁④。对溪云、试放醉时狂，浑如昨⑤。　沙洲外，轻鸥落。风帘下，扁舟泊。更寒波摇漾，绿蓑青箬⑥。为问九原江总道，繁华何似今凉薄⑦。怕素衣、京洛染缁尘，从新濯⑧。

①次：次韵，也称步韵，即依照所和之词的原韵及其韵的次序填词。本首是和汤碧山《满江红》词，故与汤词用韵要一致。汤碧山：名弥昌，

字师言，号碧山，湖南浏阳人。是作者的朋友兼词友。清溪：指三国时东吴在建业城东所开凿的东渠，又名九曲溪。源于南京市钟山西南，流经南京市区入秦淮河。 ②金陵：指南京市。 ③南朝兴废：金陵为吴、东晋、宋、齐、梁、陈六朝之故都，六朝先后兴亡，朝代更替，而金陵依旧。 ④载酒：携带上酒。 ⑤浑如：浑似、完全相似。 ⑥绿蓑青箬：身着绿色蓑衣，头戴青色箬笠。此为船家的打扮。 ⑦九原：指墓地。春秋时，晋卿大夫墓地在此，故以之代指墓地。江总：南朝陈后主（陈叔宝）的宠臣，曾历仕梁、陈、隋三代，仕陈时为代尚书令，虽身居高位却不理朝政，与陈后主的一批狎客陪同陈后主终日嬉戏于后宫，写艳词，听歌舞，最后导致了陈朝的灭亡。 ⑧“怕素衣”二句：化用西晋陆机《为顾彦先赠妇》“京洛多风尘，素衣化为缁”诗句。意思是说，穿着白色衣服过京洛，结果被尘垢染成了黑色，是比喻官场污秽，人心叵测。缁尘：黑色污垢。

许有壬在《圭塘小稿》中说，他与汤碧山唱和的词共四首，都是以南京名胜为题的，本篇是其中之一。

元英宗至治二年（1322），许有壬由吏部主事转任江南行台监察御史，这首词大约就作于此时。

这首词将情、景、理三者融为一体，抒发了诗人吊古伤今的幽怀。上片开始“木落”二句，点时点地写景，刻画出金陵秋色，一派凋零悲凉之景，由此引发了吊古伤今的意绪，遂转出了“都莫问”二句，说过去了的历史就任其过去吧，管他胜败兴亡，改朝换代呢？历史无常，人事也是无常的，谁也不能自主，那就去自寻快乐吧！“都莫问”三字表达了诗人旷达的心怀。但是如何开怀呢？“载酒”二句承前意又一转，说出消忧解闷，自得其乐之法，再下又接以“对溪云”二句，将前二句意作了延伸，又补足了携伴醉酒的情态。

下片“沙洲外”以下连用六句写景，景中又满含了诗人激荡不平的情结，流露了诗人执意向往着清静自在的理想世界。接下去又一转，再转入人世沧桑的立意上来。“为问”二句，诗人就眼前景联想到南朝兴替的历史，指出陈之灭亡的惨痛教训。这里有讥讽，有警示，有慨叹。最后三句收束，直截了当地表明了自己的观点：留得清名在人间，这才是人生最有价值，最应该执意追求的。

这首词从写景入手，寓情于景，因景及情，使情与景会，情景交融。又情中有理，理从情出，故情理兼至。所以这首词不但意境优美，而且又以起伏跌宕的笔法抒发了胸中的不平之气。我们分明看得出词中的“理趣”，但是见不到一句理语，这就如同潘德舆《养一斋诗话》所说：“理语不必入诗中，诗境不可出理外。”这首词正是如此。

张　翥

张翥（1287—1368），字仲举，晋宁（今属云南）人。早岁居杭州，受业于理学家李存，又从仇远学诗。五十多岁方做官，以隐士荐为国子助教，官至翰林学士承旨，加河南平章政事。曾参修宋、辽、金三史。学者称蜕庵先生。工诗词。古体多讽喻，伉爽可诵。近体、长短句清圆稳贴，措意深致，极为当时所推崇。有《蜕庵集》《蜕庵词》传世。

南　乡　子

驿夫夜唱孤雁，隔舫听之，令人凄然①

野唱自凄凉②。一曲孤鸿欲断肠。恰似竹枝哀怨处，潇湘③。月冷云昏觅断行。　离思楚天长。风闪青灯雨打窗。惊起小红楼上梦，悠扬。只在佳人锦瑟傍④。

①驿夫：驿站的差夫。孤雁：指南宋张炎《解连环·孤雁》词。舫：有舱室的船。　②野唱：指在荒野之处听到了歌唱。　③竹枝：竹枝曲，原为巴渝一带民歌，唐长庆二年（822）刘禹锡在夔州学习民歌，创作了《竹枝词》，内容多是咏儿女柔情、旅人离思的。潇湘：指湘水。据传舜帝南巡至潇湘，二妃娥皇、女英随往，舜死于苍梧之野，二妃投湘水而死，死后化作了湘水女神。刘禹锡作《潇湘二首》，词情极其哀怨悲凄。

这里是觉得驿夫野唱的《孤雁》曲与竹枝词、潇湘曲一样哀怨悲凄，令人不忍卒听。 ④锦瑟：绘有彩画的琴瑟。张炎《孤雁》词中有“锦筝弹怨”之句，这里用其词意，比喻孤雁鸣声的幽怨凄厉。

这首词写得凄清苍凉，“令人凄然”。序文说明了写作本词的缘起是，诗人在夜间忽然听到了隔壁船上的驿夫唱张炎的《孤雁》词，词中有语：“楚江空晚，怅离恨万里，怳（huǎng）然惊散。”于是勾起了自己的怅触之怀，凄然伤感，写下了这首词。

“凄然”二字是这首词的中心，通篇描写、抒情都围绕着这两个字，从起句到最终落句，都表明作者之所以“凄然”是由歌声而引起。上片前二句写听到歌声，直接入题，点出听到了歌声和顿起了伤感。第三、四句用竹枝、潇湘之曲与听到的歌声作比，进一步描画了歌声的悲凄，结句则从时空上和场景上再加渲染，更突出了诗人的哀怨之情。下片前二句承上片之意，一句写情，一句摹景，情景浑然，点出了“离思”之旨。接下去三、四两句用虚拟情景说，这悲凄的歌声连小红楼中的女子都被惹动了，被惊醒了，悠悠凄切的歌声打断了她的香闺梦，这言外之意则含寓了作者的离思，他由此更怀念起远在家中的妻子。结句再用“锦瑟”作比说，这令人凄然的歌声，惟有心怀幽怨的佳人在弹奏锦瑟的时候才可以听得到。

小词凄婉动人，含蓄蕴藉，尤其是上下片之落句，含有不尽之意，耐人寻味。

踏 莎 行

江上送客

芳草平沙，斜阳远树，无情桃叶江头渡①。醉来扶上木兰舟，将愁不去将人去②。　　薄劣东风，夭斜落絮，明朝重觅吹笙路③。碧云红雨小楼空，春光已到销魂处④。

①平沙：平阔的沙岸。桃叶江头渡：即桃叶渡，今南京市秦淮河上的渡口。晋代王献之曾在此送别爱妾桃叶，因而得名，后将此地代指送别的渡口。　②木兰舟：用木兰树制造的船。木兰：又名杜兰、林兰，皮似桂而香，状如楠树。　③薄劣：薄情之意。夭斜：也作“夭邪”，袅娜多姿的样子。吹笙路：喻指往日欢会之处。此系化用《诗经·小雅·鹿鸣》“我有嘉宾，鼓瑟吹笙”之句意。　④碧云：比喻远方、天边，多用于表达离情别绪。红雨：红色花瓣（多指桃花）纷落的样子。

这是一首送别词。送别词总是伤感的，特别是男女的送别，更是缠绵悱恻。从这首词所描绘的情景看，其中用了“桃叶渡”、“木兰舟”、“吹笙路”乃至“碧云红雨”等意象，这些意象都带有美艳脂香的味道，所以词中所说的这被送别的“客”与送别之人大约是一对情人。

上片前三句写送别的时间地点，全用景语摹画，是说在夕阳西下的时候，一片长满芳草的平阔的江边沙岸上，与心上人就要分别了，渡口之景一片凄迷，诗人之情也融在景中了。接下二句写送别情景，别宴已罢，醉扶伊人登舟作别，本以为人在醉酒中可以减却些烦恼，减轻些愁情，但“将愁不去将人去”，小船把伊人载去了，而愁情则留下了，愁情不但没有减少，反而长留在心头了。

下片设想别后的愁情难耐。前三句说东风无情地把春天送走了，春光消歇，与伊人会面无期，而思怀难耐，为解愁思，那就明朝到昔日幽会的地方寻觅旧踪吧，在那里或许可以拾得一些温馨的记忆，聊慰相思。但接下二句却一转，事与愿违，说待到寻访旧踪之时，偏又遇上了满天红雨落花，昔日春光融融的小楼也没有了往日的光彩，人去楼空，那里的春光也随同伊人一起消失了，此情此景如何不让人更加伤感，黯然销魂呢！

这首词写得含婉蕴藉，虽然所写的是常见之情，所用的是寻常之语，所借的是习见之典，但经诗人的倩巧组合，形成了一个凄婉动人的境界，给人以凄婉的美感。

李齐贤

李齐贤（1288—1367），字仲思，号益斋，高丽（朝鲜）人。曾任西海道安廉使。二十八岁时为忠善王所赏识，侍从至大都（北京），在元朝生活近三十年，曾游河北、陕西、四川、江苏等地，与姚燧、赵孟頫、钟嗣成交善。工词，有遗山（元好问）风格。有《益斋乱稿》《栎（lì）翁稗说》等。

巫山一段云

潇湘夜雨[①]

潮落蒹葭浦，烟沉橘柚洲[②]。黄陵祠下雨声秋[③]。无限古今愁。　　漠漠迷渔火，萧萧滞客舟。个中谁与共清幽？唯有一沙鸥。

①潇湘：此处指湘江。参见前第50页《南乡子》注③。　②蒹葭浦：指芦苇茂密的江边。橘柚洲：在湖南省长沙市西湘江中，洲上盛产柑橘，故称。　③黄陵祠：即黄陵庙，在今湖南省阴县北，为祭祀舜之二妃娥皇、女英之庙，又称二妃庙。

潇湘夜雨，这词的题目便带有几分诗意与神秘色彩。潇湘之地不但有秀美迷人的景观，而且自古以来便有许许多多美丽动人的故事和神话传说，自然美景与人文情结相交融，使得这里变得更加诗意化、人文化了，于是引来了多少文人墨客的幽思绮怨，留下了数不胜数的美丽诗篇。本篇即为其一，是他专咏“潇湘八景”（共十六首）中的第三首，是咏潇湘夜雨之景的。

上片写由潇湘夜雨而引起了思古幽情。前二句点时点地，以景起，“潮落”，入夜时分；“蒹葭浦”“橘柚洲”，代潇湘之地；“烟沉”，是江南雨意正浓。所以起句就直写题意，将“潇湘夜雨”全景推出。接下去“黄陵”一句，写足了题面，又暗透了题旨，景中已流露出淡淡的伤感，因为黄陵祠是祭奉为爱情而死的娥皇、女英的，遂不免勾起吊古之意。结句紧承上句意，直说由于触景而生出无限的吊古伤今的情怀。

下片写潇湘夜雨中的清幽之境。前二句是对夜雨作进一步的描画，是上片意脉的延伸与扩展，前句写所见，是迷蒙的渔火，后句写所闻，是秋雨潇潇，同时也点明客船在夜雨下滞留江边二妃庙旁，无法前行。这里的“漠漠”照应了上片的“烟沉”，“萧萧”照应了“蒹葭”，前后关合得自然有致。后二句则是点睛之笔，说在这样清幽的潇湘雨夜里，不免寂寞孤凄，能与谁共此清幽呢？“唯有一沙鸥”，与沙鸥为伴共享清幽，共度雨夜。这真可与杜甫“飘飘何所似，天地一沙鸥”（《旅夜书怀》）的情景慷慨相当了。

读这首词犹如看一幅“潇湘夜雨”的水墨画，清幽雅致，不俗不媚，尤其是结尾，意韵悠长，耐人寻味。

宋褧

宋褧（jiǒng）（1294—1346），字显夫，元大都（今北京大兴）人。元泰定元年（1324）进士，累官翰林学士，兼经筵讲官、监察御史等。为政多有建树，卒谥文清。与兄宋本并有才名，先后入馆阁，时人称“大宋小宋”。工诗，清新秀伟，长于讽喻。填词四十首，常借景事插叙、寿筵题词作出尘之想、江湖之思，清淡健爽。有《燕石集》十五卷。

浣溪沙

昆山州城西小寺晚憩[1]

落日吴江驻画桡，招提佳处暂逍遥[2]。海风吹面酒全消。　　曲沼芙蓉秋的的[3]，小山丛桂晚萧萧，几时容我夜吹箫？

①昆山州：在今江苏省苏州市东，吴江县东北。　②吴江：与黄浦江会合入海的一条河。驻：停住、停留。画桡（ráo）：画船、画舫，这里借指所乘之船。招提：梵语，四方之意，常指四方之僧。四方僧居住地称“招提僧房”，梁武帝之后，称寺院为“招提”，这里指的是小寺。③曲沼：边沿弯曲的池沼。的的：形容荷花清亮鲜明的样子。萧萧：形容丛桂树发出的响声。

宋聚是位博览群书、才识过人的一代才子，虽然做官，却常有出尘之想、江湖之思。本篇就是他这种思想的写照。

词题说明是在小庙里过夜，本来就渴望过自在逍遥、无拘无束生活的人，一旦到了寺庙中，自然更会勾起隐逸之思。词的上片叙事写景，“落日”二句说在夕阳西下的时候，小船停泊在大江边，然后来到了这座小小的寺庙，作为今夜的休憩之处，这里真可以使我暂时得到逍遥自在、无拘无束的享受。第三句紧承前二句，进一步表达此时平静安适的心情，说虽然海风把自己从酒醉中吹醒了，然而醒后越发感到此处的清幽静谧，胜境宜人。下片写景抒情，“曲沼”二句用对句，写小寺中所见所闻，所见是的的开放的荷花，所闻是小山传来的萧萧丛桂摇曳的声响，虽只用了两句勾勒，但小寺的清景美妙尽在其中了。如此令人快意的去处，却只能是“暂逍遥”，只能是“晚憩”一回，于是结句“几时容我夜吹箫”，意绪逆转，小寺虽好却不能久居，隐逸之趣不能久享，这一句就把深隐的愁思作了含蓄的表达。

这首词明明写的是愁思，无一字言愁却愁思自见，可谓含蓄蕴藉；词中所摄取的意象极富有诗意，诗人又将其作了恰当的组合，形成了优美动人的画面，给人以身临其境之感；此外下片的对句极为工巧，声、韵、意三者均可联骈成对，其修辞技巧可谓高超。

倪 瓒

倪瓒（1301—1374），字元镇，号云林，江苏无锡人。所居处曰“清閟阁”，多藏法书名画秘籍。元顺帝至正初（1341），忽散家财，扁舟往来震泽三泖（mǎo）间，以终余年。工诗词，亦善书画。书法高妙，被称为逸品。诗文不屑苦吟，而神思散朗，意格高远。有《清閟阁集》。

人 月 圆

伤心莫问前朝事，重上越王台①。鹧鸪啼处，东风草绿，残照花开。　　怅然孤啸，青山故国②，乔木苍苔。当时明月，依依素影，何处飞来③？

①越王台：西汉初（高祖时期）南越王赵佗所建，故址在今广州市越秀山。　②故国：指古南越国及汉代江山。　③素影：月影。

倪瓒是元代著名的画家，同时兼工诗文。一生志行高洁，坚不仕元。元末，世乱将起，作为敏感的诗人，他已经预感到了国势日颓，大厦将倾，元朝统治已经气息奄奄。所以，当张士诚征聘他出来做官时，倪瓒逃避不出，寄身渔舟，笑傲江湖，隐居自适。这首词大约就是他在游历江南，经过越秀山时所作。

词旨很清楚，是吊古伤今，为常见之题，并无甚奇特。诗人见到了当年的越王台，想到了汉王朝的强大，南越王的风流，而今却是风景依旧，遗迹犹存，而越王、汉代江山等，却都已成为历史了。不过应该看到的是，倪瓒虽说生活在大元帝国，但他不关心政事，悠游山水间，对于元室的兴衰他是不那么关心的，所以这里的浩叹，无非是诗人对历史的兴叹，对人事沧桑的悠悠伤感。

这首词极见特色的地方是，诗人多处用隐括、改造唐人诗句而变成为自己的词句。上片“伤心”二句，由唐窦巩诗《南游感兴》化出，窦诗云：“伤心欲问前朝事，惟见江流去不回。日暮东风春草绿，鹧鸪飞上越王台。”这里将“欲问”改作“莫问”，“飞上”改作“重上”，这一改动，情意全变，变成具有新的内涵的诗句，别有一番情韵。下片又融化刘禹锡《石头城》的诗意，刘诗云：“山围故国周遭在，潮打空城寂寞回。淮水东边旧时月，夜深还过女墙来。”同时也暗含了张若虚《春江花月夜》“江月何年初照人”句的诗意，如此化用、改造，令古人之诗为我所用，既融化无痕，不露迹象，又铸造了新的诗情和诗境，足见其运典的高明，技巧的娴熟。

词之上片感慨幽深，下片意境清远。全篇豪迈超逸，悲而壮，清而远。所以陈廷焯称赞说：“悲壮风流，独有千古。”（《大雅集》）

司马昂夫

司马昂夫（1217？—1350？），汉姓马，名超吾，号九皋，回族人。亦称薛昂夫。出身官宦之家，父亲是御史大夫。他曾任江西行中书省令史，后官至池州路总管、衢州路达鲁花赤。晚年因不满腐败政治，辞官闲居杭州西湖。擅篆书，散曲以蕴藉见长。有诗名，曾与杨载、虞集、萨都剌等相唱和。现存词二首，颇具散曲情韵。

最　高　楼

暮　春

花信紧，二十四番愁①。风雨五更头②。侵阶苔藓宜罗袜，逗衣梅润试香篝③。绿窗闲，人梦觉，鸟声幽。　　按秦筝、学弄相思调④；写幽情、恨杀知音少。向何处，说风流？一丝杨柳千丝恨，三分春色二分休⑤。落花时，流水里，两悠悠。

①花信：花信风，即在花期内刮来的风。二十四番：指花信风先后有二十四次。江南地区自小寒至谷雨，每五日即有一番花信风。　②五更头：五更开头，即天将亮之时。　③罗袜：代指步履。梅润：指梅雨天潮湿的空气。香篝：即熏笼。二句意思是说，想到院子里去，看到台阶边已

长满了苔藓，脚步又收回来了。梅雨天气，屋子里潮湿，连衣裳也湿润了，只好试着用熏笼烘烤。 ④秦筝：即古筝，形与瑟相似。据说秦将蒙恬所造，故称。弄：弹奏。 ⑤“三分”句：化用叶清臣《贺圣朝》“三分春色二分愁”句。改“愁”为“休”，意为春天已过大半。

这首词是写闺怨的。闺怨是词中常见的题材，本篇虽也作常见之题，常用的上景下情之法，但不入俗流，清新可喜。作者以精练细致的笔触描写景物和刻画心理，将闺中女子的怨情表达得深细入微，尽致淋漓。

上片是通过她对节候的感受，自己的行动与环境的描写，层次分明地表现出惜春怨春的情怀；下片直抒胸臆，由情到景，情景俱到，处处照应上片的内容，突出了怨情，结处更含悠然不尽的意蕴。

由于元代散曲兴盛，元人词往往受其影响，前人甚至讥评为“上不类词，下不类曲”，说元人词介乎词、曲之间。而其具体表现，就是情思表达的口语化、俚俗化。像这首词中“头”“杀”“时”“里”等都是散曲的习用语，故其曲化痕迹非常明显。但这无碍于本首词的佳妙，因为这首词是以流畅浅近之语表达了浓郁的情思，抒情多用口语，直率而流利，辞浅而意深，不失为一首优秀的闺怨词。

萨都剌

萨都剌（1272—1357），字天锡，号直斋，回族（一说蒙古族）人。因祖父留云、代，遂居雁门（今山西代县）。泰定四年（1327）进士，官淮西江北道经历。晚年寓武林，常游历山水，后入方国珍幕府。所作以宫词、艳情乐府诗著名。诗风清丽俊逸，文辞雄健，间有豪情奔放之作，以自然景物为题的山水诗较为出色。又擅词曲、书画。有《雁门集》《集外诗》《天锡词》。

满　江　红

金陵怀古[①]

六代豪华，春去也、更无消息。空怅望，山川形胜，已非畴昔[②]。王谢堂前双燕子，乌衣巷口曾相识[③]。听夜深寂寞打孤城，春潮急[④]。　思往事，愁如织；怀故国，空陈迹[⑤]。但荒烟衰草，乱鸦斜日。玉树歌残秋露冷，胭脂井坏寒螀泣[⑥]。到如今只有蒋山青，秦淮碧[⑦]。

①金陵：今南京市。三国东吴、东晋、宋、齐、梁、陈六个朝代曾在这里建都，故为六代古都。　②形胜：指地理位置优越、地势险要。畴昔：往昔。　③王谢：东晋时王导、谢安两大望族。乌衣巷：王谢两大望

族所居之地，在今南京市东南秦淮河畔。此处化用了刘禹锡《金陵五题》之一《乌衣巷》诗意，诗云："旧时王谢堂前燕，飞向寻常百姓家。"这二句的意思是，看到乌衣巷口双双飞来飞去的小燕子，都仿佛似曾相识，原来它们是在王谢家的厅堂栖息过的。 ④"听夜深"二句：化用刘禹锡《金陵五题》之一《石头城》诗意，诗云："山围故国周遭在，潮打空城寂寞回。"这二句的意思是，夜深时，听到长江湍急的春潮在寂寞地拍打金陵孤城的河岸。 ⑤故国：指东吴等已成为历史的六个朝代。 ⑥玉树：指陈后主所作《玉树后庭花》曲，后人称之为亡国之音。胭脂井：又称"景阳井""辱井"，在今南京市鸡鸣山边的台城内。陈后主与妃子张丽华等为逃避攻入金陵的隋兵的搜捕，藏匿于胭脂井中，后为隋兵发现，被俘。寒螀（jiāng）：寒蝉。这二句的意思是，当年那优美动听的《玉树后庭花》歌曲声已经消失了，胭脂井壁也残败不堪了，剩下来的惟有眼前这秋露凄冷，寒蝉的声声悲泣。 ⑦蒋山：即南京市东的钟山，因东汉时县尉蒋子文葬埋于此，故又名蒋山。

元宁宗至顺三年（1332），诗人被调任江南诸道御史台掾史（相当于监察机关的僚属），移居金陵。这首词大约作于此时。

金陵是著名的六朝古都，在这里曾经发生过多次朝代更替，演出过多次风云变幻的历史悲剧，引发过无数诗人的凭吊与叹惋，留有数不胜数的令人唏嘘伤感的诗篇。萨都剌虽为少数民族的诗人，但他与汉族诗人一样，面对这饱经历史沧桑的故都，想到悠悠的历史岁月，不禁诗思涌动，不可遏抑，遂赋诗寄恨抒慨。

这首词的题旨完全可用东晋士大夫们新亭对泣时说过的“风景不殊，正自有山河之异”（《世说新语·言语》）作为概括。

上片写暮春之景。起始二句直扣题旨，带有沉重的怀古情绪，慨叹六代的繁华如同这眼前的春景一样消歇了，一去不复返了。接下去“空怅望”三句承前句意进一步抒慨，又启下句写景，说金陵山川形胜，地理位置险要，又是风景优美宜人的好地方，然而她昔日的繁华胜景都已荡然无存，此情此景令人怅恨无限，幽伤绵绵。“王谢”四句用隐括前人诗句的手法，进一步描绘眼前景，不仅点化自然，浑然天成，而且融入了作者的新意，使得怀古的深情更显深沉，更具幽凄的历史感。

下片抒怀，过片的四句总写怀古伤今之情，并明点了题旨。接下去“但荒烟”二句对面前衰飒破落之景再作勾勒渲染，又接以“玉树歌残”二句，借典发挥，使得写景与咏怀交融合一。这里用陈后主的悲惨结局，将吊古之情发挥得尽致淋漓。结尾处三句词情突然逆转，更加突出了历史的沧桑，世事变化无常的悲慨。

这首词沉郁悲壮，慷慨苍凉，一气流注。词中化用前人诗句更显得真情迸发，厚重凄怆，加之布局的对称，上下片都是亦景亦情地交替出现，疏密间错，增添了其历史感和宇宙意识的表达，蕴藉有致，深婉厚重。

百　字　令

登石头城[①]

石头城上，望天低吴楚，眼空无物[②]。指点六朝形胜地，唯有青山如壁[③]。蔽日旌旗，连云樯橹，白骨纷如雪[④]。一江南北，消磨多少豪杰。　寂寞避暑离宫，东风辇路，芳草年年发[⑤]。落日无人松径里，鬼火高低明灭[⑥]。歌舞尊前，繁华镜里，暗换青青发[⑦]。伤心千古，秦淮一片明月。

①石头城：在南京市清凉山西麓。此城始建于周显王三十六年（公元前333），春秋时楚灭越，楚威王设置金陵邑，并筑城池。三国时，孙权于赤壁之战后，把国都从京口（今镇江市）迁往秣陵（即今南京市），改名建业，次年在清凉山原旧城基础上修建了石头城。城墙雄峙，石崖耸立，长江即从山下流过，故石头城在军事上极为重要。　②吴楚：春秋时期南方的两国，南京地区先后属于这两个国家，故这里是指南京一带。无物：指已经看不到当年这里繁华兴盛的景象了。　③六代形胜：参见第62页《满江红》注①、②。　④樯橹：桅杆与船桨，此处代指战舰。⑤离宫：离宫本指正宫之外供帝王出巡时休息居住的宫室。这里所说的避暑离宫，指的是石头城所在的石头山南麓的清凉寺，五代十国的吴国在此建兴教寺，南唐时改为石头清凉山，宋改为寺。辇路：皇帝车驾所走的路。　⑥鬼火：磷火。　⑦青青发：浓黑的头发。

这是一首依苏轼词《念奴娇·赤壁怀古》原韵填写的怀古词，是萨都剌词的又一篇代表作。

上片一起句便气势磅礴，前三句写登城眺望，是总写登临所见所感。“天低吴楚，眼空无物”八个字，苍劲雄浑，大气包举，悲凉慷慨，吊古伤今之意已见。接下二句承此意而生发悲慨，说眼前原来六朝繁华兴盛的景象都不见了，只剩有高耸壁立的青山静静地孤独地矗立在那里。这景中深含了诗人无边的怅触，其不胜今昔，惘然伤情的悲慨全蕴于其中了。接下去又是一连五句，即情即景的描写，其间融入议论抒慨，尤其是结处二句“语意凄恻”（陈廷焯《词则》），极其苍凉慷慨。

下片以细笔勾勒，继续写石头城的今昔变迁。前三句取景于南唐遗址，概括石头城的盛衰兴败。接下“落日”二句纯用景语，更加凄凉，再转“歌舞”三句，叹繁华转瞬即逝，乐尽悲来，人生有限，世事无常，古今莫不如此。最后的结句直抒胸臆，深化了全篇的悲凉情结，道出了宇宙长存，而人事沧桑的悲哀。

和东坡赤壁怀古的词不知有多少，能与苏词相媲美的却很寥寥。萨都剌的这首虽是和韵之作，然而却不受原作的束缚，反而精思见巧，笔底酣畅，读之令人动情，叹为观止。

邵亨贞

邵亨贞（1309—1401），字复孺，号清溪，云间（今上海市松江县）人。洪武中官松江府训导。博通经史，工篆隶。文章诗词，亦颇有可观，长短句尤为隽永清丽，词风近其师倪瓒，远承周邦彦。有《野处集》四卷、《蚁术诗选》一卷、《蚁术词选》四卷。

浣　溪　沙

西子湖头三月天，半篙新涨柳如烟①。十年不上断桥船②。　　百媚燕姬红锦瑟，五花宛马紫丝鞭③。年年春色暗相牵。

①西子湖：杭州西湖。西子，指春秋时越国美女西施，苏轼有“欲把西湖比西子”的诗句，故后人即将西湖又称西子湖。半篙新涨：新雨霁后，春水陡涨。篙：撑船用的竹篙。半篙是说湖水涨出了半篙深。　②断桥：在杭州孤山边，原名宝祐桥，又名段家桥，因孤山之路至此而断，故自唐以来称断桥。这里代指西湖。　③燕姬：本指燕赵美女，这里泛指游玩于西湖的胡女（非汉人的女子）。宛马：原指古代西域大宛所产的良马，后以宛马代指骏马、宝马。五花：一说指马的毛色斑驳；一说是将马鬃剪成五簇，分为五个花纹。五花宛马，即漂亮健壮的马。

这是一首诗人重游西湖的抒怀之作。

西湖，作为原来南宋都城临安（即杭州）的风景名胜，诗人是曾经游历过的，但是他已经长期不涉足此地了，如今这里是元代统治者的天下，南国名城，南国的美景胜地，也就成了新贵们的游览圣地。诗人作为汉人中的“南人”，在元代是屈居于四等人之末的，尽管身为元朝的命官，但因有着“南人”的身份，依然是在受歧视之列，所以诗人心中不能平静，心理不能平衡，潜在的民族意识使他一旦遇到引发的触媒，就会自然流露。这首词的抒怀，正是这种潜藏的民族意识的含蓄的表现。

上片“西子湖”二句，写西湖之春，点时点地写景。意思是，三月的西湖，春雨刚过，湖边垂柳经雨滋润，柔枝轻摇，鹅黄袅娜，如雾如烟，真是一派让人销魂的美景。然而第三句一转，说自己已经十年不到此地游赏了。何以如此？诗人就此打住，不作明说，意在言外。

下片用“百媚”二句承上启下，这两句是一联工稳的对句，极为精彩，意思是而今重到这里，所见不是美丽窈窕的越地女子，而是北国佳人，骑着宝马游来走去的也都是北地的胡儿。这两句只作了景物的摹画，可是诗人深藏的隐衷却婉转含蓄地流露出来了。最后“年年”一句收束，与上片落句呼应，说虽然十年不到这里游赏，可是这里的美景胜境却年年牵动着自己的情思，没有一刻忘怀，其深藏的故国之思也就不言自明了。

小词含蓄蕴藉，语浅意深，妙在诗人的意韵含而不露，耐人咀嚼。沈祥龙《论词随笔》中说：“含蓄无穷，词之要诀。含蓄者，意不浅露，语不穷尽，句中有余味，篇中有余意，其妙不外寄言而已。”正可借来说明此篇的特色。

王从叔

王从叔（生卒不详），号山樵，庐陵（今江西吉安）人。

阮郎归

忆别

风中柳絮水中萍，聚散两无情。斜阳路上短长亭①。今朝第几程？　何限事，可怜生，能消几度春②。别时言语总伤心，何曾一字真。

①短长亭：古代驿路上设置的专供人们送别、休憩之所。一般五里置一“短亭”，十里设一“长亭”。　②何限：无限。生：这里指一生一世。

词题“忆别”，意思是送别之后，又回忆起送别之情之景，又惹动了怨别伤离的烦恼。

“词贵意多”，而这首词正是，上片语简意多，入手角度也新颖，所谓“突然而来，悠然而去”（沈祥龙《论词随笔》）。开头的两句采用比兴，意思说，人生的聚散，就如同柳絮、浮萍一样，一个随风飘飞，一个顺水流散，不会是长久的。这里的“聚散两无情”，其实是反话，说无情正是多情，所以才有下二句那样牵肠挂肚的怀念，说分手之后，你的情景如何？此刻你又在何处呢？经过了多少长亭短亭？现在又走出了多远呢？这落句意蕴悠然，作了一个收而未收之势，为下片留下空间，为进一步抒情写景作了蓄势。

而下片起句则承前片意脉而来，发为慨叹之声，又出以议论之语。先说无限伤心事，可怜人生苦短，世事无常，谁知还能有几度逢春呢？而后又翻转为“别时”情景的追忆和感叹，说分别的时候缠绵伤感，说了那么多的心里话，山盟海誓，多么让人销魂啊！可现在天各一方，那些临别的话语，一字一句的，有哪些是真的呢？问中含怨，而怨中又是含情脉脉，真挚动人。

这首词景中情，情中景，凄情苦语，质朴真率，不为浮艳之句，不作忸怩之态，纯任自然，真是性灵中的文字。

黄子行

黄子行（生卒不详），字蓬瓮，修水（今属江西）人，寓籍分宜。有《蓬瓮寐语》。词见《元草堂诗余》。

小 重 山

一点斜阳红欲滴。白鸥飞不尽，楚天碧。渔歌声断晚风急，搅芦花飞雪满林湿。　　孤馆百忧集，家乡千里远，梦难觅。江湖风月好收拾，故溪云深处著蓑衣。

这是一首写天涯游子客里悲秋的词。

游子天涯，思乡念远，这是古代诗词中的常见之题，而且多取用上片写景，下片抒情的惯用手法，虽说本篇也没有离开这个习见的套路，但是由于诗人巧妙地组合了秋情、秋意、乡思、客愁等有关的意象，故使得这首词能于“俗中见雅”，自成面目。

词的上片写秋景。起句点时空，先着色，“红欲滴”三字将就要落山的太阳描画得光彩秾丽，然而这太阳是“一点”，不是白日当头，更不是旭日东升。所以一起句便带有淡淡的伤感。接下二句进一步描绘夕阳之下的碧天、白鸥，而白鸥盘旋，显然是在寻找落日前的归宿。长天空阔，寂寥肃杀，正当此际又秋风阵阵吹起，把那似断似续的渔舟唱晚的歌声送来。秋风带着几分凉意，连那飞雪样的芦花丛也变得湿漉漉，一片凄迷了。这里生动地摹画出一派清秋凄凉之景，伤感之境。

下片抒情写怀。前三句明写怀土思乡，说家乡在千里之外，自己则是孤独地在外飘流，面对此情此景，倍加思绪悠悠，夜不成眠，连回乡的梦也做不成。最后结处宕出一笔，写想象中回到了故乡，那里有溪水上的小舟飘荡，自己身着蓑衣，头顶斗笠，在芦花荡里，白云深处，自在逍遥。

这首词闲静淡远，很像一幅描绘秋情秋意的山水画，铸造了凄清伤感的意境。

刘 基

刘基（1311—1375），字伯温，号犁眉，浙江青田人。元至顺二年（1331）进士，任江西高安县丞、浙东行省都事。后弃官归。明太祖（朱元璋）起事括苍，聘至金陵，佐太祖定天下，为明开国勋臣，任御史中丞。明初各种典章制度多由他与宋濂等计定，封诚意伯。后被胡惟庸诋毁，忧愤而死。谥“文成”。博通经史，诗文闳深顿挫，自成一家。有《诚意伯文集》二十卷传世。

水 龙 吟

鸡鸣风雨潇潇，侧身天地无刘表[①]。啼鹃迸泪，落花飘恨，断魂飞绕[②]。月暗云霄，星沉烟水，角声清袅[③]。问登楼王粲，镜中白发，今宵又添多少[④]。　极目乡关何处，渺青山髻螺低小[⑤]。几回好梦，随风归去，被渠遮了[⑥]。宝瑟弦僵，玉笙指冷，冥鸿天杪[⑦]。但侵阶莎草，满庭绿树，不知昏晓[⑧]。

①侧身：置身。杜甫诗云：“侧身天地更怀古，回首风尘甘息机。”（《将赴成都草堂途中有作先寄严郑公》）刘表（142—208），字景升。汉末山阳高平（今山东鱼台东北）人。东汉末年军阀混战时割据荆州（今

湖北、湖南），不图进取，力求自保。建安十三年（208）病死。 ②啼鹃：杜鹃鸟悲凄地啼鸣。古代传说杜鹃鸟是上古蜀王望帝（杜宇）魂灵所化，春天啼鸣。断魂：销魂神往，形容一往情深或哀伤。 ③角声清袅：号角声清悠，绵长不绝。 ④登楼王粲：王粲（177—217），字仲宣，山阳人。"建安七子"之一，汉初平三年（192）离开长安往荆州依附刘表，但不为刘表所重，心情沮丧，且值家国丧乱，怀志不骋，于是登楼赋得名篇《登楼赋》，借写眼前景物，抒郁愤之情。后人以此作为士不得志而思怀故土之情的典故。 ⑤青山髻螺：形容青山像女人盘旋如螺状的发髻。 ⑥渠：方言。他（它）。 ⑦冥鸿：高飞的大雁。杪：微小。 ⑧莎（suō）草：即香附子。多年生草本植物，多生于潮湿之地。夏季开穗状小花，赤褐色，茎直立；叶三棱形，细长，深绿色。

刘基生活在元明易代之际，他曾在元至正十六年（1356）做官，第二年以"军功不录"之名，弃官而去。至正二十年（1360）被朱元璋招纳，襄赞军务，从此随朱元璋征战，直至明王朝建立，成为了开国勋臣。这首抒发身世之感的词，是他发迹之前写作的。明陈霆的《渚山堂词话》里说："刘未遇时，尝避难江湖间，往见有《水龙吟》一阕云云。此词当是无聊时作。风雨潇潇，不知昏晓，则有感于时代之昏浊。而世无刘表，登楼王粲，则自伤于身世之羁孤。然孰知其不得志于前元者，乃天特老其材，将以贻诸皇明也哉！"这段文字将这首词的写作情景及其内容作了明确的交代。说"当是无聊中作"，其实并非闲极无聊，而是刘基正处在既不可仕元，又未能附朱元璋的矛盾、困惑之际，所以词中使用了王粲登楼的故事。

词的上片“鸡鸣”二句起，寓意明显，第一句是隐括了《诗经·郑风·风雨》：“风雨潇潇，鸡鸣胶胶，既见君子，胡云不瘳（chōu）。”而这诗的小序说：“《风雨》，思君子也，乱世则思君子。”刘基身处乱世，有“思君子”之怀，于是才有下句，慨叹连刘表式的人物也找不到，无处安身。接下“啼鹃”六句则是避实就虚，用“啼鹃”“落花”等具象化的语句写出自己飘荡无所归依的心情，“月暗”“星沉”“角声”等暗喻了时局紧张而自己又无所事事，光阴虚掷。于是引出“问登楼”三句，说此时此刻的景况和心情与当年的王粲又何其相似。王粲怀才不遇，刘基又何去何从？静夜忧思，白发增添，如何不令人慷慨生哀呢！

下片转入怀土思乡之情的抒写。“极目”二句写遥望家乡以寻安慰，但望也望不到，只有点点青山而已。于是接下“几回”三句，说几回做梦回家乡，可又被青山遮挡住，连梦魂也归不得了。值得注意的是，这里明写的是乡思乡情，其实这里也隐喻了思念的不仅是家乡，个中也寓含了诗人思怀明主，一展宏图的情怀。所以“宝瑟”三句则是这一情怀的深一层的形象刻画，说治国安邦的愿望就如同宝瑟、玉笙不能弹奏，希望如同天边大雁，愈飞愈远。最后“但侵阶”三句收束，以眼前实景作结，阶前蔓草、庭中绿树，自己处在如此闲庭，又何能感知到天下的治乱，时代的昏晓呢！

这首词婉丽沉致，写的是身世之感，忧国忧民的怀抱，但都以“兴”和“比”的艺术手段表达。所谓“感四时景物，托风月情怀，皆所以写其忧世拯民之心”（叶蕃《写情集序》）。

渔 歌 子

钓得鳊鱼不卖钱①，瓷瓯引满看青天②。芳树下，夕阳边，睡觉芦花雪满船。

①鳊（biān）鱼：即鲂鱼。淡水鱼，身体侧扁，头小而尖，鳞较细。 ②瓷瓯引满：意思是将酒杯斟满。瓷瓯：青瓷制成的杯、碗等饮具。

《渔歌子》是篇幅极其短小的令词，自从唐人张志和写了《渔父》（即《渔歌子》）之后，人们纷纷仿效，和者众多，佳作不少，而且大都是咏渔家事的，刘基这首也是如此。

小令短小，字句有限，一字一句闲不得，所以难成佳构，但本篇却写得相当精彩，是篇优秀的短制之作。

词仅五句二十七字，诗人却能在这么短小的篇幅里，描绘了景物，铸造了境界，写出了个性，这实在难能可贵。词一发端便见情致，且别开生面，“钓得鳊鱼不卖钱”，渔人钓鱼卖钱，理所当然，这里却说“不卖钱”，有违了常理，似不合逻辑，而这正是词的新颖别致所在。既“不卖钱”，所为何求？下句承之，“瓷瓯引满看青天”，原来是自食自用，聊以佐饮。值得注意的是，此句意蕴含婉，耐人寻味，因为你可以理解为手持斟满了酒的青瓷杯，悠悠然远望青天，也可理解为眼望杯中的青天倒映，还可作两者兼而有之的理解，“词贵意多”，而仅此一句便可有如此之多的意趣，同时还开解了“不卖钱”的存疑，并为后三句蓄势，故此句乍看本平淡无奇，而细咀之却会发现直而能曲，浅而能深。后三句是二句的延伸，说喝醉入睡，任小船漂流吧，待到睡醒时，才发现已是夕阳西下，小船停泊在芳树下，而落满船的芦花，真像是一船的白雪。诗人很会运用蒙太奇的手法，由前边之景之境，转切到这里又是一景一境。至此景象境界全出。而从这景这境中，也就自会感悟了诗人的情趣、诗人的个性。你看，钓鱼不是要卖钱的，而是自饮自乐、自陶然，酒醉了，便任随飘荡，多么自在逍遥。但这不也正是诗人傲岸不羁、孤高自赏，绝世独立性格的写照吗。

小词直中见曲，含蓄宛转，意趣深藏，确是与一般咏渔家之作不同。

杨　基

杨基（1326—1378），字孟载，号眉庵，其先祖是嘉定州（今四川省乐山市）人，祖父时迁至吴中（今江苏吴县），遂为吴人。明初任荥阳知县，后任兵部员外郎、山西按察使。因事罢官，罚作劳役，死于贬所。与高启、张羽、徐贲合称“吴中四杰”。著有《眉庵集》。其词“饶有新致”（沈雄《古今词话》引《乐府纪闻》）。

清　平　乐

柳

欺烟困雨，拂拂愁千缕。曾把腰肢羞舞女，赢得轻盈如许。　　犹寒未暖时光，将昏渐晓池塘。记取春来杨柳，风流全在轻黄。

这是一首咏物词，是咏初春之柳的。

咏物词是词体中的一大门类，而优秀之作必当于咏物中有诗人的寄托，“咏物必此物”定非佳作。但这篇咏柳词，并无托物寄怀的表现，只将春柳作一番生动传神的描绘，表达了对杨柳的垂爱之情。

上片写柳之姿态，写柳在外形上的特点：一是“欺烟”，说柳条垂垂，柳枝分披，远望如带雨含烟。其中用“欺”“困”勾勒，是说杨柳被烟所欺，被雨所困，不仅表现其烟水迷蒙之景象，也把她人格化了，说她能感知身受的困扰。二是接下“曾把”二句，写杨柳的另一特点：轻盈、纤柔。这里用舞女的腰肢去比衬，而其“赢得”二字更见传神，说她比舞女之腰还要轻柔，可见其轻盈可爱，袅娜多姿了。

下片则专写春柳，是从气候、天色、色泽上去渲染、刻画。“犹寒”句点明节候，是“犹寒未暖”之时，正与上片前二句照应。“将昏”句点地点时，而此时此刻的柳最风韵，最宜观赏。故此时此地是观柳的最佳时处。最后“记取”二句，写春柳鹅黄初吐的可爱可喜。

这首词可谓通篇用“比”，将柳人格化，将柳之形之色之神作了细微的摹画，形神俱到，可称得上是一首咏柳的佳作。

高启

高启（1336—1374），字季迪，江苏长洲（今苏州市）人。元末隐居吴淞江畔的青丘，号青丘子。善属文，与杨基、张羽、徐贲齐名，称为“吴中四杰”。明初，召入编修《元史》，为翰林院国史编修。不久升户部侍郎，固辞不受。后因上梁文一案，得罪明太祖（朱元璋），被腰斩。有《高太史大全集》、《青丘集》及《扣舷词》。其诗与词皆有如“清风徐来于修竹古松之间”的风韵。

行香子

芙蓉①

如此红妆。不见春光。向菊前、莲后才芳。雁来时节，寒沁罗裳②。正一番风，一番雨，一番霜。　兰舟不采，寂寞横塘③。强相依，暮柳成行。湘江路远，吴苑池荒④。恨月蒙蒙，人杳杳，水茫茫。

①芙蓉：指木芙蓉。木芙蓉，俗称芙蓉、芙蓉花，又称木莲等，落叶灌木或小乔木，叶掌状，秋季开白色或淡红色花，结蒴（shuò）果。②沁：气体或液体等深入或透出。此处意为寒气袭透了绣罗衣裳。　③横塘：水塘。这里指荷花塘。　④湘江：即湖南省之湘水。因与此水有关的

历史故事、神话传说甚多，故古诗文中多用。吴苑：指吴王之苑，亦称长洲苑，地在今苏州一带，是“以江水洲为苑”。

这是一首咏物词，而咏物之作大多是有寄托的，即如沈祥龙《论词随笔》所说：“身世之感，君国之忧，隐然蕴于其内，非沾沾焉咏一物矣。”说得很明白，诗人咏物无非托物言志。高启这首咏物词也是如此，借写芙蓉之不见阳春、不与群芳争艳、孤独自处，寄寓了自己幽栖寂寞之怀。

上片写木芙蓉花见不到春光，只是经受雨打霜欺，境遇不佳。“如此”二句，用“红妆”，以人拟物，说芙蓉虽美，却不能遇时，见不到春光。“向菊前”三句，是说她只开在秋菊之前，大雁南飞，寒意侵人之时，最后“正一”三句，进一步渲染其生不逢辰，她只能在风、雨、霜催逼的秋天开放。

下片进一步集中笔墨写其境遇的凄苦孤寂。荷花也叫芙蓉，当她盛开的时候，采莲的兰舟不断，荷塘里好不热闹；可木芙蓉虽也叫“芙蓉”却是“兰舟不采，寂寞横塘”，凄凉孤寂之极。所以接下“强相依”二句再加渲染，说只有同老去的成行的杨柳，相依为伴了。下边“湘江”二句宕出一笔，是推开去写想象中情景，反衬此刻的孤寂凄苦，是说想起那曾经盛植芙蓉的湘江、吴苑，如今也已是路远、池荒，那里的芙蓉大概也不会有多么好的命运吧！芙蓉竟这般受冷落，有这般凄苦的境遇，真是可怜，现在只剩下恨了。故结处“恨月蒙蒙”三句，虽出之以景语，而其所写的是“恨”。

这首词以人拟物（芙蓉），亦人亦物，人物合一，咏叹的是芙蓉，表现的却是作者的孤凄之情。这种凄情苦怀，出自高启之口，而其所反映的却是明初许多士大夫知识分子的心情，因为明王朝建立后，朱元璋大开杀戒，许多勋臣被杀被冷落，在这样严酷的政治背景下，谁不心寒胆战，谁不幽凄悲慨！所以这首词可以说是一个时代的知识分子的心理写照，是时代的折光。

念　奴　娇

自　述

策勋万里，笑书生、骨相有谁曾许[①]？壮士平生还自负，羞比纷纷儿女[②]。酒发雄谈，剑增奇气，诗吐惊人语。风云无便，未容黄鹄轻举[③]。　　何事匹马尘埃，东西南北，十载犹羁旅[④]！只恐陈登容易笑，负却故园鸡黍[⑤]。笛里关山，樽前日月，回首空凝伫[⑥]。吾今未老，不须清泪如雨。

①策勋：将功勋记录于策书上，即表示建立了卓著的功勋。骨相：指人的骨骼、形体、相貌等，这里是指算命先生为其算命。　②纷纷儿女：众多儿女。　③黄鹄（hú）：鸟名，俗称天鹅，善高飞。常比喻高才贤士。　④羁旅：飘泊在外。　⑤陈登：字元龙，东汉末下邳（今江苏省睢宁西北）人。博学多才，曾为典农校尉，后助曹操，以功拜伏波将军。陈登多豪气，心忧天下，有救世意。有一次许汜（sì）去见陈登，讲了些买

地买房产之事，陈登很看不起他，就自己在大床上睡，让许汜睡在下床。（见《三国志·魏志》） ⑥凝伫：呆呆地伫立。

词题“自述”已说明了是自叙怀抱，写这首词的时候是元至正二十一年（1361），作者二十五岁，就在这年，有位嘉兴的相士薛月鉴到吴淞来拜访，并为高启相了面，说他不久就会飞黄腾达。高启为此写了《赠薛相士》诗相赠。他虽对薛相士的算命将信将疑，可也不无触动，作为二十五岁的青年，雄心勃勃，又逢乱世，自然会有建功立业的愿望。故而在赠了薛相士诗后，又填了这首《念奴娇》叙志述怀，表达了自己进退踟蹰的矛盾心理。

上片起句说立功万里，记勋于策，这是谁许给我这一介书生的诺言呢？真不免有些可笑。这里用问句，像是把薛相士的话没当回事。但高启少有才名，为人称赞，这又使他自命不凡，于是“壮士”二句又表现了自负，觉得自己还是比芸芸众生的小儿女们要高明多了。接下去“酒发”三句具体勾画了自己的形象，说酒后高谈阔论，能武能文，舞起宝剑奇气益增，作起诗来出口惊人。可见这位书生何等狂放。但是结处“风云”二句一转，表达了此际的彷徨心情，诗人用黄鹄自喻，说现在的风云还不合适，还不能让黄鹄乘风势飞翔，而其实际含义则是说目前政治时机未到，出来做官，建功立业，还不是时候。然而，自行韬晦，待机而起只能是权宜之计，怎可以自甘寂寞，老死牖下呢！于是转入下片。

下片承上片意脉，进一步叙志述怀，“何事”四句是叙述自己十年来的行迹。高启自十六岁起即有诗名，参与硕儒们的宴会，颇受老生宿儒的器重，到此时已整整十年，而十年来他往来南北，其意也在寻找机遇，但他却说“何事”“羁旅”，看似牢骚，而实则表明尚未找到安身立命之所。接下“只恐”二句又以陈登与许汜的故事作比，将此际的矛盾心情透露，意思是若学陈登，就不免有辜故园的鸡黍；若学许汜，那就会让陈登样的志士仁人耻笑，故不知何去何从了。接下“笛里”二句又一转，从现实的状况再叙矛盾的心情，“笛里关山”是从目前百姓疾苦角度，是说连年征战，造成了多少征人怨妇，百姓离乱的痛苦；“樽前日月”又是从流光易逝，人生易老的角度写不甘放弃人生的追求，但思来想去，仍是“空凝伫”，难以定夺。最后“吾今”二句的收束又以自宽自慰自励的口气，表明了自己依然对未来充满希望的态度。

这首词以赋法述怀，即借用形象的语言去铺写自己的心志怀抱，屈曲道来，但曲折有致，一气流贯。读毕，使你仿佛是倾听一介书生自叙幽怀的独白，有郁勃的雄心壮志，有进退踟蹰的彷徨，也有尚无安身立命之所的苦闷等等。

瞿 祐

瞿祐（1341—1427），一作“佑”，字宗吉，号存斋，又号山阴道人，浙江钱塘（今杭州）人。学博才赡。洪武（朱元璋年号）中为临安教谕。永乐（朱棣年号）年间任周王府长史。因诗祸编管保安，洪熙（朱高炽年号）中释归，官复原职。著有《阅史管见》《存斋诗集》《归田诗话》及传奇小说集《剪灯新话》等。词集有《余清词》《乐府遗音》。前人论其词：“乐府歌词，多偎红倚翠之语。”（《西湖志余》）

摸 鱼 儿

苏堤春晓[1]

望西湖、柳烟花雾，楼台非远非近。苏堤十里笼春晓，山色空蒙难认。风渐顺，忽听得、鸣榔惊起沙鸥阵[2]。瑶阶露润[3]。把绣幕微搴[4]，纱窗半启，未审甚时分。　　凭栏处，水影初浮日晕[5]。游船未许开尽。卖花声里香尘起，罗帐玉人犹困[6]。君莫问！君不见、繁华易绝光明迅。先寻芳信，怕绿树成阴，红英结子，留得异时恨[7]。

①苏堤春晓：杭州西湖十景之首，自南宋起，即享有盛名。

②鸣榔：也作“鸣根”。打鱼人敲击船舷，用其响声震网，令鱼入网。③瑶阶：玉砌的台阶，此处指汉白玉台阶。④搴：通“褰”。撩起，揭起。⑤日晕：太阳周围的光圈，此处指水面上映出的光影。⑥玉人：容貌美丽的人，即美人、美女。⑦“先寻芳信”四句：隐括杜牧的故事。杜牧三十余岁时，游湖洲，见一女，十余岁，貌美，杜恋之，与其母约十年后来娶，并赠金为礼。十四年后，牧任湖州刺史，而女子已出嫁三年，生二子。杜遂叹而赋诗：“自是寻春去校迟，不须惆怅怨芳时。狂风落尽深红色，绿叶成阴子满枝。”

瞿祐有十首写西湖十景的词，他在自叙中说：“丁巳岁夏，寄居富氏余清楼。頫（同“俯”）视西湖，如开一境。凡阴晴风雨，寒暑昼夜，未尝不与水光山色相接也。技痒不能忍，因制‘望西湖’十阕。”本篇是其第一首。丁巳是明洪武十年（1377），这时作者三十一岁，正住在他的外家富子明氏那里。他说看到西湖美景，不由“技痒”（诗兴大发），就写了十首。自叙已把写作缘起交代得很清楚了。

这是专门描写、赞颂“苏堤春晓”景点的词，读此篇仿佛是在随着作者的摄像镜头一起“望”，而其美景胜境次第展现在眼前，极有层次，极为鲜活。

上片第一字“望”，在填词上称“领字”，领起后边种种情景，因此下文所描写的都是由这一“望”字中来，而所望者何？苏堤一带“春晓”的胜景。所以通首词围绕“春晓”来作。“望西湖”二句写远望，是侵晓的迷蒙。接以“苏堤”二句则是近观，依然是朦胧之感，到此都是“望”中的静景。“风渐顺”三句转为动态的描绘，有微风习习、有渔人鸣榔、沙鸥纷起，瑶阶滴露。然后镜头再转，由窗外转到窗内，“把绣幕”三句，写室内人刚刚醒来，用惺忪的眼去“望”，既是刚醒，也就弄不清是什么时辰了。

过片“凭栏处”三句，紧承上片末三句，描写“望”中的见闻感受。先是日影浮于水面，继则游船解缆将行，而后传来“卖花声”，人们已经走出户外，喧嚣尘起，但这扬尘是“香尘”，故意味这里正鲜花馥郁，芳香扑鼻。但“罗帐”句则写出又一情景，说“玉人犹困”，这就暗点了另类欢愉场，表明其非同常人的生涯，但笔触很轻，含而不露，并由此引出了“君莫问”二句的陡转，抒写心理感受，说人在欢乐繁华中，自会感到光阴易逝，青春难再，因而更引出“先寻芳信”四句，用杜牧的风流故事表达了莫误青春，莫失佳期之意。但这里有无怀才不遇，美人迟暮的寓托，那就凭读者去审定了。

史 鉴

史鉴（1434—1496），字明古，江苏吴江人。平生书无不读，尤熟于史学，隐居不仕，留心经世之学。家居水竹幽茂，亭馆相通。好着古衣冠，居住西村，人称西村先生。有《西村集》八卷。

解 连 环

送 别

销魂时候。正落花成阵，可人分手①。纵临别重订佳期，恐软语无凭，盛欢难又②。雨外春山，会人意，与眉交皱③。望行舟渐隐，恨杀当年，手栽杨柳。　　别离事，人生常有。底何须为著④，成个消瘦。但若是两情长，便海角天涯，等是相守。潮水西流，肯寄我，鲤鱼双否⑤。倘明年，来游灯市，为侬沽酒。

①可人：可意之人，即指意中人、恋人、情人。　②软语无凭：意思是临别时所说的那些温柔的话语是靠不住的。盛欢：美艳快乐的欢聚。　③“雨外”三句：意思是雨后的春山仿佛也懂得人意，此时就像皱着眉头，曲折不平。　④“底何须”二句：意思是为了什么事把人弄得如此消瘦。底：底事、什么事。　⑤鲤鱼：代指书信。古代人们将写好的书

信放入鲤鱼形的一底一盖的盒子里递送，故又称“双鲤鱼”。

“送别”是一个古老的题材，写送别的诗词多得真是汗牛充栋，不胜枚举，其中优秀之作也不少。在此情况下，要想写出优秀的词章，就必须有新意，出新奇，发新声，史鉴的这一首，应该说是有这一特点的。

说他有创新，创新在何处？创新在诗人对“杨柳”的处理上。我国的送别之作多与杨柳结了不解之缘，赋诗填词总不离“柳”，因为“柳”与“留”谐音，有挽留、惜别之意，加之柳条柔软，也含了缠绵留恋之情意。但是本篇却不同，一语“望行舟渐隐，恨杀当年，手栽杨柳”就别开生面，他说眼看着可人的船渐行渐远，看不清晰了，于是转念一想真后悔当年手栽了杨柳，不只后悔，还有怨恨，可谓悔恨交加了，仿佛说往年若是没有“手栽杨柳”这样的“过错”，今天就不会饱尝送别的痛苦了。这种心情真可与王昌龄的《闺怨》“忽见陌头杨柳色，悔教夫婿觅封侯”相似。所以如此翻出新意，就使这首小词跳出了俗套，给人耳目一新之感。

此外，这首词采用情景交融的手法。上片从暮春雨天送别销魂，写到不见可人踪影，迁怨于柳，别恨倍增。下片皆以情语扣紧题旨抒情，情结曲曲折折，显出深而婉的特色，语言极朴质，却能把淳真的感情表达得细微入妙，很有点柳永词的味道。

文徵明

文徵明（1470—1559），字徵仲，号衡山，长洲（今江苏省苏州）人。聪颖好学，才华横溢。少时与祝允明、唐寅、徐祯卿被誉为“吴中四才子”。五十四岁以贡生荐试吏部，任翰林院待诏，三年后辞归。书画名重当代，门徒甚众，形成了“吴门派”，后人把他与沈周、唐寅、仇英合称“明四家”。诗词均以清新秀丽见称。《四库全书》谓于“雅润之中，不失法度，与其书画略同”。著有《甫田集》。

鹧　鸪　天

秋　雁

万里南来道路长，更将秋色到衡阳①，江湖满地皆矰缴②，何处西风有稻粱。　　随落日，渡清湘③，晚鸦冲突不成行。相呼莫向南楼过，应有佳人恼夜凉④。

①衡阳：指今湖南省衡阳市。衡阳在衡山之南，山上有回雁峰，据说秋天南飞的大雁到此就不再南飞了。　②矰缴（zēng zhuó）：系有丝绳的短箭，可以射飞鸟。常用以比喻暗害人的手段。　③清湘：清澈的湘江。　④南楼：本指南面的楼，这里是泛指，即佳人所居之楼。

这是一首咏秋雁的小词，而咏物即咏人，写的是秋雁，实又处处关人事，所以是人雁合一，写怀抒慨。

上片的“万里”二句起，先写大雁一到秋天，便从北向南飞到衡阳，躲避北方的寒冷。本来雁南飞是避寒，这里却说是雁把秋色带到了衡阳，这里已寓含了深浓的感情色彩。接下的“江湖”二句突然陡转，说江湖上处处有暗箭，你北来的大雁在这西风肃杀的深秋，向何处去觅食呢？说的是雁，暗喻的则是人，若联系到作者所生活的时代，自会了然，因为像文徵明那样的大批文人，在明代中叶的政治斗争的漩涡中，历尽坎坷，清贫无着是大有人在的。所以这里说的是雁，实际隐射的是人。

下片承上片意继续写秋雁到了南方的种种境况。前三句写其难以安身，本来雁阵井然，自成秩序，却偏被乌鸦冲乱。乌鸦历来为人所憎恶，故其爱憎之情融在其中，雁之处境可哀，鸦之所为可憎。而接下又以“相呼”二句收煞，宕出一笔，说大雁们啊，飞过南楼的时候千万不要大声鸣叫，因为那会给楼中的佳人增添烦恼的！为什么？因为在人们心目中大雁是有情有义的，是会传书的，如果佳人听到雁声，就会惹起痛苦和思念，故“相呼莫向南楼过”。这二句的收尾，又是由雁及人，揭示了人间处处有不完美、不随意的事，所以这收煞更加深化了题旨。

这首词全用白描，不用典故，语言平实真挚，将咏雁与人事巧妙地结合起来，只作大笔勾勒，如画写意画一般，而秋雁之形神俱见，又与寓意切合，读之自会从中得到体悟。所以诚如吴衡照《莲子居词话》所说：“咏物如画写意，要得生动之趣，方为逸品。”

满　江　红

拂拭残碑，敕飞字[①]、依稀堪读。慨当初、依飞何重，后来何酷！岂是功成身合死，可怜事去言难赎。最无辜、堪恨又堪悲，风波狱[②]。　　岂不念，封疆蹙[③]！岂不念，徽钦辱[④]！念徽钦既返，此身何属？千载休谈南渡错，当时自怕中原复。笑区区、一桧亦何能，逢其欲[⑤]。

①敕（chì）：皇帝给臣子的一种文书。　②风波狱：指岳飞在风波亭所遭冤狱。风波亭：故址在今杭州小车桥畔。　③蹙（cù）：缩小、消减。　④徽钦辱：宋钦宗靖康二年（1127），金军攻占开封，立张邦昌为楚王取代赵宋政权。掠徽、钦二帝及嫔妃、宗室等三千多人，并无数金银宝货，押往金国，此为宋朝之奇耻大辱。　⑤逢其欲：意思是迎合了皇帝赵构的私欲。

这首词所写内容是家喻户晓的一段历史公案，是中国历史上少有的几大冤狱之一——岳飞以“莫须有”的“罪名”被杀。此事一出，便成为无数富有正义感的爱国者咏叹的题材。文徵明的这首《满江红》，便是无数佳构中的一篇脍炙人口的乐章。

诗人以极大的义愤，对制造冤案的罪魁祸首宋高宗赵构作了深刻的揭露与无情的嘲讽，所以这首词真可以说是痛斥高宗的檄文，鞭挞赵构的诛心之论。

上片“拂拭”二句开篇，以叙事起，由此直至终篇，无处不表达出诗人的慷慨悲愤之情。岳飞于绍兴三年（1133）扫平闽粤赣地区的群盗，解除了高宗赵构的东南之患，于是赵构亲自写了“精忠岳飞”四字刻于碑上。这里说那段残碑还在，揩拭一下，字迹依稀尚存。接下“慨当初”二句，是由上二句而来，说当初赵构赐字岳飞的时候，是多么倚重岳飞的啊，可为什么后来对岳飞那么残酷？这里没有说明，可是人们都知道，因为后来岳飞抗金战功卓著，这又威胁了赵构帝位的安定，怎能对他手软呢？接下“岂是”二句又以古例今，前句用韩信被刘邦诛杀的故事，揭示了历来就是功成之后杀功臣，这似乎是个规律，而下句却说岳飞还没有功成就遭杀身之祸，这岂不更为可恨可悲。不过这事已成了过去，再说上千言万语也无济于事了。“最无辜”二句收煞，关合了“后来何酷”，说岳飞以“莫须有”之“罪”惨死风波亭，不但无辜，更令人增恨添悲，到此，上片于感慨中叙事，连发疑议，词情词意欲尽未尽，遂导入下文。

下片是对事理加以剖析。前四句从寻常事理着想，提出疑问，说赵构岂能不念及国家疆土缩小了，岂能不念及徽钦二帝被掳的奇耻大辱。照常理，赵构本应该北伐中原，收复失地，迎徽钦二帝归来。但下文“念徽钦”二句，一针见血地揭出了赵构的居心所在，那就是为了确保自己的皇帝位子，管他国土沦丧，父兄被辱，一切都不在话下。既然如此，所以转入“千载”二句，说出赵构必然杀岳飞不可，因为岳飞奋力北复中原，一旦迎回了徽钦二宗，就会对他的皇位构成威胁，所以当朱仙镇大捷时，赵构竟让奸相秦桧一天之中下十二道金牌，令岳飞班师。词议论到此，赵构的阴暗卑鄙的内心已被层层剥开，结尾二句则更进一步揭露出岳飞之死的悲剧，完全是由南宋君臣赵构、秦桧联手造成。

词当以抒情为要，议论非其所宜，用议论之语为词，难成佳构，可文徵明此篇不但以议论为词，且能成为了被人传诵的名篇，究其原因，就是因为作者以蕴集既久的浩然正气，满心而发，自然流于笔端，此也可谓是真情之流露，所以虽为议论，却能以正义真情感动读者。

杨　慎

杨慎（1488—1559），字用修，号升庵，四川新都人。正德六年（1511）进士第一及第。曾任翰林修撰、经筵讲官。嘉靖三年（1524）以直谏忤旨，被明世宗朱厚熜廷杖谪戍云南永昌，嘉靖三十八年（1559）死于贬所。升庵博闻广识，著述极富，《明史》本传称其著作之富，为明第一。有《升庵词》二卷。其词好入六朝丽事，似近而远，然其妙处亦能过人。他的词对转变明代词风有一定影响。

临　江　仙

戍云南江陵别内①

楚塞巴山横渡口②，行人莫上江楼。征骖去棹两悠悠③。相看临远水，独自上孤舟。　　却羡多情沙上鸟，双飞双宿河洲。今宵明月为谁留？团团清影好④。偏照别离愁。

①戍：守卫边疆。谪戍：也叫充军。江陵：今湖北江陵。内：内人、妻子。　②楚塞巴山：指江陵渡口一带。此地春秋时为楚国郢都，地势险要，为西陵峡出口，西起巴东关渡口，东至宜昌南津关。　③征骖去棹：征骖：驾车远行的马，也指旅人远行的车。去棹：即将远去的客船。

④团团清影：圆圆的清朗的月光。

明正德十三年（1518），杨慎迎娶继室黄娥，黄娥是尚书遂宁黄珂的女儿，少时受过良好的教育，博通经史，能诗文，善书札。与杨慎结婚后，二人唱和，夫妻情笃。嘉靖三年（1524）秋，杨慎被贬出京，远赴云南，黄娥伴送南下，行至湖北江陵才分别。杨慎于作别先后写了许多伤别的作品，有诗，有词，还有曲。这首《临江仙》词便是其中的一篇催人泪下的佳作。

词的上片写江陵告别的情景。开始“楚塞”二句点分别之地的景物与感受，诗人站立江边，一眼望去，楚塞巴山之景扑入眼帘，这景好像就横亘在渡口一样，如果由此溯江而上可返回家乡，可现在不得不只身南去，不得不与亲人告别，此去将何日回转，与亲人何日再相逢，均属未知。“莫上江楼”，更见其心情的凄楚，因为登楼望远，只会更增悲哀。这是以“反笔”状其痛苦。下句“征骖去棹”，是说自己骑马向南只身赴永昌贬所，妻子乘舟归去，相去将愈来愈远。这里是正面写告别。接下“相看”二句写别后情状，二人相互遥遥瞩望，妻子那孤帆远影，使诗人心头倍觉伤感凄凉了。

下片写别后的心情，“却羡”二句承前片之意，说纵是分手告别，但迟迟不忍离开江畔，而入目来的却是那令人羡慕的水鸟，它们尚可双栖双宿在沙岸上，可人呢？竟如此劳燕分飞，夫妻分离，怎能不令人生恨添悲？接下的“今宵”三句，又从怨月角度再伸悲怀，诗人将明月人格化了，怨其“团团清影”偏偏在此时照向离人，月是有情还是无情呢？显然，怨月是毫无道理的，但我国古典诗歌中常用这种“无理而妙”的手法，这样就把诗人的恨别之情表达得更深透了。下片所写，一“美”一“怨”，从不同角度抒写出诗人的离愁别恨。

临　江　仙

滚滚长江东逝水，浪花淘尽英雄。是非成败转头空。青山依旧在，几度夕阳红。　　白发渔樵江渚上[1]，惯看秋月春风。一壶浊酒喜相逢[2]。古今多少事，都付笑谈中。

①渔樵江渚：打鱼砍柴于江边。意思是过隐士的生活。　②浊酒：指米酒，即用糯米、黄米等酿造之酒，较混浊，故称。

杨慎谪戍云南，先后共达三十多年，七十岁时曾返回老家，但又被械押到云南，最后终老边荒。作为一代元辅之子，又曾是状元郎的诗人，竟落得如此悲惨的身世和下场，这不只使他一生与悲伤忧愁相伴，还使他从自身的遭遇和历史兴亡的体验中，得到大彻大悟的解脱，所以他笔下的这首词，显示了他凌驾历史之上审视一切的气度，表明了他对人类历史的洒脱态度和旷达的胸怀。

这首词可谓家喻户晓。本来这首词最早出现在他的著作

《廿一史弹词》里，书原名《历代史略十段锦词话》，这词是其中第三段《说秦汉》的开场词。清初，毛宗岗父子又将它放到《三国演义》卷首，于是广为传播，成了名篇。

这首词其实应该算作“言理”的作品，与咏史类的作品不同，仿佛是一篇史论，可是虽然说理却不枯燥乏味，而是饶有盎然诗趣，正如沈德潜所说：“诗不能离理，然贵有理趣，不贵下理语。”（《清诗别裁·凡例》）一点不错，这首词可以说正是颇含哲理，却不用哲语的一篇绝妙好词。

上片以“滚滚”二句开篇，说江水滔滔，历千古而不息，而一代代风云人物却早成过眼烟云，这是先对历史作一番沉思。接下“是非”一句是对沉思的结论，即与历史相比，英雄人物是渺小的，因此无论其“是”与“非”，“成”与“败”，最终都免不了一个“空”字。然后接以“青山”二句，说宇宙永恒，人生不论多么美好，都是短暂的，转眼成空。表明了自己的哲思。

下片叙志写怀，说明自己的人生态度。“白发”二句，既是诗人实际的生活写照，也是借以明其渔樵之志，那就是不与世争，不去做转眼成空的风云际会的蠢事，看似消极，其实是彻悟后的自足自乐。所以“一壶浊酒”句表明渔樵之乐，知足保和的情趣。最后“古今”二句写其“白发渔樵”的高洁，将历代兴亡只作佐酒的笑谈，“是非成败”当作了唱和之乐，多么旷达洒脱！

这首词讲了一番哲理，却以诗的形象语言陈述，又富于清空灵动之美，故其为人赏爱自是理所当然的了。

吴承恩

吴承恩（约1500—1582），字汝忠，号射阳山人，淮安山阳（今江苏省淮安）人。在科举中屡遭挫折，三十多岁才补贡生。嘉靖末隆庆初，任浙江长兴县丞。晚年退居著述，《西游记》小说为其名作传世，另有诗、词、文，后人辑有《射阳先生存稿》四卷。

临 江 仙

题红梅

春气着花如醉酒，寒枝吹出秾芳①。罗浮仙子素霓裳②。丹砂先换骨，朱粉旋凝妆③。　　颜色虽殊风格在，一痕水月黄昏。百花头上占排场④。问他桃与李，谁敢雪中香？

①秾芳：这里含有浓郁的芳香及艳丽的色彩之意。　②罗浮仙子：梅花仙子。广东省东江北岸有罗浮山，相传晋人葛洪曾于此修道。后有隋代人赵师雄在此梦遇梅花仙子，梦中与仙子对话，她芳香袭人，语言清丽，于是相饮至醉。醒来，才发现自己是在大梅树下。后人咏梅花多用此典。　③凝妆：盛装，华美艳丽的装饰。　④排场：身份，指所占身份为第一。意思是第一个开放。

这是一首咏红梅的小词。词评家们在谈到咏物词的时候，差不多众口一词地认为：“诗难于咏物，词为尤难。”为什么？因为“体认稍真，则拘而不畅；摹写差远，则晦而不明”（《词源》）。意思是对物象之形描绘逼真了，词意便拘束不明朗；如果描写其形差得远了，就令人不知所咏的对象是什么。所以要做到“不粘、不脱”，既刻画出所咏之物的“形”，又要不止于形似，还要求其神似。而更高层的追求，则是于咏物中有诗人的寄托，有诗人的个性。

吴承恩这首词应该说是达到了既见红梅之形，又见红梅之神的形神兼备的作品。作者采用的是以人拟物，又把象征性意义蕴于其内的手法，着力刻画红梅的“色”和“骨”。上片侧重描写红梅的色泽形象。“春气”二句，一句摹其色，一句状其香，“如醉酒”，意味其色红润，“吹出秾芳”则是芳香四溢，自然有了“骨”傲的含义。“罗浮”句是借典故再加刻画她的美艳若仙子。“丹砂”二句，又以丹砂为其骨，朱粉为之妆来形容她的色彩明丽，并暗示了她那可爱红艳的芳姿从何而来。

下片侧重写红梅的风神品格、傲骨。前三句是从宋人林逋咏梅的名句“疏影横斜水清浅，暗香浮动月黄昏”化出，写出了红梅之神韵。“百花”句又点明她是开在百花之先，不畏严寒霜雪，早领风骚，进一步刻画出她的精神品格。最后“问他”二句，以反问作结，用桃李不能“雪中香”作反衬，将红梅的傲骨凸现出来。

这首词对红梅的色香、品格、风神作了生动的描绘，层次分明，层层入深。前人说："咏物词，最忌说出题字。如清真咏梨花及柳，何曾说出一个梨、柳字。"（《乐府指迷》）这里的咏红梅，又何曾说出一个"红"字、"梅"字，但红梅身影又无处不在，故无"浅露"之弊，却有形神俱佳之妙。

李攀龙

李攀龙（1514—1570），字于鳞，号沧溟，山东历城（今山东省济南市）人。嘉靖（朱厚熜年号）二十三年（1544）进士，官至河南按察使。因母丧悲极而卒。攀龙为诗，才力富健，名重一时，与王世贞同为“后七子”之首。提倡复古、摹古，但其脱去摹拟痕迹的作品，也清新可读。著有《古今诗删》《沧溟集》等。

长相思

秋风清，秋月明。叶叶梧桐槛外声，难教归梦成。　　砌蛩鸣[①]，树鸟惊。塞雁行行天际横[②]，偏伤旅客情。

①砌蛩（qióng）鸣：砌阶（台阶）边的蟋蟀鸣叫。　②塞雁：塞外的鸿雁。塞雁秋季南飞，春季北返，故人常以之作比，表示对远离家乡亲人的怀念。

古人论词说：“言情之词，必借景色映托，乃具深宛流美之致。”（吴衡照《莲子居词话》）意思是说抒情的词借写景色去表达，会使词更深细含婉，具有流动之美。李攀龙这首小词正是如此。它所抒发的只是游子思归的感情，可是这么单纯的情思，在作者的笔下流出却能生动感人，原因正在于此。

词的上下片各四句，且始二句都是三字句，短促紧密，形象地表达出思归故乡的急切心情，又与第三句相接，用的都是景语。落句全为情语，结构非常清晰，布局非常工稳。上片之景只是风、月、梧桐三个意象，而组合起来却是一个引发人美感的境界，这里所描画的景不是静止的，而是有“清”风吹动梧桐，“叶叶梧桐”在作响的动景，是有声有色的活的画面。下片之景是蛩、鸟、塞雁，组合在一起，乃是一幅有声画，而且是流动的画面，同样是勾人情思的景与境。上片落句说面对此情此景，不能入睡，连回乡的梦都做不成，下片在感情的抒发上更深入一层，说“偏伤旅客情”，直写出旅思客愁，直抒胸臆。

故这首词的特色，可以说是一篇朴淡中饶见情味，浅近中富有蕴含，颇具深婉流美特点的小词。

徐 渭

徐渭（1521—1593），字文清，又字文长，号天池山人，又号青藤山人，山阴（今浙江省绍兴）人。一生屡试不第，遂致力于文学艺术的创作与研究，成为明代著名书画家，此外其诗、文、词及杂剧皆有成就。诗多发个人慷慨不平之气，语言明快，为以袁宏道为首的公安派所推崇。有《徐文长集》。

浣 溪 沙

鉴 湖[①]

浅碧平铺万顷罗，越台南去水天多[②]，幽人爱占白鸥莎[③]。　　十里荷花迷水镜，一行游女惜颜酡[④]，看谁钗子落清波。

①鉴湖：湖名，在浙江省绍兴市南，又名长湖、大湖、镜湖等。湖上渔舟时见，远山四围，水清如镜。王羲之“山阴道上，如在镜中游”。即指此地景观。　②越台：越王台，在今浙江省绍兴钟山，相传为春秋时代越王勾践登临之处。　③幽人：作者自指。莎（suō）：莎草，多年生草本植物，生于潮湿地区或河边，俗称香附子。　④颜酡（tuó）：饮酒后脸色泛红。

徐渭是明代的著名画家，画家而为诗，其诗存画意，想来这也是势所必然，所以诗中画，画中诗，二而一之，也就是很自然的事了。这样我们读画家笔下的诗作，就会有特殊的美感体验。

这首词是歌咏绍兴鉴湖的。鉴湖是美的，而诗人将其裁来入诗，使其升华为贻人美感的艺术珍品。因此，读这首小词就有赏画之感，可又有赏画所不能得到的美感体验。歌德在《美学》中曾对诗歌与绘画在表现力上作过比较，认为诗的表现力更优于绘画，“因为诗不像绘画那样局限于某一定的空间，以及某情节中的某一定的时刻，这就使诗有可能按照所写对象的内在深度以及时间上发展的广度把它表现出来”。一点不错。徐渭这首词正是在“对象的深度以及时间上发展的广度”上都作出了生动的表现，所以这首词虽是通篇写景，但这景是层次分明的，有立体感的、流动的、鲜活的，它不是静止的、定了格的、呆板的。它所描画出的景象，要比绘画更有深度和广度，给读者以更多想象的空间。你看，上片写的是远望中的景，“浅碧”二句写湖水一望万顷，湖底浅平，好像在大地上铺了一幅巨大无边的罗绮，而从越王台上望去，水天一色，美不胜收。从词意的顺序上说，第二句是因，第一句是果。因为第一句所望到的，是由第二句的登台远眺而来。这样处理，就突出了湖水的开阔浩大。第三句则把视线集中在湖畔，说自己（幽人）又同水边的白鸥相聚，站在了长满莎草的湖边了。景色在变化，仿佛是镜头的切换，从湖面切换到湖边。下片则推出近景，前二句描绘了湖水映照下的十里荷花和一行游女，俯临水镜，形成花面交相映照的优美动人的图画，游女们脸上泛着酡红，荷花亦如初酒微醺的少女，而接下的第三句紧承前句，收束尤为精妙，把静止的画面一下变得动起来，活起来，游女欢乐的场景在绿水红花的背景中出现了，因为游女们微醉，故发髻不及理，于是才有发钗落入湖中的结果。这是一个特写，但使全幅画面顿时鲜活灵动，读者不只见到美丽的图景，似乎也能听到游女喧闹、钗落清波等发出的声响。

所以虽说读词如欣赏美丽的图画，但却又有观画所不能有的更多的美感体验与享受，因为词所提供给读者的东西更深广，更有包孕，启人更多的美的联想。

王世贞

王世贞（1526—1590），字元美，号凤洲，自称弇（yǎn）州山人，江苏太仓人。嘉靖二十六年（1547）进士。官至刑部尚书。著名文学家，才识渊博，诗文与李攀龙齐名，同为“后七子”的领袖。其词“则沾沾自喜，亦出人一头地”（《明词综》引汪伯玉语）。著有《弇州山人四部稿》。

望江南

都下思家①

回首处，薄业太湖干②。半艇春洲芦笋绿③，一楼风雨杏花寒。此景放谁看④？

①都下：京城里，即今北京市。 ②薄业：微薄的田产。干：水滨。 ③“半艇”句：意思是芦笋从水面挺出，才抵船舷之半高，嫩绿嫩绿的。 ④放谁看：教谁看、让谁看。

王世贞写了七首《望江南》，这首为其中的一首，并有词题云“都下思家”，在京城里起了思乡之情，于是赋此抒怀。

既然是写思乡的，那么家乡值得思念的大约有很多，但在这样一首仅有二十字的小令词里，那是无论如何也包容不了的。所以诗人必须作一番精细的筛选，把思念之情集于选写的物象，这物象不单要承载诗人之情意，也要能将家乡作出形象的概括，所以诗人必当选取有代表性的家乡景物（或事物）去刻画。在这首小词里，五句之中除起、落句，只有中间三句作为摹景的取景框，而“薄业太湖干”，又是叙述，说自己家在太湖边上有点薄薄的田产，也可以算是引惹诗人思乡的原由，不过这不是主要的。牵动诗人乡愁的是三、四两句，也就是诗人只在这两句作了纯写景的处理，这如同作了两个景点的摄录、定格。一个是春洲旁刚刚挺出水面，才有半艇高的嫩嫩的芦笋，这里重在一个“绿”字的刻画；一个是风雨过后楼中见到“杏花”，而春天乍暖还寒，于是仿佛杏花也感到凉意。这是由人及物，是诗人心理感受移情于物，更见情致深切的做法。如此取景，既将家乡特有之景裁来入词，虽只有两个景点却将其家乡太湖作了高度概括，同时又在景物的摹画中表达出浓浓的乡思乡情，所以这样处理可见诗人的精心剪裁。最后落句“此景放谁看？”用反诘语，更突出了怀土思乡的深情。

古人论诗，说到写景有“大景”“小景”的提法和区分，这里所写都是具象化（犹如特写一般）的“小景”，但诗评家们又说：好的诗（或词）应该是“以小景传大景之神”。王世贞这首词不是可以作如是观的么？

望　江　南

歌起处，斜日半江红。柔绿篙添梅子雨[①]，淡黄衫耐藕丝风[②]。家在五湖东[③]。

①梅子雨：即黄梅雨，江南暮春时节梅树结子时的连绵雨。这句意思是黄梅雨过，春江水涨，船篙也染上了一层绿色。 ②藕丝风：像藕丝样微细柔软的风。 ③五湖：指太湖。

这首《望江南》也是描写诗人家乡太湖美丽风光的，与前首相似，只是前首写的是初春，这首写的是暮春。

在诗人笔下，江南之春是美妙的，暮春时节又更富有情韵，光彩四射，令人陶醉。“歌起处”是为全篇总领起，由听到歌声而引出了下文美景的刻画。“斜日”句隐括白居易《暮江吟》“一道残阳铺水中，半江瑟瑟半江红”诗意，写江水、江面流动的美、绚丽的美。“柔绿”二句，进一步描写梅雨后春水涨绿，微风吹动衣衫的景色柔美宜人。而这些情景皆由“歌起”而来。落句“家在五湖东”，点醒题旨。不过此中意蕴微妙，即不单是一种乡情的流露，内里似有难言的隐衷。因为王世贞与其父王忬都受到了奸相严嵩的迫害，甚至王忬冤屈被难，王世贞心沉大恨，故其诗文中常有流露。这首小词虽暗示了归隐之意，好像是欲远离黑暗的官场，但这绝不是消极遁世，而是与恶势力不妥协的抗争精神的反映。因此这首词虽形美其外，而其内涵是厚重的，词旨是深含于诗人精心描画的江南美景之中的，这只要与其身世联系起来看，即可了然。

王锡爵

王锡爵（1534—1610），字元驭，江苏太仓人。嘉靖四十一年（1562）举会试第一，廷试第二，授翰林院编修，累迁礼部尚书兼文渊阁大学士，谥文肃。著有《文肃集》。

渔　家　傲

芦荻萧萧秋正晚，小舟移处沙汀浅。藕嫩鱼肥莼更软[1]。新酒暖，妻儿列坐周船板。　明月满江风似剪，夜寒添著蓑衣短。慢酌缓斟知几碗。星斗转，一声横笛青山远。

①莼：莼菜，一种水生植物，可食。

读这首《渔家傲》像是欣赏一幅江南水乡渔家生活的风俗画。诗人以自己的审美视角，将极为普通的渔家生活，用艺术形式复现于笔下，构成一篇充满江南水乡渔野生活的情趣和人伦之乐的诗意画，构筑成一个清淡悠远的诗的境界。

这首词笔势若行云流水，用赋笔铺陈，一气呵成。上片以芦荻被秋风吹动起句，点染出晚秋时节，这是全首的背景。接下“藕嫩”几句，写渔家乐的情景，有人物有景色，人间天伦，安闲美好，令身在官场的诗人艳羡。下片则进一步摹画渔家乐，而笔触跳跃流动，画面逐层展开，先是特写明月江风下，身着短蓑衣的渔人，诗人凭自己的感觉，以为“夜寒”，故而他感到渔人的“蓑衣短”和“漫酌缓斟”以便御寒，但也流露出诗人对此情此景的欣赏，似乎自己也同渔家一样乐陶然了。最后“星斗转”二句以景语作结，从时空上作了无限的扩展，含思淡远，意韵悠然。

词的语言清新淳朴，明白如话，并将俗语阑入其间，但是俗而能工，浅而能深，不伤其格，可见作者的功力。

汤显祖

汤显祖（1550—1616），明代著名词曲家，字义仍，号海若，一字若士，别署清远道人，江西临川人。万历十一年（1583）进士。以弹劾权贵被贬，后来无意仕途，遂告归。居玉茗堂，作曲自娱。有《玉茗堂词》传世。

阮 郎 归

不经人事意相关①。牡丹亭梦残②。断肠春色在眉弯③。倩谁临远山④。　　排恨叠，怯衣单，花枝红泪弹⑤。蜀妆晴雨画来难。高唐云影间⑥。

①不经：不合常理，近于荒诞。人事：世态世情，包括男女情事。意：意向、意愿、情感等。这句意思是，看来不合常理的梦中之情、死生之恋却完全符合人类情感的自然趋向。　②“牡丹”句：《牡丹亭》第十四出之前，杜丽娘、柳梦梅之情事是梦中出现的，而梦境是短暂的，为了追求永恒，杜丽娘便自画肖像以期永驻青春。在这出戏里杜丽娘的说白是：“若不此时自行描画，留在人间，一旦无常，谁知西蜀之杜丽娘有如此之美貌乎？”　③“断肠”句：意思是缠绵悱恻、柔肠寸断的相思之情流溢在两眉之间。　④倩：请。临：摹画。远山：指女子秀眉。　⑤排：排遣。恨叠：重重的愁恨。这三句意思是，杜丽娘力求抛去心头的相思之

苦，但又不能，纤细的身形日渐消瘦，见梅落泪，折柳问天，竟不知是花枝因人而泪，还是人的泪水染红了花枝。⑥蜀妆：蜀地女子的妆束，这里指巫山神女。晴雨：指楚襄王与巫山神女间的情结。高唐：楚国的台观名，在云梦泽中，是楚襄王梦中与神女相会处。云影：神女曾回答楚襄王说自己是“旦为行云，暮为行雨，朝朝暮暮，阳台之下”。这二句是用蜀妆、晴雨、高唐、云影等，比况杜、柳于梦中相会，似梦似幻，似有若无，朦朦胧胧的意思，这境界是用笔画不出来的。

这首词是汤显祖《牡丹亭》剧中第十四出《写真》（自画像）一折开篇的唱段。有人讥评，认为汤显祖的这些词“大致不出曲家科白”（见张德瀛《词征》），意思是说他的词太板、太俗，像是剧中人物的念白，其实是有所误解。

在汤显祖的美学思想与创作主张里，他有“情神合一”的见解，或用今天的术语来说，就是要浪漫与写实两者结合起来。他认为诗必须“神情合至，或一至焉”才能传世，创作中必是“独有灵性者自为龙”，而“以若有若无为美”。他的这些主张，在这首词中都作了形象的表述，所以这词是其《牡丹亭》剧艺术追求和美学理论的概括，不是简单的剧情科白。

俞彦

俞彦（1615年前后在世），字仲茅，江苏上元（今南京市）人。万历二十九年（1601）进士。历官光禄寺少卿。长于词，尤工小令，以淡雅见称。词集今已失传，仅见于各种选本中。

长相思

折花枝，恨花枝，准拟花开人共卮[①]，开时人去时。　　怕相思，已相思，轮到相思没处辞，眉间露一丝。

①准拟：打算。卮：酒杯。

“词贵曲”，所以填词者总是要“揉直使曲”，让词意的表达能深婉有致，产生更好的艺术效果。这首写闺怨的小词正是这样的一篇佳作。作者以一位受着相思之苦的女子口吻，写出了她的相思苦情，读之深觉新奇可喜。

所谓“揉直使曲”，只要看看这词的上下片的起句即可了然。上片说“折花枝，恨花枝”，一折一恨，几层意思含在其中，折，表示了爱花、赏花，一层；再表示欲插花、戴花以为恋人所爱，一层；更有折花以待恋人共饮美酒赏花，又一层。但是恋人偏偏在花开时去了，于是又起“恨花枝”的怨情，而其实“恨”，还是为了爱。下片说“怕相思，已相思”，也是复杂心理的描述。怕，因为相思最苦，最折磨人；可此时偏偏遇上了，摆脱不掉，于是“已相思”与前句又是形成一个大转折。你看，这些屈曲的苦情，表达得多么含婉细腻。而上下片的后二句的承接依然如此，是跌宕曲折的，上片说本意是花开时共处，但却花开人去，下片说，已经害了相思，却又不能摆脱，无法排遣，惟有幽独自处，而落句尤为妙绝，用“眉间露一丝”表示了愁情无法排解，很有李清照“才下眉头，却上心头”（《一剪梅》）的神韵。所以本词虽为短制，却曲折深婉，构思精巧，语言简淡到明白如话，然而不伤醇雅的韵味。

袁宏道

袁宏道（1568—1610），字中郎，号石公。明公安（今属湖北）人。万历二十年（1592）进士，历官吴县（今江苏省苏州市）知县，稽勋郎中。与兄宗道、弟中道并有才名，时称“三袁”。他们反对前后七子的拟古主张，主张独抒性灵，不拘格套，任性而发。当时学者多舍王李而从三袁，号称“公安体”。宏道词作不多，有《竹枝词》十余首，有《袁中郎集》《明文隽》等。

竹 枝 词

雪里山茶取次红①。白头孀妇哭春风。　　自从貂虎横行后②，十室金钱九室空。

①取次：随便、任性等意。这句意思是，雪地里山茶花纵情开放，大红的花朵在雪的映衬下，鲜活可爱。　②貂虎：指宦官。汉代中常侍的帽子上都饰有貂尾、玉珰，自汉武帝以后，中常侍多为宦官，人们对宦官表示憎恶，蔑称之“貂珰”。这里说“貂虎”，更见其深恶痛绝之意。

晚明政治黑暗，官场腐败，宦官特务横行，广大人民苦不堪言。在万历二十七年（1599），御马监“奉御太监”陈奉受命征荆州（今湖北一带）店税，兼采兴国矿洞丹砂及钱厂鼓铸等事。陈奉所到之处，敲诈勒索，无恶不作，造成这一带经济凋敝，民不聊生。万历三十年（1602），袁宏道得知了宦官的恶劣行径，便满怀义愤地填写了一组《竹枝词》，其中有两首是反映这一事件的，本篇是其中之一。

这首词从结构上说是将因果倒装，即前二句是“果”，后二句为“因”。这样安排，是为了将后果的惨状突现，取得更强烈的、更深刻的艺术效果。再有，作者采用了反比的写法，这里有两个层次的反比。第一层次是白雪与山茶花作反比，红白相映，一冷一暖，极富诗意；第二层次是孀妇与春风对比，白头孀妇是被榨干了血汗的普通百姓的代表，春风则是给人间带来温暖和生机的象征，可她对春风哭泣。这样一对照，就加大了控诉的力度。而更高一层的反比则是一、二句的反比，用这一反比就突出了苛政所造成的人间悲剧。最后的三、四句则是直接指出造成悲剧的原因与后果，诗人以极大的义愤，揭露了宦官的罪恶行径，朝廷的无道。真是痛快淋漓。

封建社会里，“苛政猛于虎”恐怕是哪个朝代都有过的，明代中晚期，这种猛于虎的苛政就更为猖獗，明代的宦官乱政、特务横行、昏君当道在历史上是出了名的。袁宏道能在这种恐怖和高压的年代，痛斥宦官，指控当道，为民请命，确实难能可贵。

竹 枝 词

时阻风安乡河中

依家生长在河干①。夫婿如鱼不去滩②。　　冬夜趁霜春趁水，芦花被底一生寒③。

①侬：方言，我。河干：河岸。　②“夫婿”句：意思是丈夫也像鱼儿一样，时时不离开河滩。　③芦花被：用芦苇花代替棉花絮做的被子，形式与棉被一样，实际不保暖。

万历三十二年（1604），作者在家乡的一次旅行中，被大风阻于公安县南的安乡河中。故乡的山水在望，父老乡亲们在辛苦劳作奔忙，此情此景触动了诗人，于是写了四首《竹枝词》，本篇是第四首。

这首词是用渔家女的口吻写的，具有浓郁的民歌风味，语言简朴到了口语化、俚俗化的程度。歌词中所唱的是这个渔家的生活，第一句说自己从小就长在河边，亮明了身份，第二句说出嫁后，所嫁的也只能是渔家儿郎，然而，为了生计，她的丈夫不能不露宿在河滩上，第三句进一步描绘她丈夫的辛劳，一年四季没有休闲，冬夜里要趁霜打鱼，春夜里要赶春汛。所以他夜夜不归，也就尽在不言中了。第四句直接点出生活的清苦，虽然一年到头奔忙劳碌，可到头来不得温饱，“芦花被”一句便高度概括了。词虽短小，但充分展示了作者家乡渔人之家的劳苦辛酸，同时也流露出他对家乡的深情，对家乡劳苦大众的同情和对社会现实的不满。

沈宜修

沈宜修（约1590—1635），女诗人，字宛君，江苏吴江县人。精通经史，喜作诗填词，嫁与同邑叶绍袁为妻。生三女，皆工诗词。以第三女叶小鸾为最佳。夫妇偕隐汾湖，与子女刻意诗词自娱。著有《鹂吹集》，其“雪香吟”“咏梅花绝句”，著称一时。又辑录当时名媛之作为《伊人思》，并传于世。

满 庭 芳

七 夕①

玉树香浮，金波彩泛，细风轻送云行②。桥边乌鹊③，千古说多情。何事欢娱易散，空怅望，玉镜银屏④。堪怜处，年年芳草，青黛锁秋横⑤。　盈盈。增怅望，更更漏点，处处鸡声。看疏星渐晓，珠露飞英⑥。肠断鲛绡帕上⑦，休回首，枉自魂惊。还须问，长河渺渺，流向几时平？

①七夕：农历七月七日，民间传说牛郎、织女于此夜相会于天河（银河）。旧俗此夜妇女于庭院里进行乞巧。　②玉树：槐树之美称（一说仙树或美丽的树）。金波：指月光。这三句意思是，槐花飘香，月光泛着美

丽的光彩，微风轻轻地吹送着流云。 ③乌鹊：指喜鹊。神话传说，七夕乌鹊填天河成桥，以渡牛郎、织女相会。 ④玉镜：精美的妆镜。银屏：镶有银饰的屏风。这三句意思是，欢会太短暂，实在难忘在那离别的日子里，怅然空望，玉镜尘锁，银屏不张的凄情苦况。 ⑤青黛：本为中药名，即靛花。古代女子以其粉末作为描眉的化妆品，故亦作为女子眉毛或眉头的代称。这三句意思是，令人最惆怅的是年年空见芳草萋萋，而情侣却易散难聚。 ⑥飞英：飘落的花瓣。 ⑦鲛绡帕：手帕、丝巾。鲛绡：传说海中的人鱼所织的绡（轻纱）。

“七夕”词是个古老的题材，多是咏男女情恋的内容。这首词也如是，只是女诗人的吟咏不是具体的某对情侣，而是泛咏人间男女的别离情，相思相恋不相亲的恋情。

这首词以七夕之夜的时序铺写，层次井然，一气流贯。上片前三句写入夕之景，布置了一个和谐、美好、充满柔情的氛围。接下“桥边”二句，摹画欢会情景。但是天河相会毕竟短暂，故引出“何事”三句，慨叹“欢娱易散”，别后的索寞无聊。“堪怜处”三句，进一步抒写，说这种惆怅年年如此，难以释怀。

下片起句“盈盈”二字，紧承“青黛”句，生动地勾画出痛苦难耐的情状。接下“增怅望”三句是以漏壶声、鸡叫声再加渲染，暗示了彻夜不眠，苦情难耐。继之“看疏星”二句，表明天已破晓，一夜都在“盈盈”索寞无聊中度过。接以“肠断”三句，直写此际的心理状态，说分别的时候已经是泪湿鲛绡了，现在不要再回想了，如果再“回首”，不但不能改变别离之苦，反会是愁上添愁了。这就更加倍地写出凄苦之情。最后的三句，推开去写，问渺渺天河，几时可以不再成为阻隔，这里既流露出无可奈何的淡淡伤感，又暗含了何日重逢的盼望。

全篇起而渲染氛围，中叙重逢、惜别、别后，结处又意韵悠然，故其布局缜密，而情致绵缈，很有些凄婉之美。

王彦泓

王彦泓（1593—1642），字次回，金坛（今属江苏）人。出身世家，“穷年历学，屡困场屋”，只当过华亭（今上海松江）县学训导。著有《疑云集》《疑雨集》。王工艳体诗，词只存一〇四首，附于二集中。其词凄艳绮丽，情深语秀，风格与温庭筠、韦庄相近。

满　江　红

眼角相勾，谁道有、这场抛散①！怕向那、定情帘下，诉愁窗畔②。几度卸妆垂手望，无端梦觉低声唤③。猛思量、此际正天涯，啼珠溅④。　　预寄语，加餐饭；难嘱咐，鱼和雁⑤。隔云山牵挽，寸心如线⑥。善病每逢春月卧，长愁多向花前叹⑦。况如今、憔悴去依边，何曾惯⑧？

①相勾：互相传递眼神，暗送秋波。抛散：被迫离散。这二句意思是，回想起当初你我暗暗地相恋，那么甜蜜，谁料竟然被迫离散了。　②“怕向那”二句：意思是如今我怕到你我定情的帘幕下，怕到诉说爱情烦恼的那窗子边。　③“几度”二句：意思是回想当初你多少次在卸去晚妆后，垂手远远地看着我，你在梦醒之后，又轻轻地呼唤

我。 ④啼珠溅：指泪流很多。化用元稹《咏月临花》“啼珠坠还结”句意。意思是现在我猛然想起，我们已是天各一方，你大概也在思怀我而泪流满面。 ⑤鱼和雁：指书信。古代人以为鱼和雁可以传递书信。参见第89页《解连环》（销魂时候）注⑤。意思是我想写信给你，安慰你，希望你能多保重，可是又无法去投递。 ⑥“隔云山”二句：隐括古人诗句。何逊《夜梦故人》：“相思不可寄，直在寸心中。”李商隐《柳》：“如丝如线正牵恨。”这二句意思是，如今你我被分在两地，如同隔着重重云山，但我仍时时牵挂着你，心儿仿佛是被牵系着。 ⑦“善病”二句：意思是想从前你身体单薄，总是逢春月卧病床榻，见到花开花落也多愁善感。 ⑧侬边：他边，引申为谁边、那边。意思是如今你苦苦地挨着，被相思的愁苦折磨着，一定憔悴了，在那里你可曾习惯否？

王彦泓的艳情词是颇为出名的，陈维嵩说他与温庭筠、韦庄相近。陈廷焯更说：“次回《凝雨集》勾魂摄魄，极尽‘香奁’能事，真诗中之妖也……如此篇亦可谓凄丽矣。”说他与唐末诗人韩偓的诗一样，香艳勾魂，而此篇就凄丽得很。所谓“凄”，是因为他写的是一件自己真实的恋情，而恋情受阻，所以凄情伤感；所谓“丽”，是说词的描写、抒情显得浓艳。

诗人年轻时曾热恋其兄嫂的一个婢女，但为家庭所阻，不能偕合。而此女也因此被逐出王家，一度沦为歌伎，后又入道观成为道姑。然而王彦泓痴情不改，生死不渝。崇祯元年（1628），彦泓妻亡，七年后，当他四十三岁时，终于劝说此女脱离道籍，结为夫妇。这首词是在他的妻子去世前一年填写的。词中抒写了哀怨的怀思和对心上人命运的关切。

词的艺术手法很有特色，诗人把心中忆念与所恋形象的描绘结合起来，抒情与描写、情与景和谐地统一起来，以步步逼肖的手法，将一个多愁多病的美丽少女形象刻画得逼真传神，仿佛呼之欲出。

陈子龙

陈子龙（1608—1647），字人中、卧子，号大樽、轶符，松江华亭（今上海市松江县）人。明崇祯十年（1637）进士，任绍兴推官。清兵入关，明福王（朱由崧）于南京称帝，子龙上防守要策，不纳，辞职归家。南京失陷后，子龙在松江起兵。事败，避匿山中。后联络太湖义军，图谋起事，事泄被捕，投水而死。其词以婉约为正，或写国事，或抒私情，皆“以浓艳之笔，传凄婉之神”（陈廷焯《白雨斋词话》），被推为明代第一。有《湘真阁》《江篱槛》等词集，俱散逸。

山花子

春恨

杨柳迷离晓雾中，杏花零落五更钟。寂寂景阳宫外月[①]，照残红。　　蝶化彩衣金缕尽[②]，虫衔画粉玉楼空[③]。惟有无情双燕子，舞东风！

①景阳宫：南朝陈朝宫殿，故址在今南京市北玄武湖畔。景阳宫内有景阳井，又名胭脂井。当年隋兵灭陈，陈后主与张、孔二妃藏匿井中，后被俘。这里用此典喻明王朝的覆灭。　②蝶化彩衣：传说晋葛洪成仙后，

衣服化为彩蝶，其原有的金缕丝衣已不存在了。这里比喻明王朝已去，其龙子龙孙已凋零殆尽。 ③“虫衔”句：意思是玉楼画栋已被虫子蛀蚀成空。

陈子龙生于明末清初的大动乱时代，他目睹了明王朝的腐败，国势倾颓，而终于走上灭亡之路。清兵入关，国破家亡，生灵涂炭。残酷的现实令他悲愤难平，痛苦不堪，于是他把满腔爱国激情倾泻于诗词创作中，长歌当哭，创作了可以惊天地，泣鬼神的优秀词章。这首词就是一篇悲怀故国的血泪之作。

题为“春恨”，并非一般春怨、春愁之闲愁绮恨，而是借春光已逝，春景残留，喻指大明已如春逝春残之景，无可挽回了，所以这里所指是亡国之恨。

上片写景，是残春之景，前二句以杨柳迷离，杏花零落，钟声凄切，营造了凄凉衰飒的氛围。后二句仍以景语再写凄情，但这里用了景阳宫的典故，借陈亡的历史喻明亡的现实，而且特加以月“照残红”去突出明宫的悲凉景况，同时也将一腔悲痛之情融入其中。

下片直写人事。前二句暗用典故，以喻物在人亡，王孙末路，画栋雕梁残破不堪，大明江山已成过去了。这里有悲痛江山易主，国破家亡的哀伤，也暗含了对明王朝奸佞当道，致使国家一步步走上覆灭的悲慨。最后二句，用无情的燕子依然翩翩舞于东风来讽刺那些投降新朝的官僚们。所以下片依然是曲笔，将“恨”字含婉深切地表达出来了。

这首词纯以比兴寄托手法，写黍离麦秀之悲，家国身世之感。陈廷焯说这词：“凄丽近南唐二主，词意亦哀以思！”（《白语斋词话》）不过子龙于哀痛中寓有对时政的指斥，而李煜之痛则近于悼，在这一点上他二人是不能同日而语的。

江　城　子

病起春尽[1]

一帘病枕五更钟，晓云空，卷残红。无情春色，去矣几时逢？添我千行清泪也，留不住，苦匆匆。　　楚宫吴苑草茸茸[2]，恋芳丛，绕游蜂。料得来年，相见画屏中。人自伤心花自笑，凭燕子，骂东风。

①病起春尽：病愈时春天已经过去了。　②楚宫吴苑：泛指美丽华贵的宫苑。

陈子龙七十余首词中，词题涉及“春”字的就有三十首，另外虽未有“春”字却与春有关之作也有十余首。为什么他对春天这么感兴趣呢？这恐怕与诗人的身世，家国巨变等原因有关系，不过其中有的作品寓意明显，而有的则不甚明了。本篇“病起春尽”有何寓托，难以确知，我们也不必非去索解。因为词这种诗体与其他诗体不同，词讲究含蓄，讲究委婉，所谓“含思要眇”，就是作者思致不明显，在朦胧迷离之中，这样就常会出现扑朔迷离，在可解与不可解之间的现象，可是他留给读者的便是空灵虚幻之美，朦胧含婉之美。

这首词正是这种朦胧之作，作者只是写出了他病愈后，发现春天已经消失了，于是抒写了他的心理感受。词的上片写的是春去而无法挽回的心情，开始的三句是说病中醒来（病枕之意），卷起帘幕，见到的已是残红了，五更的钟声在轻轻作响。这里不无失落和失望，一起句便是淡淡的忧伤。而接下“无情”二句是将“春天”拟人化了，说她悄悄地去了，而转念一想，发出了“几时逢”，何时再见她的疑问，但这疑问谁来回答，只有“春”来作答，然而“春”又无言以答，只是悄悄去了。所以引出“添我”三句，说留给作者的只有失落和伤感，春匆匆去了，留是留不住的。

下片转为想象中的情景。“楚宫”三句是设想明年春来的时候，那楚宫吴苑里长满了芳草，百花盛开，惹得游蜂在百花丛中如醉如痴地盘绕。所以“料得来年”与春天相见的时候，那是在画屏一般的美景中了。至此都是诗人想象之景。而最后的三句收束却出人意料，“人自伤心花自笑”，春色依旧，可人事却已不同了，这不免含有“怨”春之意，然而“怨”又毫无意义的，那就让报春的小燕子去骂春天的象征“春风”吧！这里的情意真是含婉不露，不好琢磨，但是奇妙处也正在此，它显得空灵，耐人寻味。

清人王士祯在他的《花草蒙拾》中对陈子龙的词说过这样的话："陈大樽诗首尾温丽，湘真词亦然。"赞扬他的诗词在开头、结尾上有"温丽"的特色。温，含有不过分火爆，不冷峭之意；丽，则是指其显现出的华彩。这首词不也是如此吗，读者可自行品味。

点　绛　唇

春日风雨有感

满眼韶华①，东风惯是吹红去。几番烟雾，只有花难护。　　梦里相思，故国王孙路②。春无主！杜鹃啼处③，泪染胭脂雨。

①韶华：这里指美好的春光。　②王孙：化用杜甫《哀王孙》"可怜王孙泣路隅"句意。此处的王孙是指亡明的宗室子弟，也包括正在与清兵作战的鲁王朱以海、唐王朱聿键等。　③杜鹃：传说杜鹃鸟为蜀王杜宇魂灵所化，春末夏初啼叫，叫声凄切，因其喙根部为红色，故人们以为是啼叫太苦而致啼血。

这是一首写春感的小词，所感是"春日风雨"，不是一般的春感。写作时期约在明亡之后，作者正漂泊在苏、松、杭、嘉一带。

沈祥龙在《论词随笔》中说："感时之作，必借景以形之。”“不言正意，而言外有无穷感慨。”我们以此来观照这首词，就会看到陈子龙的“无穷感慨”全在“借景以形之”中。上片四句，是景与情的交合出现，写的是春日风雨，春花凋零，韶华消逝，无可挽回。但在这种景象里却暗中透露了作者的“无穷感慨”，景则是有象征含义之景。其中“东风”“烟雾”便成为带有恶势力含义的意象，而再进一步透过表层意思去理解，则句中含有春日不可挽回，大明江山已是回天无力的深意。

下片的五句是即景抒情，更深一层抒发作者的亡国之痛。“梦里”二句是哀王孙，而哀王孙之意是哀故国。“春无主”则是喻国破家亡，无可栖依。最后又用“杜鹃”二句收煞，进一步夸张渲染，将其“无穷感慨”推向了极致，真可谓感天地、泣鬼神。

这首词以风起句，以雨收束，一路写来，处处扣题，其中情景交织，寄意遥深，首尾仍表现出了“温丽”的特色。

蝶恋花

春日

雨外黄昏花外晓，催得流年有恨何时了。燕子乍来春渐老，乱红相对愁眉扫[①]。　午梦阑珊[②]归路杳，醒后思量，踏遍闲庭草。几度东风人意恼，深深院落芳心小[③]。

①扫：含掠过、吹拂之意。这句意思是，落下的花瓣到处都是，面对着这番景象不由得愁上眉头。 ②阑珊：残、将尽之意。 ③芳心：本指女子情怀。这里是作者自伤。

词题“春日”，这便意味着是与“春日”有关的感怀之作。诗人感怀的是什么？这里没明说，只是将所见情景作了一番描述，但读者自会结合诗人的身世去感悟和索解到的。

陈子龙生逢乱世，本来南明弘光帝时被任命为兵科给事中，命令刚刚下达，京师就被清军攻陷。于是又转为辅助南京的福王，但是福王没有中兴之意，子龙提出的建议也不被采纳，所以只好辞官而去。他希望为国家干一番事业，但当时的情况根本不可能。于是面对春日就难免不有时光流逝，而功业未就的感慨。因此，诗人的伤春就不是一般的春愁，而是家国之恨，身世之感，其主题也就不是一般的哀怨了。

上片写岁月如流，对春天将逝，引起无限愁思。“雨外”二句是说，无论是黄昏还是清晨，无论是雨丝连绵还是鲜花盛开，时光从不停留，都在不断地流逝了去。这里用了问句的形式，使所抒之情更加强了力度。“燕子”二句相承，是用具体事物补足了前句之意，写出了岁月流逝之快，因而引起了愁思。

下片写其希望不能实现的苦闷。过片“午梦”句是说希望归去，却又难以实现，因此逗出“醒后”二句，醒后一边思量，一边闲庭漫步，“踏遍”说明其心潮起伏，思绪万千。最后“几度”二句承上片感叹岁月流逝之快的意脉，说新春又到，不禁感慨不已，烦恼也袭上心头。然而无人能解此际的幽怀，偌大院落，惟有独自一人，孤凄之情溢于言表。

贺裳《皱水轩词鉴》说："凡写迷离之况者，止须述景。""不言愁而愁自见。"这首词不正是如此么！

方以智

方以智（1611—1671），字密之，号鹿起，安徽桐城县人。崇祯十三年（1640）进士，官翰林院检讨。与冒襄、陈贞慧、侯方域并称“明季四公子”。明亡后为僧，改名弘智，字愚者，一字无可，人称药地和尚。博览群书，精于考据。所著《通雅》、《物理小识》及《浮山全集》并行于世。

忆 秦 娥

花似雪，东风夜扫苏堤月①。苏堤月，香销南国，几回圆缺。　　钱塘江上潮声歇，江边杨柳谁攀折。谁攀折，西陵渡口②，古今离别。

①苏堤：俗称苏公堤，在杭州西湖上。北宋苏轼于元祐四年（1089）任杭州知府时修筑，后为“西湖十景”之首。　②西陵渡口：此处或为泛指江边渡口，或指杭州西陵桥旁之渡口。

方以智是明末遗民，宁肯出家为僧，也不出仕新朝，绝不与清政府合作。他本不擅长词道，词作极少，但此篇却写得含婉灵动，凄怆感人，不失为一篇佳作。究其原因，最为重要的是他以真情写出了真实的感受，不矜持，不做作，此系作诗为文之要，也是本篇成功的根本原因。

这首词写的是感慨国破家亡的悲凉心境，可却以儿女情的形式出现，这就是传统的借香草美人以抒家国之痛的比兴之法。词的上片始句写花、月，总写苏堤月夜，说无情的东风吹打着落花如雪，其惜春伤春之情已现。接下“苏堤月”的叠句，既是词牌的要求，又是连上启下，使情意表达转折入深。而下接二句，“香销南国”，照应“花似雪”，说春已消歇，“几回圆缺”，照应“苏堤月”，意谓月不常圆，好景不常，而透过一层去体悟，就可见诗人那哀世伤时的感慨了。下片写钱塘潮和江边柳。前二句一写潮，说潮已歇，一写柳，而柳亦无人攀折，则意含人事寂寥，叠句加深加浓了这种寂寥之感。最后以“西陵渡口”之清寂收束，意思是连往日热闹的渡口送行的场面都已不见，岂不令人情伤。由此则不难想到诗人那物是人非，时销世换之感，而更深的意蕴则是江山易主，世事沧桑，国仇家恨意难平。

叶小鸾

叶小鸾（1616—1632），字琼章，一字瑶期，江苏吴江（今江苏苏州）人。叶绍袁、沈宜修之三女。生方四月，即由舅父母沈自征、张倩倩抚养。张去世后，还家。小鸾貌美聪慧，四岁能诵《楚辞》，工诗及书画，善操琴，每日临王献之《洛神赋》真帖一遍，与琴书为伴。十七岁许昆山张立平为妻，未嫁而卒。其生虽短，但留下诗一百首，词九十二阕，文八篇。陈维嵩称赞说：叶氏三女“俱有才调，而琼章尤英彻，如玉山之映人，诗词绝有思致”（《妇人集》）。有《疏香阁遗集》传世。

南柯子

秋夜

门掩瑶琴静，窗消画卷闲①。半庭香雾绕阑干，一带淡烟红树隔楼看。　　云散青天瘦，风来翠袖寒。嫦娥眉又小檀弯②，照得满阶花影只难攀。

①瑶琴：用玉装饰的琴。窗消：指将窗子关起来。这二句意思是，将门掩闭，琴声也没有了；窗子关好，画卷也看不到了。　②嫦娥：神话中的月中女神，此处指月亮。小檀弯：形容月儿像女子描画出的弯弯的眉

毛。檀：淡红色，这里形容月色很淡雅。这句的意思是，月亮仿佛是美女弯曲的眉毛，在苍穹里高悬。

描写“秋夜”的作品真是太多太多了，然而以一个妙龄少女的视角来写，就另是一番情景了。她没有一般秋士的秋怀秋意，没有绮怨忧思，也没有离人的乡愁别恨，更没有悲歌慷慨的烈士豪情。她所有的是从一个待字闺中少女的心灵感受，一个用少女眼光观察院庭的秋夜静谧和朦胧，看不出她有什么愁情隐怨，更看不到她的苦情难耐，所见的只是在她细微观察中的一丝丝淡淡的情思和奇妙的感受。

你看，上片写的是秋夜的凄清朦胧。前二句写她闭门掩窗，独处闲适，而后二句是描画从楼中所见的秋夜，朦胧恬淡，活画出梦幻般的境界。而下片把笔宕开，写苍穹弯月和月下的花影摇曳重叠。前二句是一对句，不惟对句工整，而且想象奇特。她不说天高气朗，而说“天瘦”，如此拟人的写法确是奇绝，使天人情趣合一，极见情味。所以陈廷焯对此二句击节叹赏，说：“‘云散’五字新警。”后二句更是出语奇妙，非但切合少女的身份情感，而且意蕴悠然，给读者留下了缕缕情思和悠悠遐想，耐人寻味。

王夫之

王夫之（1619—1692），字而农，号姜斋，湖南衡阳人。明崇祯举人。瞿式耜荐于桂王朱由榔，授官行人。不久归居衡阳石船山下，筑土室曰观生居，闭门著书。后往深山隐居不出，人称船山先生。对天文、历法、数学、地理均有研究；尤精于经史、文学。一生著作很多，如《读通鉴论》《周易外传》等，激励民族思想，具有深意，清初列为禁书。中叶以后，始汇刊为《船山遗书》三百二十四卷，附《鼓棹》及《潇湘怨词》。朱孝臧称其词："字字楚骚心。"

蝶　恋　花

衰　柳

为问西风因底怨①。百转千回，苦要情丝断②。叶叶飘零都不管。回塘早似天涯远③。　　阵阵寒鸦飞影乱④。总趁斜阳，谁肯还留恋⑤。梦里鹅黄拖锦线，春光难借寒蝉唤⑥。

①底：什么。这句意思是，为我问西风，因为什么而怨恨杨柳。　②"百转"二句：意思是西风千百次地围绕柳枝劲吹，非要把它摧折不可。　③回塘：圆形的大陂塘。意思是西风把柳叶吹尽了，到处飘

零，柳叶离开了柳枝，离土离根，天涯飘泊。 ④“阵阵”句：意思是一群群寒鸦盘飞着，找不到栖息之处。 ⑤“总趁”句：意思是寒鸦趁着微弱的斜阳，正各自寻找栖息之所，谁还留恋这衰败的杨柳呢！ ⑥鹅黄：形容嫩柳的颜色。这二句意思是，梦想着杨柳新生，垂着黄金般的软线，但眼前却又寒蝉啼鸣，怎么能靠它把春光唤回呢？言外之意是杨柳只能与寒蝉同归于尽了。

王夫之作为明朝的遗民，他始终怀念故国，所以在他的作品中时时表现出对亡明的哀思和叹挽，这首题为“衰柳”的词，就是用比兴的手法，表达他对明朝的灭亡既哀伤又无可奈何的心情的。

诗人以衰柳喻明朝的灭亡，说明想恢复已经没有可能了。西风一到，柳叶尽凋，自求生计的人（阵阵寒鸦）已另寻温暖之地去了。而诗人梦想春光重回，那也只是一种愿望而已，因为春天是不会再回来了。

词的上片以景寓意，将景物作拟人化的描写。下片移情入景，先写寒鸦，与上片景色衔接，暗示了多数人已各自谋求生计去了。后二句表达了自己的幻想，而这幻想也只能出自船山其人，因为他曾跟随桂王朱由榔谋求重整河山，但终归失败，所以没有切身体会是难成此情此境的。不过这里也表现出他的哲思和史鉴的意蕴。

卜 算 子

咏傀儡示从游诸子[①]

也似带春愁，却倩何人说[②]？更无半字与关心，吐出丁香舌[③]。　　红烛影摇风，斜映朦胧月。铅华谁辨假和真，皮下无些血[④]。

①傀儡：指皮影戏中用兽皮（驴皮或羊皮）做成的傀儡。诗人写这首词时，川湘一带盛行演此戏。示从游诸子：写此以传示给门徒弟子们看。　②倩：请。这二句意思是，幕布上出现的妇女，眉头紧蹙，也像是带着春愁的样子，可是她要请谁来代她说话呢？言外之意傀儡是要别人代她说话的，她只装腔作势罢了。　③丁香舌：汉代朝廷侍从郎官，口含鸡舌香（即丁香），以避免与皇帝对答时口臭，后来女子也口嚼丁香，以取媚对方。这二句意思是，傀儡传出来的话是非真心的，所以绝没有半点给对方的真正关心之情。　④铅华：指傀儡饰粉画黛，外形华美。这二句意思是，皮影表演得栩栩如生，好像真人饰粉画黛一样，在朦胧的月光里，谁能辨别出它是真人还是假人？可知道它是傀儡的，就会明白，它不过是没有一点血性的人形而已。

这首词是王夫之借物托讽的一篇短制佳构，很有点匕首投枪的味道。写这首词的时候，清王朝大局已定，此时大概他正隐居石船山教授生徒。

当时有一批明朝的达官显贵，降清入仕，但却还作出一副不忘故国的姿态，王夫之对此辈人物的貌似清高，实则奴颜媚骨，逢迎新朝，力求通显的嘴脸深恶痛绝。这些人物的表演恰好与傀儡形象相似，所以诗人便用扮妇女形象的傀儡来比喻那帮全无血性的明朝降臣。

王夫之是强调作诗填词要用比兴的，而且他主张“兴在有意无意间”（《姜斋诗话》），即兴寄要自然，不可露出明显的痕迹。在这首词里，所咏的物象与诗人的寓意可以说是妙合无垠，傀儡之形清晰可见，而诗人寓意也清晰可感。虽说词中也有些俚俗气，有宋元以来俚俗化的痕迹，可是其景其情的刻画能深而美，语句灵活巧妙，有张有弛，嘲讽处也不露锋芒，仍不失词之本色。

张煌言

张煌言（1620—1664），字玄著，号苍水，浙江鄞（yín）县（今宁波县）人。明崇祯时举人。1645年在浙东一带起义抗清。官至东阁大学士兼兵部尚书。1659年与郑成功合兵包围南京，兵败退居南田的悬岙（ào）岛（今浙江象山以南），不久被俘牺牲。他的诗词反映了亲身经历的战斗生活以及抗清复明的高昂意志，情绪慷慨激越。存有《寄零诗草》。后人辑有《张苍水集》。今存词六首。

柳梢青

锦样山河，何人坏了，雨嶂烟峦①。故苑莺花，旧家燕子，一例阑珊②。　此身付与天顽，休更问秦关汉关③。白发镜中，青萍匣里，和泪相看④。

①雨嶂烟峦：烟雨笼罩着山峦，比喻明朝江山已消亡，国家不复存在了。这三句意思是，明朝锦样的山河，是谁把她毁掉了？如今已是残破凋零，难以恢复。　②故苑莺花：隐括南朝梁丘迟《与陈伯之书》“暮春三月，江南草长，杂花生树，群莺乱飞。见故国之旗鼓，感平生于畴日”句意。故苑：故国之意。旧家燕子：用刘禹锡“旧时王谢堂前燕，飞入寻常百姓家”（《乌衣巷》）之典。这三句意思是，不管是故苑的莺花也好，

旧家燕子也罢，都无一例外的阑珊，一样的凋零衰落。 ③天顽：天性顽固（其实当作顽强理解）。这二句意思是，我这个人生来就顽固，百折不挠，至于说如今秦关汉关落入谁手，就不要再问了。这里是正话反说，其实意含有对大明江山易主的深切关心，矢志力挽狂澜，绝不放弃报国之志。 ④青萍匣里：指匣中的宝剑。青萍，宝剑名，即青萍剑。

况周颐在他的《蕙风词话》里说："填词第一要襟抱。惟此事不可强，并非学力所能到。"说得一点也不错。"襟抱"，就是襟怀抱负。如没有爱国之心，没有坚忍不拔的意志，那是决然写不出激情洋溢的爱国诗篇的。张煌言的这首词正是这样一首抒发强烈爱国情怀的小词。

作为一个爱国英雄。他的可贵之处，是他时时不忘将一己之身同国家的命运联系在一起。当他填写这首词的时候，大明的江山已经日薄西山，气息奄奄，狂澜毕竟难以折挽。所以上片一开始"锦样"三句，作者就怀着极大的悲愤和极其沉痛的心情抒发了亡国之痛，并且作了历史的沉思，表达出强烈的忧患意识，同时也怒斥了朝廷的腐败，将大好河山断送了。接下的"故苑"三句，用"莺花""燕子"等富有兴亡内涵的意象进一步表达了这种黍离之悲。下片转入抒写自己坚定不移的心志，"此身"二句用正话反说的方式，表示明知大明大势已去，但一息尚存就不停止复国的奋斗，虽九死亦无悔的顽强报国精神。而后"白发"三句则感叹如今已成英雄失路，报国无门。他从二十六岁起事抗清，多少年过去了，现在已是镜中白发，可事业如何呢?

这首词苍凉慷慨，沉郁悲壮，其一片爱国赤诚真可与南宋陆游、辛弃疾等诸家相比并，读者无不为其悲歌慷慨的浩然正气所感动，从而激发出爱国的热情。

满　江　红

怀岳忠武

屈指兴亡，恨南北黄图消歇①。便几个孤忠大义，冰清玉烈②。赵信城边羌笛雨，李陵台畔胡笳月③。惨模糊，吹出玉关情，声凄切④。　　汉宫露，梁园雪。双龙逝，一鸿灭⑤。剩逋臣怒击，唾壶皆缺⑥。豪杰气吞白凤髓，高怀眦饮黄羊血⑦。试排云、待把捧日心，诉金阙⑧。

①黄图：版图。这二句意思是，屈指算来，明朝兴亡的运数已到了这步田地，苦恨的是而今无论江南江北，版图已经削减得所剩无几了。　②冰清玉烈：如冰之清，如玉之洁，比喻德行高洁。这二句意思是，即便是现在还有几个忠于明朝，申明大义，志洁高尚的臣子，又将如何呢？　③赵信城：古城名。故址在今蒙古国杭爱山南麓。赵信为汉相国，汉武帝封他为翕（xī）侯。后以右将军击匈奴，兵败而降，匈奴特为他筑城居之。李陵台：汉武帝时，李陵率部击匈奴，矢尽粮绝，而救兵不至，遂降匈奴。后于大同府城北五百里处筑台，高二丈余，李陵思归，

便登台而望。这二句意思是，在风雨之夜，传来赵信城边的羌笛声，在月明之时，胡笳阵阵从李陵台畔响起。 ④玉关情：指戍边征人思乡之情。这三句意思是，那羌笛、胡笳声凄凄惨惨，悲悲切切，传达出了浓郁的思乡情怀。 ⑤梁园：即兔园，西汉梁孝王所建，园中有山有池。此处以汉宫、梁园借指明帝王宫苑。双龙逝：指唐王朱聿键，南明之隆武帝，1646年在福建长汀被杀；桂王朱由榔，南明之永历帝，1662年在昆明被难。一鸿灭：指鲁王朱以海，1662年死于金门。这四句意思是，如今明朝的宫殿宫苑蒙露覆雪，已非昔日可比，打算复明的诸王也先后死去。 ⑥逋臣：即逃亡的大臣。唾壶：即痰盂。旧时一种供吐痰用的小口巨腹的器皿。唾壶皆缺：典出《世说新语·豪爽》，南北朝宋王敦，每次饮酒时总是口唱曹操诗："老骥伏枥，志在千里。烈士暮年，壮心不已。"同时用如意敲打着唾壶，使得壶口都残缺了。后人以此典形容心情忧愤或感情激昂。这里意思是，现在还有志复明的臣子，正豪情激荡，但面对君死臣亡的局面，就不能不像当年王敦那样，空自慨叹，壮志难酬了。 ⑦白凤：白凤为传说中的神鸟。眦（zì）：眼角，代指眼睛。这二句与岳飞"壮志饥餐胡虏肉，笑谈渴饮匈奴血"意同，即豪情满怀地到清廷所在地去高歌畅饮，庆祝胜利。 ⑧日：古人将皇帝或朝廷比喻为太阳。金阙：金銮宝殿，天子所居住的宫殿。这二句意思是，试将浮云排去，让红日再现，使江山重回明朝手中，到那时捧上一颗忠心，向朝廷表白自己的一片忠诚。

张煌言对岳飞极为仰慕，岳飞作《满江红·怒发冲冠》是家喻户晓的传世名篇，张煌言特填此以步韵，表明以岳飞为师，誓死报国的决心。

这首词虽为步韵，但全可与原作媲美。首先是词情之豪壮激烈，通篇迸发着作者一片赤诚的爱国激情，虽然这是抒情之作，但读者可以透过抒情主人公的抒怀，见到其英勇刚烈的血肉之躯，仿佛是一位爱国志士的高大形象呼之欲出，跃然纸上，令人慨慕无穷。

其次，词中多次用典，将典故融化在抒情叙事的字里行间，不只融入得自然，而且增大了词意的含量，使得全篇具有了浓郁的历史感和厚重感，读者会在这上下古今的典事交融中，受到鼓舞，得到启示，生出几多豪迈的爱国热情。

再有，作者用典而不泥于典事，他将旧事赋予了新意，变作古为今用，例如“赵信城”“李陵台”，在这里是暗喻降清的诸将诸臣还是心存故国，不是死心塌地地做新朝的奴才，因此复明还是有望的。

陈廷焯对这首词评价甚高，他说：“千载后读之，凛凛有生气焉。”（《白雨斋词话》）不错！这首词确是苍凉悲壮，沉郁雄放。虚写怀岳忠武飞，实写抗清复明之志。上片哀痛山河变色，申明孤忠大义，沉郁中蕴有奇气；下片壮怀亢奋，激烈昂扬，慷慨悲壮。读者读之难有不下泪的。

夏完淳

夏完淳（1631—1647），明末抗清英雄，著名诗人。原名复，字存古，别号灵胥。江苏华亭（今上海松江县）人。父允彝，师陈子龙，都是很有民族气节和文学声誉的人。九岁即善词赋古文，有神童之誉。十五岁时追随父亲起兵抗清。允彝兵败自尽，他与陈子龙继续奔走抵抗，鲁王朱以海封其为中书舍人。1647年陈子龙被杀，完淳为清兵所俘。洪承畴因其年幼，欲为开脱，完淳痛骂不止，从容就义，年仅十七岁。他的诗词或悲壮慷慨，或凄怆哀婉，充满强烈的民族气节。有《大哀赋》，奇情异彩，令人惊心动魄。有《玉樊堂词》。

卜　算　子

秋色到空闺，夜扫梧桐叶。谁料同心结不成，翻就相思结①。　　十二玉阑干②，风有灯明灭。立尽黄昏泪几行，一片鸦啼月。

①同心结：用锦带编成的连环回文样式的结子，用以象征坚贞的爱情。相思结：指极度的相思之情。　②十二玉阑干：曲曲折折的汉白玉阑干。十二，指曲折之多。

夏完淳，一位十七岁的少年，然而他却是享誉史册的爱国志士，抗清英雄，他短暂的一生，有着可歌可泣的英雄业绩，为人称颂，为人景仰。这位少年不仅是有着强烈报国之心的英雄，而且还是位才华横溢的诗人。这首《卜算子》就是他的代表作之一。

这首词也是采用比兴的手法，用传统的香草美人以喻君子的方式来表现其强烈的爱国热忱。上片是假托深闺女子的身份，写她的所思所感，意思是秋色降临到了闺房，一个深闺独处的女子，到了夜深人静的时候，她只有耳听秋风吹扫梧桐叶的声响，此情此景更勾起了她孤寂的情怀。而使她没有料到的是，本来是相亲相恋的好事，却变成了离散的现实，落得而今空房独守，孤寂难堪。下片将笔腾挪至户外，说为了排遣寂寞，她走出了闺房，独自凭阑遥望远方，只见点点灯火，在晚风中忽明忽暗，似有若无，这时又传来了月下归巢乌鸦的啼叫，她痴痴地迎风洒泪，从夕阳西下直到夜阑人静之时。

显然，乍看是一首闺怨之作，但若与作者身世联系起来，就不难发现其寄托的深情。实际上闺中女子的形象正是诗人的化身。诗人衷心期盼的是恢复故土，重整河山，“谁料同心结不成，翻就相思结”，复国的理想成了泡影，自己也不幸成了阶下囚。而那“风有灯明灭”，正是明王朝日暮途穷，衰亡破败的象征。其“立尽黄昏泪几行”，也是诗人理想破灭、英雄失路的悲慨之泪。所以，这词深婉凄清，遗韵悠然不尽，其激烈的壮怀，难言的断肠之痛，见于言外。

采 桑 子

片风丝雨笼烟絮，玉点香球[1]。玉点香球，尽日东风不满楼。　　暗将亡国伤心事，诉与东流。诉与东流，万里长江一带愁[2]。

①玉点香球：指飞落的柳絮滚动成香球状。香球：一说古代一种金属制的镂空圆球，用以燃香；一说用香料制成供抛掷玩弄的球。这里是形容柳絮滚动成球形。　②“诉与”二句：取李煜“问君能有几多愁，恰似一江春水向东流”词意。

这首词抒写了作者对国破家亡的深巨的哀痛，所用手法则是常见的上景下情，借景抒情，情随景生的手法。

上片四句写景，描绘的是暮春之景，而取用的是代表春日消歇的风雨败絮。这里所刻画之景既是客观的，也含有作者主观情感上的寓意。就是说，面对风雨飘摇、柳絮飘零，一派残春的景象，自然会联想到这图景正是大明江山大势已去的形象写照。所以，这是以自然之景隐喻社会人事。其结句则寓意良深，这是唐人许浑“山雨欲来风满楼”诗句的反用，“风满楼”意味着大的风暴即将到来，而这里却说“不满楼”，其意便是作者所期待的风暴已不可能到来，也就是说作者所盼望的明王朝的东山再起已是不可能，失望、哀恸，种种苦情自在其中。

下片四句转赋愁情。作者于此又用移情的手法，即将满腔悲慨移注于面前的江水，是说如今残酷的现实已令作者回天无力，他只能痛哭流涕，将自己的一腔愁恨诉之于波涛汹涌、滚滚东去的大江了。而其结句更显沉重痛烈，说将愁情诉予了江水，而这愁又深又广，以致连万里长江都染上了愁色。这里虽化用李后主词句，但却赋予新意，可谓翻出了新奇，愁情居然使大江染色，可见愁情的浓郁深广。这收煞确是“无理而妙”，极为深刻精彩。

万寿祺

万寿祺（1603—1652），字介若，一字内景，号年少，江苏徐州人，崇祯三年（1630）举人。明亡后不仕，迁居清江浦（今江苏淮阴）为僧，自称明志道人。常与一些明朝遗民交往，痛苦高歌。诗文、书画、篆刻俱精，有《遯（dùn）渚唱和集》一卷。

双调望江南

烟雨路，水国渐迷离。芳草遥天人去后，碧云满地雁来时。秋信竟差池①。　何处问？脉脉到于今。精卫徒生沧海恨，鳖灵不断蜀山心②。天宇自荆榛③。

①差池：差错。　②精卫：古代神话中的鸟名。据《山海经·北山经》载，炎帝的小女儿叫女娃，女娃到东海去游历，溺死于海，变成了精卫鸟，叫声像是呼唤自己的名字，这鸟总是衔西山的木石，投向东海，打算将大海填平。后人以此喻有仇恨而志在必报，或不畏艰难、奋斗不懈的人。徒生：空有、白白地有。鳖灵：传说中古代蜀国帝名。据汉扬雄《蜀王本纪》载，荆地有人名鳖灵，死后他的尸体随江流而去，到了郫（pí）这个地方，又活了，与蜀王望帝相见，望帝用他为相，后来望帝又以为德不如鳖灵，就将王位让给了鳖灵。鳖灵即位以后号叫开明帝。　③天宇：

天下。

明末清初，一大批知识分子成了明朝的遗民，他们心怀故国，宁愿隐居山林，甚至削发为僧，也不肯与清廷合作。所以在这些人的作品中常常表现出沉痛的亡国之恨，故国之思。但是他们又不能自由地书写，不能直露地表达，因为清朝初期，文网甚严，动辄便罹文字狱，所以这些文人便不得不采用较为深婉含蓄的诗体——词，较为深藏的手法——象征、隐射。这样形成了许多朦胧含婉，言在此意在彼，形象之中寓有深意的作品。万寿祺的这首《双调望江南》就是如此。

这首词表面上看，像是一篇怀友之作，但实际上是假托怀友，抒发深沉郁勃的亡国之痛。

词的上片写对友人的怀念。前二句先勾画了一幅迷茫之景，说伫目凝望，友人离去的道路，烟雨迷蒙，南国水乡的景象一片模糊。这景中已深含了诗人有所盼，却又盼而失望的怅惘之情。接下“芳草”二句是一联语，景语情语浑融，表明了怀思的原因，是说友人在芳草连天的春天离去，现在已是碧云黄叶，北雁南飞的秋天，仍不见他的归来。故收束的“秋信”一句，表示了极度的失望与悲伤。这里虽说的是“友”，实际上句句隐射的是“明”，是一去不复返的故国。

下片则是倾诉对“友”，即对明王朝的忠贞不渝的感情。过片“何处问”领起，承之以“脉脉到于今”，意蕴深藏，凄清怅惘，说自离别到如今，我一直深情地怀念你，可这苦情向何处倾吐呢？只有把它藏在心底。接下“精卫”二句又借典抒怀，进一步表明自己的忠贞不渝，而其深隐的内涵则是，自己明明知道恢复明王朝的愿望像精卫填海一样，是不可能实现的，但是仍在不懈地努力，就如同鳖灵顽强不屈的精神那样，至死也不改变对明王朝的忠心。最后“天宇”一句收束，说如今到处是荆榛，意思是整个社会都像恶木丛生，处处是陷阱和危害、痛苦与坎坷，清王朝的统治太残酷了！全篇沉郁幽愤，诗人以隐晦屈曲的笔法，表达了隐蔽的心扉，唱出了怀念故国的痛苦心声。

杜　濬

杜濬（1611—1687），字于里、于皇，号茶村，湖北黄冈人。明崇祯十一年（1638）副榜贡生。仕宦不得志，刻意为诗。明亡后，居金陵（今南京市）鸡鸣山。性廉洁耿介，不轻受人惠，家境困窘，但不改其志。笃好诗文，苦吟至死。其诗逸情孤诣，有独到处。著有《变雅堂集》传世。

浣　溪　沙

读《越绝书》[1]

亘古谁家国不亡[2]？西村空自产无双，姑苏台后五湖航[3]。　　渔父一桡存郑国，乞儿三战报平王[4]，英雄到此却思量。

①《越绝书》：记载春秋战国时期吴越争霸的一部史书，汉代袁康著。　②“亘（gèn）古”句：意思是自古以来，一个个国家为什么都免不了灭亡的命运呢？　③西村：相传西施是苎萝村西鬻（yù）薪（卖柴人）之女，后人即以“西村”代指西施，此处当指苎萝村。无双：举世无双，指西施为绝代美女，举世无双。姑苏台：台名。在江苏省吴县西南姑苏山上，相传为吴王夫差所筑。这里喻指吴国。五湖：即太湖。此二句意思是，苎萝村白白地生长养育出举世无双的美人西施，因为她被勾践施用

美人计，虽然灭吴成功，可她成了政治斗争的牺牲品，吴国灭亡后，她又随范蠡（lǐ）泛游太湖去了。 ④“渔父”二句：引用吴越争霸的故事。春秋时，伍子胥与父兄事楚，楚平王杀了他的父亲伍奢及其兄伍尚，子胥逃亡，奔吴途中，有渔父舍命渡他过江，得以幸免。后来吴郑两国冲突，因为渔父救过子胥的关系，郑国免受了灭顶之灾。子胥逃到了吴国，吴王阖闾没有立即召见他，致使子胥在吴市吹箫行乞，过了一段时间才被召见起用，之后子胥辅佐吴王联蔡攻楚，屡战屡胜，最后攻下楚都郢（yǐng）。子胥为复仇，将已死的楚平王从墓中掘出，鞭尸。此事在《越绝书》中有记载。这二句就是这一段史事的概括。一桡（ráo）：借指一条小船。桡：船桨。乞儿：指伍子胥。

这是一首咏史之作。咏史是我国古典诗歌中一大门类。所谓咏史，是包括凭吊古迹与吟咏史事两大类，而且是凡咏史，其实都是咏怀咏志，为咏史而咏史是没有的，换句话说，作者咏史，无非是借古人古事去表现自己的情怀、意志。杜濬的这首《浣溪沙》也不例外，只是他从《越绝书》读后这个角度去写，很有点读后感的味道。

上片用设问起，突兀警策，“亘古谁家国不亡？”如此质疑自然会引发答疑之句，于是二、三两句便以《越绝书》中所载吴越争霸的史事为证作答。值得注意的是这里用“空自”二字，这可以说是表现了作者的观感与史识，因为这两字含有深刻的意蕴，它既包含了对西施命运的无限怜惜与同情，又包含了对吴王恋色忘政、不能守业的鞭挞。而接下“姑苏”一句，更进一步表达了亡国之思，所以上片是以咏吴国灭亡为主。

下片则是重在阐示吴国不该灭亡。“渔父”二句说吴国得到了伍子胥，使吴国强盛起来，按说不该灭亡，然而吴国最后还是覆灭了，这实在是应该深思的事。所以结句明确提出“英雄”们应该去思量。思量什么呢？以史为鉴，那就是说，自古以来，凡弃贤从恶，如吴王夫差者没有不毁灭的。因此，这是该去思量的“英雄”们应当知道的。而这落句也关合了起句。

写这首词时，作者正在南方游历，当时明朝半壁江山已失，国家岌岌可危，所以作者填此词以表达对现实的关注，并寄语朝廷要取用贤良，重振朝纲，不要走吴国覆灭的道路。

余 怀

余怀（1616—约1695），字澹心，一字无怀，号鬘翁，又号鬘持老人。福建莆田人，侨居江宁。才情艳逸，工诗，尝赋《金陵怀古》诗，王士禛以为不减刘禹锡，与杜濬、白梦鼎齐名，时称“余杜白”。词藻艳俊，为诗人吴伟业、龚鼎孳所称道。晚年隐居吴门，漫游支硎（xíng）、灵岩间，征歌选曲，有如少年。撰《板桥杂记》，哀感顽艳。由于生活在明末乱离之际，故词多凄丽幽怨。有《味外轩文稿》《研山堂集》《秋雪词》等。

念 奴 娇

和苏子瞻①

狂奴故态，卧东山、白眼看他世上②。老子一生贫彻骨，不学黔娄模样③。醉倒金尊，笑呼银汉，自命风骚将④。楼高百尺，峨眉堪作屏障⑤。　追想五十年前，文章意气，尽淋漓悲壮⑥。一自金铜辞汉后，曾共楚囚相向。司马青衫，内家红袖，此地空惆怅⑦。花奴打鼓，声声唤醒瑜亮⑧。

①苏子瞻：苏轼。今存苏轼词中未见被和原作，或已佚失。　②狂奴

故态：狂放不羁的老脾气。东山：晋代谢安隐居之处。白眼：晋代阮籍能为青白眼，见庸俗之辈，以白眼去看；见高人雅士，则以青眼（黑眼珠）去看。二句意思是，我的老脾气不改，像谢安一样隐居东山，像阮籍一样傲世。 ③黔娄：《高士传》载，黔娄为春秋齐国人，鲁恭公听说他贤良，就以三千钟粟米馈赠，想让他为相，他坚辞不受；又以黄金百斤聘他为卿，又不肯，自称叫“黔娄子”。这二句意思是，自己虽贫穷彻骨，但也绝不学黔娄那种穷模样。 ④金尊：酒尊（酒杯）的美称。银汉：银河、天河。风骚将：指风流倜傥，富有才情、文采的人。风骚，原指《诗经》的《国风》和《楚辞》的《离骚》，这里借指为文采、才情等。这三句意思是，醉倒在酒尊边，对着银河狂呼大笑，自称是文采风流的才子。 ⑤“楼高”二句：意思是我就在百尺高的楼阁上，那峨眉山可以作我的屏障了。 ⑥金铜辞汉：唐李贺诗《金铜仙人辞汉歌》序中说，魏明帝曹叡于青龙元年（233）八月下诏，令宫车西去长安，搬取汉武帝时铸造的捧露盘仙人，将其放置在魏宫前。宫官拆完承露盘，金铜仙人临被运走时，流下了眼泪。楚囚：本指被俘的楚国人，后借指处境窘困无计可施的人。这二句意思是，一从朝代易鼎，情况全改变了，我也曾落得与囚徒为伍，陷入极度窘困。 ⑦司马青衫：白居易《琵琶行》有“座中泣下谁最多，江州司马青衫湿”之句，这里代指明朝的遗臣。内家：指宫中。内家红袖：指宫中女子们。三句意思是，更何况面对前朝遗臣和宫女，那更是惆怅难堪了。 ⑧花奴：唐玄宗之子汝阳王李琎（jìn），小字花奴，善击羯鼓（击打的乐器）。有一次玄宗对侍臣说，召花奴来，为我击鼓。瑜亮：周瑜、诸葛亮，这里借指有勇有谋的仁人志士。

作此篇时，作者大约四十九岁，此时余怀写了一组“感遇词”，所谓“感遇词”，就是用隐约的言语抒发心中感想。本词是其中的一首。

余怀生活在明清易代之际，时代的动荡，个人的遭遇，不仅使他流离颠沛，更令他心怀悲婉哀伤。这首词就是他悲慨悒郁心情的表现。词的上片所写就是开头的四个字“狂奴故态”，围绕这四个字，一道铺写，将其愤世嫉俗，不得意于时的种种情态作了恣意描绘，从中可以看到这位“醉倒金尊”的诗人的一副狂放不羁的形象。而这形象中深含了他悲愤怨怒的情感。

下片写他遭逢的不幸，在乱离中，历尽沧桑巨变，吃尽苦头，倍觉凄怆。最后则幻想着能有英雄出现，一转乾坤，但这也仅仅是幻想，实际是不可能的。所以全篇沉郁苍凉，率真慷慨，读之也觉凄怆伤感。

这首词一个突出的特点是，词中用了大量的典故，有的明用，有的暗用。词中用典，既能加大词的内容含量，又能使词意的表达婉曲深沉，同时也给人以厚重的朦胧的美感。所以词作者常常借典发挥，以达其深隐的情愫，难言的痛苦。

浣　溪　沙

芜城感旧次韵①

燕子衔春入画桡②。蜀冈杨柳拂西桥③。隋家宫殿已烟消④。　　绿酒细斟人脉脉，红帘吹送影迢迢。莫愁双桨带江潮⑤。

①芜城：指扬州广陵城。因北魏南侵和竟陵王刘诞叛乱，使扬州两遭兵祸，荒芜不堪，鲍照曾作《芜城赋》，以今昔对比，抒发兴亡成败之感。次韵：又称“步韵”，即依照被和词中的韵及其用韵的先后次序填词。本词次谁之韵，未详。 ②画桡：画舫、画船。桡，船桨。 ③蜀冈、西桥：皆在扬州城西。 ④隋家宫殿：指隋炀帝于广陵城所建宫殿。 ⑤莫愁：古乐府中传说的女子。一说为洛阳人，是卢家少妇。一说为石城人（今湖北省钟祥县），善歌谣。《旧唐书·音乐志》载，有歌词云：“莫愁在何处？莫愁石城西，艇子打两桨，催送莫愁来。”这里是用莫愁借指旧日的恋人。

扬州城，自古以来即名扬天下，不但是风月古迹的胜地，也是青楼烟花聚集之处。所以古来以扬州为题的诗歌不胜枚举，最著名的如：“天下三分明月夜，二分无赖是扬州”（徐凝《忆扬州》），“娉娉袅袅十三余，豆蔻梢头二月初。春风十里扬州路，卷上珠帘总不如”（杜牧《赠别》），等等。余怀的这首词也是以此为题，抒发其伤悼旧日的悲感。

余怀生逢明季丧乱，以身许国的志愿难以实现，遂隐居吴门，流连秦楼楚馆，沉醉在灯红酒绿之中，征歌逐舞，消磨岁月。这首小词就是他次友人词韵的感旧之作。“感旧”之“旧”，从全词来看是指旧游之情侣、情恋之事。

上片写扬州景物，其中也含了淡淡哀伤的思古幽情。第一句写乘游船赏春，多情的燕子飞来，仿佛是带来了几许春意。第二句写蜀冈春柳轻拂西桥，同前句一样也是宜人的春景，而第三句顿起变化，视线转向了隋宫旧址，其兴亡之感于景物的变化中流露，“感旧”之旨也蕴于其中了。然而诗人之感旧还不止于古今之悲，故又引起下文。

下片进一步抒感旧之情怀，这里的“感旧”才是更令他伤怀的，所以下片的三句是追述与青楼情侣的欢会和离去的情景，现在重游故地，景色依然，而伊人不可见，当年的情景又历历来到眼前了，绿酒细斟，含情脉脉，欢颜笑语；而后是红帘吹送，人影迢迢，伊人离去，然而这都是过去的往事了，想来不胜伤感。最后点出这伊人是与莫愁一样的女子，如今已是一去无踪，怅然心伤了！后来诗人王士祯有诗送余怀说他是“肠断芜城客”，确是不假。

余怀的词有人说他受史达祖、蒋捷等前辈诗人的影响较大，故显得“藻艳轻俊”，就是说词藻艳丽，情感俊逸。这首词应该说也有这一特色。

柳如是

柳如是（1618—1664），本姓杨，名爱，改姓柳，名隐，又改名是，字如是，号河东君，又号蘼芜君，江苏吴江人，一说浙江嘉兴人。明末名妓，后为钱谦益妾。明亡时劝谦益自杀殉国，谦益不从，降清。柳颇为失望，抑郁寡欢，遂遁入空门，后悬梁自尽。工诗善画，诗词中常流露出故国之思。有《湖上草》《柳如是诗》等。

梦　江　南

人去也，人去鸬鹚洲①。菡萏结为翡翠恨，柳丝飞上钿筝愁②。罗幕早惊秋。

①鸬鹚洲：一作“鹭鸶洲”。落有鸬鹚的水中陆地。　②菡萏（hàn dàn）：荷花之别称。翡翠：比喻碧绿的荷叶。钿：以金银珠宝制成花朵形状的首饰。筝：拨弦乐器。此二句意思是，看到荷花从翠绿的荷叶丛中亭亭玉立，绿叶轻摇，反令人增恨，春天里柳絮飘飞，落到了头上、筝上，又使人添愁。

柳如是有《梦江南》二十首，这是其中的第二首。

柳如是的人生是悲惨的，幼年时被拐卖相府，后被卖入妓院，成为秦淮名妓。她与陈子龙相恋，但陈子龙作为抗清志士，加上社会偏见，最终未能与之结为夫妻。二十四岁时嫁与钱谦益。清军陷南京后，如是劝钱殉国，并愿从其同死，钱不从，如是投池欲自尽，未遂。后又劝钱匡复明室，将功赎罪，她自己也曾积极参与复明活动，直至中兴无望，才毅然遁入空门。钱辞世后一个月，如是亦悬梁自尽。如此一生，令人同情，令人惋惜，令人怅叹。陈寅恪先生称颂这位女性为“女侠、名姝、文宗、国士”，看来并非过誉。

她与陈子龙相恋的故事是凄楚动人的，二人早期相恋，中期思念，后期失恋，总之是以悲剧告终。这组《梦江南》便记录了她苦恋、相思的痛苦心声。本篇是以比兴之法，倾吐了她殷殷思念之情的。通篇共五句。第一、第二句用“顶针”格，突出“人去”引起的悲痛，而人去何处？用“鸬鹚洲”暗示所去之处是可望不可即的。由此不难联想到《诗经·蒹葭》中“所谓伊人，在水一方”的名句，情人被阻隔在“洲”中，无由相会，自是痛苦难堪。但接下“菡萏”二句，又进一层，是说秋天里增“恨”，春天里添“愁”，这二句形象地概括了相思的漫长和无限，由夏到秋，又由冬到春，无时无刻不在苦苦相思。最后“罗幕”一句收束，其“惊”字更生动地写出了思念情怀的多层意绪，意味着不但无一刻平静，简直是挨着一秋又一秋的无边愁苦。

这首小词虽篇幅极小，但字字锤炼，句句俊逸，清新空灵，含婉深致。其中“去”“恨”“愁”“惊”几个字，是全篇最为精彩的勾勒字，使全篇灵动、婉转、深细。

梦　江　南

人去也，人去梦偏多。忆昔见时多不语，而今偷悔更生疏。梦里自欢娱。

这首是组词《梦江南》中的第九首。

这首小词短短的五句二十七个字，语言明白如话，流利畅达，用不着注释，几乎一看就懂，但是要理解其中的含义，却又深觉其蕴意无尽，宛转多姿。所谓“愈朴愈厚，愈厚愈雅”（沈雄《乐府指迷》），可以用来概括这首小词。

起句仍用“顶针”，重复强调，突出“人去”的悲哀。而“梦偏多”，似怨似慕，表达出不想入梦，偏又每睡必梦的难耐。因为梦中如可与情人欢会，可慰相思，但梦醒岂非更加难堪？故心态是矛盾而痛苦的。接下“忆昔”二句折进一层，将这痛苦心情作了今昔的比照，说昔日相见“多不语”，正是“多情却似总无情”，心里话不曾对他讲，现在呢，又无人可说，因而后悔莫及。这里用“偷悔”，极为传神，含蕴良多，既悔未能与子龙相聚到白头偕老，未能勉励这位文学泰斗、忠烈义士，又悔自己沦落勾栏，无力自拔，更悔前景茫茫，无人与共，等等，故极含婉，极有蕴致。最后结句，又言“梦”，说惟有梦里可得片刻的欢娱。如此收煞真是拨云见日，又开一境，而醒来又当如何呢？这悠然不尽之意留给读者去补充了。

陈寅恪先生说：“此词为二十首中之最佳者，河东君之才华，于此可窥见一斑也。”（《柳如是别传》）此语确是的评！

屈大均

屈大均（约1630—1696），初名绍龙（又作隆），字介子，号翁山，广东番禺人。明末诸生，清军入侵时，从桂王抗清，失败。明亡后出家，法名今种，字一灵，一字骚馀。曾北走燕、赵，与顾炎武、朱彝尊、李因笃等交往，有复明之志。中年因事母蓄发返初服，改今名。避居江浙，终老山林。尝读书祁氏寓山园，不下楼者五月。工诗词，尤长于描写山林边塞景物。与陈恭尹、梁佩兰齐名，号称岭南三大家。其词具有辛弃疾悲壮风格，小令学《花间》。著有《道援堂词》《九歌草堂集》等。

潇湘神（三首）

零陵作

潇水流。湘水流。三闾愁接二妃愁。潇碧湘蓝虽两色，鸳鸯总作一天秋。

潇水长。湘水长。三湘最苦是潇湘。无限泪痕斑竹上，幽兰更作二妃香。

潇水深。湘水深。双双流水逐臣心。潇水不如湘水好，将愁送去洞庭阴。

这三首小令大约作于康熙十三年（1674），作者此时正在湖南零陵，年四十五岁。这三首是一组吊古之作，而所凭吊的古人古事都发生在湖南。

湖南水系丰沛，除湘、资、沅、澧四水，还有潇、巫、耒、春陵及汨罗江等。这些水系汇入洞庭湖，形成湖南良好的水利资源，成为富腴的鱼米之乡。而这得天独厚的地方，也是历史上留有神话传说、历史故事最多的、最丰富的地方。这组《潇湘神》，就是三首凭吊与潇、湘、汨罗江有关系的历史人物的小词。取《潇湘神》词牌，是用词牌的本意。因为这些历史人物被后人神化了，他们都成了潇湘之神，于是歌咏他们的词也就以此为名了。

第一首“潇水流”是凭吊屈原和娥皇、女英的。三闾是指楚国“昭、屈、景”三大贵族。屈原曾做过三闾大夫，这里则是指代屈原的。屈原，名平，战国时任楚国的左徒，被小人谗害，楚怀王疏而不用，后又被怀王子顷襄王放逐，屈原遂行吟泽畔，作《离骚》《怀沙》后，怀石自沉汨罗江而亡。二妃，即娥皇、女英，为尧之二女，舜之二妃，娥皇为后，女英为妃。舜南巡，死在苍梧之野，二妃闻讯后，奔往哀悼，泪洒竹上，遂成了“湘妃竹”，之后即投潇湘殉情。潇湘二水一碧一蓝，故又名鸳鸯水，所以末句是说潇湘二水合一为鸳鸯水，二水秋来澄碧，也仿佛为她们致哀。

第二首是专凭吊娥皇、女英的，说“潇湘”之地最苦，原因是这里发生过殉情的故事，现在那湘妃竹上还留有二妃的斑斑泪痕，那幽兰也为二妃流溢着馨香，悼念着她们的芳魂。

第三首是凭吊屈原的。“逐臣”指的是屈原，他被楚顷襄王放逐了，故称。不过他虽被放逐，但存君兴国之心不减，自沉之前所作《离骚》《怀沙》里念念不忘自己的国家和君王，《史记·屈原列传》里说他：“一篇之中三致意焉。”可见一片爱国的赤诚。而末二句，是说湘水将“愁”从湘南带到了洞庭湖，流入长江，奔入大海。可是潇水只注入湘江而止，此中蕴有将愁不去的内涵。

这三首词短小而精致，带有民歌的色彩，朴质清丽，韵味悠长，其真挚的伤悼之情溢于言外，诗人悼古伤今之意亦清晰可感。

虞美人

无风亦向朱栏舞，情为君王苦①。乌江不渡为红颜，忍使香魂无主独东还②。　　春含古血看犹暖，巧作红深浅③。花前休唱楚人歌，恐惹英雄唤虞何④。

①朱栏：朱红色的围栏。二句意思是即使没有风吹，朱栏里的虞美人花也摇摇曳曳，婀娜起舞，就像虞姬与项羽诀别时起舞的样子。　②乌江：在今安徽省和县境内。红颜：指西楚霸王项羽之宠姬虞姬。此二句意思是，当时项羽乌江被困，不肯东渡，自刎垓下（今安徽省灵璧东南），为的是虞姬，因为他不是怕无颜回报江东父老，而是怕虞姬的香魂留在乌

江太孤独。 ③古血：指虞姬自刎后，流出的热血。这二句意思是，你看这盛开的深红色的花朵，她那红艳的颜色是虞姬的鲜血染成的。 ④楚人歌：项羽在垓下被围后，于帐中饮酒，赋《垓下歌》：“力拔山兮气盖世，时不利兮骓不逝，骓不逝兮可奈何，虞兮虞兮奈若何！”虞姬舞剑佐酒，即席作《和垓下歌》：“汉兵已略地，四面楚歌声，大王意气尽，贱妾何聊生。”歌罢自刎，以绝项羽后虑。这二句意思是，在虞美人花前不要唱楚歌，不然的话，项羽又要呼唤“虞兮虞兮奈若何”了。

这首词既是咏史，又是咏物。咏史是咏西楚霸王项羽兵败乌江，垓下自刎这一段史事；咏物是咏虞美人花（草），因为这花名“虞美人”是后人为纪念虞姬，才把它命名为虞美人的。所以诗人把人事与花合而为一加以咏叹。咏物即咏人，咏人亦咏物，两者妙合无垠。

当然，诗人咏物，实际是咏怀，无非是托物以寄慨，借物以抒怀罢了，所以优秀的咏物之作总是有诗人的寄托，有诗人的寓意。这首词的寄托已经显露在外，读者一睹便知，然而，这并不等于词浅露质直，不是的。这首词非但无此弊病，还深得咏物词之三昧。因为“诗难于咏物，词尤为难。体认稍真，则拘而不畅；摹写差远，则晦而不明”（张炎《词源》）。就是说把所咏之物刻画太逼真了，寄托之意不好畅达；如果描写得不那么真切，则寓意也就含混不明了。这首《虞美人》可以说是不即不离，明而不晦，恰到好处，是咏物词中的佳作。

浣溪沙

杜鹃[1]

血洒青山尽作花，花残人影未还家。声声只是为天涯。　有恨朱楼当凤阙，无穷青冢在龙沙[2]。催归不得恨琵琶[3]。

①杜鹃：指杜鹃鸟。又名杜宇、子规，相传蜀王杜宇之魂所化，春末夏初啼叫，常昼夜啼鸣，声如“不如归去”，哀切动人，因其喙根部红色，人们以为是它啼鸣太苦以致啼出了血。又以为其血洒落在花上，故成为了杜鹃花（一名映山红）。其实当杜鹃花开时，也是杜鹃鸟啼叫时。　②朱楼、凤阙：指汉朝宫阙，这里借喻明朝。青冢：指王昭君墓，在今内蒙古自治区呼和浩特市南十公里，大黑河南。龙沙：原为白龙沙堆沙漠之简称，代指沙漠。这里借青冢以喻为抗清而牺牲的志士仁人。　③催归：杜鹃鸟又名催归、思归。恨琵琶：化用杜甫诗《咏怀古迹五首》之三“千载琵琶作胡语，分明怨恨曲中论”诗意。相传昭君在匈奴，恨帝不遇，心念故乡，曾作琵琶曲。后人从其曲中感受到她的怨恨之情。这是借指死难烈士赍志而殁的千古遗恨。

这是一首咏物词，明为咏杜鹃，实为咏怀，咏他至死不渝的抗清意志，兼有对抗清志士仁人的歌吟凭吊。

词仍是以“比”的手法，以杜鹃比喻忠魂义烈，借昭君、琵琶，抒写他们的千古遗恨。词中的人与物，都是运用意象的比拟和联想，自然地浑化为一体。词里虽然没有直接点到具体的人，但杜鹃啼血的形象，却使人联想到抗清复明的志士。故此篇不粘不脱，不即不离，既生动贴切，又含吐不露，是一篇成功的咏物小词。

龚　贤

龚贤（1618—1689），一名岂贤，字半亩，一字半千，号野遗，晚称柴丈人。江南昆山（今江苏昆山县）人，流寓上元（今南京市），于清凉山筑半亩园，为隐居之所。能诗善画，兼工行草。词作甚为朱彝尊推重。有《半亩园词草》。

西　江　月

新结临溪水栈，旧支架壁山楼①。何须门外去寻秋，几日霜林染就。　　影乱夕阳楚舞，声翻夜月吴讴②。山中布褐傲王侯，自举一觞称寿③。

①水栈：在溪水旁开一条栈道。山楼：在山旁建起的扫叶楼。　②影乱夕阳：化用欧阳修《醉翁亭记》“已而夕阳在山，人影散乱”之句。楚舞：楚地舞蹈。语出《汉书·高帝纪》，刘邦对戚夫人说：“为我楚舞，吾为若（为你）楚歌。”吴讴：吴地歌曲（民歌）。这里以楚舞、吴讴泛指且歌且舞的情态。　③布褐：粗布衣服。一觞称寿：举杯为自己健康长寿干杯。

作者遭逢丧乱，王朝更替，所以长期流寓南京，他在清凉山上构筑了扫叶楼隐居（今此楼在南京市清凉山公园内），从不曳裾侯门，混迹市井。这首词就是他栖居扫叶楼过闲适生活的写照。

上片前二句写扫叶楼依山傍水而建，优越闲静的地理位置使他快乐。“新结”和“旧支架壁”，说明这山楼不是新建，而是在原有的建筑上又新筑起木石相连的栈道。这样更可以尽情观览。接下二句是观览所见秋日的美景，“何须”，表明他用不着像别人那样要到野外去寻幽探胜，只在自家楼头就可远眺，这是何等的便捷与惬怀！

下片继续描写隐居生活的乐趣。前二句一写夕阳下起舞，一写月光下讴歌，概括了自得其乐，淡泊恬美，心旷神怡的情趣。最后二句，直述隐居山中的无穷乐趣。虽然布衣粗食，但是比峨冠博带的朝服要美，要舒适，因为如此自由自在，自歌自舞，自斟自寿，那是任何功名富贵都换不到的。所以清高狂放的布衣生活，全可傲视王侯，这要比豪华的生活充实惬意多了。

这首词写得轻松愉快，通篇充满了知足保和，无拘无束，自得其乐的情趣，表现了诗人蔑视权贵，追求个性解放的精神，其中“傲王侯”三字是全篇的点睛处，诗人愤世嫉俗，傲岸不羁，向往真、善、美的社会理想表现得淋漓尽致。当然，这也可以说是从一个侧面反映了那个时代的黑暗与沉闷，就是说知识分子中的一批人，不愿入仕新朝，便以隐居自适，作一点微弱的抗争。

李　雯

李雯（1608—1647），字舒章，江苏松江人。少与陈子龙、宋徵舆齐名，创立几社，称“云间三子”。明崇祯十五年（1642）举人。入清，官中书舍人，充顺天乡试同考官。以父丧归，卒于家。词多身世自伤之语。著有《蓼斋集》，附词一卷。

月　中　行

采　莲

新丝轻染石榴红。虹挂小窗东①。淡烟深柳晚来风。结伴采芙蓉②。　　縠纹细浪牵花桨③，双鹭下、绿水摇空。藕花裙湿鬓云松。人在落霞中。

①“新丝”二句：写雨后的天空，夕阳斜挂，东虹彩照，荷塘被笼罩在晚霞中，仿佛是轻轻地染上了石榴红色。　②芙蓉：荷花的别称。　③縠（hú）纹：皱纱似的皱纹，比喻细微的波纹。

这首小词充满了诗情画意，犹如一幅优美动人的“采莲图”，图中所画是妙龄少女“结伴采芙蓉”的美妙情景。其突出的特色是作者不用重彩浓抹，而是于淡彩中加入了水墨写意的笔法，由不同的审美视角去刻画，突出其色彩、层次、灵动等的美感效果。你看，天边轻染石榴红，虹挂东窗，烟淡柳深，构成了恬静的景象美；长虹落照，水摇白鹭，构成了明净的色彩美；细浪牵桨，绿波荡漾，构成了灵动的节奏美；少女采莲的身影，若隐若现，构成了意态朦胧的美。所以这小词虽用墨不多，却构筑了引人遐思妙想的优美的意境。这在诸多的以采莲为题的诗词中确是少见的佳作。

吴伟业

吴伟业（1609—1672），字骏公，号梅村，江苏太仓人。崇祯四年（1631）会试第一，廷试第二，官至少詹事。清世祖闻其名，力迫入都，累官国子监祭酒。其诗多寓身世之感，部分篇章暴露统治者对人民的残酷压榨。早期作品风华绮丽。明亡后多激荡苍凉之音。诗风清丽，音节调谐，既委婉含蓄，又爽洁明快，其诗风行一代。亦工词曲书画。其词小令婉丽，"长调高者，有与东坡神似处"。有《梅村集》《梅村家藏稿》等。

临　江　仙

过嘉定感怀侯研德①

苦竹编篱茅覆瓦，海田久废重耕②。相逢犹说廿年兵。寒潮冲战骨，野火起空城③。　　门户凋残宾客在，凄凉诗酒侯生④。西风又起不胜情⑤。一篇思旧赋，故国与浮名⑥。

①作者于康熙初年路过嘉定（今属上海市），想到了顺治二年（1645）发生在这里的清兵三次大屠杀，很有感触。同时想到了亡友侯研德，于是赋词抒感。侯研德，名泓，后改名涵，字中德，嘉定人，其伯父侯岐曾、侯峒曾为抗清英雄。研德志行高尚，以布衣终。著有《掌亭

集》。 ②茅覆瓦：用茅草代替瓦片遮盖屋顶。海田：嘉定靠近长江口，田地距东海不远，故称。这二句是写嘉定历经浩劫之后在逐渐恢复，但仍是残破不堪的景象。 ③犹说：还在说。廿年兵：二十年前的兵乱洗劫屠杀之事。野火：磷火。 ④宾客：此处指侯生的老朋友，心怀明朝的遗民等。 ⑤不胜情：情绪上受不了。 ⑥《思旧赋》：晋朝人向秀追怀好友嵇康等而写的一篇赋。这里代指本首词。浮名：侯研德死后，被人们称为“贞宪先生”的美名。

清兵入关南下，大兴杀伐，“扬州十日”“嘉定三屠”皆是骇人听闻的历史事件。二十年过后，诗人再到嘉定，目睹了兵乱之后的情景，想到了当年那血雨腥风的屠城惨剧，又联想到好友侯研德也已作古，不禁悲从中来，遂赋词抒慨，大有黍离之悲，思旧之叹。

词的上片写过嘉定。诗人用写实的笔法，描述了劫后嘉定百姓的生活景况。他只选取了几个具有代表性的视点，便将人们劫后余生的凄凉凋敝情景全面概括了。“苦竹”句写人居的简陋残破，“海田”句述其田亩荒废，农事凋敝，收成难保。总之是满目荒凉，而“相逢”一句，极为沉重地道出了无尽的伤感和怨恨。“寒潮”二句则进一步勾画了嘉定兵燹（xiǎn）后的凄凉的景象，同时也表达了黍离之悲，又启开下文的伤悼友人之情。

下片写怀念侯研德。“门户”二句，意思说侯生已逝，门户凋残，风流不再，只有昔日的宾客还活着，当初诗酒逍遥的侯生真是身后凄凉啊！追怀亡友，伤悼之情溢于言表，让人感慨万千。“西风”一句，再加浓加深氛围，烘托情景，说西风又起，萧瑟悲凉，令人更是伤感倍增。最后，承前句意，说友人已矣，不能死而复生了，也只有像当年向秀悼念嵇康那样，写一篇《思旧赋》寄托哀思而已。既然人已死去，留下了故国和浮名，而浮名又有什么用呢？

这首词苍凉沉郁，悲慨万千，很能代表吴伟业词的特色，内容上抒发家国之痛，身世之感，形式上造语平淡，但又不失深致蕴藉。

意　难　忘

山　家

村坞云遮[1]。有苍藤老干，翠竹明沙[2]。溪堂连石稳，苔径逐篱斜[3]。文木几，小窗纱，是好事人家[4]。启北扉，移床待客，百树梅花[5]。　　衰翁健饭堪夸[6]。把瘿樽茗碗，高话桑麻[7]，穿池还种柳，汲水自浇瓜。霜后桔，雨前茶，这风味清佳。喜去年，山田大熟，烂熳生涯[8]。

①村坞：村庄，这里指山村。　②明沙：白沙。　③“溪堂”二句：意思是渐渐地看到一幢房子依水傍石，稳稳地临溪而立，生满青苔的小路向着篱笆斜斜地延伸过去。　④文木：指质密色黑，无纹理的高级木料，

犹如红木、紫檀之类。好事人家：热情好客的人家，意非一般山野村民，而是山中雅士。⑤移床：移过坐床。此床犹宽大的坐椅。⑥健饭：胃口很好，吃饭很香。⑦瘿樽：用树疙瘩雕成的酒杯。高话桑麻：高谈阔论起农家种田的事情。⑧山田大熟：山田收成极好。烂熳生涯：豪放，不拘形迹，不受约束的生活。

吴伟业的诗风富丽绵密，词也写得秾丽密致，而这首却疏淡潇洒，风格情调不同一般。这里写的是路过山村，与隐居在此地不知名姓的隐士相过从，表达了作者的闲情野逸之趣。

词写得恬淡平和，开头自然平实，诗人从步向山村人家的沿途所见写起，一路写下去，由远及近，又由外而内，描写很有层次，前五句写山家四周的环境和景物，纯用白描，朴拙淡雅。"文木"以下几句，转为走入山家，书其所见，室内是"文木几，小窗纱"，室外是"百树梅花"，主人的身份，情趣不言自明，所以说"是好事人家"。下片集中描绘山家主人的生活情调，所用器皿，古朴雅致；所营事业，种柳浇花，养桔采茶；所享乐趣，山田大熟，真是闲云野鹤式的自在逍遥，尽管诗人在描述中无一语评说，但字里行间都洋溢着他对山家主人生活的羡慕向往之情。

这首词的语言朴素明净，恰与所描绘的山家清幽闲静，朴拙淡雅的情景相适应，成功地表现了作者的闲逸情调。

贺 新 郎

病中有感

万事催华发[①]。论龚生、天年竟夭，高名难没[②]。吾病难将医药治，耿耿胸中热血。待洒向、西风残月[③]。剖却心肝今置地，问华佗、解我肠千结[④]。追往恨，倍凄咽。　　故人慷慨多奇节[⑤]。为当年、沉吟不断，草间偷活[⑥]。艾炙眉头瓜喷鼻，今日须难决绝[⑦]。早患苦、重来千叠[⑧]。脱屣妻孥非易事，竟一钱、不值何须说[⑨]。人世事，几完缺[⑩]。

①此句意思是：人间万事都在催人头发变白、人变老。　②《后汉书·龚胜传》：汉哀帝时，龚胜任光禄大夫，有清廉高洁盛名。王莽篡政，立新朝，拟拜为上卿，胜不受，并说："旦暮入地（早晚得死），岂以一身仕二姓，下见故主？"绝食十四日死。龚胜义不受辱，终年七十九。死后有人来凭吊，说他因"高名"而夭亡，所以"高名"成了招祸之源，但其"高名"是永存的。　③"吾病"三句：意思是我的病医药难治（因为主要是心病），我痛心的忧思又能向谁倾诉？我有一腔耿耿热血，只有洒向故国的西风残月了。　④华佗：三国著名医生。《后汉书·方术传》说，华佗可以给人做大手术，如果病在肠胃，他可以开刀将肠胃取出洗净，再缝合，四五天就好。二句意思是：我宁愿剖开心肝，把它放置在地上，问问那位神医华佗，能否解开我的愁肠千结？　⑤故人：指当年与作者交好的陈子龙、夏允彝、夏完淳父子及侯岐曾、侯峒曾兄弟

等抗清义烈。奇节：不同一般的气节。这些人大多为复社成员，且都慷慨捐躯。 ⑥沉吟：犹豫不决。不断：不能决断。草间：喻指民间。草间偷活：即苟且偷生之意。 ⑦艾灸、瓜喷鼻：中医治疗之法。此处用为比喻人生病，得到医治，又医治无效的正常死亡，就与沙场战死，或其他为国尽忠而死不同。《隋书·麦铁杖传》说：铁杖在辽东之战前，请求做先锋官，他对军医说：大丈夫的性命自有所在，“岂能艾炷灸额，瓜蒂喷鼻”，“卧死儿女手中”呢？表明他欲为国家牺牲，不愿老死于自家的安乐窝里。此处二句意思是，像当年铁杖那样作出选择，是为国家牺牲，还是全躯保命，为自己偷活，这对于而今的我已是很难做到了（即今已仕清，只能“偷活”下去）。 ⑧“早患苦”句：意思是，今日的愁肠千结，今日的痛苦，其实早就种下了。 ⑨脱屣（xǐ）：脱鞋。此二句意思是，当年在前途的选择上，也曾想与“故人”一同起事抗清，像脱鞋似的置孩子老婆于不顾，可那对我实在是件难事，事到如今，我已成了失节的人，一钱不值，就不必多说了。 ⑩几完缺：完，完人，指“慷慨多奇节”的人。缺，指名节有亏的人，此为作者自指。

这是一首失节者沉痛的内心独白，自叹自愧，自伤自悔，颇有百身莫赎的悲凄哀痛之情。

吴伟业，才名卓著，为一时俊杰，崇祯四年（1631）以会试第二进士及第。甲申（1644）之变后，他曾隐居十年，无意出任新朝，但为“高名”所累，被迫出来做官，任国子监祭酒（相当于大学校长），虽只一年，便以母病辞官，但这却使他在内心深处留下了无可弥补的创痛。因此在他的诸多作品中，总是流露出自怨自艾、痛悔失节的心情。本首《贺新郎》就突出地表现了他这一深隐于心的情结。

这首词作于顺治十一年甲午（1654），很可能是清廷对他强行起用，被迫出山后所作。词题“病中有感”显系病中填写。但作者的病应该说是有两种，其中的“心病”是无法治愈的，因此他的“有感”主要是对自己耿耿于怀的心情，即为一念之差而失节，而痛苦，而哀伤。所以在这首词里，从头到尾，反复陈说慨叹的就是这一块“心病”。

作者用赋法铺陈，直抒胸臆，又多处借典写怀，顿挫跌宕，沉郁苍凉。上片用龚胜，下片用麦铁杖，以古今对比，表明自己在气节上不如前人刚直骨硬，又用今人与自己对照，深觉故人之奇气，也为自己所无。但又表明自己的变节虽是出于无奈，可毕竟又是变了节，于是痛苦不堪。所以这词所表达的是复杂矛盾的心声，愁肠百转，无以释怀。不过由于是作者的真情自白，因此，其情致真切，深细感人，不失为一篇自述怀抱的佳构。

再有，作者选用《贺新郎》词牌，如悲歌击筑，十分恰当。《贺新郎》为慢词，体制较长，宜铺陈，用仄声韵，音节高亢，最适合抒写悲伤的情怀，作者取用能与其所抒发的情结相吻合，声情相应，效果极佳。

陈廷焯在《白雨斋词话》中，对此篇作了这样的评述：“《贺新郎》一篇，梅村绝笔也。悲感万端，自怨自艾。千载下读其词，思其人，悲其遇，固与牧斋（钱谦益）不同，亦与芝麓（龚鼎孳）辈有别。”因为钱、龚二人是死心塌地地为新王朝效命了。但应如何看待吴伟业的变节，这里不作讨论。

龚鼎孳

龚鼎孳（1615—1673），字孝升，号芝麓，安徽合肥人。明崇祯七年（1634）进士。授兵科给事中。李自成入京师，授直指使。顺治初迫降，以原官起用。康熙间官至礼部尚书。卒谥端毅。工诗，为清世祖福临（顺治）赏识，称之为“真才子也”。与钱谦益、吴伟业并称“江左三大家”。有《香严词》，又名《定山堂诗余》。

贺新郎

和曹实庵舍人赠柳敬亭词[①]

鹤发开元叟[②]。也来看、荆高市上，卖浆屠狗[③]。万里风霜吹短褐，游戏侯门趋走。卿与我、周旋良久[④]。绿鬓旧颜今改尽，叹婆娑、人似桓公柳。空击碎，唾壶口[⑤]。　　江东折戟沉沙后。过青溪、笛床烟月，泪珠盈斗[⑥]。老矣耐烦如许事，且坐旗亭呼酒。判残腊、销磨红友[⑦]。花压城南韦杜曲，问球场、马弰还能否？斜日外，一回首[⑧]。

①曹实庵：即曹贞吉，见后第247页“曹贞吉小传”。柳敬亭：本姓曹，泰州人，年十五，犯法当死，遂改名姓，于盱眙（xū yí，县名，在

今江苏省）为人说书。后住松江、杭州、南京，名闻于缙绅间。又为左良玉幕僚，人称柳将军。左死后，复上街说书为业，借说书抒发眷念故国之情。　②鹤发：白发。开元：唐玄宗李隆基年号。开元叟：指唐乐师李龟年，他在开元时供奉梨园，安史之乱中，流落江南。这里以李喻柳。二人都具有爱国精神，都是亲历丧乱的艺人。　③荆高：指荆轲、高渐离。卖浆屠狗：卖酒的、卖狗肉的人，即社会下层的小商贩等。《史记·刺客列传》载：荆轲为报秦仇，临行曾悲歌于易水之上，高渐离击筑和之，为变徵（zhǐ）之声，在座的人都感动得落泪。又《史记·魏公子列传》载：赵国有个隐士曾与博徒在一起，薛公曾与卖酒的人为友。又载：朱亥，是卖狗肉的。又《史记·樊哙列传》载：樊哙也曾是卖狗肉的。这二句意思是，许许多多贤才勇士，原都是处在社会下层，隐身于市井，但他们却有节概，成为侠义之士。　④短褐：粗陋的布衣服。趋走：往来奔走。这三句意思是，你柳敬亭冒着万里风霜，穿着粗布短衣赶到京城，虽然也曾游戏于王公大人之门，却能保持不阿谀权贵的本色，在往来奔走中，你我之间也可算是周旋了许久。　⑤绿鬓：乌发，此处喻指年轻的时候。婆娑：本指起舞的样子，这里是喻人的潇洒、倜傥。桓公：东晋桓温，为大司马，故人称桓公。《晋书·桓温传》载：桓温率师北伐，行经金城，见到自己当年种的柳树，已经十围粗了，就慨叹说："木犹如此，人何以堪！"（树都长大了，人怎么能不变老呢？）意思是岁月流逝，人已衰老，可北复中原的志愿还未实现。击碎唾壶：《世说新语·豪爽》载：王敦每次饮酒便唱曹操诗句："老骥伏枥，志在千里。烈士暮年，壮心不已。"边唱边用铁如意敲打唾壶（痰盂），以致把壶口敲成了缺口。这四句意思是，你虽经历了人世沧桑，当年的黑发已变成现在的鸡皮鹤发了，可你还依然是当年那样潇洒、倜傥，可叹的是几经飘泊，就像桓大司马当年种的柳树，只能在风中婆娑，你胸中抑塞不平，难以伸展，空有故国沉沦的哀痛，即使把唾壶击碎，也难以抒出你的悲愤。 ⑥折戟沉沙：化用杜牧《赤壁》“折戟沉沙铁未销”句，这里指清军攻陷南京后，即福王灭亡之后。青溪：南京的一条溪水，源出钟山，流入秦淮河。这里代指南京。这三句意思是，自南京失陷后，柳敬亭曾经过青溪，说书之余，就倚着胡床吹笛，面对故宫的烟月，热泪滚滚，倾洒了盈斗的眼泪。 ⑦旗亭：酒店前挂酒旗，故称。红友：酒名，即黄酒。这三句意思是，你已经年老了，哪能经受这么多让人伤情的事情呢？还是暂坐酒楼，呼酒一醉，对着残烛消磨这难以排遣的时光吧！ ⑧韦杜曲：唐代长安城南有韦曲、杜曲，为韦、杜两大世家所居。这里代指清廷新贵所居之地。球场：古代球类游戏场。马弰（shāo）：马射。古代的一种游戏。这四句意思是，如今又是繁花开满城南韦曲、杜曲的时候了，如经过球场，不知你对那些游戏事，还有当年那股豪情否？我料想你不会有了。时事如此令人难堪，你也只有在斜阳下，凄然回首，感慨人间变幻，故国沉沦的悲哀了。

康熙六年（1667）秋，诗人由扬州回到北京，看到扇面上有曹贞吉题写的《贺新郎》“咄汝青衫叟”赠柳敬亭的词。于是颇有动于怀，想到柳氏虽穷途寥落，憔悴京华，而意气犹存，滑稽依旧，故援笔和了这首“别有感慨”的词。

这首词沉郁顿挫，慷慨悲壮，将柳敬亭其人的精神世界描绘得出神入化，其形象、性格、人品等，皆凛然有生气，令人感佩。上片用荆轲、高渐离作比，显示了他是悲歌慷慨之士，虽游戏侯门，但非寻常的说书唱曲的艺人。用“卿与我”“周旋良久”表明二人关系之密切。“绿鬓”以下，又回应开端“鹤发开元叟”，击碎唾壶及荆高市上，都是表现他的豪爽气概。下片写南明亡国后的沧桑之感，笛床明月，旗亭呼酒，城南韦杜，球场马埔等，均含有无限的今昔之感，兴亡之悲。

朱承爵《存馀堂诗话》说：“长篇须曲折三致意，而气自流贯，乃得。”说的是诗，也可以用来说明作长调词的手法。这首《贺新郎》正是一篇之内三致意焉的长篇，曲折跌宕地表达了沉致深厚的情意，读之令人荡气回肠，深受感动。

曹　溶

曹溶（1613—1685），字秋岳，一字洁躬，号倦圃，秀水（今浙江嘉兴）人。明崇祯十年（1637）进士，官御史。顺治初，归清，官至户部侍郎，出为广东布政使，降山西按察副使。康熙初，丁忧归里。后举博学鸿词，以疾卒。家富藏书，荐修《明史》，不赴，工诗词，开浙西词派的先河。有《静惕堂词》。

浪　淘　沙

题茵次收纶濯足图[①]

痴绝此渔翁，不钓三公[②]。吴南越北柳阴浓[③]。万事且须看脚下，海阔山空。　　百怪舞蛟龙，雨雨风风[④]。热场敛手是英雄[⑤]。欲展丝纶还有待，人在图中。

①茵（yuán）次：吴绮，见第192页“吴绮小传”。收纶：收起钓竿。纶：钓鱼用的丝绳。濯足：洗脚。　②三公：封建王朝中最高军政长官，具体职位所指，各代不同。这里泛指高官。　③吴南越北：指江浙一带。　④“百怪”二句：比喻官场上各种人物的表演，互相倾轧，造成政治气候的险恶。　⑤热场：指官场、名利场。敛手：停手、歇手。

这是一首题画之作。题画诗是诗人于图画上题写的诗（或词、或文），这种“题”作既要与画的内容、技法、画家的命意有关，又要表达题写者的思致、情怀、观感等，所以它与咏物之作有某些相似。

从词题来看，所画大约是一位渔翁没有垂钓，而是在水中濯足，于是诗人就画面上的图景发起议论。一般地说，词主乎抒情，议论非其所宜，但这并不是说不可以议论，如果议论而富于形象性，又有情采，有理趣，仍然是可以的，而且以富有理趣、议论取胜的成功之作也不少见。这首词正是通篇议论，只是诗人借用了带有形象化的语言，议论中带有浓郁丰沛的感情色彩，故能不减损它的审美价值，成为一首美妙的小词。

上片的起句缘自于画图和由画图联想到《楚辞·渔父》中的名句而来。其句云：“沧浪之水清兮，可以濯吾缨（带缨络的帽子）；沧浪之水浊兮，可以濯吾足。”水清是比喻世道清明，濯缨即喻可以出仕为官；水浊则喻世道昏暗，濯足喻为归隐。这里正是以“濯足”立意，启开了议论，说这位渔翁“痴绝”，因为他不像当年的姜太公那样，由于垂钓而成为周文王的辅弼之臣，所以说他太傻。相传，姜太公吕尚在渭水垂钓，被周文王遇见，太公对文王说，他“以小钓钓川，而擒其鱼；中钓钓国，而擒万国诸侯”。文王对他很感兴趣，以为奇才，便任命他为师（三公之一）。现在这位渔翁不去垂钓而是濯足，比之姜太公岂非傻到家了吗？接下的“吴南”一句，是交代渔翁垂钓之地及其环境。“万事”二句，进一步描绘画面，说渔翁是在一派海阔天空的场景下濯足。虽只有二句，但渔翁超然世外，高蹈卓立的形象已跃然纸上。其“万事须看脚下”，哲理意味全出。

下片仍借用形象言理。“百怪”二句极其形象地用水族百怪风风雨雨的争喧狂舞，比喻纷乱的政治环境。接下的三句是全篇论旨所在，既言明哲理，又有警世意味，就是说应从名利场上激流勇退，这才是真正的英雄，至于垂钓，其实渔翁还是有机会再展丝纶的，只是还要等待，待到条件具备，政治清明，海清河晏之时，方可一展其才，这又回照了开头，足见“濯足”的渔翁并非“痴绝”。最后“人在图中”，点出题画之意。

看来这词所议论的，就是如何对待出仕和归隐。概而言之，就是孟子所讲的“达则兼善天下，穷则独善其身”，而前提是看政治条件，如果是黑暗的政治气候，那就“热场敛手”，激流勇退，独善其身罢了。

吴 绮

吴绮（1619—1694），字茵次，号听翁，江都（今江苏扬州）人。贡生，曾任中书舍人。为湖州知州时，人称“三风太守”，说他多风力（魄力），尚风节（骨气），饶风雅（文才）。罢官后居扬州。善诗，犹工骈文和词，为“一时才士”（《四库提要》），以“把酒嘱东风，种出双红豆”（《醉花阴》）之句赢得“红豆诗人”称号。他的词以“深丽绵密”见长，有《艺香词》。

长 相 思

舟 夜

盼行程，数行程。秋满江湖客自惊，滩声杂雨声。　　话难凭，梦难凭。水驿人稀错报更①，荒鸡不肯鸣②。

①水驿：水路驿站，或水上驿路。　②荒鸡：夜间三更以前即啼叫之鸡。

这首小令纤净无渍，清新雅淡，明白如话，又空灵隽永。在短短的篇幅中，诗人以含婉深细的笔触刻画了舟中之夜的思绪情结，细腻深切地表达了心理起伏变化的过程，构筑了一个夜雨泊舟的动人境界。

上片前二句六个字，将迫切的心情活灵活现地刻画出来。“盼”和“数”语言极简，却摹状极切，二句只一字改动，又加以重叠就把心中所想，口中念叨的情态刻画逼真。第三、四句，交代了时令是“秋满”，即深秋时节，又写其心理感受，是“自惊”，惊的是什么？不予指实，后一句“滩声杂雨声”，是从听觉上补足“惊”的情景，不能入眠，心烦意乱。

下片前二句手法上与上片相同，仍是含而不露，“话”是什么，“梦”是什么，都不指实，给人以空灵之感，含蓄蕴藉。第三、四句更深入一层，透露出诗人孤坐待天明的情景。由于是孤坐，其心情急切烦闷可想而知，所以才有怨情的出现，埋怨更人报错了更点，埋怨荒鸡还不报晓，天还不快亮，这二句确是道出了此时此刻的心理状态，生动传神，精妙之至。

清　平　乐

太　湖

乱山青接，粘住吴和越[①]。万顷琉璃秋映澈，做作蘋风柳月[②]。　　烟波谁是吾徒[③]？西风吹出鲈鱼[④]。斜日荡桨艇子，醉叫桃叶相扶[⑤]。

①粘住吴和越：连接起吴越两地。吴、越，指今江浙两省。　②做作：摆出、作出。蘋风柳月：微风纤月，指美好的景色。　③吾徒：我

等、吾辈。 ④“西风”句：暗用张翰事。张翰，字季鹰，为晋吴郡人，在洛阳为官，时逢世乱，为避祸，就托辞见秋风起，思念故乡的鲈鱼、蔬菜鲜美，辞官南归。 ⑤桃叶：晋王献之有妾名桃叶，这里代指侍女。

太湖在江苏吴县西南，跨江浙两省，周围三万六千余顷，以风光优美而著称，历代歌咏太湖的诗不胜枚举，并不乏名篇佳作，这首《清平乐》就是其一。

这首词抒写的是常见之题，采用的是上景下情的常见之法，但却有其独特的个性。所借之景是太湖的美景胜境，所抒之情是作者的退隐之思，所见的个性是作者在写景抒情上的不同一般。

所谓不同一般，就是说作者在写景上有特色，其特色是对太湖之景先作侧面的烘托，即上片前二句，说太湖的极远处是青山叠翠，连绵不断，并用“乱”与“接”形容之。又用“粘住”描绘青山雄跨江浙两省的壮阔气势，这里既写出了形象，又写出了感受。虽没有正面写太湖，但山之壮阔正衬托出湖面的宽广浩渺。后二句则转入正面描画。写太湖，可写的实在太多，总不能面面俱到，因此作者便以少总多地抓住太湖突出的特点加以描绘，虽只用了两句，但太湖优美动人的景观便凸现眼前。“万顷琉璃”，写出湖面之浩大与湖水之清澈，“秋映澈”，是强调了太湖之秋，湖水更加晶莹可爱，清澈见底。其结句则更高度地概括了太湖之美是无处不可人的。

下片的抒情，又是从上片的景物描绘自然转入。第一句

“烟波谁是吾徒”，这一句似有些突兀，然而其内蕴是丰富的，其与上片的承接是有内在联系的。因为见到烟波浩渺又清明澄澈的太湖，自然联想到尘世污浊，官场昏黑，两者相比，退隐之情便油然升起，所以这问句正是作者强烈退隐心情的反映。而“西风”一句是景语，对前句并没有作答，这景语中含了张翰弃官归里的典故，因而巧妙地将作者的心志表达出了。最后二句是写想象中的情景，一是湖上荡桨，一是醉酒自娱，过自由自在，无拘无束的隐居生活。

所以这首词在写景抒情上有作者的个性在，清丽自然，层次清晰，布局停稳，描写又轻灵别致，深具婉转优美的魅力。

徐　灿

徐灿，女诗人，生卒年不详，字湘蘋，江苏苏州人。海宁陈之遴妻。陈之遴是明崇祯进士，官中允。入清，官弘文院大学士，加少保。因结党营私之罪名，以原官发辽阳居。不久召还，又以贿纳内监论斩，免死流徙，卒于徙所。灿善属文，并精书画。填词得北宋风格。陈维嵩称赞她是“南宋后闺秀第一”。有《拙政园诗余》。

踏　莎　行

芳草才芽，梨花未雨，春魂已作天涯絮①。晶帘宛转为谁垂②？金衣飞上樱桃树③。　　故国茫茫，扁舟何许？夕阳一片江流去④。碧云犹叠旧山河，月痕休到深深处⑤。

①春魂：即春天。此处将春拟人化，故称。这句意思是春天已经消歇，她跟随着柳絮飘飞到天涯去了。　②晶帘：水晶帘，亦作水精帘，形容帘子的质地精细、华美，色泽莹澈。宛转：指串上珠子的帘绳。　③金衣：指黄莺鸟。　④“夕阳”句：意思是夕阳照耀到大江面上，好像是随着江水一同向东流去。这里喻有故国已经灭亡之意。　⑤月痕：月影、月亮。休：本指树荫，引申为荫庇。这二句意思是，天边的暮云重重叠叠，

笼罩了旧时的山河，连月亮也隐入了云层深处，使大地更加昏暗了。

这首词大约作于明亡之后，诗人怀着极其沉痛的心情，写下了这一伤春怀旧的词章，表达了她不忘故国的伤感。

词的上片从写景入手，以景烘托感情。“芳草”二句点时令，早春天气；写景，梨花尚未着雨开放，百草刚刚吐芽，但此情此景并没有让诗人生起赏春之意，反而惹来了春恨。转眼间，春已归去，春恨愁思也随同飞絮飘落天涯，句中暗喻了心绪的缭乱，无尽的哀思。接下“宛转”二句深入一层，说精美的水晶帘寂然空垂，无人掀动，啼声悦耳的黄莺儿飞落到樱桃树上，因为它的歌声已无人欣赏。显然诗人愁情满怀，无聊无绪，然而此愁缘何而来？遂启下片，“故国”三句，解开了春愁春恨之由。原来令诗人魂牵梦绕的故国不在了，那载我归往的扁舟也不知去向了，惟有夕阳一片，随江流逝。这落日之景，又深寓了诗人无边的怅触，无限的愁情。最后的“碧云”二句，化用了辛弃疾《念奴娇》“旧恨春江流不断，新恨云山千叠”句意，更为含婉深切地表达了故国之情，兴亡之恨。

谭献在《箧中词》对这首词评价甚高，称之：“兴亡之感，相国愧之。”意思是，徐灿所抒的爱国情怀，让那些执掌朝政的明朝高官们为之惭愧。因为徐灿仅仅是一民间女子，她对自己的故国如此忠贞不渝，实在比那些曾经显赫一时的大人先生们要强得多。

唐多令

感怀

玉笛擪清秋，红蕉露未收①。晚香残、莫倚高楼。寒月多情怜远客，长伴我，滞幽州②。　　小苑入边愁，金戈满旧游③。问五湖、那有扁舟④？梦里江声和泪咽，频洒向，故园流⑤。

①玉笛：原指玉制之笛，后泛指笛子，为笛之美称。擪（yè）：用手按。玉笛擪，即按笛孔吹奏。红蕉：红色的美人蕉。　②远客：作者自指。滞幽州：滞留于幽州（今河北北部及辽宁一带）。作者的丈夫陈之遴因贬官失宠，被发配到辽阳，她要随同前往，故云。　③小苑入边愁：用杜甫《秋兴》"芙蓉小苑入边愁"句，略加改动。金戈：指战争、战事。旧游：旧游之地。这二句意思是，身在小小庭院而边愁满怀，旧游之地正战乱不已。　④五湖：太湖。春秋时范蠡辅佐勾践灭吴后，携西施乘扁舟泛五湖而去。这里是说当年范蠡尚有扁舟可以泛游五湖，而此刻的我哪里有船可乘呢？　⑤"梦里"三句：意思是，我只有在梦中回到故乡，在梦中流着泪，伴着江水声，哽咽着，把一腔悲恨洒向故园。

作者的丈夫陈之遴由于"结党营私"的罪名，被流放辽阳，她要随丈夫前往。这首词就是作者滞留幽州时写的感怀之作。

上片以写景起，"玉笛"二句点时，写景，写清秋之夜的景象。说鲜红的美人蕉缀满了露珠，手持玉笛，轻轻吹起思乡曲。这情景已够幽凄。“晚香残”一句进一步渲染孤寂之情，即独坐抚笛，不知过了多久，晚香已残而乡思来了。接下“寒月”三句，又深一层，移情入景，说从遥远的江南姑苏到这塞北的幽燕之地，背井离乡，千里迢迢，举目无亲，惟有天边的一轮寒月似解人意，陪伴着我度过这漫长、冷寂的秋夜。至此，上片收束，但其情意欲尽未尽，故开启下片的抒写。“小苑”二句，是说身在自家的小小庭院中，而心系着故园，那里正值战乱，所以没有安身立命之所，“问五湖、那有扁舟”的问句，正表明了身世飘荡，居无所安的心情。故接下“梦里”三句是把笔宕开，说只能在梦里回到故园了。

词题“感怀”，其“怀”中所感的就是排不去、抹不掉的浓烈的乡情乡思，女诗人将其作了细腻而深致的抒发，凄切动人。徐灿的词有很高的成就，有人评论说，她的词在清代女诗人中为“第一”，甚至可与李清照相比。（见陈廷焯《白雨斋词话》）

尤 侗

尤侗（1618—1704），字同人，更字展成，号悔庵，晚号艮斋、西堂老人。江苏长洲（今吴县）人。顺治五年（1648）拔贡生，任直隶永平府推官。康熙十八年（1679）试中博学鸿词，授检讨，官至侍讲。才富思警，工诗文词曲，著述颇丰，有《西堂全集》十余种。其《百末词》流丽圆转，天然工妙，徐珂以为“直兼苏辛秦柳诸长”（《清代词学概论》）。

苏 幕 遮

塞 上

朔云寒，边月苦①。觱栗西风，吹乱黄沙舞②。夜半雪深三尺许。毡帐驼峰，倒载琵琶女③。　　打围来，圈地去④。银管炊烟，茶煮乌羊乳⑤。蛮府参军穷塞主⑥。匹马随他，看射南山虎⑦。

①朔：北方。　②觱（bì）栗：形容寒风凛冽，发出呼啸的声响。　③“毡帐”二句：意思是驼峰上驮着打起的毡帐，倒坐着弹琵琶的军妓。　④打围：打猎。圈地：即清初期“跑马占地”。顺治元年（1644），清政府颁布“圈地令”，在近京城五百里的州县内圈地，设置

皇庄、王庄及八旗官兵的庄园。 ⑤银管炊烟：银管为一种管乐器，上有银制的字，标明音的高低。这二句意思是，银管初调，炊烟袅袅，黑山羊的奶茶飘着香气。 ⑥“蛮府”句：此句是作者自称。蛮府：指边帅府。参军：推官的俗称。穷塞主：边塞之主，语出范仲淹《渔家傲·塞下秋来风景异》，人们讽刺他的词为“穷塞主词”。 ⑦他：指镇守永平府的将军们。

尤侗曾以乡贡身份出任永平府推官。永平府驻地就在长城脚下，所以词题为“塞上”。

这首词所表现的是清初北方边塞的军旅生活。诗人用短短的六十二字，描绘出边塞风光、异域风俗、野外打猎、军中行乐等丰富的内容，穿插交织，读之犹如观赏一幅边塞军旅生活的画图，形象生动，给人以新鲜强烈的美感刺激。其中“打围来，圈地去”，看似轻松带过，但是如果对清初的“圈地令”有所了解，就会领悟诗人的良苦用心，就会发现词中有他深隐的不满。严迪昌《清词史》说：尤侗的词“自然生新，情文颇能互称，秾丽处时有感慨，哀怨中不失流宕”。这首词应该说是“秾丽处时有感慨”的一例，故词的认识价值和美学价值是不容置疑的。

严绳孙

严绳孙（1623—1702），字荪友，号藕荡渔人。江苏无锡人。康熙时举博学鸿词，力辞不获，只赋一诗而出。后授检讨，修《明史》，官至右春坊右中允。工诗词书画。其词多为行役寄情，风格近浙西词派，清新闲雅，格高韵足。小词尤为精妙。著有《秋水集》。

双调望江南

听宛转，愁到渡江多①。杏子雨余梅子雨，柳枝歌罢竹枝歌②。一抹远山螺③。　　曾几日，轻扇掩纤罗④。白发黄金双计拙，绿荫青子一春过⑤。归去意如何。

①宛转：指宛转的歌声。二句意思是，当渡江的时候，听到宛转的歌声，更使愁情添多。　②杏子雨：即杏花雨，初春时节的雨。梅子雨：即梅雨，晚春初夏时的雨。柳枝歌、竹枝歌：汉乐府民歌名，这里代指不同地区的民歌。这二句意思是，初春杏花雨刚过，转眼间就到了夏日，梅雨霏霏，才听罢一地的歌声，瞬间又到了一地，听到另一样的歌声。　③一抹：一条、一片。远山螺：远山的形状如同螺形的发髻一样。　④轻扇掩纤罗：手摇轻扇，身穿轻细的罗衣，即夏日到来。　⑤黄金：代指功名富贵。拙：不善于。这二句意思是，白发已生，黄金未得，两样都令人失望，现在已

是绿叶成荫，花落生子的秋天了，这正意味人生已到了晚年。

严绳孙擅写行役寄情，这首小词就是他抒写旅途中见闻感受的，是他的代表作，很为时人称赞。

上片从听到歌声入手，其中用“愁”“多”二字，既是切实感受，也为全篇定了基调。接下“杏子雨”二句，从视、听，从时、空两个角度去写，表达了岁月流光匆匆而过，南北西东处处飘泊的感喟。“一抹”句收束，是对前述的旅愁的扩展，意思是无论他行旅何时、何处，总有那一抹远山若隐若现，如螺如黛地相伴。这一结句，是宕开一笔，但显轻盈空灵，意蕴悠然。

下片侧重叙怀抒慨。“曾几日”二句，说时间流逝得太快了，从春到夏只是转瞬间。由此自然生出“白发”二句的感慨，四时的更迭，时光的流逝，使诗人不由地感叹岁月蹉跎，人生易老，人老天涯，而当年的雄心抱负，通通成为幻梦，一事无成两鬓斑了。既然如此，那又何必长长地淹留异域他乡呢？故有结句的自问，“归去意如何”。

词虽很短小，但其包容却不小，诗人通过行旅中的见闻感受，抒发了人生苦短的喟叹，表达了向往归去的意愿，意深语隽，意境浑然。陈廷焯赞赏说：“情词双绝”，“真有老贺（指宋诗人贺铸）意趣”。

毛先舒

毛先舒（1620—1688），字稚黄，后更名骙，字驰黄，清钱塘（今浙江杭州）人。明诸生，入清不仕。受业于陈子龙，又从刘宗周讲学。精音韵学，也善诗文。其诗音节浏亮，与毛奇龄、毛际可齐名，时称“浙中三毛，文中三豪”。有《思古堂集》《诗辨坻》《韵学通指》《南曲正韵》等。

江　城　子

暮江烟外是高楼，卷帘钩，望吴洲①。远水遥峰，相对两悠悠。沧海月明都换泪②，还道是，不曾愁。

①吴洲：此处代指情人所在的地方。　②“沧海”句：化用李商隐《锦瑟》“沧海明月珠有泪”诗句。

词牌《江城子》有单、双调两种体格，唐人词为单调，本词即用此体填写。

这是一首只有三十五个字的小令，非常短小，但高明的词手会用这短小的篇幅制作令人动感生情的艺术珍品。

我国古代词评家特别提倡“词要清空，不要质实”，因为“清空”，就能有更大的包孕，给读者留有更多回味、联想的空间，给人以朦胧的美感。这首小词诚可谓做到了清空灵动，言近情遥，句中有余意，篇外有余味，耐人咀嚼。你看词一开头便是一个空灵的景象，“暮江”三句，即景生情，情景同时出现，时地点明，却又迷离如幻，与“暝色入高楼，有人楼上愁”（李白《菩萨蛮》）几乎同一机杼。他只勾画了一个朦胧的境界，卷起帘幕，登楼远眺，只见迷蒙中的吴洲，清空缥缈。接下二句，仍是远水远山的清空之景，人与山山水水，两相观照，悠悠含情，其眼中景，心中情已是不言自明，然而又都不指实，留给人们去联想。后二句“沧海月明都换泪”，用夸张比喻烘托出抒情主人公内心深处的哀思。而“不曾愁”，却突然逆转，出人意外，明明愁情如海，却说“不曾愁”，逆向刻画，实在有出奇制胜之妙。这比正面去描绘更有强烈的艺术感染力，更能揭示其愁思的深刻。

所以，这小词写了景，写了人，又写了人的内心深处的情，含蓄蕴藉，空灵清丽得很，给读者留有想象的空间，让读者去进一步体味词外的深情远致。

宋 琬

宋琬（1614—1673），字玉叔，号荔裳，一号无令，别署二乡亭主人。山东莱阳人。顺治四年（1647）进士，授户部主事。因于七事下狱三年，查无罪，得释。释后长期闲居。晚年起任四川按察使。琬诗入杜（甫）韩（愈）之室，与施闰章齐名。有《安雅堂文集》及《二乡亭词》。

鹧 鸪 天

遣 怀

咄咄书空唤奈何，自怜身世转蹉跎[①]。长卿已倦秋风客，坡老休嗔春梦婆[②]。　朝梵夹，暮渔蓑[③]。闲中岁月易消磨。谁言白发无根蒂，只为穷愁种得多。

①咄咄书空：《晋书·殷浩传》载，殷浩被桓温罢了官，他每天用手在空中写“咄咄怪事”四个字，表示官被罢得莫名其妙。又陆机有诗云：“冉冉逝将老，咄咄奈老何！”（《东宫诗》）这里是将前人典事熔铸一炉，意思是，自己和殷浩一样，有济世之志，和陆机一样，名高京洛，有旷世之才，但是却遭受黜谪，如今年事日老，更添哀痛。　②长卿：司马相如，字长卿，西汉著名文人。汉武帝时，因献赋被任命为郎，后出使西南，对开发西南起过很大作用，并作《喻巴蜀檄》《难蜀父老》，一直传

诵。但后来遭人诬陷，政治上受挫，于是常“称病闲居，不慕官爵”，简傲自处。秋风客：指汉武帝。李贺《金铜仙人辞汉歌》有“茂陵刘郎秋风客”之句，称汉武帝为“秋风客”。坡老：指苏轼。苏轼任翰林学士，因“乌台诗案”被贬斥，谪惠州（今广东惠安）、儋州（今海南儋县）。相传苏轼被贬至昌化时（今属海南琼州），有一天，背着大瓢，行歌田野间，一老妇人对他说：“内翰昔日富贵，一场春梦。”后来，苏轼作诗称这老妇人为“春梦婆”。这二句意思是，我像司马相如一样，遇上了汉武帝，遭陷被冤，已厌倦了仕宦，又和苏轼一样，不会与“春梦婆”们去计较。嗔：嗔怪。 ③梵夹：指佛经。佛家用贝叶作书，贝叶重叠起来，用木板夹着两端，再用绳串结，故称。

宋琬是名噪一时的才子，崇祯十六年（1643）二月，清兵攻入山东，陷莱阳，他的父亲及哥哥守城殉节。入清之后，他又遭了两次冤狱，一次在顺治七年庚寅（1650），一次在康熙元年壬寅（1662），尤其是第二次冤狱，险些丧了命，后虽获释，但官职未复，精神上备受打击。此后他流寓吴越达八年之久，饱经忧患，处境坎坷。这首词即作于流寓期间。

词中用了一连串的典故，尤其是上片，句句用典，然而自然贴切，不隔膜，不晦涩，诗人借用这些典故，极其恰切地将他的一腔悲愤作了充分的宣泄。

下片则重在描述今日的生活情景，朝诵佛经，晚事渔蓑，自由自在，无拘无束，以此打发闲中岁月。但结句却又意含骚怨，就是说人在忧患中极易衰老的，而再加上穷愁，那就更加倍地衰老，其实诗人刚过五十，如此感喟衰老，内中自有其怨悱之情，只是用这种自怅自叹的言语表达出来罢了。

词题作“遣怀”，是托词以抒身世之感，词情沉郁幽怨，抑塞不平之气深蕴其间，读之亦令人慷慨生哀。

满 江 红

旅夜闻蟋蟀声作

试问哀蛩，缘底事、终宵呜咽①？料得汝、前身多是，臣孤子孽②。青琐闼边璎珞草，碧纱窗外玲珑月③。况兼他、万户捣衣声，同凄切④。　　梧桐落，西风冽；莲漏滴，征鸿灭⑤。似杜鹃春怨，年年啼血⑥。千里黄云关塞客，三秋纨扇长门妾⑦。背银釭、和泪共伊愁，床前说⑧。

①试问：借问。蛩（qióng）：蟋蟀的别称。缘底事：为何事。　②臣孤子孽：即孽子孤臣，失势无援的臣子和失去宠爱的庶子，引申为不受当道者容纳却忠诚的臣子。　③青琐闼（tà）：即青琐闱。宫门外刻有连琐纹，又涂上青色。这里借指宫门。璎珞草：即璎珞藤。碧纱窗：绿色纱窗。　④捣衣：古人洗衣时用木杵在石砧上捶打衣物，使其干净。一般到了秋季，妇女为备冬衣，捣衣最多。　⑤莲漏：古代的计时器，铜制，状如莲花的滴漏。征鸿：即征雁，秋季的南飞雁。　⑥杜鹃：见第75页《水龙吟·鸡鸣风雨潇潇》注②。　⑦关塞客：一般指远在边关的征夫。这里

则是指被远戍边塞的逐臣迁客。如顺治十四年（1657）的丁酉科场案中，丁澎被谪戍尚阳堡，吴兆骞远戍宁古塔，康熙元年（1662）与作者同系诏狱的姬义卿、祁奕喜也远戍辽西，等等。纨扇：即绢帛所制的团扇。长门妾：汉代有长门宫，汉武帝时陈皇后（即阿娇）失宠后，居长门宫，愁闷悲思，便以黄金百斤请司马相如作《长门赋》，送汉武帝，希望汉武帝感动。这里指失宠的嫔妃。 ⑧银釭（gāng）：银灯。

这首词作于羁旅江南之时，诗人于凄清的秋夜，听到了蟋蟀的悲鸣，引发了长期悒郁心头的身世之感，因而触景生情，借代蟋蟀抒愁，吐露了自己的孤愤。

上片开头三句以拟人手法，对蟋蟀询问，问蟋蟀因何事彻夜哀鸣。接下“料得”二句又以忖度口吻，说想起你的前身或是孤臣孽子，不然何以叫声这般凄苦呢？诗人之所以作这样猜度，显然与自己的身世有联系，他有家国之悲，有孤臣之恨，遂移情蟋蟀，正是借他人的酒杯，浇自己的块垒。接下去“青琐闼”四句，意思是说，你曾悲鸣在宫门外的璎珞草边，增添文士们的秋思，又曾低吟在碧纱窗下，引起思妇们的闺怨。不止如此，在这清秋之夜，你的悲鸣又散入千家万户的捣衣声里，引起了多少天涯游子的思乡之情呀！

下片，诗人又以咏叹的方式，进一步抒写听到蟋蟀哀鸣后的悲慨。过片“梧桐落”四句，既是客馆情景的实写，又点明了蟋蟀悲鸣的时令。说蟋蟀的悲鸣正是在梧桐叶落，西风凄紧，莲漏滴滴，北雁南飞的清夜。接下“似杜鹃”二句，又以杜鹃年年因伤春啼血，说蟋蟀年年为悲秋而哀诉，二者是一样的，这是用杜鹃啼血作比又深入一层。而“千里”二句则更转进一层，说人世间，因悲秋而伤感的“关塞客”和“长门妾”，他们的哀怨要比蟋蟀更加可哀，因为他们的遭遇是蟋蟀无法比拟的。最后“背银釭”二句是将杜鹃伤春，征夫悲秋，宫妇凄怨与蟋蟀哀鸣相比后，对蟋蟀表示深切的同情，背着银灯，流着眼泪，徘徊于床前，向蟋蟀诉说着悲怀凄情。

这首词意间比兴，语多奇警，直中见曲，凄怨激荡，寄有极深的感慨。

曹尔堪

曹尔堪（1617—1679），字子顾，号顾庵，浙江嘉善人。顺治九年（1652）进士，改庶吉士，授翰林院编修，官至侍讲学士。博学多识，诗与宋琬、施闰章、王士祯等齐名，称“海内八家”。有《南溪词》二卷。

满　江　红

题柳村渔乐图[①]

碧树清溪，孤亭外、汀沙纡曲[②]。闲家具、笔床茶灶，渔舠如屋[③]。湖上纶竿惟钓月，盘中鲈脍全堆玉[④]。晓烟深，杨柳蘸晴波[⑤]，村村绿。　朝露泣，连畦菊；细雨洒，垂檐竹。有青蓑可著，短衣非辱。缩项鳊肥春水活，长腰米白江村足[⑥]。醉香醪、船系夕阳斜，眠方熟[⑦]。

①柳村：据《词苑萃编》卷十七，“曹尔堪《满江红》”条记载：“柳村在恒山之南，梁冶湄使君读书其中，属金陵樊圻画柳村渔乐图。”　②纡（yū）曲：迂回曲折。　③笔床：放置毛笔的器具。渔舠（dāo）：小渔船。　④纶竿：钓鱼所用的渔具。纶：丝绳。竿：钓竿。二句意思是，在湖上垂钓不是为钓鱼，而是在钓月，盘子里的鲈鱼脍鲜美丰

盛，像是堆起的玉石。 ⑤杨柳蘸晴波：意思是杨柳枝叶侵入溪水中，在晴空绿波里摇曳。 ⑥长腰米：稻米的一种。宋范成大有诗《劳畲（shē）耕》，自注："长腰米狭长，亦名箭子；齐头白圆净如珠……皆吴中米品也。" ⑦香醪（láo）：美酒。

这是一首题画词。题画既要与画相关，又要与人相关，不能单单就画说画，这与咏物之作相似，即要有人有物，若即若离，不粘不脱。因而不那么容易填写。

这首词之所以精妙，原因就是作者并不泥于画面的图像，而是借画抒感，表达了自己赞美退隐，挣脱名利场，过闲逸自适生活的情趣。所以本词一出，和者甚众，竟达数十篇，"于是赵郡自雕桥棠村而外，无弗知有柳村矣"。柳村这个小地方也因此出名了。

这词纯用白描手法，不藻丽，不雕琢，通篇围绕"渔乐"二字落笔。作者用了大量的笔触描写画中景物，而其情意全含在其中了。值得注意的是，他所摹写的景象既是图中所画，又有自己的想象。因为我们从别人的和诗里可以得到证明，有一首绝句："鸦啼屋角柳藏烟，一带人家住水边。最爱春晴三月暮，夕阳斜系钓鱼船。"（见《词苑萃编》）这分明说的是暮春景象，但曹尔堪此篇所描画的不只是春景，也有秋景，可见作者加入了自己的想象，而这一做法，便增加了词的灵动之美。

此外，作者将情趣融入写景中，只在不经意中流露，如

"湖上纶竿惟钓月，盘中鲈脍全堆玉"，此中暗用了张翰的典故。据《晋书·张翰传》载，张翰在京中做官，因秋风起，便想到家乡吴中的莼菜、鲈鱼脍，于是说："人生贵得适志，何能羁宦数千里以要名爵乎？"遂弃官归里。作者将典故融入，正表明自己对名利的淡泊，对隐士的羡慕。

王夫之《姜斋诗话》中说："不能作景语，又何能作情语邪？……以写景之心理言情，则身心中独喻之微，轻安拈出。"曹尔堪的"身心中独喻之微"，从其所摹之景可以毫不费力地拈出。

宋征舆

宋征舆（1618—1667），字直方，一字辕文，江苏松江人。为诸生时，与陈子龙、李雯等倡几社，号为“云间三子”，以古学相砥砺。顺治四年（1647）进士，官至副都御史。有《林屋诗文稿》《海闾香词》。

玉楼春

燕

雕梁画栋原无数，不问主人随意住。红襟惹尽百花香①，翠尾扫开三月雨。半年别我归何处？相见如将离恨诉。海棠枝上立多时，飞向小桥西畔去。

①红襟：燕子的腹部呈红色，故称。

这是一首咏春燕的小词，清新别致，含婉轻柔。

古人对咏物之作有许多议论，如田同之《西圃词说》云：“咏物贵似，然不可刻意太似，取形不如取神，用事不如用意。”就是说咏物以传神写照为佳，要有新的立意。这首咏燕词，可以说是一篇有新意，不雕琢，形神俱佳的绝妙好词。

词的突出特点是作者将燕子人格化、情义化了。上片侧重写人燕的欢会，说燕子飞来了，不择富贵贫贱，自由自在地筑巢居住。它占尽了春光，又给人间带来了盎然春意。下片陡然一转，侧重在写离愁上了。起用问句，接下的三句写人燕对话，尤为传神，即燕子呆住了，似有许多离愁别绪要对主人倾诉，却欲言又止。它只在海棠枝上久久地站立，忽而又飞向了小桥西畔去了。燕子似乎是有情有义的啊，为什么欢会不久便飞去了？这收尾含了悠然不尽的余韵，而作者那失落、失意之怀也尽在其中，耐人寻味。

毛奇龄

毛奇龄（1623—1716），字大可，本名甡（shēn），字初晴，一字于一，别号河右，又号西河。浙江萧山人。清康熙十七年（1678）举博学鸿词，授翰林院检讨，参与纂修《明史》。著书数百卷。工诗词，其小令学“花间”，兼有南朝乐府风味，在清初诸家中，独开生面。有《西河全集》，附《桂枝词》六卷。

南柯子

淮西客舍接得陈敬止书，有寄①

驿馆吹芦叶，都亭舞柘枝②。相逢风雪满淮西。记得去年残烛照征衣③。　曲水东流浅，盘山北望迷④。长安书远寄来稀⑤，又是一年秋色到天涯。

①淮西：淮河上游一带，今安徽合肥市及凤阳地区。宋代这里为“淮西路”，故称。陈敬止：作者的朋友，余皆不详。　②都亭：城镇中的传舍（旅店）。柘（zhè）枝：柘枝舞，唐代西北少数民族的舞蹈，此处泛指舞蹈。　③征衣：出门在外的人穿用的衣物。此处代指被送的人，即陈敬止。　④曲水：借指作者家乡。王羲之《兰亭集序》有“引以为流觞曲水”之句，故称。盘山：在今河北省蓟县，北京之东南。这里借指在京中的故

人。　⑤长安：代指北京。

这是一首旅途中的怀友词。

谭献《箧（qiè）中词》评这首词说有“北宋句法”，就是说这首词无论立意、布局，还是琢句都有北宋词的特点，即比较真率本色，少雕饰，少浮华。这四个字可以说正是这首词的特点。词的上下片前二句都为对偶句，不但工稳自然，而且平实中见真意。后二句则延伸前意，布局非常匀称。另外上片用的是倒叙法，写一年前两人相聚于淮西客舍，那正是一个风雨满淮西的时节，一同度过了风吹芦叶，共看歌舞，剪灯夜话的令人怀念的时光。下片又采用了顺叙法，写今日的旅愁和对友人的怀念。写法活泼、自然，富于变化。再有，篇末之落句，出之以“怨”，按说收到友人来信应该是满心欢喜，但这里却用了“又是一年秋色到天涯”，像是责怪友人的信来得太少，这一折挽的笔法，既避开了俗套，又能使情意的表达更深婉、更亲切，这要比直写收到信而喜悦显得含蓄蕴藉。所以，这首小词从立意到写作都见新奇，是一篇精美的作品。

史鉴宗

史鉴宗，生卒年不详，字绳远，号远公，江南金坛（今江苏省金坛）人。以金碧山水画著称于世，多艺能，工诗词，能书善弈。有《青堂词》一卷。

鹧　鸪　天

何处行春不可怜，鹧鸪啼破落花天。深山古道撑枯木，斜日孤村上冷烟。　　歌蜀道，怨巴川，纵教行得也凄然。伤心不用频传语，久向江头听杜鹃。

这是一首写羁旅之感的小词，用的是习见的上景下情之法，语言平实自然，不见藻丽，但是却营造了凄然婉美的境界。

上片写景，寥寥四句，是一幅有声画。第一句写春色令人伤感，第二句用鹧鸪声声、落叶纷纷以补足前句，点出伤感的原因，而此中用“行不得也哥哥”的啼叫声渲染了气氛。后二句用实笔写出眼前景，深山古道，杂乱支撑着株株枯木，幽谷孤村在斜阳映照下，几缕冷烟冉冉。这里的“枯”“孤”“冷”几个字与“落花”“斜阳”“深山”“古道”相连缀，又加以鹧鸪声声，一幅凄冷孤独的画面就活脱脱地出现在眼前了。

下片是用上片铺垫好的氛围，直抒胸臆，写出旅思客愁。前三句既说自己，又言及古人，大有古今同悲之慨。李白浩叹“蜀道之难，难于上青天”，刘禹锡感慨“巴山楚水凄凉地”，李商隐怨诉“君问归期未有期，巴山夜雨涨秋池”，然而此刻之伤感似比古人更加凄苦难耐，说“纵教行得也凄然”，这是让开一步，再翻进一层，是说即使不像“鹧鸪啼（行不得也哥哥）”的那样，也是令人凄然的。为什么呢？后二句点明，因为是“鹧鸪声住，杜鹃声切”（辛弃疾《贺新郎》），杜鹃声声“不如归去”，这真是旧恨未去，新愁又到，“一叫一回肠一断”（李白《宣城见杜鹃花》），这让词人如何忍耐呢？所以伤心的话不用多说，江边杜鹃啼鸣就表达出来了。这结尾真是妙极，将议论语作形象句，意藏于内，情韵无尽。

王士禄

王士禄（1626—1673），字子底，号西樵，山东新城（今桓台）人，清顺治十二年（1655）进士，官莱州府教授，累迁至吏部考功员外郎。工诗，与其弟士祜、士祯并称“三王”。有《十笏草堂集》《炊闻词》。

如　梦　令

白沙江上送贻上之金陵[①]

沙尾孤舟潮涌，手底离觞酒重[②]。忽忽恼云帆，不似青骢堪控[③]。如梦，如梦，昨夜短篷相共。

①白沙江：未详何指。贻上：作者之弟王士祯。金陵：今南京市。　②沙尾：指江畔，即饯别之地。手底：手中。　③云帆：代指行舟。青骢：青白色的马，即指良马。

这是一首送别词，是兄弟之间的送别，作者以长兄身份送弟弟往金陵去。古代交通、通信极为不便，所以人们把离别看作一件很重大又很伤情的事，于是送别之作不但数量多而且伤感也多。这首哥哥送别弟弟的小词就是如此，在短短的三十五个字中，既表达了他们的手足情深，又抒写了浓郁的离愁别恨。

起句用一对句，一句绘别景，一句道离情，直中见曲，真情流露，细腻深沉。接下二句，是说送行不骑马，实在不应该，因为若骑马相送，还可以相随更远，多送一程，现在舟船起锚出发了，只有目送云帆远去。明明是写惜别情，但不直说，却以“恼云帆”表示，这就比直说要含婉深致，避免了平直率露。下边的三句是写别后的思念，回想起昨夜兄弟二人还在短篷中夜话，转瞬间便成过去，真如梦境一般，遂叠用“如梦”。这叠词是词牌的规定，但作者利用得恰到好处，如此叠词，将其离别的怅触之怀，表达得更深切，更凄婉，形式与内容相契，艺术效果更加完美。

丁澎

丁澎（1622—1686），字飞涛，号药园，仁和（今杭州市）人，回族。明崇祯十五年（1642）举人，清顺治十二年（1655）进士。初官刑部主事，调礼部郎中，继充河南乡试副考官，以顺治十四年丁酉（1657）科场案牵累（参见下文“吴兆骞”），于十五年（1658）谪戍尚阳堡（今属吉林洮安）。居塞上五年，遇赦放归故里。生活穷困，游食四方，潦倒终生。有《扶荔词》三卷，附《词变》一卷。

长相思

采花

郎采花。妾采花。郎指阶前姊妹花[1]。道侬[2]强似它。　红薇花[3]。白薇花。一树开来两样花。劝郎莫似它。

①姊妹花：指一株蔷薇开出红、白两色的花，故又为蔷薇花之俗称。　②侬：方言，我。　③红薇花、白薇花：指红色和白色的蔷薇花。

这首小词很像民歌，语言明白如话，音调圆转流畅，意蕴深浓。

我国古代民歌多写相思、怨别等，而且以比兴手法为主，风格朴素，常以回环复沓，反复吟咏的形式出现。这首小词都含了这些特点。

值得一提的是，作者在取材上、寓意上别具特色。这词是借蔷薇花表达了女子对坚贞爱情的呼唤。蔷薇花历来用于比喻女人色艳，或是借以贬其质浅（因为蔷薇花又被名为“买笑”“野客”等）。可是在这里，作者却用它比拟那些朝三暮四，口是心非的男子，这是一种创新，故其不落俗套，清奇可爱。

吴兆骞

吴兆骞（1631—1684），字汉槎，江苏吴江人。顺治十四年丁酉（1657），参加江南乡试，以科场舞弊案被仇人诬告牵连，次年赴北京复试，除名，流放宁古塔（今黑龙江省宁安县），十六年己亥（1659）出塞。在戍所二十余年。康熙二十年辛酉（1681）经纳兰性德、徐乾学、徐元文、顾贞观等人营救得还。兆骞工诗，自称师从吴伟业。出塞后所为诗词多写塞外风光及思乡情绪，凄怨中含悲壮。有《秋笳集》八卷。

念　奴　娇

家信至有感

牧羝沙碛①。待风鬟，唤作雨工行雨②。不是垂虹亭子上，休盼绿杨烟缕③。白苇烧残，黄榆吹落，也算相思树④。空题裂帛，迢迢南北无路⑤。　消受水驿山程，灯昏被冷，梦里偏叨絮⑥。儿女心肠英雄泪，抵死偏萦离绪⑦。锦字闺中，琼枝海上，辛苦随穷戍⑧。柴车冰雪⑨。七香金犊何处⑩？

①羝（dī）：公羊。牧羝：语出苏武牧羊故事。《汉书·李广苏建传》载，苏武出使匈奴，被匈奴拘留，苏武不肯降，就被单于放逐到北海

上（今贝加尔湖一带）无人处牧羊，并说等到“羝乳”（公羊产下小羊羔）的时候才放他回去。沙碛：沙漠。这里是用典自喻，说如今被放逐到了荒边极地的宁古塔。 ②这句用龙女牧羊的故事。唐传奇《柳毅传》中说，柳毅在泾阳遇到洞庭龙君的小女儿牧羊，见她“风鬟雨鬓”（头发散乱，衣服破旧）的样子，很奇怪，便问她牧羊做什么，龙女回答说：“非羊也，雨工也。”柳毅又问什么叫“雨工”，龙女说雨工就是“雷霆之类也”。龙女在丈夫家里受虐待，被赶到荒野上牧羊，所以她就托柳毅捎信给她的父亲洞庭龙君。这里是借用龙女求柳毅带信给洞庭龙君，表达了期待着朝廷开恩放归之意。 ③垂虹亭：作者家乡吴江有利往桥，北宋时县尉王廷坚所建，桥上有亭，即垂虹亭。这二句意思是：在这边荒无人烟的地方，不像在家乡能站在垂虹亭上看到绿杨烟柳的美景。 ④相思树：参见第10页《迈陂塘·问莲根》注⑨。又，左思《吴都赋》有“相思之树”，刘逵注云：“相思，大树也……其实如珊瑚，历年不变，东冶有之。”故相思树又可作家乡之树的借指。这三句意思是：在这里所能看到的是烧残的白苇，遍地的黄榆落叶，这些景致就算是代替家乡的相思树了。 ⑤裂帛：撕裂布帛，书写家信。二句意思是，写好了家书，可是离家千里万里无法投递。 ⑥叨絮：不停地说话，即絮絮叨叨。这三句意思是，饱受了旅途的艰辛，经历了千山万水，灯昏被冷的孤苦，到了夜晚梦里与妻子相见，絮絮叨叨有说不完的离情别苦。 ⑦抵死：分外、格外。这二句意思是，你我都深受着儿女离别之情、英雄失意之悲的折磨，到而今这离愁别绪格外地令人痛苦。 ⑧锦字：南北朝时前秦苏蕙（字若兰），织锦作回文诗，寄给了远在外地做官的丈夫窦滔，以示相思恩爱之情。锦字闺中：代指吴兆骞妻葛采真写信寄给边地的丈夫。琼枝海上：指家书到了边地。琼枝：代指家书。海上：指宁古塔戍地（暗用苏武海上牧羝之事）。穷戍：穷荒的戍所。随穷戍：指家信和寄来的诗，常伴随我在边地戍所。 ⑨柴车：即在宁古塔所见都是简陋的车子。 ⑩七香金犊：指用毛色金黄的牛拉着华丽的车。

吴兆骞与顾贞观是同乡，又都是有名的江南才子，尤其是吴兆骞在当时颇负盛名。但在顺治十四年丁酉（1657）发生了一起轰动全国的科场案，这场考试发生在江南（江南考场在南京，称“南闱”），说是在考试中有人行贿考官，并有考题泄露的事，于是就将这次考试的主考，以及考试的参加者一并逮捕问罪，并把这些人都押解到了京师，为了弄清谁是舞弊者，就在京师再来一次考试。但是这次考试很特别，朝廷命令在每一个考生的身边站上士兵监考。当时正是严冬，北京天气特别寒冷，考生们冻得够呛，再加上有士兵站在身旁，其心理压力是可想而知的了。吴兆骞也在考生之列，据说他又冷又怕，一边写考卷一边哆嗦，于是就被认为是答不上来，是“南闱”中的舞弊者，这样就被判为有罪，关入了牢中。这明明是个冤案，但是当时谁也不能帮忙解救。到了第二年，顺治十五年戊戌（1658），吴兆骞被判充军到宁古塔。

他的妻子葛采真和他的妹妹吴文柔为了营救他，于康熙元年（1662）从江苏吴江，长途跋涉来到京师。当时吴文柔的丈夫杨焯早已病故，文柔没有再嫁，随着嫂嫂一起为哥哥的事到刑部奔走，这事感动了在京的许多人，连当时的高官礼部尚书龚鼎孳知道了此事后都深为感慨，称吴文柔为“缟綦义烈”（缟，白色的绢上衣；綦，浅绿色的裙子。古代对具有义士肝胆女子的美称）。后来营救无效，二人返回了故乡，之后葛采真又自家乡启程前往宁古塔去陪伴充军的丈夫。

葛采真出发前，徐元文在写给吴兆骞的信中，已将此事先行告诉了他。所以兆骞收到信后百感交集，便填了这首词。

如果用一句话来概括这首词，那词中的“儿女心肠英雄泪”可以说再确切不过了。的确，这首词写尽了儿女柔情，夫妻离怨和英雄失路的悲怀伤感。词的上片写远戍边地的谪居之苦。边塞沙漠，白苇烧残，遍地黄榆落叶，一片荒寒景象，而与江南家乡的垂虹亭、绿杨丝、相思树相比，差之天壤，而更加寂寞孤独的是，连写封家书都难以投寄，迢迢千万里，两地遥隔，痛苦难忍。下片则承上片之意，通过怀人梦、闺中书的柔情，表达了两地相思之苦，又以柴车、金犊对照，更见缠绵悱恻。同时词中也表达了期盼朝廷放还的愿望。

这首词写得低徊伤感、悱恻缠绵，真可谓是蘸墨和泪而成。但是，凄清中具豪放之概，伤感中挟风云之气，情真意切，景象逼真。作者于词中采用鲜明对比的手法，给人的情感以强烈的震撼，颇能引起人的共鸣，具有感人至深的艺术魅力。

吴文柔

吴文柔（约1638—？），字昭质，江苏吴江人。吴兆骞之妹。嫁与杨焯（字俊三）。顺治十年（1653）杨焯病逝，寡居以终。康熙元年（1662），其嫂葛采真为吴兆骞冤狱事北上赴刑部，文柔陪同，长途跋涉到京，龚鼎孳誉之为“缟綦义烈”，顾贞观特为之填词《声声慢》以颂其事。文柔工诗，犹擅填词。有《桐听词》。

谒金门

寄汉槎兄塞外

情恻恻①，谁遣雁行南北②？惨淡云迷关塞黑③，那知春草色④。　　细雨花飞绣陌，又是去年寒食⑤。啼断子规无力气，欲归归未得⑥。

①恻恻：悲伤忧愁的样子。用杜甫《梦李白》“死别已吞声，生别常恻恻”诗意。　②雁行：大雁飞行时很有次序，成行列队。古代人们以之比喻兄弟出行，弟在兄后。雁行南北：指此时自己在江南，哥哥在塞外，骨肉分离。　③“惨淡”句：意思是汉槎兄所在的塞外边地，那里只有惨淡的愁云笼罩着关塞。　④“那知”句：化用江淹《别赋》：“春草碧色，春水绿波，送君南浦，伤如之何！”意思是，塞外阴沉苦寒，哪知

道江南的春色。 ⑤绣陌：指春天到来，江南陌上，美如锦绣。 寒食：见第25页《清平乐·年时寒食》注①。 ⑥子规：参见第171页《浣溪沙·血洒青山尽作花》注①。此二句意思是：即使子规用尽了力气去啼叫，汉槎哥哥也是无法归来的。

顺治十四年丁酉（1657）的科场案，吴文柔之兄吴兆骞被冤入狱，第二年谪戍宁古塔，文柔曾为哥哥冤案，随嫂葛采真赴京师刑部奔走，但解救无效，复归故里。这首词是她为远在塞外戍所的哥哥填写的，婉转而劲直地抒发了怀兄之情，其爱之至，情之真，无可奈何之心态，宛然在目，读之令人荡气回肠。

上片用情语，以问句起，“情恻恻，谁遣雁行南北？”谴责的矛头直指当道，质问是谁把我们兄妹南北拆散？这里深含了悲愤、怨恨、同情和无奈的感情，所以这起句便先声夺人，不同凡响。接下“惨淡”二句是想象哥哥所在宁古塔的凄凉惨淡情景，那里有的只是愁云密布，一片晦暗，苦寒荒疏，哪还能见到江南春色呢！虽只两句，但包容了诸多情意，哥哥在边塞经受着荒寒孤寂的折磨，兄妹相隔南北，无由相聚的痛苦，对哥哥一片真心的牵挂等等，全含在其中了。这是上片的结穴，似住非住，似断非断，故又启开下片。过片的“细雨”二句，与上片紧承，意思是说又到寒食节了，江南已是繁花似锦，细雨如酥，塞北风光又是怎样呢？去年寒食之日，我们兄妹尚在家乡聚首，而今却塞北江南，天各一方了。怀念之情更加深重。接下“啼断”二句一转，表明盼望哥哥的归来真是难上加难，无望之望，说尽管自己像子规一样不停地呼唤哥哥“不如归去”，可是哥哥却是“欲归归未得”！这怎能不令人伤心肠断呢？

这首小词以真情取胜，不掩饰，不雕琢，怀念兄长的深情从肺腑流出，纯任自然，情切意深，含思无限，颇能动人心弦。

王士祯

王士祯（1634—1711），字贻上，号阮亭，别号渔洋山人，山东新城（今桓台）人。顺治十五年（1658）举会试。官至刑部尚书。论诗创“神韵说”。他的诗词也以神韵为主，在当时颇负盛名，影响很大。晚岁名位愈高，海内能诗者，几无不出其门下，领袖诗坛近五十年。有《带经堂全集》等多种著述，其选本《精华录》风行一代。

点　绛　唇

春　词①

水满春塘，柳绵又蘸黄金缕②。燕儿来去，阵阵梨花雨③。　　情似黄丝④，历乱难成绪。凝眸处，白蘋红树，不见西洲路⑤。

①这首小令在《衍波词》中，词题作“春词和漱玉韵”。李清照的原作是：“寂寞深闺，柔肠一寸愁千缕。惜春春去，几点催花雨。倚遍阑干，只是无情绪。人何处，连天芳草（一作芳树），望断归来路。”故此篇是漱玉词的和作。　②“柳绵”句：意思是柳絮飞舞，它在金黄色的柳条上轻轻沾了一下，又飞去了。　③“燕儿”二句：意思是小燕子飞来飞去，落在梨树上，忽而又飞去，振动得梨花乱落，纷纷如雨。　④黄丝：

即黄金缕，杨柳枝条。 ⑤凝眸：注视、目不转睛地看。白蘋：水中浮草，俗称“马尿花”。红树：泛指开满红花的树，西洲路：泛指情人所在的地方。语出南朝乐府《西洲曲》：“忆郎郎不至，仰首望飞鸿。鸿飞满西洲，望郎上青楼。楼高望不见，尽日栏杆头……南风知我意，吹梦到西洲。”

这首词描写的是春天美好的景色和春日的情思。从词的下片看是写男女相思之情的。

上片写春景。用了四句，春水、春柳、春燕、梨花几个代表春天的意象组合起一幅春意盎然的图画。这景中有动有静，而突出的却是春日寂寞之感。故才有下片的抒发索寞孤独的相思之情。这里是借闺中女子的口吻传出，用移情于景的手法，先说她心思烦乱如柳枝飘舞，精神恍惚，以物象情，非常绝妙，接下去再写其情态：她呆呆伫立，凝眸望远，惟有白蘋红树，偏偏“不见西洲路”，所思之人不可见，所盼之情理还乱，悠悠伤感，绵绵不断，尽在不言之中。

这虽是一篇和作，但仍显出声情并茂，神韵悠然的特色，语近情遥，率真隽爽。唐允甲《衍波词序》说：“贻上束其鸿博淹雅之才，作为花间隽语，极哀艳之深情，穷倩盼之逸趣。”这首小词可以当之。

浣溪沙（二首）

出镇淮门，循小秦淮折而北。陂岸起伏多态，竹木蓊郁，清流映带，人家多因水为园。亭榭溪堂，幽窈而明瑟，颇尽四时之美。拏（ná）小艇循河西北行，林木尽处，有桥，宛然，如垂虹下饮于涧，又如丽人靓妆袨（xuàn）服，流照明镜中，所谓红桥也。游人登平山堂，率至法海寺，舍舟而陆，径必出红桥下。桥四面皆人家荷塘，六七月间，菡萏作花，香闻数里。青帘白舫，络绎如织，良谓胜游矣。予数往来北郭，必经红桥，顾而乐之。登桥四望，忽复徘徊感叹。当哀乐之交乘于中，往往不能自喻其故。王谢冶城之语，景晏牛山之悲，今之视昔，亦有然耶？壬寅季夏之望，与箨（tuò）庵、茶村、伯玑诸子，偶然漾舟，酒阑兴极，援笔成小词二章，诸子倚而和之，箨庵继成有章，予亦属和。嗟夫，丝竹陶写，何必中年？山水清音，自成佳话。予与诸子聚散不恒，良会未易遘，而红桥之名，或反因诸子而得传于后世，增怀古凭吊者之徘徊感叹，如予今日，未可知也。[1]

一

北郭清溪一带流，红桥风物眼中秋[2]。绿杨城郭是扬州[3]。　　西望雷塘何处是？香魂零落使人愁[4]。澹烟芳草旧迷楼⑤。

二

白鸟朱荷引画桡⑥，垂杨影里见红桥。欲寻往事已魂销。　　遥指平山山外路⑦，断鸿无数水迢迢。新愁分付广陵潮⑧。

①意思是：出了扬州的镇淮门，沿着小秦淮河，折向北。池塘的堤岸起伏多姿，竹木繁茂葱茏，清流映带，居住的人家大都以水为园。筑有亭榭溪堂，幽深杳渺而又明丽沉净，真是穷尽了春夏秋冬的美景胜境。撑着小船沿着河向西北行，在密林的尽头，有桥如长虹卧于水涧上，又像是打扮得非常美丽的女子穿了漂亮的衣裳，倩影映照在如明镜一般的水中，这就是所说的红桥。游人登上平山堂，顺着路到了法海寺，舍船登岸，所见小路都从红桥下延展出来。桥的四面尽是人家的荷塘，每到六七月，荷花盛开，荷香飘散数里。青帘白舫，络绎不绝，往来如织，真称得上是胜游了。我数次往来北郭，每次都经过红桥，到此观赏，快乐极了。登上桥去四望，忽然升起了徘徊感叹之情，每当这种或悲或喜的感情于心中一同出现，就说不清是怎么一种原因。当年王羲之、谢安在冶城说过的话，齐景公在牛山发出的悲叹，今天看来，我与他们不是也有同样的情怀吗？壬寅年（1662）六月十五日，与箨庵、茶村、伯玑诸位朋友，偶然划船到这里，饮酒至酣，诗情顿起，援笔填了两首小词，各位友人也依韵和作，箨庵也接着我之后写了词章，我也和作了。唉！丝竹陶冶情性何必非到中年呢？在这山水间填词清唱，就会成为佳话。我与各位的相聚不可

能长久，像这样的欢聚实在难得。不过红桥的名声也会因为我们这次聚会而传于后世，给以后怀古凭吊的人增加些徘徊慨叹的内容，就如同我今日的感叹一样，至于后人怎样怀古凭吊，那就不知道了。王谢冶城之语：据《世说新语·言语》载，一次王羲之与谢安登上冶城，王对谢说：当年大禹勤于国家大事，手脚都生了老茧，周文王夜以继日地工作，忘了吃饭，人们应当仿效，而现在是空谈成风，浮夸影响了国家大事，真不应该。谢回答说，秦朝倒是用了商鞅变法，可只有二世就亡国了，岂是清谈误国的？一个表现为忧国伤时，一个表现为旷达乐观。景晏牛山之悲：牛山在今山东省淄博市。春秋时齐景公游于牛山，北向流下了眼泪，慨叹人生短暂。箨庵：袁于令，号箨庵。茶村：杜濬，号茶村。伯玑：陈允衡，号伯玑。 ②“北郭”二句：红桥在扬州城西北，出城由西向北，故称“北郭”。清溪：指小秦淮河。这二句是序中开头景物描写部分的概括。 ③“绿杨”句：意思是从红桥回首南望，只见绿柳垂杨，袅袅依依，整个扬州城被绿色淹没了。 ④雷塘：又名雷陂，在扬州西北，唐武德五年（622），将隋炀帝改葬于此，至宋代即湮废。香魂：指美人之魂，参见下句“迷楼”注。 ⑤迷楼：隋炀帝荒淫无度，修运河，御龙舟，幸江都（今扬州），又在扬州建迷楼，广蓄美女，花用巨资，使国库为之一空。 ⑥白鸟：指白色的鹤鹭。画桡（ráo）：有花纹的船桨，借指画船。 ⑦平山：平山堂，在扬州城西北蜀冈上，宋代欧阳修所建。 ⑧广陵潮：扬州曲江之潮，此潮汉代为盛，唐以后潮势渐弱，以致消逝。

这是两首著名的小词，词前之序长达三百一十二字，是为罕见的词序，而此序可以独立为一篇优美的纪游散文，与二词

合读，颇有珠联璧合之感。

填此二词时，作者二十九岁，出任扬州推官，时在康熙元年（1662）夏六月十五日。此日，与好友袁于令、杜濬、陈允衡一同游历扬州红桥，一路上风光旖旎，美不胜收，遂即兴赋诗填词，互相唱和。

这两首词并非单纯写景，而是写景中寓有怀古凭吊、徘徊感叹之情。第一首上片写景，下片怀古。其所凭吊的是隋炀帝，这里含寓了对其奢华无度，穷奢极欲的讥讽。第二首在手法上有所变化，即上下片将写景抒情并列，故同中有异，富于变化，避免了重复，同时又给人以灵动之美。

但还应提及的是，这首词于凭吊中似乎还寓有难言之隐，因为“欲寻往事已魂销”和“新愁分付广陵潮”，这令作者“魂销”的难言的“往事”和“新愁”虽未明指，可是联系到作者的身世背景来看，就不难领悟到他的故国之思了。就在诗人填写此词前的十七年，这里曾发生过“扬州十日”的惨剧，清军在这里的暴行，诗人能不记得吗？所以词的意蕴深藏，并非一般的写景吊古之作。

蝶　恋　花

和漱玉词

凉夜沉沉花漏冻[①]，攲枕无眠，渐觉荒鸡动[②]。此际闲愁郎不共，月移窗罅春寒重[③]。　　忆共锦裯无半缝[④]，郎似桐花，妾似桐花凤。往事迢迢徒入梦，银筝断绝连珠弄[5]。

①花漏：莲花漏停止滴水，即滴漏不再报时了。②荒鸡：三更之前啼叫的鸡。③窗罅：窗户缝隙。罅：裂缝。④锦裯：锦缎的被子。⑤银筝：有银饰的筝。连珠弄：连珠曲。

这是一首和李清照词的作品，是以女子口吻自述离情别绪的小词。

上片写此时此夜的孤寂无聊，用情景交融之法去表现。前三句景中含情，说夜已深，独自欹枕，迟迟不能入睡，本来该有点点滴滴的漏声，却偏不作响，荒鸡又似乎啼叫得过早，其实这正是愁人苦夜长的心理。为什么会夜不成眠呢？后二句点明“郎不共”，情郎不在身边，香闺绮怨，由此可见。下边又接以景句，说月儿透过了窗缝，夜越来越深了，也越来越冷了。这又是融情入景，言尽而意未尽，令人神远。下片则直书情怀。前三句追忆当初相恋相守，合衾共枕，柔情缱绻（qiǎn quǎn），好像锦被上的桐花与桐花上的凤鸟，互不分离。但是后两句一转，用相思之情语绾结，说连绵不断的往事，纵频频在梦里出现，又有何用？为排遣这孤寂无聊，奏支《连珠曲》吧，可银筝却又断了丝弦，真是闲愁难遣，词句至此打住，意蕴悠然不尽，至于以后如何，就留给读者去想了。这首词景情浑然，缠绵缱绻，情意切切，其“郎似桐花，妾似桐花凤”，颇新颖别致，含蓄蕴藉，坦率、质朴、热烈，不矫情，不做作，令人耳目一新。

玉　联　环

个　侬[1]

枇杷门巷樱桃树，个侬曾遇[2]。画衣缥缈水沉薰[3]。不辨香来何处。　　忽似惊鸿翔去，凌波微步[4]。洛川伊水向东流，八斗才、情空赋[5]。

①个侬：那个人，指“她”。　②枇杷门巷：唐代名妓薛涛，二十岁脱乐籍后，居住在成都西郊浣花溪畔，门前种满枇杷树。后称妓家为枇杷门巷。这二句意思是，曾经在她家门前，樱桃树下，遇到了她。　③画衣：有花纹图案的衣服。水沉：水沉香、沉香。　④“忽似”二句：曹植《洛神赋》形容洛水女神宓妃体态优美，行动时显露出优雅动人的曲线美，用了“翩若惊鸿，婉若游龙”，“凌波微步，罗袜生尘”等句。这里是化用其句形容“个侬”的美艳动人，说她像宓妃一样，走起路来如惊雁飞翔，微波细步，像在水上飘动。　⑤洛川：洛河。伊水：伊河，在河南西部，于偃师附近注入洛河。八斗才：比喻才高，代指曹植。这里是以曹植自喻。晋谢灵运曾说：“天下才有一石，曹子建独占八斗，我得一斗，天下共分一斗。”这二句意思是，自己像当年的曹植一样，曹植看到洛神飘然远去的身影，一去不返，便怅然若失，写下了《洛神赋》，但人神之间，可望不可即，他只是空作了一篇赋而已，我对此女的痴情，也是可

望不可即，也只好写此以寄托相思、爱慕之情罢了。

词中所描写赞美的“个侬”，大约是烟花中人，而她的美丽令诗人一见倾心，久久不忘，诗人把她比为洛水女神，加以赞美和歌颂，寄托了一片爱慕之情。

这词可以说是作者香艳词的代表，颇有花间词的味道。在写作手法上有其可取之处，即前半从正面刻画，但也只是从其衣着香泽、体态动作上落笔，所谓取形不如取神，是取其“神”的摹画。后半则用洛神作比，突出她的优雅华贵，非同一般。如此描写不但使“个侬”的形象传神写照，而且扩大了词境，使读者产生丰富的审美联想。

彭孙遹

彭孙遹（yù）（1631—1700），字骏孙，号羡门，又号金粟山人，浙江海盐人。清顺治十六年（1659）进士。康熙十八年（1679）召试博学鸿词，以第一人授编修。历官吏部侍郎，兼掌院学士。工诗，尤善填词，为王士祯所推重。有《松桂堂集》《延露词》等，其词多写艳情，特工小令。严绳孙云其小词："啼香怨粉，怯月凄花，不减南唐风格。"（《清代词学概论》引）朱孝臧称他是"吹气如兰彭十郎"。

浣　溪　沙

客中小寒食作①

客里佳辰只自怜。白榆初改汉宫烟②。覆堤柳色正三眠③。　　芳树乍闻花气息，小楼几见月团圆。教人无奈暮春天。

①小寒食：即寒食节的第二天。　②汉宫烟：寒食日，禁火。寒食节过，由宫廷中取榆柳之火赐臣民，以便恢复热食。唐韩翃（hóng）《寒食日即事》："春城无处不飞花，寒食东风御柳斜。日暮汉宫传蜡烛，轻烟散入五侯家。"这里化用。　③柳色正三眠：《三辅旧事》载："汉苑中有柳状如人形，号曰人柳，一日三眠三起。"这里是说长满河堤的柳树，

她柔细的枝条在春日里显得婀娜多姿。

词题已明示了这首词写的是客居在外，逢寒食节的孤寂之感。

上片起句直接道情，说明时逢佳节却客居在外，孑然一身，“只自怜”三字揭示了愁情。接下二句描摹节日之景，作者抓住寒食的特有景色落笔，一句写白榆，一句写柳枝，而且是用典故加以刻画，进一步点染出“客中”之情。下片前两句仍以景语出之，用了对句，前句承上片的寒食之景，继续写出佳辰的特征，后一句则说明自己于“客中”已度过了几次月圆的时候了，如今虽遇“佳辰”，又初闻芬芳，但并无赏心乐事，自己依然是天涯孤旅，而对眼前的春光将尽，更生起时序更迭之感，故于落句发出沉致、激切的感慨。

这首小词惟首尾两句以情语出，中间四句皆用景语，以景牵情，情势也由隐而显，由含婉到激切。词之语言亦有“婉娈而流动”之美。

董元恺

董元恺（1635—1687），字舜民，号子康，武进（今属江苏）人，一说为吴县人。与董以宁为兄弟辈。清顺治十七年（1660）举人。身世坎坷，发而为词，牢愁百结，激昂慷慨，语多讥讽。著有《苍梧词》十二卷。

酷　相　思

西江代内①

帘卷帘垂朝复暮，断送落红无数②。想杜鹃声里人何处？春山也，留君住。秋山也，留君住③。　两峰三竺西泠渡，旧是同行路④。纵叮咛燕子浑无据。春江也，随君去。秋江也，随君去⑤。

①西江：长江流经江西、湖南、安徽的一段旧称西江。代内：代替妻子抒写思念丈夫的词。　②“帘卷”二句：意思是每天早上卷起帘幕，晚上垂下来，天复一天过去了，所能见到的惟有窗外的无数落花飘飞。　③“想杜鹃”以下五句：都是闺中人想象在外的丈夫的情景，由“想”字领起，意思是想来丈夫一定听到了杜鹃悲鸣，不知他现在何处？他一定为归不得而忧伤。春天里，他在山水间跋涉；秋天里，仍是在远方奔波，想要回家是很难的。　④“两峰”二句：追忆与丈夫同游杭州的往事。两峰：杭州西湖的南

高峰、北高峰。三竺：上天竺、中天竺、下天竺。西泠渡：西湖中的渡口。这些地方曾是他们共同游玩过的。 ⑤“纵叮咛”以下五句：意思是嘱咐春来秋去的燕子捎带口信，如果遇到了自己的丈夫，就告诉他早点归来，可这简直是无根据的空想。他究竟什么时候才能归来呢？不知道，春江秋水不停地流去了，丈夫的归期也仿佛是流去的江水，难以预料。

在我国古典诗歌里，有一种作法叫作“从对面写起”，就是自己在思念对方，却不说自己一方的思念，而是写对方如何思念着我，这种作法，人们以为可以得到“加一倍”的艺术效果，比正面去写更加动人。这首《酷相思》正是采用了这种手法。作者只身在外（从词的内容看当在江西一带），深切思念着妻子，于是就以妻子的口吻写了她如何思念丈夫，所谓“心已神驰到彼，诗从对面飞来”，明明自己在思念，却说对方如何思念自己。所以这就把作者的感情，极为真挚深细，极为生动亲切地表现出来了。

既然是代人作赋，所以通篇都是想象的语言，尽管如此，给人的感觉是并不虚浮、不隔膜，无论身份、口吻、情感等，都与闺中人切合，写得活灵活现，而且由于词牌规定，上下片的后半都是重叠复沓的形式，作者很巧妙地运用了这种形式，融绵缈凄恻的情思于一唱三叹、舒缓流畅的行文之中，使得这首词格调悠扬，韵味醇厚，声情感人。

再有，早期的词，词牌与内容是一致的，后来渐渐分离，可这里的词牌《酷相思》与内容完全吻合，这也是本词的一个突出特色。

宋 荦

宋荦（luò）（1634—1713），字牧仲，号漫堂，河南商丘人。以大臣子列宿卫，曾官黄州，后以刑部郎视榷赣关，累官至江西巡抚，迁吏部尚书。所至奖掖后进，提倡风雅。诗与王士祯齐名。著有《西陂类稿》《筠廊偶笔》《枫香词》等。

永 遇 乐

柳 絮

望去非花，飘来疑雪，轻狂如许①。未作浮萍，已离深树，此际谁为主②？隋堤三月，几回翘首，一片漫天飞舞③。最堪怜，无根无蒂，总被东风弄汝④。　踏歌魏女，离情多少，问道春光何处⑤？乍扑空帘，旋粘芳径，好倩莺衔取⑥。还思往日，鹅黄初染，变态顿分今古⑦。枉垂著长条蹈地，绾伊不住⑧。

①“望去”三句：意思是看满天飘飞的柳絮不像是花，她飘来飘去的样子，仿佛是纷纷扬扬的飞雪，这柳絮竟这般轻狂。　②“未作”三句：意思是柳絮还没有落到河塘成为浮萍，可她已经离开了柳树，满天飘飞不定，无依无靠，此时此际她将依托谁呢？　③隋堤：隋炀帝时沿通济渠、邗沟河岸修建的御道，道旁种杨柳，后人称隋堤。三句意思是，年年三

月，翘首向隋堤望去，杨花柳絮漫天飞舞，迷茫一片。 ④“最堪怜”三句：意思是柳絮离开了柳枝，无根无蒂到处飘飞，仿佛是被东风吹来吹去地戏弄，真叫人怜惜。 ⑤踏歌：以手相携，以脚踏地为节拍歌唱。魏女：洛阳城南有魏王堤，堤上多种柳。这里是从柳想到魏王堤上柳，又由魏王堤柳联想到魏女唱歌与情人作别。意思是当柳絮飞舞的时候，情人要离别，他们的离情也如同这柳絮一样，能知多少呢！春光要去了，情人也要走了，又去向何处呢？ ⑥“乍扑”三句：意思是柳絮有时扑向空帘，有时粘留在芳径上，像是要留住春天，不忍飞去。如果央求黄莺去衔住那飘飞的柳絮，或许春天还可以留住。 ⑦“还思”三句：意思是回想初春的时候，柳吐鹅黄，该是怎样令人兴奋啊！瞬息间就变成了柳老吹绵，顿成今古了。 ⑧踠（wǎn）：本意为屈曲，引申为拖地。绾（wǎn）：旋绕打结。此处含有系、系住之意。二句意思是尽管杨柳踠着千万缕长条，但仍挽不住春光，也挽不住漫天飞舞的柳絮。

宋荦与清初浙派词人朱彝尊、李良年等交游甚密。浙派词人喜欢咏物，也精于咏物，所以在他们的唱和中，有大量的咏物之作。

这首咏柳絮的词，按其题材说是常见的，就词这一诗体说，著名的咏杨花柳絮的词也有很多，如苏轼和章质夫的《水龙吟》咏杨花词，如陈子龙的《浣溪沙》《忆秦娥》等。宋荦这首虽说不能超越，但它以俊丽贴切，刻画精工，形神俱佳诸特色，仍于咏杨花词中占有一席之地。

词的上下片浑然一气，但又各有侧重。上片从描写柳絮的神态入手，写到它的性格，它的身世，它的“堪怜”的命运。这其中多是借典描摹。如“望去”三句，其中化用苏轼《水龙吟》“似花还似非花”，谢道韫咏雪名句“未若柳絮因风起”，杜甫《绝句漫兴九首》之五：“颠狂柳絮随风舞”，又如隋堤柳等。这些典故都融在作者的句中，不露痕迹，精工妙造，厚重传神。下片侧重于人情的刻画，仍是以柳絮为媒，借典运思，思致绵缈，既叹柳絮“顿分今古”的命运，也含了人情无定，世事沧桑的感慨，笔致极为清丽。

“咏物词极不易工，要须字字刻画，字字天然，方为上乘。即间一使事，亦必脱化无迹乃妙。”（彭孙遹《金粟词话》）这首咏絮之作可用这一评赞去观照，是为上乘无疑。

曹贞吉

曹贞吉（1634—1698），字升六，号实庵，山东安丘人。康熙三年（1664）进士，官礼部郎中，以疾辞湖广学政归里。其词以怀古、咏物诸篇，为当时所推重。其论词主张独创，反对摹拟，有云："离而得合，乃为大家。若优孟衣冠，天壤间只生古人已足，何用有我？"故其词宁为创，不为述，宁失之粗豪，不为靡曼之音。有《珂雪词》。陈廷焯《白雨斋词话》云："珂雪于国初诸老中，才力不逮朱、陈，而取径较正。"

卖花声

秋夜

风紧纸窗鸣，秋气凄清，淡云笼月未分明。雨点疏如残夜漏，滴到三更①。　　无计破愁城②，梦断魂惊，一天黄叶雁纵横。不待成霜霜满鬓，短发星星③。

①"雨点"二句：意思是风声、雨声、漏滴声，点点滴滴、疏疏密密，在耳畔作响，一直响到三更。　②愁城：形容愁情浓重，被无穷的烦恼包围着。　③星星：形容头发花白了。语出左思《白发赋》："星星白发，生于鬓垂。"这二句意思是，还没到白露为霜的时候，自己的双鬓却已像秋霜样地变白了。

这是一首抒怀之作，抒发了诗人羁旅之愁，老大之悲。

词用上景下情的手法。上片描绘秋夜的凄清之景，诗人抓住秋风夜雨特有的情景，从视觉和听觉两个角度落笔，画出了一幅秋夜听雨的图景。其中含了对秋声、秋色、秋夜、秋雨、秋意的描绘，把这一独特的秋夜有声有色地勾画出来了，虽未言愁，而愁情自见。下片写情，以长吟短叹的方式，抒发了羁旅愁怀。层层深入，句句折转，“梦断魂惊，一天黄叶雁纵横”之句，亦实亦虚，情景浑融，从时空上加以扩展，给人以愁城无边，愁怀无限之感。结处更把诗人那百无聊赖的情怀刻画得尽致淋漓。

百　字　令

咏　史

田光老矣，笑燕丹宾客、都无人物①。马角乌头千载恨，匕首匣中如雪②。落日苍凉，羽声慷慨，壮士冲冠发③。咄哉孺子，舞阳色怒而白④。　　试问击筑渐离，此时安在，何不同车发⑤？负剑祖龙惊掣袖，六尺屏风堪越⑥。贯日长虹，绕身铜柱，天意留秦劫⑦。萧萧易水，至今犹为呜咽⑧。

①田光：燕国的侠客，勇而有谋，与荆轲友善。他向太子丹举荐了荆轲，之后自刎，以解除太子丹的疑虑。　②“马角”二句：指燕太子丹欲

报秦仇事。燕太子丹在秦为人质，受到非礼待遇。燕太子丹求归，秦王不允，说："乌头白，马生角，乃许耳。"（乌鸦头变白，马生出犄角，才可以回去）又，燕太子丹逃回燕国后，得到荆轲，又以百金从徐夫人那里购到匕首。此二句即为这一史实的概括。③"落日"三句：写易水送别的壮烈场面。《史记·荆轲传》载，燕太子丹等为荆轲入秦，送至易水边，宾客们皆白色衣冠，"歌曰：'风萧萧兮易水寒，壮士一去兮不复还。'复为羽声慷慨，士皆嗔目，发尽上指冠"。这里将其化用。羽声：为五声之一。④咄哉：表示嗟叹之词。孺子：小子、竖子，含轻蔑之意。舞阳色怒而白：《史记正义》引《燕丹子》的话："舞阳骨勇之人，怒而面白。光所知荆轲，神勇之人，怒而色不变。"又，《史记·荆轲传》："何太子之遣！往而不返者，竖子也！"又，"荆轲奉樊於期（wū jī）头函，而秦舞阳奉地图匣，以次进。至陛，秦舞阳色变震恐"。这二句是将上引记载作了综合点化，是对秦舞阳胆怯的讥讽。⑤击筑渐离：高渐离，燕国义士，善击筑（一种击打乐器），与荆轲友善，二人曾歌于市中，旁若无人。易水送别时渐离击筑相送。荆轲刺秦王失败后，渐离改姓名，做佣工，把铅置于筑中，伺机扑杀秦王，但未击中，被杀。⑥负剑：秦王遇刺时，身佩之剑剑柄长，一时拔不出鞘，左右大臣忙呼："王负剑"，即将宝剑移到肩上。祖龙：指秦始皇。"祖"，是"始"的意思；龙，为"王"的象征。《史记·秦始皇本纪》有"今年祖龙死"之句。惊掣袖：据《史记正义》引《燕丹子》说，当时在秦廷上，荆轲"左手揕（zhèn刺之意）其胸，秦皇曰：'今日之事，从子计耳。乞听瑟而死。'召姬人鼓琴，琴声曰：'罗縠（hú）单衣，可裂而绝；八尺屏风（按：本词谓"六尺"，误），可超而越；鹿轳之剑，可负而拔。'

王于是奋袖，超屏走之。”此二句是上述史实的概括。 ⑦贯日长虹：据《史记·邹阳传》载，当荆轲入秦时，曾出现了“白虹贯日”（一种罕见的日晕天象，即白色晕圈穿日而过，古人以为这象征人间要有非常事件发生）。绕身铜柱：荆轲在追逐秦王时，秦王环柱而逃。天意留秦劫：意思是秦王未死，造成后来的暴政统治，这真是天意如此啊！ ⑧易水：在河北省西部，源于易县境，入南拒马河。

荆轲刺秦王，这是家喻户晓的一段历史，而作者所咏的正是这段史实。

这首词叙史事，发感慨，表达了对悲剧英雄的歌颂与惋惜，全篇回旋着悲壮的旋律。词的上下片各四层，结构非常清晰。上片“田光老矣”三句为一层，慨叹太子丹的宾客都是庸碌之辈，只有田光才是智深勇沉的真侠士。起句提出田光，是在烘托荆轲，因为荆轲为田光所荐，对田光无限景仰，则是对荆轲怀有敬意的暗示。而这三句又为全篇定下基调。“马角乌头”二句为一层，写荆轲刺秦王的起因和准备，作者取精用宏，非常概要地把史实作了交代。“落日苍凉”三句，写易水送别的壮烈场面，落日及羽声慷慨，悲且壮的情景宛然。此为又一层。接下“咄哉孺子”二句，既表示了对秦舞阳的斥责、讥讽，又是对刺秦王未能成功的惋惜。

下片仍是四个层次。“试问击筑”四句，以高渐离安在的发问，暗接秦舞阳之无能，同时也表示了对刺秦王策略的看法，以为如果高渐离能与荆轲同往，大约会使刺秦王成功的。

“负剑祖龙”二句是第二层，这里将文献记载加以综合，说秦王所以不死，是琴声暗示的结果，荆轲所以未能成功是因为他想生擒始皇，欲得契约以报太子。虽只两句，却高度概括。第三个层次是“贯日长虹”以下三句，歌颂荆轲的无所畏惧，置生死于度外，并把他之所以未能成功，归之于天意。最后二句是第四层次，以渲染环境、氛围作结，突出了悲而壮的情结。

在这首词里，作者巧妙地把有关的历史事实和历史人物穿插进去，对荆轲形象的刻画处处洋溢着崇敬之情。斥责秦舞阳，怪其无能，责问高渐离，怨其不同行、不相助。虽说这些责问没有道理，但“无理有情”，这正表达出了作者的至情。对于荆轲的失败，作者归咎于“天意”，这固然表现了他的唯心史观，但也同时是他悲愤惋惜之情的自然流露。

全篇格调雄浑，意有创新，语多奇气，颇有苏、辛词的特色。

陈维崧

陈维崧（1625—1682），字其年，号迦陵，江苏宜兴人。明末四公子之一陈贞慧之子，少负才名。诸生。康熙十八年（1679）召试鸿词科，授检讨，参与纂修《明史》。康熙二十一年（1682）卒于官。工骈文、诗、词，骈文宗唐，诗为吴伟业派，最工词，为阳羡词派之开山，或一日得数十首，统计小令、中调、长调等一千六百二十九首，为古今词家所无。有《湖海楼诗文词全集》。陈廷焯《白雨斋词话》以为“国初词家，断以迦陵为巨擘”，“迦陵词沉雄俊爽，论其气魄，古今无敌手，若能加以浑厚沉郁，便可突过苏、辛，独步千古”。其关心民瘼，以杜诗和元、白乐府精神，写了大量反映明末清初国事之词，足当“词史”无愧。

南　乡　子（二首）

江南杂咏①

天水沦涟，穿篱一只撅头船②。万灶炊烟都不起，芒履③，落日捞虾水田里。

鸡狗骚然，朝惊北陌暮南阡④。印响西风猩作记，如鬼，老券排家验钤尾⑤。

①作者的《南乡子·江南杂咏》共有六首，这里择其一、四两首。②沦涟：水面涌动着的波纹。撅头船：一种头尖而翘的打鱼船。此二句是说水天相连，无边无际，水面涌动着微微涟漪，田野成了泽国，渔船往来，穿篱而过。③芒屦：草鞋。④骚然：指鸡飞狗跳，不得安宁。北陌、南阡：《风俗通》说，田间小路"南北曰阡，东西曰陌；河东以东西为阡，南北为陌"。⑤印：印章，清代低级官吏用木制印章。猩：鲜红色。如鬼：形容到农家验明田契、赋税交易的差役，面目狰狞，丑恶如鬼。老券：旧的田契、赋税单据等。钤（qián）尾：盖上验讫的红印章。

陈维崧作为浙派词人，领袖一代风骚，词作之多，内容之富，实令古今瞠目。他的词，除了前期簸弄风月，绮丽豪华之外，到了后期词风有了很大变化，他以词为针砭时弊，干预生活的武器，对清初盛世光环下的种种弊端作了无情的揭露和嘲讽，表达了他对民瘼的关心与同情。这里的两首小词，正是他这一方面词作的代表。

这两首词所写的是他对农民疾苦的深切怜悯。一写天灾，一写人祸。前首写农村遭受涝灾。前二句写水灾造成的悲惨景象，田野变成了一片汪洋，惨不忍睹。后三句写农民生计可怜，千家万户断炊，只能到水中捞点臭鱼烂虾充饥。诗人纯以"客观"的笔触去描写，很有杜甫诗寓情于描述之中的特点，沉厚凝重。后一首是写悍吏下乡验券。这使人自然联想到柳宗元的《捕蛇者说》："悍吏之来吾乡，叫嚣乎东西，隳（huī）突乎南北，哗然而骇者，虽鸡狗不得宁焉。"柳文的这段文字，真可以作这首词的注脚，两者所描写的情景如出一辙，何其相似！前一首，慨叹忧虑，感伤之气较重；后一首，讥诮挖苦，辛辣之味较浓。

作者以含思凄然之笔，表现了沉郁愤激之情，“把香山（白居易）乐府的精神和表现手法移植到倚声（即填词）领域中来，这不能不说是一个创举”（钱仲联《论陈维崧的〈湖海楼词〉》）。

虞　美　人

无　聊

无聊笑捻花枝说，处处鹃啼血①。好花须映好楼台，休傍秦关蜀栈战场开②。　　倚楼极目添愁绪，更对东风语③。好风休簸战旗红，早送鲥鱼如雪过江东④。

①捻：握持。鹃啼血：杜鹃啼血。参见第131页《点绛唇·满眼韶华》注③。这里指杜鹃鸟，也可指杜鹃花开。此二句意思是自己闲极无聊，手持着花枝，笑对花枝说，现在正是处处杜鹃啼血的时节。　②秦关：关中的关隘。蜀栈：蜀中栈道。秦关、蜀栈，向来是兵家必争之地，战火给百姓带来深重的灾难。这二句是对花枝说你要做好花，要开在富贵人家，映带着富丽的楼台，受人赏爱，而不要开在秦关蜀道上，那里是连年争战地。另一解，将杜鹃作为鸟，其意思是秦关蜀栈不知有多少被残害的怨魂，那里应是杜鹃最悲苦的地方，花开在那里，都化成啼血的杜鹃

了。 ③“倚楼”二句：意思是倚楼远眺，更添愁增恨，无人能理解，只有和东风对话了。 ④簸：摇动、颠动，引申为吹动。鲥鱼：名贵鱼种。体侧扁，背黑绿色，腹银白色，眼周围银白色带金光。《正韵》中说：“似鲂，肥美，江东四月有之。”江东：长江在芜湖、南京一段从西南向东北流，惯称南岸地区为江东。这二句表层意思是，对东风说不要吹动那血红色的战旗，还是早早地吹向江东，把鲥鱼美味带给人间。但其深层意思则是暗用了两个典故，一是晋“永嘉之乱”，北方名士纷纷南逃避祸，逃难者之多，人们形容为“过江名士多于鲫”（比过江的鲫鱼还多）；又西楚霸王起兵于江东，兵败垓下，乌江亭长劝他回江东，项羽不肯，后自刎乌江。故这二句的深层意思是说，希望停止镇压人民的战争，让那些反清的义士回到家乡去。

这首词写得很别致。词题“无聊”，便带有一种难言的意绪含在其中。一般地说“无聊”，或是穷极，或是闲极，或是愁极，总之是一种难以打发的情绪。作者所以取此为题，是与清政府统治的严酷现实有关的，一是为避文字狱，一是“无聊”的内涵带有模糊性，故较为隐秘。

词中采用的手法也是取象征意义的意象去表达。因为词人所见是清政府多次对江南采取大规模的军事行动，想扑灭南方各族百姓的反清烈火，其残酷镇压、屠杀，令人发指，但却又无法大声疾呼，他只能把一腔悲愤化作“无聊”，表示了他厌战、反战的心情。

陈维崧词多豪爽之作，但这一篇却深曲含蓄，笔下藏锋，表现出又一风格。

醉落魄

咏鹰

寒山几堵[1]，风低削碎中原路[2]，秋空一碧无今古[3]。醉袒貂裘，略记寻呼处[4]。　男儿身手和谁赌？老来猛气还轩举[5]。人间多少闲狐兔，月黑沙黄，此际偏思汝[6]。

①堵：本为墙壁之意，此处喻指壁立的高山。　②“风低”句：意思是雄鹰低旋，翅如双剪，掠地而飞，翅膀搏击，把中原土块削碎，卷起沙尘，带起了一阵劲风。　③“秋空”句：意思是在一碧如洗，湛蓝幽深，明净透亮的秋空里，只有雄鹰盘旋，占尽了今古风流，成了主宰。　④袒：解开、敞露。貂裘：貂皮制的衣裘。略记：约略记得。这二句意思是，还约略记得少年时期，醉后袒开貂袍，露出臂膀，驾鹰带犬，逐马围猎的情景。　⑤赌：比试、较量。这二句意思是，男子汉大丈夫有一身好本领，又能和谁比呢？尽管现在已经老了，但依然意气高昂，锐力不减当年。　⑥闲狐兔：比喻社会上的丑恶势力和丑恶行径。月黑沙黄：本指夜色沉沉，黄沙漫漫的景象，这里象征了社会的黑暗、环境的险恶。汝：指雄鹰。三句意思是，在这月黑沙黄，狐兔频频出没的时候，自然会想到应呼唤雄鹰去捕杀它们。

这是一首咏鹰词的名篇，前人曾评论说，抒其“沉雄俊爽”之气，扬其“浑厚沉郁”之情（见陈廷焯《白雨斋词话》），说得不错。因为词人青壮年时，正逢明清易代，颠沛流离，晚年入仕清廷，参与修《明史》，但也郁郁寡欢，眼见清廷的严酷统治，新贵的恣意横行，令他心情抑塞难平，悲愤难禁，所以他便借咏鹰抒发了对社会丑恶现象的愤慨，对济世救民，惩恶扬善的英雄人物的期盼。

这首词，着意刻画鹰之神，句句切题，不粘不脱，构思精巧，字里行间洋溢着激昂奋发之情，显示出嫉恶如仇的态度，真可谓“声色俱厉”（陈廷焯语），在历代咏鹰词中是极见特色的一篇。

满　江　红

汴京怀古十首·夷门①

坏堞崩沙，人说道，古夷门也②。我到日，一番凭吊，泪同铅泻③。流水空祠牛弄笛，斜阳废馆风吹瓦④。买道旁，浊酒酹先生，班荆话⑤。　　摄衣坐⑥，神闲暇。北向到，魂悲咤。行年七十矣，翁何求者。四十斤椎真可用，三千食客都堪骂。使非公，万骑压邯郸，城几下。

①汴京：战国时魏国都城大梁，东魏时改梁州，隋唐时称汴州，即今河南开封。五代梁、晋、汉、周及北宋，均以此地为都城，故称汴京。夷门：即魏国大梁之东门。　②坏堞崩沙：指原夷门旧址已破败不堪。

此地在黄河之南，地势较低，黄河泛滥，洪水卷沙，屋宇崩坏，墙壁倒塌。堞：城墙上的垛堞。意思是眼前一片墙倒屋塌，破败之景，人们说这里就是当年的夷门旧址。　③泪同铅泻：用汉武帝筑造金铜仙人承露盘之典故。参见第159页《念奴娇·狂奴故态》注⑥。意思是流下了悲伤的眼泪。　④祠、馆：指纪念曾做夷门监（看门人）侯嬴的祠堂。这二句意思是河水泛滥，夷门已经水淹祠空，变成养牛之地，牧童常在那里吹笛，夕阳之下，冷风吹着废馆的屋瓦。　⑤酹：以酒沃地，表示祭奠。班荆话：《左传·襄王二十六年》载，楚国人伍举与声子是好朋友，伍举到了郑国，将要往晋国去，声子也要去晋国，二人相遇，就铺荆草于地，坐在草上边吃饭边商量，决定还是回到楚国去。后成为“班荆道故”的典故，表示朋友相遇于途，铺荆草坐地上，共叙情怀。这三句是说，就在道旁买了浊酒，洒地祭奠侯嬴，就像伍举和声子那对老朋友一样，叙叙情怀。　⑥“摄衣”以下：用侯嬴的故事。《史记·信陵君列传》载，侯嬴为魏国隐士，七十岁，是夷门监。信陵君听说侯嬴是位贤者，遂驱车去请，侯穿着便衣从容不迫地安坐车上。当秦国攻打赵国，平原君请魏公子信陵君援救时，侯嬴帮助信陵君策划了窃虎符救赵，又荐力士朱亥。朱亥随公子前往魏军中，魏军主帅晋鄙不肯交出兵权，朱亥即用四十斤重的铁椎把晋鄙打死，帮公子取得了兵权。结果发兵救赵，赵得以解邯郸之围。而在信陵君、朱亥出发前，侯嬴去送行，他对信陵君说：我本应随同前往，可我已经老了，不能同行效力了。不过，我一定等公子到达晋鄙军中时，向北自刎，以示我对公子的忠诚。摄衣：提起衣襟。神闲暇：形容侯嬴神采自若，从容不迫的样子。刭（jǐng）：自刎。悲咤：悲伤慨叹。行年：经过的年岁。翁：指侯嬴。真可用：指朱亥四十斤重的铁椎真管用。

三千食客：信陵君养士号称三千人。使非公：如果没有您侯嬴的计策。万骑：指秦军。邯郸：赵国都城。城几下：邯郸城几乎被攻破了。

这首词九十三个字，却概括了战国诸侯的一段战史，诚非易事！

陈维崧的“汴京怀古”词共有十首，这一首是专咏夷门，而夷门是与信陵君、侯嬴窃符救赵的故事相联系的。本篇用“夷门”为题，歌咏侯嬴的人品事迹，表达了对这一历史人物的景仰和评价。

上片写古夷门，寓今昔之感。前三句提示了夷门的地点、时间，怀古之意已露。“我到日”三句是表达了对侯嬴的景仰之情，怀古之情全出。接下用“流水”二句进一步描绘汴京今日萧索荒凉之景，渲染了凄婉幽伤的氛围。最后三句点出了追怀、凭吊的对象侯嬴。步步入深，极为严谨。下片纯以赋笔铺叙侯嬴的事迹。前四句描绘他的风貌神采，从容不迫，视死如归。接下二句，是写其高风亮节，不愿居功受禄的凛然正气，对侯嬴给予了很高的评价。再接下去“四十斤”二句，赞扬朱亥，责骂三千食客，实际上也是对侯嬴的赞美，即表明他的知人善任，虑事过人。结处又以三句概述侯嬴之功绩非常。

严迪昌《清词史》说：“自辛弃疾以后，在清初吴梅村是善用史笔入词的一位，陈维崧则以其纵横议论、洞照古今的手眼大大发展一步。至于赋的手法和歌行的叙事笔路入词，则是陈维崧大力创辟的成功尝试。”这首词就是一例，作者用赋法叙史，以古文笔法填词，极新警，极有气势。

水调歌头

莱阳姜如农先生，前朝以建言予杖，遣戍宣州。会遘甲申之变，不克往戍所。僦居吴门者几三十年。癸丑夏，先生疾革。遗命家人曰：“必葬我敬亭之麓。”其子勉仲、学在从之，闻者悲其志，重其节，私谥之曰“贞毅先生”。维崧填词，以代迎神送神之典焉①。

东海黄门老，疾革话悲酸②。呼儿吾骨累汝，霜翦一灯寒③。休返田横岛上，何用要离冢侧，莫恤道途艰④。忆奉重华命，遣往敬亭山⑤。　　三十载，怜弱水，几回干⑥？铁衣生既未著，鬼亦戍其间⑦。此地层崖沓嶂，正接蒋陵钟阜，紫翠涌千盘⑧。若有人兮在，竦剑守重关⑨。

①莱阳姜如农先生：姜埰（cài）（1606—1673），字如农，山东莱阳人。崇祯六年癸酉（1633）进士，官礼部给事中。因直言得罪了皇帝，被送到锦衣卫，崇祯密令处死。后经多方营救，才被拖到午门“杖一百”而幸免。第二年被保释。随后又一次入狱，直到崇祯十七年甲申（1644）才出狱，命充军宣州（今安徽宣城），因李自成攻下了北京，不能往戍

所，就在吴门（江苏苏州）居住了近三十年，康熙十二年癸丑（1673）夏病逝。他在病危时，遗嘱家中人说："一定把我埋在敬亭（宣州名胜）之麓。"他的儿子勉仲、学在听从了他的遗嘱。凡听说了此事的人，都对他的志节既悲伤又敬重，于是私谥（亲友、家人、门生等给予的封号）为"贞毅先生"。陈维崧填了这首词，作为迎神送神之曲（挽歌）。前朝：明朝。予杖：给予杖刑。遣戍：充军。甲申之变：崇祯十七年（1644），李自成攻入北京，明王朝覆灭。不克：不能。僦：同"就"。疾革（"革"同"急"）：病危。 ②东海：指莱阳，莱阳濒临黄海，在我国之东，故称。黄门：官署名。汉代设有"黄门官"，给事在黄门之内，姜如农做过给事中（掌管顾问、应对之事），故尊称"黄门老"。这二句是写姜如农临终前留下悲酸的遗言。 ③累：连累、牵累。意思是我这把老骨头连累了你们，使你们已经满头白发了，还在灯下苦读。 ④田横：战国时齐田氏的后代。秦末，田横从兄田儋自立为齐王，不久战死，儋弟荣及荣子广相继为齐王，横为相。韩信破齐，横自立为齐王，率从属五百人逃往海岛。刘邦称帝，遣使往招降。横与客二人往洛阳，未至，羞为汉臣，自杀。留于岛中之徒，闻横死，亦皆自杀。要离冢：要离，春秋时刺客。阖闾刺杀王僚之后，王僚的儿子庆忌逃到卫国，阖闾怕庆忌借诸侯之力报仇，要伍子胥谋杀庆忌，子胥就推荐了要离。阖闾担心他完不成使命，他就把右手砍断，并杀了妻子，获取了阖闾的信任。到卫国后，他说服庆忌东归。船走到中流，便刺杀了庆忌。庆忌的护卫要杀要离，却被弥留之际的庆忌制止了，但要离感到面对庆忌之大仁大义，自己无地自容，遂投江自杀。田横岛、要离冢侧都是埋葬义士的地方。恤：顾及、顾念。这二句是说不要把我葬在田横、要离等义士身旁，不要顾及（将遗骨送往敬亭山的）路途艰苦遥远。 ⑤重华：虞舜名，借指崇祯帝。敬亭山：在安徽宣城县北，上有敬亭。二句是说我仍记得是奉皇帝命遣戍到宣州的，所以应该埋到那里。 ⑥弱水：神话传说中不能负草芥，不胜鸿毛的水。这里以之比喻抗清势力的软弱无力。三句意思是这三十年来，尽管抗清复明的斗争那么软弱无力，可始终没有停止过。 ⑦铁衣：坚如铁甲的战袍，即戍卒的军装。其间：指宣州敬亭山。二句意思是活着的时候未能到达戍所，死了变成鬼也要到那里去。 ⑧此地：指敬亭山。蒋陵：在南京钟山南麓，又名蒋山。钟阜：钟山。明孝陵（朱元璋墓）在钟山南麓。千盘：一片。三句意思是敬亭山层崖叠嶂，与蒋山、钟山相连，盘旋起伏，紫色山峦与苍翠佳木，葱茏一片。 ⑨竦剑：竦立执剑。竦：肃敬的样子。二句意思是在层崖叠嶂中，好像你的音容宛在，正手执长剑，为明朝的宗庙把守着重重关隘。

词前之序已将本词写作的原因作了交代，他说“维崧填词，以代迎神送神之曲”，明示了这首词是为姜先生作挽歌。姜如农先生之所以受到了词人的崇敬和歌颂，其原因是他的一生无愧于“贞毅”二字。作为明朝的遗臣，他始终忠于明室，至死不渝。他明明是罪臣，受杖刑，被充军，但他孤忠不改，与钱谦益、龚鼎孳等人相比，确是志节高尚，光耀古今。因此词人称颂他的志节，景仰他的人格，将这崇敬、仰慕之情化作了歌颂的诗篇。

这首词采用了纪实与虚写相结合的手法。上片起笔开门见山，用实写描述姜氏父子灯下悲酸诀别，引出身后丧葬安排，层层深入，曲折婉转地道出长眠之地既非家乡，又非吴门，而是当时去的贬所敬亭山。下片则虚写，从而虚实相生，使全词的主题深化了。同时又运用典故，多层次地表达了姜如农的志节与遗愿。造语不事雕琢，纯任至真至纯之性灵流露，字里行间充溢着词人深挚的感情。

贺　新　郎

秋夜呈芝麓先生[①]

掷帽悲歌发。正倚幌、孤秋独眺，凤城双阙[②]。一片玉河桥下水，宛转玲珑如雪[③]。其上有、秦时明月[④]。我在京华沦落久，恨吴盐、只点离人发[⑤]。家何在？在天末[⑥]。　　凭高对景心俱折。关情处、燕昭乐毅，一时人物[⑦]。白雁横天如箭叫，叫尽古今豪杰[⑧]。都只被、江山磨灭。明到无终山下去，拓弓弦、渴饮黄麞血[⑨]。长杨赋，竟何益[⑩]？

①芝麓：龚鼎孳。见本书“龚鼎孳小传”。　②掷帽：抛掷帽子，表示烦躁、不愉快。倚幌：倚着帷幔。凤城：京城，这里指北京。双阙：王宫前两边供瞭望的楼观。　③玉河：即御河。源出北京西北玉泉山下，流经中南海，其一流向东长安街。　④秦时明月：语出王昌龄《出塞》诗：“秦时明月汉时关，万里长征人未还。”　⑤吴盐：借喻白色。　⑥天末：天边，比喻遥远。　⑦燕昭乐毅：即燕昭王曾招贤纳士，师事郭隗

（wěi），遂使天下之士争相奔从。乐毅从魏到燕，燕国日益强盛。以后乐毅为上将军，与秦、楚、赵、韩、魏合力攻齐，攻下齐都临淄。燕昭王死后，惠王继位。齐将田单大破燕军，并尽收失地。（见《史记·燕昭公世家》）一时人物：指燕昭王、乐毅等也只是风云一时的人物。 ⑧白雁：白色的雁。据宋彭乘《续墨客挥犀》云："北方有白雁似雁而小，色白，秋深则来。白雁至则霜降。" ⑨无终山：一名翁同山，在河北蓟县北。麞：即獐，似鹿而小。 ⑩《长杨赋》：长杨：秦宫名，汉修饰之，作行宫，在今陕西周至县东，因宫中多杨树，故名。扬雄曾随汉成帝打猎，扰害农民，于是作赋予以讽谏。

陈维崧呈送龚鼎孳的《贺新郎》有两首，这是其一。

康熙十七年（1678），陈维崧已经五十四岁，应召到京参加了博学鸿词科的考试，第二年以一等第十名及第，授翰林院检讨，修《明史》。他在京华期间，与龚鼎孳、徐乾学、纳兰性德、王士祯、吴伟业等人都有交往。本来他到京华来是希望得到重用的，但所谋未遂，心情抑郁，故于将离京南下时，写了这首留别之作，一抒胸中的苦闷。

上片描写京城的物象和自己的感触。"掷帽"三句，写秋夜眺望京城的情景，接下"一片玉河"三句承上，写天空、地面的景色，而"秦时明月"一句的嵌入，使怀古之情融于其间，构成雄浑的词境。"我在京华"二句，由景及情，点出失意的心态。"家何在"二句收束，言其潦倒的境遇，使他更加思念故乡了。

下片对景抒情。“凭高对景”三句，由眼前景转为回顾千年前的历史人物，言外之意是指摘当今没有燕昭王那样的明君，致使乐毅式的人物有才无位。当然，个中也含有自己不遇的感慨。“白雁横空”三句，又融情于景，说深秋，北方白雁飞来，发出阵阵似响箭般的叫声，似乎在呼唤大地上被江山磨灭的古今豪杰。再下“明到”二句是直抒胸中豪气，表达了雄放劲健的胸襟抱负。最后收束的二句则以古喻今，更见其悲慨深沉。

陈维崧晚期词深婉豪宕，苍凉激越，更贴近苏东坡、辛弃疾，在这首词中，开阖顿挫，抑扬跌宕，很有辛词风调，而上片的语汇“人物”“江山”“一时”“豪杰”等，又很有苏词的味道，构思造境，也有相似之处。

贺　新　郎

纤夫词

战舰排江口。正天边、真王拜印，蛟螭蟠钮[①]。征发棹船郎十万[②]，列郡风驰雨骤[③]。叹闾左、骚然鸡狗[④]。里正前团催后保，尽累累、锁系空仓后。捽头去，敢摇手[⑤]。　　稻花恰趁霜天秀[⑥]。有丁男、临歧诀绝，草间病妇[⑦]。此去三江牵百丈，雪浪排樯夜吼。背耐得、土牛鞭否[⑧]？好倚后园枫树下，向丛祠、亟倩巫浇酒。神佑我，归田亩[⑨]。

①蛟螭（chī）蟠钮：印把子上铸成蛟龙状的花纹。这二句意思是，远在北方（天边）的清朝廷派往南征的主帅，帅印雕刻得富丽堂皇。②船郎：船夫。　③列郡：各州府。风驰雨骤：形容抓壮丁的形势十万火急。　④闾左：秦代贫民都住在里巷门的左边，后将贫民所居地区称为“闾左”。骚然鸡狗：闹得鸡狗都不得安宁。　⑤里正：乡长。前团催后保：指一级一级转着圈催逼抓民夫。捽（zuó）：揪。这四句是说，地方上的官吏层层逼迫，把抓来的壮丁拴成一串，锁在空粮仓里。壮丁们被揪住头发捉走，谁敢摇手表示不愿意去呢！　⑥“稻花”句：意思是说正是稻子吐穗开花的秋天。　⑦草间：草丛中（亦指乡野）。二句意思是有个被抓去当纤夫的男人，与卧病草丛里的妻子，在路上作了最后的话别。　⑧三江：泛指众多河流。牵百丈：指拉纤、拉大的船只。土牛：春牛。古代风俗于立春日用鞭子打土牛，名为“打春”。这三句是妻子对丈夫说的告别语：这一去迢迢路远，要拉着沉重的舰船，冒着大风大浪，踏过条条河道，还要时不时地受到官吏们的鞭打，这些你怎么忍受得了呢？　⑨“好倚后园”四句：这是丈夫对妻子的答话。丛祠：荒野林间的神祠。亟倩：快快请托。巫：祈祷求神的人。这四句意思是你赶快回到后园的神祠去，请巫师求神保佑我平安回来，好去耕种那几亩地。

这首词不是一般地慨叹民间的疾苦，而是通过一个情节丰富的故事，写出一幕生离死别的人生悲剧。

上片劈头一句，交代了地点（江口），也含蓄地指出了事件的起因（打仗）。接下“正天边”二句，暗用了韩信定齐的故事。《史记·淮阴侯列传》说，韩信平齐后，以齐人难治，须有“王”镇服，向刘邦请封为“假王”。刘邦就说：“大丈夫定诸侯，即为真王可耳，何以假为？”用这一典故，意味着这些南征的将帅们并非一般地方长官的胡作非为，他们是来自朝廷的重官要员。接下“征发”二句，点明“真王”的所为，是征调十万民夫，因而引出了列郡的不得安宁。“叹闾左”以下是具体描述了列郡催夫抓夫的情景。以“叹”字领起，将“风驰雨骤”，连鸡狗都不得安宁的场面刻画得活灵活现。这上片如同一组摄像，由全景到中景，到近景，展示了抓夫的景况，同时为下片丈夫诀别妻子作了背景的铺垫。

下片则是具体描写了悲惨的诀别场景。过片一句交代了故事发生的时间。“有丁男”二句交代了人物。“此去”以下四句，写病妇与丈夫话别的痛苦的言语，表示了对丈夫生死命运的极度关切。“好倚后园”至收尾是丈夫对妻子的嘱告和希望。这组对话，如泣如诉，读来真切感人。

杜甫有《三吏》《三别》，白居易有《新乐府》诗，历来为人称赏，以为那是为民请命，代民立言的优秀篇章。而陈维崧的这首词，正是这一传统的继承。

全词只作了客观的叙写，作者的感情含吐不露，但是，由于真实地叙写了事件的原委，将褒贬寓于叙写之中，则其倾向性，深挚的情感也就自然见于言外，这就更显深沉有力，更真实可信，动人心魄。

朱彝尊

朱彝尊（1629—1709），字锡鬯（chàng），号竹垞（chá），又号金风亭长，晚称小长芦钓师。浙江嘉兴人。壮年尝作客山阴祁氏，共图复明，几遭杀身之祸。事解，南游广东，北上山西、河北，以布衣负重名。清康熙十八年（1679）举博学鸿词，授检讨，不久入直南书房，参加纂修《明史》。罢归后，殚心著述。博通经史，擅长诗词古文。尝选《明诗综》，以标宗旨，与王士祯齐名，人称“北王南朱”。词宗姜夔、张炎，风格清丽醇雅，为浙派词的创始者。所作咏物词和集句词，偏重形式。尝选唐、五代、宋、元人词，辑为《词综》。有《曝书亭集》《曝书亭词》等。陈廷焯《白雨斋词话》云：“竹垞词，疏中有密，独出冠时，微少沉厚之意。”又云：“艳词至竹垞，仙骨珊珊，正如姑射神人，无一点人间烟火气。”

高　阳　台

吴江叶元礼，少日过流虹桥。有女子在楼上，见而慕之，竟至病死。气方绝，适元礼复过其门。女之母以女临终之言告叶。叶入哭，女目始瞑。友人为作传，余记以词①。

桥影流虹，湖光映雪，翠帘不卷春深[2]。一寸横波，断肠人在楼阴[3]。游丝不系羊车住，倩何人传语青禽[4]？最难禁，倚遍雕阑，梦遍罗衾[5]。　　重来已见朝云散，怅明珠佩冷，紫玉烟沉[6]。前度桃花，依然开满江浔[7]。钟情怕到相思路，盼长堤草尽红心[8]。动愁吟，碧落黄泉，两处难寻[9]。

①意思是：吴江的叶元礼，少年的时候，一次路过流虹桥。有个少女正在楼上，见到了元礼，就倾心爱慕，因此害了相思，竟至病死。她刚刚断了气，正恰元礼又路过她的家门。少女的母亲就把女儿临终的话告诉了元礼。元礼听了大为悲恸，进入其家大哭，而那少女未合上的眼，这时却合上了。朋友们为此事特作了传，我则用词记下了这一动人的故事。吴江：今江苏苏州。流虹桥：在吴江县城外同里镇。叶元礼：康熙十五年（1676）进士，官中书舍人。康熙十八年（1679）应博学鸿词试，到京病卒。　②湖光映雪：指太湖湖光闪烁，如雪一样照眼。这三句意思是，桥的倒影像彩虹在水底流动，湖光山色映照着雪白的浪花，翠绿的窗帘没有卷起，隔断了春光，似乎春天消逝得很快。　③横波：比喻女子眼神流动，如水闪波。断肠人：指楼上的少女。楼阴：楼中。二句是说楼上的少女水汪汪的双眸，躲在楼阁里含情脉脉地顾盼。　④游丝：空中飘浮的蛛丝或昆虫所吐的丝，这里暗喻情丝。羊车：羊拉的精美的小车。晋代人卫玠（jiè），风神俊美，他乘着羊车入市，见到的人都称赞他漂亮，像个玉人（见《晋书·卫玠传》）。这里代指叶元礼。倩：请。青禽：青鸟。神话中西王母的使者，后多用作男女传情的信使。二句意思

是，少女的痴情无法使叶元礼知道，请谁代为传递给他呢？ ⑤难禁：难以经受。雕阑：雕绘有彩画的栏杆。罗衾：织锦的被子。三句意思是自从见到叶元礼，她朝思暮想，白天楼上顾盼，把栏杆都拍遍了，可总是见不到他，夜晚做梦，可梦中也不见他的踪影。 ⑥朝云散：比喻少女死去。朝云，本为神女，这里代指少女。明珠佩冷：比喻少女已经身亡。《列仙传》载，郑交甫在汉皋台下，遇到两个女子，佩挂着鸡卵大的明珠，郑与她们眉眼传情，女子便解下珠子送给了郑。后以此比喻男女情爱赠答的信物。紫玉烟沉：比喻少女已去世。《搜神记》载：春秋时吴王夫差小女名紫玉，爱上了韩重，吴王不同意，紫玉气结而死。韩重游学归来，到紫玉墓去哀吊，不意紫玉现形了，赠给他珠玉，并唱起了歌。韩打算拥抱她，她却化作了一缕青烟，不见了。三句意思是当叶元礼再次到来时，少女已死去。 ⑦“前度”二句：据孟棨（qǐ）《本事诗》云：崔护偶游郊外，口渴，到一人家求水喝，这家女子出迎，崔护见她非常美丽，想与她交好，未成，怅然而归。第二年春天，他又去寻访，只见繁花丛中，门户紧闭，已见不到美丽的女子，于是便写了《题都城南庄》诗：“去年今日此门中，人面桃花相映红。人面不知何处去，桃花依旧笑春风。”浔：水边。这二句用崔护遇少女之典故，比喻叶元礼再度到来时，美丽的少女已经死去。 ⑧草尽红心：长堤上长满了红心草。红心草：《博异记》载，王生梦游吴宫，听到宫中有箫鼓声，方知这是在为埋葬西施奏的哀乐，于是他应诏作了挽歌：“连江起珠帐，择地葬金钗，满路红心草，三层碧玉阶。”二句意思是少女为元礼而死，他岂能无动于衷呢？所以再到这条路上来，深感内疚，惶恐不安，惟有盼望长堤上长满红心草，用这丹心答谢少女的深情吧。 ⑨碧落黄泉：用白居易《长恨歌》“上穷碧落下黄泉，两处茫茫皆不见”句意。二句意思是少女之死感动了他，只好在愁苦中低吟《长恨歌》了。

这是一首描写痴情女为情而死的爱情词，是朱彝尊词的代表作，也是浙派词的典范之作。词的上片写少女因相思而死，下片写元礼哀悼少女。层次分明，构思严谨。值得注意的是作者对男女双方内心世界的开掘，女子痴情，男子钟情。二人之间的情结带有浓郁的浪漫色彩，显示出特定的时代背景，因此这首词不光具有很高的审美价值，而且还有一定的认识价值。

词中大量运用了神话故事和唐诗典故，但只要弄明这些典故，就会体味到词的魅力，词中人物便栩栩如生，仿佛就在眼前。

严迪昌《清词史》赞之为：“秀词丽句，组练精工而又密涩，笔底溢满情思，全篇灵动而不落俗凡。”陈廷焯说它：“凄警绝世。”（《词则别调集》卷三）所评尽皆肯綮。

桂 殿 秋

思往事，渡江干①。青蛾低映越山看②。共眠一舸听秋雨③，小簟轻衾各自寒④。

①江干：江畔。干：岸。 ②青蛾：代指女子眉毛。古代女子以青黛描眉，故云。越山：泛指浙江的山。 ③舸（gě）：大船（也指一般的

船）。 ④簟（diàn）：竹席。衾：大被。

这是一首爱情词，收在词人《静志居琴趣》中。

《静志居琴趣》共有八十三首，历来被认为是作者私情的记录，而且认为其所恋的对象是他的妻妹冯寿常（字静志），词人之居处与词集即用其名命之。不过这事扑朔迷离，有人以为他所恋的不是寿常，而是别有情人。关于此事，用不着花费笔墨去坐实，只把它作为一个难以破解的谜，供读词参考也就够了。

这首小词短短二十七个字，可是引来了多家的注目，论者甚众。这是为什么？除了上边说的原因之外，更主要的是词本身写作上的高妙。这首词写的是对往日恋情的一段回忆与感受。时间是秋天，地点是江边船上。“青蛾低映越山看”，既写江水低低地映照出越山的倒影，宛如女子的黛眉，又写出女子双眉似远山的风姿美韵，可谓一石二鸟。“共眠一舸听秋雨，小簟轻衾各自寒。”词义曲折连环，难以一目了然。上句似正面写出“双栖”，下句又言“各自”，即“孤栖”，笔致屈曲变化，传出了苦涩之情，虽“共眠一舸”，却又“各自寒”，“听秋雨”，既“未共”又“未眠”。与恋人近在咫尺，却如远在天涯，而“听”字又沟通了二人的间隔，“寒”字由己及人，互相体恤对方身心之“寒”。故而，小词无一字言相思愁苦，愁苦之情已尽在不言中了，读之亦令人愁肠百结，低徊怅惘。

朱彝尊继承五代、北宋词统，又追踪南宋姜夔、张炎，承继温柔敦厚的诗教，尚醇雅，反显露，故其词之风格清疏空灵。这首《桂殿秋》就是一例。

满江红

吴大帝庙①

玉座苔衣，拜遗像、紫髯如乍②。想当日、周郎陆弟，一时声价③。乞食肯从张子布？举杯但属甘兴霸④。看寻常、谈笑敌曹刘，分区夏⑤。　南北限，长江跨⑥；楼橹动，降旗诈⑦。叹六朝割据，后来谁亚⑧？原庙尚存龙虎地，春秋未辍鸡豚社⑨。剩山围、衰草女墙空，寒潮打⑩。

①吴大帝：三国吴主孙权，死后谥“大皇帝”，故称。据《江南通志》载，吴大帝庙在今江苏省南京市清凉寺西，即孙权的旧宫。　②玉座：皇帝的御座，这里指孙权塑像的御座。苔衣：苔藓。紫髯：棕黑色的胡须，据说孙权被称为紫髯将军。如乍：如初。　③周郎、陆弟：周瑜、陆逊。一时声价：一时间有着显赫的声名、地位。　④肯：怎肯。张子布：张昭之字。张昭在赤壁之战前认为孙、曹力量对比悬殊，不主战，周瑜、鲁肃则力主抗战。战后，张昭想褒扬周瑜的功德，还没有讲，孙权就对他说：如果用了你张公的计谋，“今已乞食矣！”甘兴霸：甘宁，字兴霸。甘宁曾向孙权献计，先取江夏（今武汉一带），向西攻取楚关，就

可以威胁到巴蜀的刘备。孙权听后，举起酒杯对甘宁说：“兴霸，今年行讨，如此酒矣，决以付卿。”后果然依甘宁之计擒获了黄祖。（见《三国志·吴书·甘宁传》） ⑤分区夏：三分天下之意。区夏：区，区域；夏，华夏，即中国。 ⑥“南北限”二句：意思是长江天堑，将南北隔开，东吴军队跨江作战。 ⑦楼橹：古代军用的瞭望台，因于水中作战，台在舰船上，故称“动”。降旗诈：指黄盖诈降，火烧曹军事。 ⑧六朝：东吴、东晋、宋、齐、梁、陈先后都于建业（南京）。谁亚：谁能匹配。亚：次，引申为匹配。 ⑨原庙：在正庙之外另立的宗庙，此指吴大帝庙。龙虎地：指建业。诸葛亮曾论南京形势说：“钟山龙蟠，石城虎踞。”春秋：指春秋的祭祀。鸡豚社：用鸡豚作为春、秋社日的祭品。 ⑩“剩山围”二句：化用刘禹锡《石头城》诗：“山围故国周遭在，潮打空城寂寞回。淮水东边旧时月，夜深还过女墙来。”

这首词是朱彝尊在南京谒孙权庙时所作。

孙权是历史上著名的人物。他于建安五年（200）孙策死后，继领江东六郡，年仅十八岁，但他怀有雄图大略，招延俊秀，聘求名士。其人才之众不亚于曹、刘，而且多是年轻的将帅。周瑜于建安三年（198）授建威中郎将时二十四岁，赤壁之战时也只有三十四岁。陆逊小周瑜十岁，小孙权三岁，黄武元年（222），孙权命陆逊为大都督，大败刘备于夷陵。此时陆逊仅二十七岁。这些辉煌的战绩都显示出英明君主的雄才大略，知人善任，业绩非凡，能使江东雄踞东南与曹刘抗衡。因此孙权受到人们的景仰，这也是必然的。诗人正是怀着这种心情填写了这首颂扬吴大帝的词章。

这首词在结构上很有特点，它不是通常上下片自成段落、文意有别的格式，而是将上下片浑为一个整体，过片意脉不断，上下连续。这与辛弃疾《破阵子·醉里挑灯看剑》的章法很相似。诗人从入庙肃拜孙权塑像入手，进而从他知人善任，胆略过人，足智多谋等多个侧面去描绘和颂扬，然后又以春秋祭祀不绝，说明他死后尤荣，名传千载。最后化用刘禹锡诗句寓盛衰兴亡之感，寄有余不尽之意。

在词的用韵上，诗人用押险而窄的韵脚，乍、价、霸、夏、诈、亚、社、打等，用这种韵脚是比较难的，但这种声韵呜咽沉烈，正适于表现孙权风云叱咤的英雄气概，显得气势沉雄，声情宏烈。

陈世焜（kūn）《云韶集》（抄本）中说：这首词“通首气魄悲壮，无一弱笔，乃至无一弱字，真神绝之技。（结句）沉雄悲壮。”所论极是。

卖　花　声

雨花台

衰柳白门湾，潮打城还①。小长干接大长干②。歌板酒旗零落尽，剩有渔竿③。　　秋草六朝寒，花雨空坛④。更无人处一凭阑⑤。燕子斜阳来又去，如此江山⑥。

①白门：南朝宋都城建康（今南京市）城西门。古人认为西方属“金”，金气白，故称白门。白门地区多植柳。白门湾，即白门附近的长江江干。这里代指金陵（南京）。潮打城还：化用刘禹锡“山围故国周遭在，潮打空城寂寞回”（《石头城》）诗句。 ②王象之《舆地纪胜》：“长干是秣陵县（今属南京）东里巷名。建康南五里有山冈，其间平地，民庶杂居，有大长干、小长干。”干：山间平地。这里代指城中的街市。 ③歌板：拍板，打击乐器，多用檀木制成，用以定歌曲节拍。 ④六朝：见第274页《满江红·玉座苔衣》注⑧。花雨空坛：即雨花台。梁武帝（萧衍）时，云光法师曾讲经于此，感动了上天，花瓣纷纷降落如雨，故称。 ⑤凭阑：倚阑。此句反用李煜《浪淘沙》“独自莫凭阑，无限江山，别时容易见时难”句意。 ⑥化用刘禹锡《乌衣巷》诗：“朱雀桥边野草花，乌衣巷口夕阳斜。旧时王谢堂前燕，飞入寻常百姓家。”张炎《台城路·送周方山游吴》词句：“漂流最苦，况如此江山，此时情绪。”

这首词所抒写的是，作者登临南京雨花台凭眺而产生的吊古伤今之情。全词基调是衰飒、寂寞、凄寒、迟暮、空无所有，给人以低沉、压抑之感。

上片一起句便构筑了衰飒孤寂的氛围，说白门柳花早已荡然无存，杨柳也变得衰颓不堪了。潮水拍打着荒凉的空城，又凄然地默默退去。接下“小长干”三句写俯视所见景象。昔日那熙熙攘攘繁华热闹的街市，如今已是满目荒凉，歌板无声，酒旗零落，剩下的只有隐钓者手中的渔竿了。下片将笔触移向近处的雨花台。过片二句，说如今这里只见秋草在寒风中颤抖，“雨花”也只是徒有其名的一片空坛。而在这空寂无人的地方，只是诗人在独自凭阑，俯仰今古，不胜伤感。最后歇拍二句，用熔铸古人诗意，给这幅衰飒的金陵沧桑图“点睛”，将内心沉潜的千种感愤、万端悲凉倾泻于“如此江山”四字之中。

作为浙派词人领袖朱彝尊，其精湛的艺术造诣于此可见。在这首词里，诗人化用唐宋名篇语句，整体是写景，也是抒情。其用笔遒劲醇雅，字斟句酌却不见斧凿之痕，达到了既雕琢又归于自然的境地，谭献在《箧中词》里说这首词“声可裂竹”，即声调一气流转，句句拍击而出，声声流美健朗，结句清厉，扣人心弦，确是有“裂竹”之音。

解　珮　令

自题词集①

十年磨剑，五陵结客，把平生、涕泪都飘尽②。老去填词，一半是、空中传恨③。几曾围、燕钗蝉鬓④？　不师秦七，不师黄九，倚新声、玉田差近⑤。落拓江湖，且分付、歌筵红粉⑥。料封侯、白头无分⑦！

①词集：指作者《江湖载酒集》。　②十年磨剑：化用唐贾岛《剑客》“十年磨一剑，霜刃未曾试”诗句。意思是用了十年工夫磨砺自己。

五陵：西汉高帝等五个皇帝在咸阳的陵墓。当时每建一陵即迁四方豪富外戚居其旁，故五陵常代指权贵，又代指豪杰之士。此处则是借喻广结朋友。这句意思是，当年发奋努力，广交天下豪杰，渴望有所作为，但并未能如愿，到如今只有黯然神伤，平生多少豪情，都化作了飘飞涕泪！ ③空中传恨：《冷斋夜话》中说："法云师尝谓鲁直（黄庭坚）说：'诗多作无害，艳歌小词可罢之。'鲁直曰：'空中语耳，非杀非偷，终不坐此堕恶道。'"即填写艳词只是空中传恨，无甚大碍。这里的二句则是说自己于无可奈何中找到了归宿，即年岁渐渐大了，把平生豪情都转到了填词上去，不过所填的词有一半为"艳科小道"之作。 ④燕钗蝉鬓：代指美女。燕钗：妇女头饰。蝉鬓：古代妇女的一种发式。此句意有两层，一是说《江湖载酒集》中虽有艳词，但并非专写男女之情，而是别有寄托。一是说自己既非达官显贵，也就不会有美女环围之事。⑤秦七：秦观，排行第七。黄九：黄庭坚，排行第九，故称。倚新声：即填词。玉田：指南宋词人张炎。差近：接近、相近。这二句是说自己既不效法秦观，也不师从黄庭坚，而是词作与南宋大家张炎（实际还有姜夔、史达祖等）相近。这里形象地说出了他的词学主张。 ⑥落拓江湖：语出杜牧《遣怀》"落拓江湖载酒行"句，作者《江湖载酒集》之名即由此而来。分付：分别付与。歌筵红粉：有歌伎乐舞侑酒的筵席。此中含意是说自己在无可奈何的情况下才去填词，而所填之词也只是付与歌筵红粉去歌唱。 ⑦"料封侯"句：料想封侯之事与己无关，头发白了也没有这份福气。

这是一首论词的词，是自己论说自己的词作，题写在自己词集《江湖载酒集》上的。

作者的这个词集于康熙十一年（1672）编成，他自己说集中“一半是空中传恨”，其中“倚新声、玉田差近”，也只是约略指出自己词风的一端。事实上这个集子里苍凉沉慨的高亢之作也不少。至于“不学秦七”，等于是他在自述词学宗旨和艺术风格的倾向，可以说抵得上一篇词学通论。他认为秦观之词柔婉，黄庭坚之词奇崛，所以推崇张炎等南宋词家，而自己将婉约、豪放两家兼容，句琢字炼，归于醇雅清空。

以词论词不自朱彝尊始，但他这一篇写得非常精彩，“字字精警而夭矫”（陈世焜《云韶集》抄本）。

卜 算 子

残梦绕屏山，小篆消香雾①。镇日帘栊一片垂②，燕语人无语。　　庭草已含烟③，门柳将飘絮。听遍梨花昨夜风④，今日黄昏雨。

①屏山：屏风。屏风多为折叠式，形如山峦，蜿蜒起伏，故称。小篆：篆形（或有篆文印记）的盘香。古代制香，于香上刻文，十二时辰分一百刻，燃尽恰好一昼夜。　②镇日：整日。镇，含长、久之意。帘栊：帘子，指竹帘之帘缝透明，如粘纸之窗栊。　③庭草已含烟：庭院里的花草已长得很茂盛。　④“听遍”句：语出唐来鹄《寒食山馆书情》诗：“侵阶草色连朝雨，满地梨花昨夜风。”

这首词出自《静志居琴趣》。描写对象可能是其妻妹冯寿常，二人有私情，前已有述，不多絮。

全词借助环境渲染和景物烘托，刻画了一个思妇的意态和心绪。上片以梦中的人为中心，刻画思妇慵懒无绪的情态，写的是室内情景，屏山、篆香、垂帘，种种意象已将她刻骨相思的情态画出，最后用“燕语人无语”，从听觉感受上去烘托，其寂寞无聊的心绪便油然可见。下片又推出室外描写，“庭草”二句点明时节正值仲春，此时庭草繁茂，柳已花开，这室外的春景正反衬了室内的愁人，渲染了她复杂的心态。最后二句尤为绝妙，承前边由内向外的描写一路展开后，又宕回到思妇身上，写她整整一夜不成眠，因而白天困倦昏睡，照应了首句，而今夜如何呢？黄昏时候下起了细雨，又将难以入睡，这是不言自明的。如果从词之境界去看，可知这结句融合了李清照词《声声慢》“梧桐更兼细雨，到黄昏，点点滴滴。这次第，怎一个愁字了得”和李重元《忆王孙》词“欲黄昏，雨打梨花深闭门”的意境，从而意境叠出，加深了词旨的深婉和韵味。陈廷焯认为：“此章致思慕之情。”（《词则·闲情集》卷四）可谓千古绝构。

南 楼 令

疏雨过轻尘，园莎结翠茵①。惹红襟、乳燕来频②。乍暖乍寒花事了，留不住，塞垣春③。　　归梦苦难真，别离情更亲。恨天涯、芳信无因④。欲话去年今日事，能几个，去年人？

①莎：草名。翠茵：绿茵。二句意思是一阵细雨像轻尘般飘洒过后，园中的小草被洗染一新，如同铺上了一层翠绿色的地毯。　②红襟：红襟鸟，颔下毛色泛红的小燕，叫声小。此句意思是惹得红襟、乳燕飞来飞去。　③塞垣：边境地带，这里当指山西长城边地。这三句是说刚刚感受到春的气息，乍暖乍寒的塞上春光已倏忽而过，难以留驻！　④“恨天涯”句：暗用王仁裕《开天元宝遗事》中燕子传书故事，与前红襟、乳燕相反衬。

朱彝尊三十九岁时编定了《静志居琴趣》，这个词集是他恋情的记录。这首《南楼令》即选自此集中。但他的恋人是否真的就是他的妻妹，还很难确定，所以这首词中作者所思恋的对象可以认作是冯静志，也可以视为并非男女之恋，而是一种念友之情的抒发。总之，不一定非要坐实了去解读。

因为朱彝尊少逢丧乱，家乡无法立足，其前半生是在飘泊中度过的，他的足迹南逾五岭，北抵燕赵，东至海滨，西到云朔等地。由于长期漂泊，思念故乡亲人自是难免的。这首词中有“塞垣”之语，可知是在北方边城所作，表达的是乡情、友情，抑或是恋情的思怀情结，寂寞孤独之感。

这首词采用的是上景下情的常用手法。上片前三句描绘了北地春光，勾画了一幅清新沁人的雨后小景。后三句一转，词人从春光中的欣喜，转而对“塞垣春”“留不住”的叹息，写出北方春天的特征，也委婉道出了对家乡的思念。下片抒情。前二句直接抒发游子共有的情感体验，“苦难真”三字把梦境之后精神上的折磨刻画得真切细致。接下的“恨天涯”一句更进一步表达了连音信都无的凄苦孤寂的情怀。最后三句转为回忆去年今日，那时情景历历，可如今已是一年过去，想谈谈去年的事，又有几个是去年的同伴呢？以自问作结，透露出远离亲友后的无边怅触和孤独寂寞。

词之景真情切，宛如从心曲自然流出，不过分追求细密和雕琢，含思要妙，意蕴绵绵，不绝如缕。所以陈世焜说：“（乍暖二句）婉丽有情。（下阕）情真语真，不以辞胜；而情之至者，辞亦至，有绝妙之词必须有绝妙之情，非可强而至也。”（《云韶集》抄本）

满　江　红

塞上咏苇

绝塞凄清，又谁把、秋声留住[1]。斜阳外，寒沙摇漾，乱山无主[2]。瑟瑟乍惊心欲碎，茫茫不管愁如许[3]。

伴西窗、灯火坐黄昏，萧萧语[4]。　　催一夜，茅檐雨；搅一片，霜林杵[5]。为伊想遍了、别离情绪[6]。酒渴三更人散后，月明千里鸿飞处[7]。梦沧江、添个钓鱼船，风吹去[8]。

①绝塞：极远的边塞，这里指山西境内的长城塞上。秋声：指秋天里自然界的声音，如风声、落叶声、虫鸣、鸟鸣声等。这里是指芦苇发出的响声。此二句意思是自己孤身在塞上，感到凄清，现在又到了秋天，芦苇萧萧，有谁能把这秋声挽住？　②摇漾：飘飞之意。二句是说在斜阳的余晖里，寒沙、芦苇被秋风吹起，飘荡在空中，乱山沟里的芦苇，无人去管，任其飘飞起落。　③瑟瑟：指风声。如许：如此、这般。二句意思是听到瑟瑟风声，看到茫茫一片的芦苇就使人如此心惊欲碎，愁怀倍增。　④萧萧语：芦苇声响像是人在说话。二句意思是芦苇的萧萧声伴着呆坐的人，黄昏到来点上灯火，寂寂地坐在西窗下，它又好像是在和人说话。　⑤“催一夜”四句：意思是芦苇声声就像是下了一夜雨，打在了西窗上，又好像是搅乱一片霜林的砧杵声。芦苇飘飞，枫叶正红，此时也正是人们忙于更换御寒衣的时候，故砧杵捣衣声声。　⑥“为伊”句：意思是由于芦苇而想到离情，引起了种种别离的愁绪。　⑦“酒渴”二句：这二句是说酒后感到口渴时，正是三更天，客散之后，此刻又是月光千里，不由得想起北雁南飞，鸿雁要飞往的地方。　⑧“梦沧江”二句：意思是夜间便梦到沧江之上，忽然添了一艘钓鱼船，载着我，乘着秋风回到了家乡。

这是一首咏物词，选自朱彝尊的《茶烟阁体物集》。

朱彝尊于康熙三年（1664），过居庸关去云中（即山西），时年三十六岁，尚未仕清。他身在塞上，心系故园，遇秋风起，寒沙飞，芦苇漫天，便自然想到了江南的家乡，想到故乡的亲友，遂借咏苇以抒离愁别绪。像这样的咏物之作在他的《茶烟阁体物集》里是为数不多的，因为他的“体物词”（即咏物词）中有许多无聊之作，有逞才之嫌，有的简直是做文字游戏，不足取。

这首词写得较为明快，不尚警句，比较自然。尽管词中运典描摹，显出了学问渊博的特点，但比之他所推崇的南宋张炎等大家之作，还是少了些委曲隐晦。篇中思乡之情出自肺腑，真挚深切，故仍不失为一篇咏物词的佳作。

董以宁

董以宁（1629—1669），字文友，江南武进（今属江苏）人。诸生。与同邑邹祇谟齐名，善诗文，通历象、乐律、方舆之学，倾心研究，晚年弃词章之学，专事于《易》。弟子数百人。著有《正谊堂集》《蓉渡词》。

满 江 红

乙巳中秋①

记得当初，向膝下、时时欢笑。到此际、剖菱剥芡②，团圆偏好。正待月华犹未冷③，高堂已虑金风悄。命小鬟、传语早添衣，频频道。　　今夜月，依然皎。今夜冷，凭谁告。念穗帷寂寞，乌鸦飞噪④。欲问冰轮回地底，可能还向慈颜照⑤。奈夜台、一去半年余，无消耗⑥。

①乙巳中秋：即康熙四年（1665）年中秋。　②剖菱剥芡（qiàn）：芡，芡实，俗称鸡头米。剥着菱角、芡实吃。中秋，江南习俗吃菱芡。　③月华：月亮。　④穗帷：穗帐。灵柩前的帷幔。二句意思是亡母的穗帷前，只有乌鸦哀鸣，更添几分寂寞。　⑤冰轮：指月亮。慈颜：慈母。这二句是作者把心中的愿望寄托给传说中能照射阴间的月亮，希望月

亮回归地底时，使慈母享受到一如人间的圆月。 ⑥夜台：墓穴。消耗：指消息、音讯。

董以宁写过十二首述哀词，这是其中的一首。这首词用白描的手法，通过上下片今昔对比，展示了爱母、思念亡母的主题。

上片写的是昔日母亲在世时度中秋的情景。前三句勾画了一幅家庭天伦之乐图：在母亲膝下撒娇、玩耍，逗得慈母笑颜常开。接下“正待”以后数句，刻画了慈母对子孙们的一片眷爱之心。当明月初起，寒气尚未袭人，母亲即嘱咐儿孙们添衣。“频频道”，活画出母亲无微不至的体贴之情，极为传神。下片转入对现实的描写。前四句说月华依旧，情景依然，只是人事全改。接下去用一个典型的画面，亡母灵柩前的乌鸦哀鸣，将其凄楚怆怏之情作了深挚的抒写。又接以“欲问”数句，将满怀思念的深情作了更加深细的表达。“冰轮回地底”“还向慈颜照”，真是想落天外，思路凄绝。

陈廷焯在《词则·别调集》中评介说：“句句是家常话，写来十分真至。”又说：“无一字不从血性中流出，斯谓情真语至。”可见这首词之所以动人心脾，是因为它“情真语至”。

高士奇

高士奇（1645—1704），字澹人，号江村，又号瓶庐，赐号竹窗，浙江钱塘人。初以诸生试于京闱，不利，落魄穷困，卖文为生。偶以诗文见知康熙，旬日之间三试皆第一，入内廷供奉，官至内阁学士兼礼部侍郎。有《蔬香词》《竹窗词》《独居词》各一卷。

浣　溪　沙

文　石①

一片蓝田种不成②，浅沙点点密于星，就中最爱小螺青③。　　摩诘细皴添画法④，坡翁长供寄吟情⑤，煮泉曾否入茶经⑥？

①文石：生有纹理的石头。　②蓝田：山名，在陕西蓝田县东，山出美玉，称蓝田玉，故山又名玉山。此句意思是这块文石好像一片晶莹光亮的蓝田玉，它的花纹错落有致，非常美丽，不像纵横交错的耕地上的路径那样散乱。　③螺青：即青螺。这二句意思是说石头上沙沙点点如飘散的雾粒雪珠，比天空的星星还要繁密，内中最惹人喜爱的花纹，是一颗一颗小巧玲珑的青螺。　④摩诘：王维，字摩诘。唐代画家、诗人，精工山水怪石。皴（cūn）：中国画技法之一，古代画山水画有十六家皴法。清人

钱杜在《松壶画忆》中非常推崇王维，说：“右丞《画诀》有石分三面之说，分则全在皴擦勾勒，皴法又有简有繁，繁简中又有家数。”这句意思是如果王维见到了这块文石，恐怕会勃发画兴，泼墨细皴，给画石增添一种技法。 ⑤坡翁：苏东坡。供：小摆设。意思是写过《怪石供》一文的苏东坡，如果见到这块文石，会把它置于案头，寄志吟情，还会写出新的诗文。东坡的《怪石供》作于宋神宗元丰五年（1082）五月，文中叙述了自己用好吃的东西与在新安江游泳玩的小孩交换石头，从他们那里得到二百九十八块怪石，送给了庐山佛印禅师，作为“供”。 ⑥煮泉：黄庭坚《谢黄从善业寄惠山泉》诗，有“锡谷寒泉椭石俱，急呼烹鼎供茗事”之句。即黄庭坚的随从在杨花店井边取了十几块椭圆的石头放入瓶中，使水澄清了，于是煮茶，更有醇美的味道。这里是幽默地设问，是说如果黄庭坚得到了文石，会不会像得到寒泉、椭石煮茶那样，是否要写入《茶经》中去？《茶经》：唐代陆羽所著，为我国有关茶文化的名著。

这首词选自《竹窗词》，是一篇咏物的小词，所咏之物为石头。我国历代文人对石头，尤其是怪石多有偏爱，故吟咏之作颇多，且不乏佳作。如苏轼的《双石》《壶中九华诗》，黄庭坚的《云涛石》等。高士奇这首与之相比，毫不逊色。

这首吟文石的词在构思上较为别致，上片描写文石的形态，直接抒发爱石之情；下片浮想联翩，烘托用力，取用三位古人典实，不但深化了词旨，且妙趣横生。语言平和，轻圆活泼，文石之美、爱石之情，用淡雅幽闲之笔出之，给人以含蓄深邃的美感。

顾贞观

顾贞观（1637—1714），字华峰，号梁汾，江苏无锡人。康熙五年（1666）举人，官内阁中书。曾馆纳兰明珠家，与其子纳兰性德交契。工诗，上追韦应物、柳宗元。词尤为所擅，其词有传至朝鲜者。有《弹指词》传世。门人杜诏《弹指词序》云："弹指与竹垞、迦陵埒名……弹指则极情之致，出入南北两宋，而奄有众长，词之集大成者也。"陈廷焯《白雨斋词话》云："顾华峰词，全以情胜，是高人一著处。至其用笔，亦甚圆朗，然不悟沉郁之妙，终非上乘。"

青 玉 案

天然一帧荆关画，谁打稿、斜阳下①？历历水残山剩也②。乱鸦千点，落鸿孤咽，中有渔樵话③。　　登临我亦悲秋者，向蔓草、平原泪盈把④。自古有情终不化，青娥冢上，东风野火，烧出鸳鸯瓦⑤。

①一帧：一幅。此处含画幅张开之意。荆关：指五代画家荆浩、关仝。二人为师徒，擅山水画，史称"荆关"。这二句意思是眼前所见夕阳下的景致，真像是一幅荆关二人的山水画。　②历历：分明的样子。水残山剩：指眼前的山山水水破败得不成样子了，不但不能惹人喜爱，反

倒令人伤感。 ③乱鸦：纷乱的乌鸦群。落鸿：飞落的大雁。渔樵：本指打鱼、砍柴，亦指渔人、樵夫。这三句说乱鸦成群飞落，鸿雁失群哀鸣，渔人、樵夫们话说着盛衰兴亡。 ④“登临”三句：意思是我也同古人一样，在这一片衰飒的秋色里登山临水，不禁悲从中来，两眼潸潸泪下。 ⑤不化：不改变、不变化。青娥冢：指美人之坟墓。鸳鸯瓦：成对的瓦。这四句意思是自古以来真正重情的人，他的真情是不会改变的。你看那青娥坟上的荒草，野火是烧不尽的，也只会烧出鸳鸯瓦，表明那是她们的怨情不化。

顾贞观的曾祖是东林党的领袖人物顾宪成，祖父在明朝做过官，父亲又是东林党的领袖之一高攀龙的门生。明朝覆亡时，贞观只有七八岁，南明被推翻时，他已经成年。这样一个出身和经历，不能不使贞观有着改朝换代之际，知识分子所常有的迷惘、失落、彷徨等矛盾的心理。这首小词可以说就是他这种心理的诗化了的表达。

这首词是他的早期作品，大约是写在康熙之初，贞观往湖北楚黄官署去探望他的姐姐顾贞立时所作。

本来秋士易感，古来多见，但贞观这位“悲秋者”却与一般秋士不同。他不是那种文人的秋怀秋意，更不是绮怨闲愁。他所面对着的是“水残山剩”“乱鸦点点，落鸿孤咽”的景象，这是历经兵祸之后的破败景象，所以诗人之悲就含了家国之恨，他的悲哀要比一般的悲秋者更为沉痛，故而令他“向蔓草、平原泪盈把”，独自幽伤，怅触无边。

这首词起用荆关山水画作比，结以带有象征意义的景语收束，看似平直，实为屈曲多层，尤其是结处含悠然不尽之意，耐人寻味。吴世昌说：“当满清盛世而曰‘山残水剩’，其立场可知。”（见《词林新话》）严迪昌《清词史》云：“苍茫的景色与沉重的心语（‘水残山剩’‘自古有情’）相激撞，相融合，疏朗而厚实，寥廓而凝重，确是别有创变，自出面目。”

金缕曲

寄汉槎宁古塔，以词代书，时丙辰冬寓京师千佛寺冰雪中作①。

季子平安否②？便归来、平生万事，那堪回首。行路悠悠谁慰藉，母老家贫子幼③。记不起、从前杯酒。魑魅择人应见惯，总输他、覆雨翻云手④。冰与雪，周旋久。　　泪痕莫滴牛衣透⑤。数天涯、依然骨肉，几家能够⑥。比似红颜多命薄，更不如今还有⑦。只绝塞、苦寒难受⑧。念载包胥承一诺，盼乌头、马角终相救⑨。置此札，兄怀袖。

①汉槎：吴汉槎。参见224页“吴兆骞小传”。宁古塔：在今黑龙江省宁安县。清初，这里是流放罪犯的地方。丙辰：康熙十五年（1676）。京师：北京。千佛寺：在今北京门头沟区戒台寺，寺内原有千佛阁，故

名。今阁已无存。 ②季子：指吴汉槎。他在兄弟中排行在四，古人将一、二、三、四作“伯、仲、叔、季”的排列，故此处称汉槎为季子，即老四。此句与下二句的意思是，你近来平安吗？即便是你能归来，可那令人心酸悲愤的往事怎会忘记，那真是不堪回首啊！ ③悠悠：含有时空皆长远之意。此时汉槎在塞外已有二十年之久，宁古塔与他的老家也有数千里之遥。母老、子幼：汉槎生母已死，继母已老；有子女四人，这里是泛说之词。意思是说你的家那么贫穷，家乡的老母年事已高，你身边的孩子又那么幼小，这些令人心酸难耐的事，谁又能给你以安慰呢？ ④魑魅：传说山林中的妖魔。这里是代指汉槎的“仇家”。据邓之诚《清诗纪事初编》考，汉槎罹科场之冤狱是由于章在兹、王长发等人的陷害。择人：抓人、捉人。覆雨翻云：反复无常、手段卑鄙。这二句之意是自古以来那些像恶魔样的小人陷害忠良的事是常有的，我们也早就见惯了，可话又说回来了，你的事也真是令人不平，怎么好人总是被那帮子翻云覆雨的势利小人暗算了呢！ ⑤牛衣：用乱麻编制的给牛保温的覆盖物。《汉书·王章传》中说王章在长安还没有发迹时，生了病，没有被子盖，就躺在了牛衣中，并对着妻子流泪作别。这里是作者对汉槎的劝慰之语，说你不要太悲观失望，不要过分地忧伤。 ⑥这二句意思是像你这样沦落天涯的人，依然是妻子儿女在一起，有骨肉亲情，在这残酷的人世间有几家能够呢？ ⑦红颜薄命：这里是比喻当时受文字狱而落难的人。这二句意思是人们常说红颜薄命，好人总是受到冤枉，真没想到至今还是如此，现在看来你的遭遇和他们是一样的。 ⑧绝塞：遥远而艰苦的塞外极边。这二句意思是我真的为你身在塞外绝地，遭受着苦寒的折磨而难过。 ⑨念载：二十年。包胥：申包胥。春秋时楚国大夫申包胥为救楚国而往秦国求救兵，痛哭于秦庭，七日七夜不绝，秦哀公受了感动，发兵救楚。乌头马角：燕国的太子丹被质留秦国，太子丹请求回到燕国去。秦王对他说：等到“乌头白，马生角，乃许耳”，即乌鸦白了头，马长出了犄角才许他归燕国去。这二句意思是，我发誓一定要像当年申包胥那样实现自己的承诺，像燕太子丹盼望乌头变白，马头生角那样，把你营救回来。

金缕曲

我亦飘零久。十年来、深恩负尽，死生师友①。宿昔齐名非忝窃，只看杜陵穷瘦②。曾不减、夜郎僝僽③。薄命长辞知己别，问人生、到此凄凉否④？千万恨，为兄剖⑤。　　兄生辛未吾丁丑⑥。共些事、冰霜摧折，早衰蒲柳⑦。辞赋从今须少作，留取心魂相守⑧。但愿得、河清人寿⑨。归日急翻行成稿，把空名、料理传身后⑩。言不尽，观顿首。

①此三句意思是这些年我也是一直飘泊在外。想来十年了，我深深感到有负于你这位生死之交的师友。顾贞观于康熙五年（1666）中举，到写这词时恰好十年。贞观与汉槎相识是在顺治十一年（1654），距此也有十年多，故说“十年来”。　②宿昔齐名：在《感旧集》中有记载说：“贞观幼有异才，能诗，尤工乐府（即填词）。少与吴江吴兆骞齐名。”杜陵：杜甫。杜甫与李白交契，成为文坛佳话，此处作者以杜甫自喻。③夜郎：在今贵州省西部。僝僽（chán zhòu）：苦恼、烦恼等意。唐安

史之乱起，玄宗逃往西蜀，永王李璘打着平乱的旗号谋反，而李白误从，后被流放夜郎，途中遇赦。这二句与上句的意思是说，往日你我齐名，那是名副其实的，我们的友谊深厚，为你的冤狱，我忧虑、忿忿不平，只要看看我如今像当年杜甫一样，为怀念李白而消瘦就知道了，你满腔的忧愤也绝不下于流放夜郎的李白的。 ④薄命：薄命的人。指顾贞观之妻亡故不久。二句的意思是如今我的夫人已经去世，又与你这位知己的朋友分离，人生到了这步田地，能不凄凉吗？ ⑤剖：剖开，此处为袒露之意。这二句是说我这一腔的幽恨，也只有对你这位兄长袒露了！ ⑥辛未：明崇祯四年（1631）。丁丑：明崇祯十年（1637）。 ⑦些：表示不定数之量词。蒲柳：蒲柳之姿，比喻人很快就衰老。这二句说你我二人共同经受了一些不愉快的事情，就像被冰雪摧残后的早衰的蒲柳一样。 ⑧留取心魂：保重身体之意。这里的意思是说希望你今后少做些赋诗填词的事，保重身体，保留诗魂。 ⑨河清人寿：黄河变清，人能长寿。意思是希望汉槎能顺利归来。 ⑩行戍稿：指汉槎在宁古塔所作的诗文稿。料理：整理。意思是说待到归来时，把你在宁古塔所作的诗文整理好，留存起来，当然了，即使这些诗文流传在世，也只是个空名传诸身后，不过那也算是一点安慰吧。

词前的序说，这两首词是寄给被流放在宁古塔吴汉槎的，以填词代替写信，做了一次成功的尝试，开拓了词体的功能。后来仿效者不乏其人，但能有如此感人至深者不多。

这两首词真是写尽了人世间美好的朋友间的深情厚意，清人词评家陈廷焯在《白雨斋词话》中说：“二词纯以性情结撰而成，悲之深，慰之至，叮咛告诫，无一字不从肺腑流出，可以泣鬼神矣！”又说：“如家常说话，而痛快淋漓，宛转反复，两人心迹，一一如见。”颇为中肯。

吴汉槎自遭冤狱之后，顾贞观便一直为之不平，一直为营救他而积极奔走，但求助无门，束手无策，于是他耿耿于心，非常痛苦。当他结识了纳兰性德，又被聘作性德的弟弟揆叙的师父后，一次贞观与性德相见，就把填好的准备寄赠吴兆骞的这两首词拿给性德看了，不料，性德看了以后深为感动。后来当纳兰性德亡故以后，贞观又看到这两首词，就在词后特意补记了一段文字说：“二词容若见之，为泣下数行曰：‘河梁生别之诗，山阳死友之传，得此而三，此事三千六百日中，弟当以身任之，不俟兄再嘱也。’余曰：‘人寿几何，请以五载为期。’恳之太傅，亦蒙见许，而汉槎果以辛酉入关矣。附书志感，兼志痛云。”意思是说：当时性德看了这两首词，非常伤感，流下了数行眼泪说：“当年李陵的《与苏武诗》那生离死别的真情，向秀怀念山阳的死友吕安、嵇康的《思旧赋》，和你这两首词放在一起，真可以说是三篇讴歌友情的绝唱。我一定想办法帮助你营救兆骞，不过请给我十年的期限，我用自身担保，不用你贞观兄再嘱咐了。”贞观说：“一个人的寿命能有多少，要等十年岂不太长了吗？请你就以五年为期吧！”后来为此事他又恳求了性德的父亲明珠，也蒙明珠的许诺，果然到了康熙二十年辛酉（1681）吴兆骞被放还。现在为这段往事我特意补记于此，记下我们的深厚友情，也记下我对性德深切怀念的痛苦之情。

性德读了这两首词后，决心要帮助贞观营救汉槎，后经明珠、徐乾学，还有一位被称为“大冯三兄”的人的努力，终于在康熙二十年辛酉（1681）汉槎被赦还，从遥远的流放地回到了京城。吴汉槎所遇到的这场“丁酉科场案”，在发生的当时就极为轰动，而当汉槎回到京城时又一次引起了轰动，诸多友人相迎，赋诗填词，好不热闹。后来性德就接纳汉槎于自己家中，并延聘他为揆叙的老师。遗憾的是汉槎在京不久即因病去世，时在康熙二十三年（1684）。

夏承焘先生在《顾贞观寄吴汉槎〈金缕曲〉词征事》一文中说：“二词脍炙词坛，至今传颂，自来说顾氏平生者必及此事，说顾氏词者必首及此篇，即汉槎虽自有《秋笳集》，其得盛名实亦由此词。以此与吴梅村《悲歌赠吴季子》一诗并读，死生友谊之感，诚令人慨慕无穷，然汉槎之远窜，由于清初科场之案，顾词吴诗实有其甚残酷之历史背景，不但见文士私交而已。”这段话指明了这词之意义与价值，远超出了“文士私交”的小圈子，即它可以作为历史的记录，可以补史籍之不足。

纳兰性德

纳兰性德（1655—1685），又名纳兰成德，字容若，号楞伽山人，满洲正黄旗人。武英殿大学士明珠之长子。康熙十五年（1676）进士，官至一等侍卫。善骑射，好读书，喜宾客，一时名士多往归之。词工小令，长调亦佳。存词三百四十八首，初名《侧帽词》，后改为《饮水词》《纳兰词》。顾贞观云："容若天资超逸，翛（xiāo）然尘外，所为乐府小令，婉丽凄清，使读者哀乐不知所主，如听中宵梵呗，先凄婉而后喜悦。"（《通志堂词序》）陈维崧云："饮水词哀感顽艳，得南唐二主之遗。"（榆园本《纳兰词评》）况周颐云："其所为词，纯任性灵，纤尘不染。"王国维云："北宋以来，一人而已！"（《人间词话》）均评价甚高。有《通志堂集》存世。又刻《通志堂集经解》，表彰理学。惜其年事不永，卒年三十一岁。

江　城　子

咏　史

湿云全压数峰低①。影凄迷，望中疑②。非雾非烟，神女欲来时③。若问生涯原是梦，除梦里，没人知④。

①“湿云”句：意思是层层的浓云低低地压下来，笼罩了高耸的山峰。湿云：含有水汽的云，即将要下雨的浓云。 ②“影凄迷”二句：意思是山影隐隐约约，让人生起了凄迷之感，远远望去影影绰绰的样子，又令人生出了疑惑。 ③“非雾”二句：意思是那是不是神女欲来时的烟雾缭绕的巫山，就如同楚襄王遇见了神女一样，如梦如幻。 ④“若问”三句：意思是如果问人生、历史是不是一个梦，那只有在梦里才能解答，不然，那就谁也回答不出了。

这是一首咏史之作，写得很别致，发人深省，耐人寻味。为什么？因为它与一般的咏史之作不同，开掘的角度不一样。诗人没有从某一历史人物或某一历史事件作为触媒入手，而是写出了自己的一段心灵感受，突出了如梦之感的独特体验，很奇特，很别致。这在咏史之作中确是别开生面的。开头一句全是景语，很有气势，但又很压抑，很晦暗，造成了一种沉闷压抑的氛围。接下去再顺此而加以渲染，这里的“凄迷”二字，透露出几许淡淡的幽怀伤感，景中含情。再下二句用楚襄王梦神女的典故，进一步烘托这梦幻一般的感受。结句点明这感受惟自己能知，表达了凄迷寂寞、悲凉伤感的心情。毛泽东看了这首词后曾批语道：“巫嵩之类。”（见《毛泽东读文史古籍批语集》）是说这首词含意深细婉约，朦胧缠绵，是属于咏叹巫山、嵩洛神女之类的作品。巫，指巫山神女与楚襄王的故事；嵩，本指河南登封的嵩山，但嵩山常与洛水并称，洛水有女神宓妃，所以此处仍是指爱情之事。但是性德在这里则是借男女情事，慨叹世间一切都如梦幻，纵然美好，也只是瞬间即逝罢了。所以说这首咏史的小词与一般的咏史不同，读之令人耳目一新。

采　桑　子

谁翻乐府凄凉曲，风也潇潇，雨也潇潇[①]。瘦尽灯花又一宵[②]。　　不知何事萦怀抱，醒也无聊，醉也无聊[③]。梦也何曾到谢桥[④]。

①翻：在此是演奏或演唱之意。此三句的意思是，夜来潇潇不停的风雨声本来就令人难耐，可偏偏又传来了凄凉的乐曲声声。　②“瘦尽”句：意思是耳听着令人伤感的风雨之声，面前只有一盏孤灯相伴，眼看着那灯芯一点点地烧烬了，就这样又熬过了一个不眠之夜。　③“不知”三句：意思是真也说不清是什么事让我这样满怀忧伤，无论是酒醉还是酒醒，都是这般地百无聊赖！　④谢桥：是指谢娘桥。相传六朝时就有此桥名。谢娘，未详何人，有说是指名妓谢秋娘的。古典诗词中常用此桥代指冶游之地，或指与情人相会的地方。这里取用的是后者，即当初曾与伊人相会的地方。这句意思是，又有谁知道，这全都是为了思念她啊！我盼望在睡梦里能够和她相会，可却怎么也不能入睡，连与她相会的梦也做不成。

这首小词写得清空含婉，在纳兰词中也是比较突出的一篇。

清空含婉是指什么呢？沈祥龙《论词随笔》有这样的解说："清者，不染尘埃之谓；空者，不著色相之谓。清则丽；空则灵。"就是说作者的情感非常清醇真挚，语言朴质无华，词之意象与意象之间留有恰当的空白，给读者留有充分的联想和想象的空间。

你看，这首词的上片一写听觉上的（潇潇的风声、雨声伴着凄凉的乐曲声），一写视觉上的（眼前的渐渐燃尽、渐渐瘦下去的灯芯），此外没有其他具象化的描述，点到则已，语言质朴到几乎同口头语差不多了，非常简洁，非常空灵；下片则全是心理情感的直抒，其意象不那么具体可知，不像上片那样还有可闻可见的具体形象，这里除了落句是用了典故，其余全是情语，是胸臆语，而同样给人空灵之感。但就是这样且虚且实的几个意象组合在一起，就把诗人隐蔽的心灵透露了。因此，这首词乍看起来像是纯写爱情痛苦的词章，尤其是词的落句"梦也何曾到谢桥"，很像是对恋人深藏着无法排解的思念的苦情。但是我们联系到作者所生活的时代、生活经历、思想感情来看，就不难发现其悲感的深层内蕴了。

人们在欣赏某一作品的时候，不同的人就会有不同的感受，即所谓仁者见仁，智者见智。但一般不会相去太远，也就是说人们总是有大体一致的感受。性德这首小词写得非常清空含婉，留给读者联想、体味的空间很大，所以读其词者就会有更多的想象和理解，于是各有所感，各有所得，各抒己见，有的说："这词表现一种莫名其妙的心情，诗人在风雨中听到凄凉的曲调，不知怎的，变得坐立不安，寂寞、凄凉、失望、空虚的情绪，笼罩着他的心头。他患的是时代的忧郁症。"（黄天骥）有说，"时代哀音"，"眼界大而感慨深"（梁启超），还有说，"哀婉沉著"（陈廷焯），等等。总之大家都看到了词中所表达的深而婉的感情是一致的，只是在体会上、叙述上有所差异罢了。

金　缕　曲

赠梁汾

德也狂生耳①。偶然间、缁尘京国，乌衣门第②。有酒惟浇赵州土，谁会成生此意③。不信道、遂成知己。青眼高歌俱未老，向樽前、拭尽英雄泪④。君不见，月如水。　　共君此夜须沉醉。且由他、娥眉谣诼，古今同忌⑤。身世悠悠何足问，冷笑置之而已⑥。寻思起、从头翻悔⑦。一日心期千劫在，后身缘、恐结他生里⑧。然诺重，君须记⑨。

①德也：作者自指。狂生：狂放不羁的人。意思是我纳兰性德本是个狂放不羁的人。　②缁尘：风尘。京国：京城。乌衣门第：东晋时王导、谢安等名门望族居住在乌衣巷（在今南京市内），后以此借指高门贵族之家。这二句的意思是，我生长在豪门贵族之家，又在京城里供职，这实在是

太偶然的事。 ③唐李贺《浩歌》诗："买丝绣作平原君，有酒唯浇赵州土。"战国时平原君好养士，死后并没有葬在赵国，但他是赵国的公子，又是赵相，所以称他的墓地为"赵州土"。这里借用此典表明作者仰慕平原君的人品，并有平原君那样礼贤下士，喜好交游的品格。成生：作者原名纳兰成德、成容若，故称。二句的意思是，我这个人有同古代赵国平原君一样礼贤下士、喜好交游的性格与愿望，可又有谁能理解我呢？ ④晋代阮籍为人能青白眼，见到高人雅士、意气相投的人，就用黑眼珠看；遇到庸俗之辈，就给人以白眼。（见《晋书·阮籍传》）杜甫《短歌行赠王郎司直》诗："青眼高歌望吾子，眼中之人吾老矣。"这里化用了杜诗之意，意思是说我们彼此都不算老（梁汾四十岁，性德二十二岁），互以青眼相看，互相器重，互相爱慕，对酒高歌，意气相投，故而应当拭去悲慨的眼泪，振作起精神。 ⑤娥眉谣诼：谣言中伤之意。这二句意思是，就让那些小人造谣中伤去吧，要知道小人陷害忠良的卑鄙的事情，自古以来就是这样。 ⑥意思是自己的身世，自己的不幸遭遇又何必多问呢？冷笑置之罢了，不要放在心上。 ⑦翻悔：反思、反省。 ⑧劫：佛家语，天地一成一毁叫作一劫。后身缘：佛家以为人死后还能有来世再生，因此你我还有来世交契的因缘。这二句的意思是，我们彼此虽是一日心期相许，就成为了知己，即使遭受千劫，我们的情谊也是牢不可破的，或者更进一步说，就是来生，我们仍是知己。 ⑨然诺：答应、承诺。这二句意思是说你要知道，我是个讲信义、重然诺的人，我说的这些话，请你一定要记住！

这首词是写给他的好友顾贞观的。顾贞观是纳兰的挚友，长纳兰十八岁，可谓忘年交。康熙十五年丙辰（1676）经徐元文等人的介绍与纳兰性德相识，从此二人结为生死之交。在纳兰的诸多朋友中，贞观算是最为亲密的一个。这首词就是在二人相识不久，纳兰书赠给贞观的。后来贞观在纳兰病殁后，在他的一首《金缕曲·酬容若见赠，次原韵》的词后特补记了一段文字："岁丙辰，容若年二十有二，乃一见即恨识余之晚，阅数日，填此词为余题照。"这里所说的"题照"，指的是把词题写在一幅《侧帽投壶图》上，送给了贞观，而此图何人所绘，不详。从"阅数日，填此词为余题照"一句来看，大约这首词是纳兰写给贞观的第一首，是作者向这位相见恨晚的老大哥袒露胸襟的抒怀遣志的慢词。

这首词充满了愤懑和不平。或问，贞观此时很不得意，心情自是苦闷和迷惘，很好理解；纳兰性德为什么也作如此沉痛、愤懑、不平和牢骚呢？作为宰辅之家的贵介公子，又刚刚取得进士的功名，按说他不应有如此的情怀才是，可他却与落职后滞留京师，不得不依附于人的布衣之士意气相投，慷慨同怀，这似乎有点费解，但我们只要详查一下纳兰此时的身世情况就会了然。

纳兰性德虽出身高门望族，父亲明珠又是康熙身边的重臣，他非但不以此为贵为荣，反而把这些当成了自己的精神枷锁和负担，这在他的作品中多有流露，本篇的开头也莫不如此，"偶然间、缁尘京国，乌衣门第"。他觉得自己生长在名门望族，又能在京城里供职，这纯属偶然的事，没什么特殊的，与常人没有什么两样。他所追求的是读书进取，建功立业，不靠自家的显赫之势，但是他的愿望不能实现，做皇帝的侍卫对他来说简直就是个讨厌的差使，所以常常陷在苦闷之中。他与贞观之所以能成为知交，其思想基础也正在这里。

这首词是采用直抒胸臆的手法，尽出肺腑，不假雕饰，真切自然地表达了诚挚朴素的友情。值得注意的是，在这首词中多处用典。性德主张诗词要当抒写性灵，平易自然，注重白描。但是他也主张恰当地用典故，这首词里就用了平原君、阮籍等古代人的典事，运用这些典故，不但义深词约，增加了词的内容含量，表达出复杂深厚的感情，而且也使词增加了特殊的韵味，取得更好的美学效果。因此这词刚一传出，就被人们击节赞赏，京城里的人争相传抄，产生了极大的轰动效应。

沁 园 春

丁巳重阳前三日，梦亡妇淡妆素服，执手哽咽，语多不复能记。但临别有云："衔恨愿为天上月，年年犹得向郎圆。"妇素未工诗，不知何以得此也，觉后感赋[①]。

瞬息浮生，薄命如斯，低徊怎忘[②]。记绣榻闲时，并吹红雨；雕阑曲处，同依斜阳[③]。梦好难留，诗残莫续，赢得更深哭一场[④]。遗容在，只灵飙一转，未许端详[⑤]。　　重寻碧落茫茫[⑥]。料短发、朝来定有霜[⑦]。便人间天上，尘缘未断；春花秋叶，触绪还伤[⑧]。欲结绸缪，翻惊摇落，减尽荀衣昨日香[9]。真无奈，倩声声邻笛，谱出回肠[10]。

①丁巳年重阳节前三日：指康熙十六年（1677）农历九月初六日，即重阳节前三日。此时性德之亡妻已病逝三个多月。淡妆素服：化了淡妆，穿着白色的衣裳。执手哽咽：握着我的手，哽咽地说了许多话。“衔恨愿为天上月，年年犹得向郎圆”：意思是我也为你我永诀深怀恨憾，我真愿意变成天上的月亮，年年月月能与你相见。妇素未工诗：亡妻素来不会作诗。 ②这三句之意是人生真的太短暂了，你竟命薄如此，二十一岁就亡故了。你的去世使我痛苦不堪，低徊难耐。我怎么能把你忘掉呢？ ③绣榻：绣有花饰图案的卧榻。红雨：唐李贺《将进酒》有“桃花乱落如红雨”的句子，后来人们就以红雨比喻桃花、红色的花纷纷飘落。这四句意思是，我还记得当初你我在绣榻上，休闲的时候一同吹着那纷纷落下的花瓣；在美丽的夕阳下，咱们在雕栏的弯曲的地方相依相并的情景。 ④诗残莫续：指梦中亡妇只留下了两句诗。这三句意思是，今天的梦多么美好啊！可毕竟是个梦，不能永驻，留也留不住啊！你那两句诗真是太好了，却偏偏只有两句，没有作完。可你知道吗？你托来的梦却又牵动了我的伤感，使我在这更深夜半的时候又痛哭了一场。 ⑤灵飙：灵风。这里指梦中妻子飘忽的身影。这三句意思是，在梦中你那秀美的容貌出现在我的面前，可那只是一瞬间你魂灵的一闪，我还没来得及细看就消失了！ ⑥重寻碧落茫茫：语出白居易《长恨歌》：“上穷碧落下黄泉，两处茫茫皆不见。”这里是说梦醒之后，爱妻的音容俱逝，天地茫茫，无处可寻，令人不胜凄怆。 ⑦意思

是我如此地思念和伤感，想来到了明天早晨，我头上定然会增添许多白发。 ⑧这四句意思是，我确信你我即便是一在人间一在天上，我们的恩情也是不会断绝的，正是因为与你的恩情不能割断，所以每当春花秋叶的良辰美景之时，我都会触景伤情，痛苦不堪。 ⑨绸缪：语见《诗经·唐风·绸缪》，本来的意思是指缠绵之情意。这里是指他们夫妻之间的恩爱情深，难舍难分的情意。翻惊：反惊，是说在梦中正要与妻子重续良缘，可是妻子的身影忽地消失了，反而令诗人惊异、失望、伤心。摇落：语见宋玉《九辩》："悲哉秋之为气也！萧瑟兮草木摇落而变衰。"本来是指秋天到来，花草树木都纷纷摇曳凋落。这里是借喻梦里情景的瞬间消失。荀衣：《太平御览》卷七〇三引晋习凿齿《襄阳记》中说：荀彧（yù），汉末时人，为侍中，守尚书令，据说他的衣服上总是有香气，坐过的地方过了三天还有香气。后来人们就以此比喻人的风流倜傥，有的比喻惆怅的心情，有的比喻花卉异香，等等。这里是作者自喻，说往日的风流神采早已消损殆尽了。这四句意思是说不料在梦里，我们真的相见了，重结了夫妻恩爱之缘，可却又那么短暂，瞬间就消失得无影无踪了。现在已是梦断人醒，而我已变得更加消瘦憔悴了。 ⑩邻笛：晋代"竹林七贤"之一的向秀在嵇康、吕安被杀之后作了《思旧赋》，表达了对亡友的思念，后来人们就以此作为怀旧伤逝，或是表示笛声凄婉等的典故。这三句意思是说此刻真是百无聊赖啊，可却偏偏又传来了邻家的笛声，那笛声呜呜咽咽，好像是在为我的九曲回肠，无边怅触，怀念苦情谱出的悲歌。

这首词具有超乎寻常的感发力量，具有不同一般的艺术魅力。为什么会有这样动人的艺术效果呢？为什么得到那么多的人的喜爱和欣赏呢？我以为这是由于作者用了纯真之笔抒写了真醇之情。

常言道，日有所思，夜有所梦。他说在梦里梦到了亡妻，而且素来不会作诗的亡妻居然吟出了两句诗，说自己真想变成月亮，可以年年月月陪伴着郎君。其实这是诗人在卢氏亡故以后，天天有所思，有所念，而后有所梦。自己在做梦，在发梦中狂想，发之为诗，就成了卢氏也会吟诗了。

心理学上有“缺失体验”之说，而在这种体验之中，作为最令人痛苦的是爱情的缺失，而且在爱情缺失体验之中，最为痛苦的又属那些曾经有过爱情的幸福的人。纳兰性德如果没有与爱妻的伉俪情笃，没有过与卢氏的恩爱情深，那么他的丧妻之痛的“缺失体验”可能要轻一些，淡一些；可实际上他与亡妻实在是爱得太深切，太执着了，所以一当他失去了她，失去了爱，失去了往日美好的夫妻之情，他那痛苦就会是变得更强烈，更难堪，更无奈了。而性德又偏偏是个多情善感的诗人，他又善于将他“缺失体验”的痛苦行诸笔端，发而为词。他不遮拦，不掩饰，不做作，把一腔的哀怨苦情尽情摇曳泄洒，直抒性灵，直写心性，使真情之流自然地从肺腑中流淌出来，就像况周颐所说的：“若赤子之啼笑然。”（像小孩子一样，出自真纯，毫不掩饰。）于是让读者感到的是真情，是纯情，是玩之无极，味之不尽的不了情。

此外，还应该指出的是这词的屈曲跌宕，一波三折，深婉低回的特点。明人朱承爵在《存余堂诗话》中说：“长调须曲折三致意，而气自流贯，乃得。”意思是说，作长调的词必须做到曲折，无论是抒情、写景，还是叙事，一定要做到曲折跌宕，而又能一气贯穿下来，才算是成功的。这首词正是如此，诗人所抒之情不是平直地表达出的，如果我们用“情波”一词来表述这首词的抒情走向，那就是词中所表现出的“情波”是曲曲折折的，吞吐抑扬，起伏跌宕，像是层层波浪向前涌动着，而层层转进入深。你看，上片一开始就是低调的哀叹，“瞬息浮生，薄命如斯，低徊怎忘”。这纯是情语，其情感是低沉悲抑的，接下来是转为追忆过去与爱妻在一起共同度过的美好时光，“记绣榻闲时，并吹红雨；雕阑曲处，同依斜阳”。多么美好的情景啊！可惜那是过去，诗人于此处作了折转，其情波由悲抑转为扬起，而后紧接着又是一转折，“梦好难留，诗残莫续，赢得更深哭一场”。转到了更加悲抑和失落，情波又由扬到抑。结处则是前边所抒痛苦之情的进一步加强加深加浓，“遗容在，只灵飙一转，未许端详”，是前三句情波的继续，然而其情结更显浓烈了，将前边所述“低徊怎忘”作了更为深婉的表达，同时这结处又为下片作了蓄势，就是说既然梦中来不及端详，那就寄希望于上天去寻找，于是转入了下片，“重寻碧落茫茫”，这过片的有承，有转，极为自然，而情波再一振起，但接下来又转，“料短发、朝来定有霜”。上天寻找的愿望是徒劳的，除了使自己更添惆怅之外，别无可有，还是不要做这个梦想了吧，可是“便人间天上，尘缘未断；春花秋叶，触绪还伤”，就是不沉在幻想中，可放又放不下，老是见景生情，触景伤怀，这又是一个转折。接下去“欲结绸缪，翻惊摇落，减尽荀衣昨日香”，再转，就意思说与前边的“灵飙一转，未许端详”是相似的，但比前边又翻进一层，而且用了典故，显得深致含婉。最后的结处是把所抒之情推向了极致，是再一转折，“真无奈，倩声声邻笛，谱出回肠”，这结处又与开篇的“低徊怎忘”相照应。

在我国的古典诗词的评论里有个“屈曲层深”的提法，说的就是这个意思，但必须是“层深”，也就是一层一层的深入，不能是只屈曲而不层层入深。如果只是屈曲，那也只是原地绕圈子，重复累赘，兴味索然，反倒令人生厌，而是要做到一转折一生妙趣，一转折一加深情意，使情感的抒发一步一步地推向极致。

当然做到这种屈曲跌宕，一波三折的情感表达，就是一般的作者应该说也是不难做到的，问题在于纳兰性德之所以能较之一般的作者更胜一筹，更显生动感人，其原因就在于他用情的真挚，用情的醇真。明焦竑《雅娱阁集序》说：“诗非他，人之性灵之所寄也。苟其感不至，则情不深，情不深则无以惊心而动魄，垂世而行远。”性德这词是纯任“性灵”摇曳，“感”则至极，“情”则至切，所以令读者“惊心而动魄”，他的词也就“垂世而行远”了。

金　缕　曲

亡妇忌日有感[①]

此恨何时已？滴空阶、寒更雨歇，葬花天气[②]。三载悠悠魂梦杳，是梦久应醒矣[③]。料也觉、人间无味。不及夜台尘土隔，冷清清、一片埋愁地[④]。钗钿约，竟抛弃[⑤]。　　重泉若有双鱼寄[⑥]。好知他、年来苦乐，与谁相倚。我自中宵成转侧，忍听湘弦重理[⑦]。待结个、他生知己。还怕两人俱薄命，再缘悭、剩月零风里[⑧]。清泪尽，纸灰起[⑨]。

①这是一首悼亡之作，写在康熙十九年（1680）五月三十日，这一天是亡妻卢氏三周年的“忌日”。　②滴空阶、寒更雨歇：化用温庭筠《更漏子》词：“梧桐树，三更雨。不道离情正苦。一叶叶，一声声，空阶滴到明。”是说彻夜未成眠，只是卧听着窗外的雨滴梧桐的声响，用此表达出离情的痛苦。葬花天气：农历五月下旬，正是落花时节，而卢氏谢世的时候是五月三十日，正是这个时候，因此这里用“葬花”一词，不用“落花”，显然是含有双关语意的，花即是人，人即是花。这二句意思是说耳听着夜来的更声伴着雨声，虽说是五月，是百花凋落的时候，却也觉得这般寒冷，那雨点滴滴答答滴在了台阶上，一滴滴一声声仿佛是在敲打着我的心。　③意思是说你的亡故已经有三年了，岁月悠悠，应该说时间不算短了。可我总是以为你我都是在做梦，不是你已经亡故离我而去了。

如果这是真的，那怎么在梦中的你又总是那么杳渺，总是和我乍聚乍离；如果这是真的，那你的梦做了这么久，也该是醒来的时候了。 ④夜台：指坟墓。二句意思是说还不如在坟墓里安眠，虽然那里是冷清的，有厚厚的黄土阻隔着，可到底那里是可以埋葬烦恼的地方啊！ ⑤唐陈鸿《长恨歌传》，其中说七月七日夜半的时候，唐明皇和杨贵妃在长生殿里，曾经盟誓说："愿世世为夫妻。"白居易在《长恨歌》里有："惟将旧物表深情，钿合金钗寄将去。钗留一股合一扇，钗擘黄金合分钿。但令心似金钿坚，天上人间会相见。"钗：女子头上用的钗子。钿：螺钿。女子首饰盒上的装饰物。这里以"钗钿约"暗用了李、杨爱情故事，同时暗喻了自己同卢氏的生死不渝的爱情。意思是说你可以逃脱人间的苦恼，可以寻得平静，但是你却把我抛在了人间，连当初你我发下的、像唐明皇和杨贵妃一样的盟誓也不顾了。 ⑥重泉：就是九泉、黄泉。过去人们把天分成九重，把地下也分为九重，所以有"九泉"的说法。双鱼：代指书信。古人将信写好，放在鲤鱼形的盒子里，因为古人认为鱼雁可以传递书信，故称。这句意思是说你在黄泉之下，假如真的和我一样有知有灵，那我一定要写信给你。 ⑦忍听：不忍听、怎能忍听之意。湘弦：据说是舜妃娥皇、女英所弹之琴。这二句意思是说我现在彻夜不眠，在深更半夜里辗转反侧，本来弹弹琴可以消忧解闷，但是此刻我却怕听那悠扬的琴声了，它不但消除不了我的烦恼，反倒是让我更增添了幽怨。 ⑧缘悭：缘分很浅、情缘太薄。剩月零风：这是比喻的说法，就是说风月都是零剩的，即美好的时光不多。这二句意思是说如果我们真的能在他生如愿的话，再结知己，那自然是太美好了；可是我真怕你我二人又都是薄命的人，像如今一样的缘分这么浅，在一起生活不了多久就死生异路，又会铸成永远也不能消除的痛苦。 ⑨意思是说我的眼泪流干了，为你烧的纸钱也燃尽成灰，随风飘飞着，飘飞着……

这是一篇声声血字字泪的、至为感人的悼亡之作，写在卢氏去世三周年的时候。从词的情感表达看，他并没有因为时间的推移而消减自己对卢氏的怀念。性德在给好朋友张纯修的一封信中曾这样说："亡妇柩决于十二日行矣，生死殊途，一别如雨。此后但以浊酒浇坟土，洒酸泪，以当一面耳。嗟夫，悲矣！"信中所说的"十二日"是哪一年的？不知，但估计是写这首词的前几天。就是说卢氏的灵柩从家庙中起行，送往了墓地。他说从此以后就只有"以浊酒浇坟土，洒酸泪"当作与亡妻见面了。看来诗人可能是在亡妻的墓前，焚纸祭奠，酸泪已干，焚纸已烬。因为从全词来看，诗人在时空上并没有指明，只一路抒怀写感，到结处才点到自身所处，而读者也由此知晓诗人就在墓地或灵位前作凭吊，声泪俱下地哀吟挽唱，其情其景就在眼前，而这样的收煞更加浓重地烘托出了伤感的氛围。所以这结尾使词的意韵含婉深长，对全词起到了升华、点睛的作用，其悠然不尽之意更令读者回味无穷了。

纳兰词为人所共识的就是以情取胜，深婉屈曲，例如：严迪昌《清词史》里说："此词纯是一段痴情裹缠、血泪交溢的超越时空的内心独白语。时隔三载，存亡各方，但纳兰痛苦难泯。结篇处尤为伤心动魄，为'结个他生知己'的愿望也难有可能而惊悚。顾贞观曾评纳兰词'容若一种凄婉处，令人不能卒读’（榆园本《纳兰词》），当指这一类。”钱仲联《清词三百首》说：“悼亡词，要用血和泪写成，情感真挚，哀思缠绵，语言要自然朴素，不尚涂泽。说真挚，但不要庸俗，著名的元稹《遣悲怀》诗，虽真实，但夹杂一些庸俗的东西。千古的词家绝作，只有苏轼的《江城子·记梦》了，情挚而又是形象突出，双方人物活动在梦中与梦外。饮水词中悼亡之作较多，有人物活动，更突出的是主观抒情，极哀怨之致。这一阕可为代表。语言方面，有些典故和代词，但比较为人们所熟知和常用，于全词无碍。”

这里我还想就他的语言上多说几句。纳兰词的语言特点，总的说来就是朴质无华，自然畅达，极见情韵，极易上口。所以人们觉得纳兰词较之其他人的词要易读易懂，易解易记，其重要原因就是在语言上给读者设置的“障碍”不多，不像有一些词家的词那样深奥难懂，不易琢磨。就这首词而论，词里出现了几种情况，有的用了直白的语言，不含典故，一见就明，一读就懂，这不用多说。又一种则是代用语，如“夜台”“重泉”“双鱼”“剩月零风”等等；再一种是借用前人成句，如劈头第一句“此恨何时已”，虽说袭用成句，但是诗人把它赋予了自己的情意，把成句拿来“为我所用”，完全化为自己的东西，看不出袭用的痕迹，你说他是袭用也好，你说他是自家言语也可，因为这句子已全然不是前人的意思了；还有一种是明显用典的语言，如“钗钿约，竟抛弃”，“湘弦重理”，等等，这些语言不但增大了情意表达的内涵，而且从语感上说，也令人产生一种凝重、深婉、幽怨之感；再有一种则是暗用典的语言，如“滴空阶、寒更雨歇，葬花天气”等等。不过，无论怎么说，纳兰词的语言是不尚奢华，不求浓艳的，是以本色之语写真性灵，真情意的。

南　乡　子

为亡妇题照①

泪咽却无声，只向从前悔薄情。凭仗丹青重省识，盈盈②。一片伤心画不成③。　　别语忒分明，午夜鹣鹣梦早醒④。卿自早醒侬自梦，更更⑤。泣尽风檐夜雨铃⑥。

①为亡妇题照：在亡妻卢氏的画像上题写这首词。　②丹青：指亡妇的画像。省（xǐng）识：记忆起、忆起。盈盈：此语含有双关意，既有省识得来的容貌比眼前的画像清晰之意，又有作者无限伤感充盈于怀之意。这二句意思是，现在眼看着你的遗照，我就凭借着你的画像再来看看你吧，你的芳容仿佛就在我的面前，那么清晰，那么真切。　③此为前人诗句，如唐高蟾《金陵晚望》：“世间无数丹青手，一片伤心画不成。”意思是这毕竟是一张画图，既是画图，那伤心人的“伤心”是无论如何也画不出来的。　④忒：方言，大、特之意。鹣鹣（jiān）：即鹣鸟，比翼鸟。形似凫，青赤色，据说此鸟雌雄各有一目一翼，必须相并才能飞，故常以之比喻夫妻和美。这二句意思是说我还记得与你做最后诀别时的情景，那时所说的话至今还非常清晰地记得，然而那是不是我在做梦？正当午夜时

分，那好梦却被过早地惊醒，在梦里与你相会真是太短暂了，现在我是清醒了还是在做梦呢，说不清。 ⑤更更：一更又一更。这二句是说大约是你已经从梦中醒来，而我却还在梦中吧，可又不是，耳畔不正是传来报更的敲梆声么，那清晰的声音听过了一遍又一遍，使我彻夜无眠。 ⑥《碧鸡漫志》载，安禄山反，唐明皇逃往蜀地，于马嵬坡赐死杨玉环之后，悔恨交加，思念不已，在寄身蜀中时“霖雨弥旬，栈道中，闻铃声，帝方悼念贵妃，采其声为《雨霖铃》曲，以寄恨”。说的是《雨霖铃》这个词牌的来源，后来人们在用的时候，各取所需，大多是用以表达离情别恨的。这句是说彻夜不眠，而夜来的风雨偏又吹打着檐间的风铃，我的眼泪也伴着这阵阵的风声雨声铃声流尽了。

纳兰性德是擅长绘画的，但亡妇的写真图是不是他自己画的，或是别人所画，不详。既然是为亡妇题照，诗人面对的是亡妇的画像，他也就把眼前的画像当作面对活着的妻子一样，所以我们读这词也就仿佛是在听诗人向亡妇哭诉衷肠。

纳兰性德与他的夫人伉俪情笃，并且志趣相投，互相引为同调的知己，这是一般的夫妻做不到的。所以叶舒崇在给卢氏写的墓志铭里说性德自卢氏亡故之后“悼亡之吟不少，知己之恨尤多”，他专提了一句“知己之恨尤多”，这话不是夸大不实之词，不是讨人喜欢的谀词。正因为他们是知己，所以才有诗人这种不同于一般丧偶者的伤痛的情怀。这首小词，是诗人又一次地表达了他对痛失爱妻、痛失知己的伤感。诗人面对着亡妻的图像，痛不欲生，再加上他的所逢非时，境遇大不如意的苦闷，等等，这些孤清悲戚的愁肠向谁去倾吐？爱妻活着的时候，可以向她倾诉，如今呢？惟有这眼前的一张画像了，因此他也就见画如晤，对着遗影一吐柔肠了吧。其实呢，仍是诗人的内心独白，不过是借端发挥，借“题照”书怀写恨罢了。

词中有的句子初读让人不解，“卿自早醒侬自梦”，什么意思呢？乍看来简直是浑话，和宝玉说浑话差不多，但是如果把诗人此时的身世、思想、心境等联系起来看，你会发现在这表层意思的背后有着更令诗人心酸的悲哀。严迪昌在《清词史》中为此特作了说明，他说：“‘卿自早醒侬自梦’也即对‘人间无味’是否醒悟的表述。诗人设想爱妻‘早醒’（逝去）也就早离尘海、弃去无味之人间，自己却仍梦瞢独处其间，了无生趣。怨苦、怨怼转生出离世超尘的幻念，是古代文人通常谋求心态平衡、自我解脱的药剂。”这话说得很在理，就是说“卿自早醒侬自梦”，把妻子之死当作了“早醒”，把自己的醒却当作了梦，这岂不是反常了吗？而恰恰是这种反常心理，把诗人不遇于时，种种苦闷心情暗暗透露了。因此，这词就有了“哀怨起骚人”（李白）的意味，意含骚雅，比那只有离愁别怨的情词要厚重多了。

至于说这首词的特点，我以为清人刘熙载在《词曲概》里说的两段话可以借用，他说：“空中荡漾，最是词家妙诀。上意本可接入下意，却偏不入，而于其间传神写照，乃愈使下意栩栩欲动。”又说：词“最忌步步相连”，“必如天上人间，去来无迹，斯为入妙。”所谓“空中荡漾”，这是个形象的比喻，说的是诗人应将自己的情思、诗的意象，不要处理得太实、太密，要留有空白，要有流动的空间，也就是“上意”与“下意”之间不要“步步相连”，要有间隔，要有折转，仿佛诗人的情思在句间荡漾，在折转中给读者留出了想象、联想的空间，这样就可使下意更鲜活，更灵动。也就是说必须是像“天上人间”样的“去来无迹”，使情思、意象有跳荡，有流动又不露痕迹才是“词家妙诀”。如果是“步步相连”，句与句间密不透风，不留空间那就失败了。我们以此来观照、审视这首小词，你会发现这词正好是具有这样的特色。你看，词的上片和下片都是开头二句说的是一意，中间二句又是一意，结尾一句又是一意。在这三个“句组”之间不是紧密联系，而是有诗人未予明说的“潜台词”，所要表达的深意含在了其中，看来是空白，是跳荡，“上意”与“下意”好像是不接，不连贯似的，其实正是留给了读者想象、联想的空间，读者可以从自己的角度去想象，去填补，去发挥，去再创造，从而生出美的感悟。

画　堂　春

一生一代一双人，争教两处销魂[①]。相思相望不相亲，天为谁春[②]。　浆向蓝桥易乞，药成碧海难奔[③]。容若相访饮牛津，相对忘贫[④]。

①“一生一代”二句：唐骆宾王《代女道士王灵妃赠道士李荣》诗：“相怜相念倍相亲，一生一代一双人。”“一生一代一双人”只字未改。一生一代：含有此生此世的意思。一双人，二人，就是只有我和你这样两个人。争教：怎教。这两句的意思是说，在此生此世有我和你这样一对相爱的人，然而怎么就偏偏教我们分作了两地，各自忍受着相思的苦情呢？　②这二句意思是，二人只能是相思相望，却不能相亲，多么遗憾。既然我们身处两地，不能相亲，那再好的春光也没有用，老天爷又是为谁安排了美丽的春天呢！　③蓝桥：地名，在陕西蓝田县东南蓝溪上，传说这里有仙窟，是裴航遇仙女云英的地方。唐裴硎《传奇·裴航》载：裴航从鄂渚回京途中，与樊夫人同舟，裴航赠诗给她，表达了爱慕之意。樊夫人就作诗回答：“一饮琼浆百感生，玄霜捣尽见云英。蓝桥便是神仙窟，何必崎岖上玉清。”后来裴航在过经蓝桥驿时，口渴，便到一人家去求水喝，恰巧遇一女子名云英给了他一碗水（古人把一种微酸的饮料称浆，有时把喝的水也称浆），裴航见到眼前的美若仙子的云英，怦然心动，于是就向云英的母亲求娶云英。她的母亲说：“你想娶她为妻就得寻找到玉杵臼，到那时我才能答应。”后来裴航终于寻得了玉杵臼，并为她们捣药百日，而后裴航与云英成婚，婚后二人成仙而去。此后人们就把这个故事用为男女爱情的典故，叫作“蓝桥之遇”，而“蓝桥”也成了男女相遇的爱情之所。性德在这里借这个典故表达了自己与所恋的人，有过一见倾心，一见钟情的经历。后一句用的是《淮南子·览冥训》和唐李商隐诗中的典故。后羿从西王母那里得到了不死之药，他的妻子嫦娥偷吃了，就奔月宫去，成仙了。李商隐《嫦娥》诗：“嫦娥应悔偷灵药，碧海青天夜夜心。”性德则将这两个典故糅合在一起，意思是说，我与你曾有过一见倾

心的美好时光，但是却不能成双成对像裴航、云英样地成为夫妻，也不能像嫦娥那样飞到月宫去。言外之意是纵有多么相亲相恋的深情，但终归未能结为佳配。 ④饮牛津：指天河、银河边。这里借指与相爱的情人幽会的地方。晋张华《博物志》："旧说云：天河与海通，近世有人居海渚者，年年八月，有浮槎来去，不失期。人有奇志，立飞阁于槎上，多赍粮，乘槎而去。至一处，有城郭状，屋舍甚严，遥望宫中多织妇，见一丈夫牵牛渚次饮之，此人问此何处，答曰：'君还至蜀郡问严君平则知之。'……后至蜀，问君平，曰：'某年月日客星犯牵牛宿。计年月，正是此人到天河时也。'"在这里用为典故，是取其所爱的人身在遥远的难以寻觅的地方之意。这里的意思是，我真的希望不避艰难，不怕遥远，一定要找到你，与你长相厮守，哪怕舍弃了荣华富贵，像牛郎一样地放牛，过着清贫的生活，也心甘情愿！

这是纳兰词的一首代表作，表达的是可遇不可求、爱情失意的痛苦。

结合这首小词需要说的是关于纳兰性德的一个隐私，就是历来对他的婚恋有不同的说法，认为性德在婚前就有恋人，甚至有的说就是他的表妹，后来这位表妹被康熙纳入宫中，从此劳燕分飞，成为"相思相望不相亲"的一对苦命的情侣。还有的说性德为了再能见到这位当初的恋人，还曾假扮成僧人，混在乐队里入宫，等等，总之是个谜。但是从他的一些词来看（包括这首），应该说他在婚前确曾有过一段恋情，只是所恋的情人是谁，很难确知。因为他的这些词写得扑朔迷离，他只是把自己的思念、惆怅、痛苦之情作了抒发，并不指实对方是谁，我们也很难看出所恋者是谁。

上片抒写了离情别怨的幽恨，下片表达了“相思想念”应该是“倍相亲”的无望的希望。自然，这种苦恋之情是痛苦的，是难以排解的，“若说没奇缘，今生偏又遇着他；若说有奇缘，如何心事终虚化。”真是有宝黛式的水月镜花之恨！诗人这种痛苦的情怀，这种隐情没有质直地去表现，他用的是借典刻画、抒发，是一种曲折暗示的手法。性德主张诗中用典要“使事灵动”，不能用事必此事，所以典故无非是诗人抒写自己性灵的手段，诗人依据自己所需去安排，去处理，可以原意取用，也可以加以改造使用。这首词可以说“使事灵动”，诗人或用前人成句；或将原句加以改动，使其“为我所用”，翻出新意；或用故实，但取其中一部分；或将几个故实联系在一起，融为自己的意思。其结果是把诗人深隐的情思，深藏的意蕴，得以生动地畅达，不但不觉隔膜，反而引人去深味。

长 相 思

山一程，水一程。身向榆关那畔行，夜深千帐灯①。　　风一更，雪一更。聒碎乡心梦不成，故园无此声②。

①榆关：指今河北省山海关。那畔：那边。　②聒：聒噪之声，就是嘈杂吵闹的声响。

这词大约写在康熙二十一年（1682）。这年的二月十五日，康熙自京城出发向东北去祭告他的祖陵：永陵、福陵、昭陵，二十三日出山海关。纳兰性德是一等侍卫，当然要护驾跟随，因此，本词大约就作于这次的出关途中。

这首和下一首《如梦令》，常常被人们合在一起去欣赏，去品评，原因是这两首词所写的内容和表现出的风格，甚至写作的时间、地点等等都很近似。王国维在《人间词话》里有一段评语，谈到了这两首词时，给予了极高的评价，他说："'明月照积雪''大江流日夜''中天悬明月''长河落日圆'，此中境界，可谓千古壮观。求之于词，唯纳兰容若塞上之作，如《长相思》之'夜深千帐灯'，《如梦令》之'万帐穹庐人醉，星影摇摇欲坠'差近之。"他把这两首小词与这些诗相提并论，称赞为"千古壮观"，的确是合适的，他所举出的诗句都是表现了一种雄浑豪壮的气概，都是大场景，大气魄，充斥着饱满的阳刚之美的著名诗句，"明月照积雪"是南北朝谢灵运《岁暮》的诗句，"大江流日夜"是南北朝谢朓《暂使下都夜发新林至京邑赠西府同僚》的诗句，"中天悬明月"是杜甫《后出塞》的诗句，"长河落日圆"是王维《使至塞上》的诗句。王国维将纳兰的这两首词与他们相并，说明了这两首词苍茫雄阔、景象非常的特色。

这词的上片，先是点出了这支军旅行进的去处，是榆关的那畔，那就是关外了。虽说只用了三句，而展现在读者眼前的却是一幅动的画面，是一幅"活景"，从时空上说，时间、空间都在无限地流动展开，不是静止的，不是定了格的图画。画面上，人马正在苍茫的天底下，层层的山峦间，浩浩的河水边匆匆行进，是一幅清晰可见的军旅急行军的图画，再有，你还会感悟到诗句中隐隐地透露出几许苍茫悲凉的情怀。所以这几句看来是在写景，而其实景中已深含了诗人浓郁的情韵。接下来的一句紧承前句，写了军旅宿营，说深夜里驻扎在边关之上，连营里千万盏灯光闪闪，真是一派壮观的景象！如果说前边勾画的是一幅动的画面，这里则是由“动景”转为了“静景”，但是这景却依然是静中有动的“活景”，因为这里有夜幕下的万千盏灯光闪闪，是静中寓动，静中有动的。所以上片虽然只有四句十八个字，可是意象鲜明，给人以鲜活灵动、境界苍凉雄阔的美感。

下片说，将士们在这远离家乡又风雪弥漫的寒冷的边关上宿营，耳听着风声雪声，挨过了一更又一更。风雪声把人们的乡心都搅碎了，连回乡的梦也做不成。这里也不是做静态的描写，不是定了格的图画，仍然是绘出了“活景”，与上片不同的是，上片写人在动，在走，军旅由行进到宿营；这里则是写了营地，只有“风”和“雪”的交加作响，场景上是定了格，但又是“寂处有声”，形成了一幅“有声画”，就是说这里不只勾画了漫天风雪的景象，而且画中有声响，这声响更惹人生起思乡的烦恼。所以这风雪声伴着乡心，叫人彻夜难眠，连回乡的梦也做不成了，真是苦恼上又加了苦恼，难耐之极。最后结句很淡，只是一句平常的言语，可是与前边一路写来的诗句联系起来看，这句却是“癯而腴”，就是说表面看来像是清瘦枯槁，实际上却是丰满厚实的，因为它承载了诗人的浓郁的无可奈何的思乡情结。所以是淡而不淡，情致含婉，余味隽永。

如　梦　令

万帐穹庐人醉，星影摇摇欲坠[1]。归梦隔狼河，又被河声搅碎[2]。还睡，还睡。解道醒来无味。

①穹庐：毡制的帐篷，即蒙古包。　②狼河：白狼河，今辽宁省的大凌河。

“万帐穹庐人醉，星影摇摇欲坠”两句是景语，描绘了军旅宿营。气势很大，场景很大，意思说夜晚军旅宿营，驻扎在滔滔滚滚的白狼河畔，万座营帐相连，一望无边，天地仿佛是连成一体，将士们躲在了帐篷里，酒醉一般地栖息，高天上的星朵一闪一闪地好像是要坠落下来。多么大的场面！真是够壮观的景象，写得真切清奇，光景如画，历历在目。所以蔡嵩云在《柯亭词论》里说：“纳兰小词，丰神迥绝”，“尤工写塞外荒寒之景，殆扈从时所身历，故言之亲切如此”。就是说不曾亲身经历体验过的人，是难以真切地摹画出这样大气派、大场景的。而值得注意的是，这里的写景仍然是“活景”，尽管所描绘的是夜幕下的荒野，是一片静谧空廓的氛围，但是一句“星影摇摇欲坠”就把景象激活了。这里有静，也有动，动静相间，活灵活现。

接下来“归梦隔狼河，又被河声搅碎”二句描绘了将士们在这远离家乡的白狼河边宿营，思乡之情更加强烈，但是身不由己，回不得故乡，那就盼望着能做梦回家吧！可是梦中回家也被大河阻断了，只能耳听着那奔流不息的河水声，搅得人连梦也做不成了。这是接前二句作进一步的刻画，又是“寂处有声”，河水声，又是“有声画”，而透过这画面，也就不难感悟到画中人的心情了。他们在思乡，在盼望着做个回家的好梦。所以“人不寐，将军白发征夫泪”的词旨也就自然凸现出来了。接下去收尾作结，作了一个逆转的收势。“还睡，还睡。解道醒来无味。”想家睡不着，怎么办？强迫自己，还是得睡，还是得睡！睡去了，也就解脱了烦恼，或许还可以在梦中与家人团聚，暂得一些安慰的吧，不然，总是这般清醒着，那可就备受烦恼的折磨了，就会更觉得人生的乏味和苦涩了。这收尾纯用情语，直抒胸旨，明白如话。但是真挚动人，自然入妙。因为这收束是由前边的情景流贯而来，而且在此又作了逆转，说不能睡也得睡，这样就把思乡的烦恼更加凸现出来，虽用直白言语也动人。

不过，这词不单单是表现了一种思乡的情怀，还有诗人更深层的、更深刻的感慨，联系到他的身世，他的思想，就不难感悟出他深刻愁思的情怀了。

此外，流动之美应该说是这两首小词的特色。罗丹说：“动是一切物的灵魂。只有这样的创作是永远有价值的，即它在自己内部具有着力量。”什么力量呢？打动读者、欣赏者的艺术张力。所以无论是诗还是别的什么艺术作品，一定要使它具有“动”感，有“流动”的美，如果说在作者笔下的景象不是“动”的，有“活”气的，只是静止的、呆板的描述，让人看不到生动的有声有色的、可闻可见可感的真实画图，那么你的笔墨再工再细也是败笔，不能成为佳构。

渔 父

收却纶竿落照红，秋风宁为剪芙蓉①。人淡淡，水蒙蒙，吹入芦花短笛中②。

①收却：收起。纶竿：钓竿。纶，钓竿上的丝线。宁为：乃为、竟为。剪：剪剪，齐整、摇曳之意。 ②淡淡：形容人的身影隐隐约约。

唐圭璋先生有一篇短文《成容若“渔歌子”》，说这首词是一首题画之作，是题写在徐虹亭《枫江渔父图》上的，当时题写的人还有许多，但都是用的七言绝句，惟有性德用的是词体。他又说容若题写之后，人们大为称赏，“一时胜流，咸谓此词可与张志和《渔歌子》并传不朽”。

的确，读这首小词如同看一幅恬淡的水墨风俗画，真可谓“诗中有画”，令人赏心悦目。人们常说：“诗是有声画，画是无声诗。”这小词就是“有声画”了。你看，诗人只用了二十七个字，就勾勒出有声有色，有情有意的渔舟唱晚的图画来，清空淡雅，令人陶醉，令人神往。

值得注意的是，诗中的动静、声色的巧妙的处理，开头一句由静景入手，然后渐渐转入静中含动的描写，第二句就渐进静中有动的佳境了，你仿佛看到了阵阵秋风正吹拂着莲花，摇摇曳曳，婀娜生姿，这里不但有静有动，而且有夕阳落照下的“半江瑟瑟半江红”的美色，画面完全展开了。而接下去则是动静结合，水天迷蒙，人影隐约可见，渔人们在荡桨，在缓缓前行，而同时又仿佛是隐约的笛声传来，笛声却又不是静止在一地一处，它是在流动中，在由远到近，又由近到远，悠扬缥缈直至没入到芦花荡中，陶然悠然，不绝如缕。好了，诗人用笔勾画了一幅美景，而我们透过这幅美景不是也似乎触摸到诗人的欣赏、追求恬静淡远，清幽闲适的情趣吗？所以，这词又可以说是景中寓情，情景交融，你看是不是这样呢？

这里的“动态”描写，有人称之为“媚”，就是诗中动态的美。莱辛在《拉奥孔》里说：“诗想在描绘物体美时能和艺术争胜，还可用另外一种方法，那就是化美为媚。媚就是动态中的美，因此媚由诗人去写，要比由画家去写较适宜。画家只能暗示动态，而事实上他所画的人物都是不动的。因此，媚落到画家手里，就变成一种装腔作势。但是在诗里，媚却保持住它的本色，它是一种一纵即逝而却令人百看不厌的美。”这里的“媚”字不是贬义，而是专指动态之美，流动之美。性德这首小词正是将这种“媚”化作了具体的诗，得到了“令人百看不厌的美”的艺术效果。

沈宛

沈宛，生卒年未详，字御婵，浙江吴兴人。《全清词钞》《历代妇女著作考》等皆称沈氏为纳兰性德之妾，但无确考。今人赵迅《纳兰家族墓志通考》云：沈宛于康熙二十三年（1684），适性德。第二年性德亡，沈氏归里，莫知所终。有《选梦词》（一作《选梦楼词》）。词风与纳兰性德近似。

菩萨蛮

忆旧

雁书蝶梦皆成杳，月户云窗人悄悄[①]。记得画楼东，归骢系月中[②]。　　醒来灯未灭，心事和谁说。只有旧罗裳，偷沾泪两行。

①雁书：指所思念的旧日情人的书信。蝶梦：与情人相会的美梦。　②画楼：雕饰有彩画的华美的楼阁。　归骢：指情人骑着青骢马归来。骢：青白色的马。

康熙二十三年（1684），纳兰性德经好友顾贞观的介绍，从江南迎娶了沈宛为妾，但两人共同生活了不到一年，康熙二十四年（1685）五月性德便与世长辞了。性德死后，沈氏即归江南故里，此后有关她的记载无多，也就不知其所终了。从这首词所标的题目和内容来看，大约是沈氏回到江南之后填写的。

词题“忆旧”，故通篇以此为中心，字字贴合题旨。词风很像纳兰性德，朴素无华，全用白描，清丽凄婉。上下片各四句，结构也相同。上片前二句写此时此刻，后二句则是推出旧时情景。下片同样也是由此及彼的思路表达，前二句为一意，后二句又为一意。这看似平常，其实是极见匠心的。

沈祥龙《论词随笔》说：“词之言情，贵得其真”，“其真处有自然流出者”。沈宛之词乃是心声的自然流露，是她饱蘸了身世血泪凄情的自然流露，非一般文士能及，读来荡气回肠，令人心酸。

沈朝初

沈朝初，生卒年未详，字洪生，号东田，江苏吴县人。康熙十八年（1679）进士，改庶吉士，授翰林院编修，官至侍读学士。有《不遮山阁诗余》二卷。

念　奴　娇

走马灯[①]

天工巧绝[②]，惯无端、簸弄古今人物[③]。何处沙场顷刻里，走遍北辕南辙[④]。有焰银釭，无声金鼓，漏尽难休歇[⑤]。人生何事，寸肠如许炎热[⑥]？　谁夸汗马江山，徒然逐鹿[⑦]。麟阁多豪杰，待得弓藏飞鸟尽，同作灰消烟灭[⑧]。紫燕腾空，桃花拍浪，掩映中庭月[⑨]。持杯高照，上元人醉佳节[⑩]。

①走马灯：一种制作奇巧的彩灯。中置一轮，轮周围置纸人纸马等图像。轮下燃烛，热气上腾，引起空气对流，使轮转动，纸像随而旋转。又叫马骑灯。　②天工巧绝：化用赵孟頫《赠放烟火者》“人间巧艺夺天工”诗句，意思为走马灯制作得精巧绝伦。　③簸弄：播弄、玩弄。此句意思是走马灯惯于播弄历史故事，玩弄古今人物。　④沙场：战场。顷刻里：瞬息之间。北辕南辙：即成语南辕北辙，本想向南去，却驾车往北去

了，比喻行动与目的相反。这二句意思是走马灯上显现的沙场争战，变化无常，瞬息间就表演了一幕幕南辕北辙、颠倒是非的闹剧。 ⑤银缸：银灯。金鼓：代指战争。漏尽：表示彻夜、整夜。三句意为冒着火焰的银灯，映照着走马灯上的人物，表演着无声的战争，一刻不停，直到夜阑人静。 ⑥“人生”二句：意思是人生在世，如白驹过隙，为什么贪图富贵的欲望如此热烈，对功名如此热衷？ ⑦汗马江山：《史记·萧相国世家》云：汉高祖的一些开国功臣与萧何争功，说自己为汉家争夺天下，“多者百余战，少者数十合”，立下汗马功劳，比萧何功劳大。逐鹿：《史记·淮阴侯列传》有“秦失其鹿，天下共逐之”之句。后代指争夺天下。这二句意思是如今谁还来夸什么汗马功劳，中原逐鹿！古今一梦，一切都是徒劳的。 ⑧麟阁：麒麟阁，在汉未央宫内。汉宣帝甘露元年（公元前53年），画霍光、张安世等十一个功臣图像于阁中。这里代指历代王朝为开国功臣设祠置庙。弓藏飞鸟尽：即“狡兔死，走狗烹；高鸟尽，良弓藏；敌国破，谋臣亡”（见《史记·淮阴侯列传》）。这三句意思是自古以来，多少开国元勋，一当敌国被灭，新王朝建立，他们也就到了被害之时，他们的功业同他们的肉体一样，像灰像烟似的流散了。 ⑨紫燕：比喻腾起的焰火。桃花：比喻桃花般绚丽的灯海。这二句意思是灯市上紫燕般腾起的焰火，桃花般绚丽的灯海，照彻涌动的人潮，掩映着中庭的明月。 ⑩“持杯”二句：意思是举杯观赏走马灯，沉醉于上元佳节的热闹欢笑之中。

咏物词，为咏物而咏物，那就没什么意思，咏物之词总是作者要借所咏之物说点什么，有的托物言志，有的咏物抒情。

沈朝初这首则是借物讽喻，他由走马灯联想到社会、人生，即笼千古历史于笔端，寓冷峻思考于形内，意在讽喻世人，尤其是向那些追名逐利的人，告诫他们快快醒悟，远离是非地，摆脱名利场。

刘勰《文心雕龙·比兴》有“讽兼比兴”的提法，这首词则正是。词人从“虫鱼草木之微”悟到了“天地万物之理”，取譬非常贴切，构思十分巧妙，虽志在言理，但理寓象中，若即若离，情趣盎然。

史惟圆

史惟圆，生卒年不详，原名策，一名若愚，字云臣，江苏宜兴人。有《蝶庵词》四卷。

苏幕遮

离别

柳欹风，荷飐雨[①]。怨雨愁风，共趁河桥渡[②]。日夜东流流不住。绿遍长堤，总是销魂树[③]。　　乳鸦啼，雏燕语，望里茫茫，不尽江南路。自古浮萍无定据，双桨无端，又逐浮萍去[④]。

①欹：倾斜。飐（zhǎn）：风吹物动之意。二句意思是风雨吹打着岸边杨柳、水中的荷花。　②共趁：共同经受之意。这二句意思是送行人于桥边渡口，共同经受着风雨和离愁别怨。　③“绿遍”二句：意思为，放眼望去，长堤绿遍，都是让人伤心销魂的柳树。　④“自古”三句：意思是自古以来浮萍到处漂流，无根无系，这是谁都知道的，而此刻行人就要离去，那双桨荡着小船，也同浮萍一样，漂流远去了。

词题是“离别”，但词旨所含既有“伤”，有“恨”，也深含了“怨”，通篇表现的是离别之怨。怨风雨，怨水流，怨杨柳，怨鸦啼燕语、茫茫远路，最后怨双桨无端（无情），它把行人随了浮萍荡去。总之，满怀了伤离怨别之情。

这首词在作法上特点是，作者始终用“动感”的景物画去表现离情，主人公的离情别绪是在景物环境不断变幻中，在拟人化的描写中表现出来的，不是平板的、呆滞的，因此显得生动灵活。

蒋景祁

蒋景祁，生卒年未详，字京少，又字荆少，自称“阳羡后学”，江苏宜兴人。一生落魄，以诸生终。工于词，著有《梧月词》二卷，《罨（yǎn）画溪词》一卷，辑有《瑶华集》二十二卷，囊括了清顺治、康熙时期词作的精华。其词多壮语，与陈维崧相近。

阮　郎　归

天街微雨送春晖，芳尘湿不飞①。闲园香雾小红肥，月和烟露稀②。　　萦别馆，上斜扉，轻风飏地衣③。七弦声乱十三徽，马嘶人未归④。

①天街：指京城中的街道。芳尘：香尘，即带有芳香气味的尘土，一般指的是女子轻移莲步时扬起的尘土。这二句意思是，一阵微雨洒在了京城的街道上，送走了明媚的春光，那些带着芳香的尘土也不飞扬了。　②香雾：指繁花盛开飘来的香气。烟露：迷蒙的露珠。这二句意思是，在空寂的小庭院里，繁花盛开，小红花肥嫩鲜艳，在月光下露珠点点，隐约可见。　③别馆：别墅。扉：窗子。飏（yáng）：抛起，扬起。地衣：地毯之类。这三句是说月光萦绕着别馆，又斜斜地照到了窗子里，此刻美人们的舞步扬起了阵阵微风，把地衣都掀动了。　④七弦：代

指琴。乱：乐曲的最后一章称“乱”。十三徽：琴弦上指示音节的十三种标志。这二句意思是，从窗内听去，乐曲已是演奏了许多曲调，时间够长了，他似乎该是回家的时候了，但却只听到了“马嘶”，没有见到人归。

这是一首别致的闺怨之作，之所以说别致，是因为它不同于一般的征夫思归的闺情闺怨，表面上看写的是闺中少妇的情致缠绵，孤独寂寞，其实是借此讽喻那些寻欢作乐、流连于别馆的公子哥、阔少们，是一篇带有讽刺意味的词。

词的上片，极力渲染气候是那样的宜人、花儿是那样的鲜嫩、月色是那样的皎洁，夜露又是那样的稀薄，正是花间携手，月下相并的最好环境，但事与愿违，他不在身边，“丈夫好新多异心”，怎能不令她伤情生怨呢？下片则把笔触转向对他的讽喻，仍是从少妇角度去写，写其别馆的豪华，歌舞的喧阗，显然，他早把倚楼凝望，为伊憔悴的少妇抛到九霄云外去了。所以，写少妇之情意缠绵，正是为了反衬这类公子哥的寡情薄义。上片是在写景中传达出伤感之情，下片是在叙事中流露出讽喻之意。

曹 寅

曹寅（1658—1712），字子清，号荔轩，又号楝亭，原籍丰润（今属河北省），一说辽阳（今属辽宁省）。从他祖父起即为满洲贵族包衣（奴仆），隶属正白旗。官至通政使、管理江宁织造、巡视两淮盐漕监察御史。《红楼梦》作者曹雪芹为其孙。善骑射，工诗词，亦能曲。著有《楝亭诗钞》《词钞》《续琵琶记》等。

浣 溪 沙

曲曲蚕池数里香，玉梭纤手度流黄①。天孙无暇管凄凉②。　　一自昭阳新纳锦，边衣常碎九秋霜③。夕阳冷落出高墙④。

①蚕池：作者自注：“蚕池，明时宫人纳锦之所，今有故基云机庙。”玉梭：白色的织布梭子。流黄：指黄茧丝。　②天孙：织女星的别称。这句意思是，织锦女工辛辛苦苦，织出的锦缎被官府掠走了，她们却生活得很悲惨，无人体恤，连织女星也不能为她们分忧。　③昭阳：昭阳殿。汉武帝时后宫有八区，有昭阳殿。这里代指皇后、皇妃所居之处。纳锦：搜罗锦缎为后宫皇后、皇妃更换新衣。边衣：戍边战士御寒衣。九秋：九月深秋。　④“夕阳”句：意思是夕阳照在了高墙深院的“蚕

池”，那里堆积的织锦如山，都要超出院墙了。

杜甫有“彤庭所分帛，本自寒女出”（《自京赴奉先县咏怀五百字》），张俞也有“遍身罗绮者，不是养蚕人”（《蚕妇》）的名句，曹寅这首词可以说与这些诗意相似，对清初织锦女工们的生活给予了关注和同情，是有一定讽喻意义的。

这首词运用了对比的手法，即以织锦女工的凄凉生活与昭阳殿里的贵人对比，又以边防士兵的破碎寒衣与昭阳殿里贵人的锦衣对比，表现了劳苦者与享乐者两种不同的生活境况，形象地揭示出劳而不获、获而不劳的现实。

清代在苏州、杭州、南京等地设“织造署”，为皇宫提供使用的各种丝织品。曹寅曾任江宁织造，除了为皇家造办衣料、帷帐等丝织物外，还兼有特殊使命，即查访江南的吏治民情，向康熙皇帝密报。曹寅写这首词的时候，大约正在江宁织造任上，故其所揭示的下层人民与统治者的贫富矛盾，表现出对劳动者的同情，还是很有认识价值的。

查慎行

查慎行（1650—1727），字悔余，浙江海宁人。初名嗣琏，字夏重，后改名，号他山，又号查田。晚筑初白庵而居，因号初白。少受学黄宗羲。精《易》工诗，名闻禁中。康熙三十二年（1693）举乡试，四十一年（1702）应诏入直南书房，不久赐进士出身，选庶吉士，散馆授翰林院编修。四十八年（1709）奉旨赴武英殿书局编纂《佩文韵府》，书成，因病乞归，终老林下。有《敬业堂诗文集》《补注东坡编年诗》。其诗得宋人之长而不染其弊，为清初一大家，词曾师从表兄朱彝尊，能博采众长，不拘一格，以白描、情韵取胜。

贺　新　凉

壬辰重阳前二日，张日容招集城南陶然亭[1]

蓦过中秋后[2]。响西风，万梢芦荻，万条杨柳。惆怅东篱归未得，帝里又将重九[3]。且趁伴、来开笑口[4]。检点尊前人如故，只病夫、废了持螯手。用其一，且持酒[5]。　　敝裘缝裂新寒透[6]。记年时、随鹰逐兔，射飞烹走[7]。贫到今番无菊看，一醉径烦良友[8]。算乐事、人生难又。此会明年知谁健，问登高、还在城南否[9]？吾老矣，莽回首[10]。

①壬辰重阳前二日，即康熙五十一年（1712）九月七日。张日容：张大受（1657—1722），字日容，号匠门，江南嘉定（今属上海）人。康熙四十年（1701）进士，官翰林院检讨。查慎行在京中的诗友，二人颇多唱和之作。陶然亭：即今北京宣外陶然亭公园。 ②蓦过：意为忽然感觉到了。 ③东篱：用陶渊明《饮酒》诗“采菊东篱下，悠然见南山”句。此处借指家乡浙江海宁。帝里：帝京，即京城的皇城里。 ④趁伴：与诗友一同聚会。开笑口：杜牧《九日齐山登高》有“尘世难逢开口笑，菊花须插满头归”句，此用其意。 ⑤检点：约束、慎重。持螯手：《世说新语·任诞》说：晋毕卓（茂世）嗜酒，曾说：“一手持蟹螯，一手持酒杯，拍浮酒池中，便足了一生。”这四句意思是，在这诗酒会上我要检点自己，虽说我这人依然如故，可如今已成病残，持蟹螯的手已经残了，只剩下另一只持酒杯的手了。 ⑥“敝裘”句：意思是破旧的皮衣缝了又缝，虽然裂缝缀上，仍是遮不住寒冷。 ⑦“记年时”二句：查慎行当年供奉翰林院时，曾数度护驾古北口、游猎木兰围场，驻跸避暑山庄，倍受康熙宠信。随鹰逐兔，射飞烹走：即飞鹰走狗，代指打猎。 ⑧菊看：用陶渊明“白衣送酒”故事。据檀道鸾《续晋阳秋》载，陶渊明曾于九月九日没有酒喝，他摘了一把菊花，坐在了花丛边，不久即见有白衣人王弘送酒来，渊明立即酌饮，醉而后归。这里则说“无菊看”，即较渊明更穷，因而为张日容“招集”宴饮，深感歉疚。 ⑨明年知谁健：用杜甫《九日蓝田崔氏庄》“明年此会知谁健？醉把茱萸仔细看”诗意。登高：用晋桓景于九月九日举家登山，饮菊花酒，避开了一场灾祸之典事（见周处《风土记》）。 ⑩莽回首：茫然回首。

据《清史列传·文苑传》载，查慎行于康熙四十二年（1703）被特赐进士出身，不久授翰林院庶吉士，后奉旨领局武英殿编纂大型类书《佩文韵府》，经三年之久，终告完成。结果如他自己所说："七年供奉入乾清，三载编撰在武英。两臂病风双眼暗，枉将实事换虚名。"（《自题癸未以后诗稿》）。而且除了耳聋眼花，两臂中风以外，他还受到后宫太监的谗言中伤，一度"奉旨暂停入直"南书房。无疑，这位居官十载，落得一身残疾，看透了官场黑暗的翰林公，内心是充满了难以名状的悲哀和痛苦的。刘永济在《微睇室说词》中说："凡词写节序，多系书写今昔盛衰之情。惟节日易触起旧情，故历来词人，此时此际，动生感慨。"因此当壬辰重阳节前好友张日容招集请宴于陶然亭的时候，这位年已六十三岁的诗人，便借端抒慨，发为悲歌了。

本词虽属叹卑嗟老，苍凉沉郁，不免凄怀哀痛，但气势飞动，语状笔健，脉络清晰，颇有稼轩词的韵味。

临　江　仙

平望驿①

两岸菰蒲闻笑语，人家只隔轻烟②。银鱼晓市上来鲜③。一湖莺脰水，双橹燕梢船④。　　屈指邮亭刚第一，眼中长路三千⑤。南风吹梦到江天。故乡桑苎外，无此好山川⑥。

①平望驿：在今江苏吴江县南五十里处，靠近太湖，古运河边。 ②“两岸”二句：化用秦观《秋日》“菰（gū）蒲深处疑无地，忽有人家笑语声”句意。菰蒲：菰、蒲均为浅水植物。此处借指水边之地。 ③银鱼：古名“脍残鱼”。头扁平，口大，身体细长而透明，肉细味美。多分布于浙江沿海地区。 ④莺脰（dòu）水：莺脰湖，位于吴江县南四十里处，北连太湖，其形似莺脰（颈项）故称。这二句意思是，莺脰湖的水面上，双橹划着燕形船梢的小船。 ⑤邮亭：古时设在大路沿途，供送文书的人和旅客歇息的馆舍。这里指的是平望驿。二句意思是，屈指算来平望驿才是第一站，前边还有遥遥三千里漫长的路程。 ⑥“南风”三句：化用苏轼“我本无家更安住，故乡无此好湖山”诗句。桑苎（zhù）：同“桑梓”，苎，苎麻。桑、梓、苎都是家宅旁常种的草树，后代指为家园、家乡。这三句意思是，南风把我希望的梦吹向了江面，除了故乡之外，再没有这样好的山川了。

康熙十八年（1679）五六月间，作者北上江宁（今南京），西往荆州，入贵州巡抚杨雍建幕，途经平望时填写了这首词。

平望地处嘉兴、湖州要道，元末张士诚曾派水师驻此。这里为水乡小镇，物产丰饶，景色秀丽，作者行舟至此，不禁连声赞叹，把它看作是仅次于自己家乡海宁的大好山川，遂以轻快笔调，描绘、赞美了这里的秀美景色。

这首词取上景下情之常用手法。上片“两岸”三句，描绘平望之景，勾画出一幅浓郁的江南水乡的风俗画，亲切近人，动静相间，意境优美。接下“一湖”二句，用一对句，描绘了莺脰湖上的景象。饶具情趣。从写景上看，作者的视点几经变化：首二句从河中观察河岸，是远景；“银鱼”句写上岸后在鱼市所见，是近景；末三句从岸上回视湖中，又是远景。风景与风俗交错摹画，前后写风景，中间嵌入风俗的点染，别致清新，颇有诗情画意。下片写情，其手法也是变化的，“屈指”二句，形象地表现出回顾、前望的计算行程的神态；“南风”一句，用浪漫的奇想抒发俊逸、豪迈之情；“故乡”二句又化用苏轼诗句，表达了志在四方的壮怀。

这首小词清丽淡雅，流畅俊爽，显示了作者的才情富赡，功力纯熟。

杜　诏

杜诏（1666—1736），字紫纶，号云川，别号浣花词客、蓉湖词隐，又称丰楼先生。江苏无锡人。康熙五十一年（1712）进士，改翰林院庶吉士，荐举博学鸿词，却"绝意仕进""以亲老乞终养"，归隐林下。师从顾贞观。工诗文，尤擅填词，亦长于绘画。有《云川阁集》传世，又有《凤髓词》《浣花词》等。

满　江　红

过渌水亭[①]

一带寒汀，问是处、谁家庭馆[②]？可记得、水晶帘下，绿荷香满[③]？尽日不教东阁闭，无时肯罢西园宴[④]。十年间、海内几词人，同游宦[⑤]。　　奈侧帽，风情断。觉弹指，韶光换[⑥]。便飘香秀笔，总随云散[⑦]。何事庄生迷晓梦，重来楚客逢秋怨[⑧]。正萧萧、落叶冷燕山，霜华晚[⑨]。

①渌水亭：纳兰性德家的亭子（据博任先生云，今宋庆龄故居纪念馆内恩波亭即为渌水亭旧址）。纳兰性德曾在《渌水亭宴集诗序》中，对他家的风景作了如下描写："墙依绣堞，云影周遭。门俯银塘，烟波滉漾。

蛟潭雾尽，晴分太液池光；鹤渚秋清，翠写景山峰色。”证明其地址正在今什刹海北岸。②汀：水边平地。二句意思是，这一带寒冷的水边平地，请问是谁家的宅院？③水晶帘：参见第196页《踏莎行（芳草才芽）》注②。此二句意思是，可曾记得水晶帘外，绿池里荷花开遍，香气溢满。④东阁：汉武帝时公孙弘为丞相，开东阁以延贤人，后将宰相招致贤士之所称为东阁。纳兰性德之父明珠为康熙朝宰辅之臣，故称其家为东阁。西园：明珠府内西半部称“西园”，今为宋庆龄故居纪念馆。二句意思是，东阁之门整日敞开，西园里的游宴也没有休止的时候。⑤十年间：指从康熙四十四年（1705）作者做官起，到归隐山林，后又奉旨编修《词谱》的康熙五十四年止，恰好十年。在这十年里，姜宸英、严绳孙、梁佩兰、朱彝尊、顾贞观等著名词人先后谢世。游宦：在外做官。二句意思是，在这短短的十年里，还有几个词人一同在外做官呢？言外之意即他们先后故去，无人再到此处了。⑥侧帽：纳兰性德词集原名《侧帽词》。弹指：顾贞观词集名《弹指词》。韶光：美好的时光。四句的意思是，怎奈何，如今纳兰公子的风度情韵已成绝响，弹指间美好的时光就过去了。这里“弹指”意有双关，既含时光短暂，又含贞观词集（及贞观其人）之意。⑦“便飘香”二句：意思是即使秀美的词笔飘洒出陶醉人的芳香，也总要风流云散。⑧何事：为什么。庄生迷晓梦：《庄子·齐物论》载，庄子睡觉中做梦变为了蝴蝶，梦醒之后，自问我变成了蝴蝶，还是蝴蝶变成了我？其意表示人生本是虚幻的。楚客逢秋怨：指宋玉悲秋。宋玉《九辩》有“悲哉，秋之为气也”的句子。这二句意思是，为什么庄子迷恋拂晓的蝶梦，宋玉逢秋要发出悲怨？⑨燕山：山名，在河北省北部，余脉达北京西北部。这二句意思是，现在正是落叶萧萧洒满凄凉的燕山，霜花铺满大地的傍晚。

这首词是伤悼纳兰性德及顾贞观的挽词，约作于康熙五十四年（1715）之秋。

纳兰性德与顾贞观之身世，可参见本书“纳兰性德”与“顾贞观”小传及有关作品。杜诏小纳兰性德十一岁，待他受命内廷，有机会与纳兰家结交时，性德已下世二十年，其父明珠也已亡故七年，故性德生前诸事，杜诏只能有所闻而不可能亲历。因此词中所述，皆为想象之语。

纳兰性德在世之日，喜交游，徐乾学在性德的《墓志铭》中作了描绘：“君所交游，皆一时俊异，于世所称，落落难合者。若无锡严绳孙、顾贞观、秦松龄、宜兴陈维崧、慈溪姜宸英，尤所契厚。吴江吴兆骞，久徙绝塞，君闻其才名，赎而还之。坎坷失职之士赴京师，生馆死殡，于资财无所计惜。”而且他经常与这些友人相聚于渌水亭，诗酒唱和。顾贞观则是性德的莫逆之交，又是性德之弟揆叙的师父，也是杜诏的老师，他是渌水亭的座上客。作者对他们推崇备至，心仪既久，所以当他再到明珠府，入得西园，目睹残败冷落的渌水亭，想到当年盛况不再，诸贤纷纷谢世，踪迹都无，令他悲怀伤感，哀惋之至，于是填词抒慨，以示悼念了。

词的上片由眼前景起，点出时令、地点，以设问将读者带入对往事的回想与追念之中。自“水晶帘”下至“同游宦”，写纳兰家盛时景象。虽都是出之想象，但化虚为实，真切动人。最后之“十年间”二句，更是满含“逝者如斯”的无限感慨。下片是对纳兰性德、顾贞观的深情凭吊。过片四句，语义双关，明言风情物候，暗写二人谢世，词苑名家从此凋零，无人继响。接下“飘香”四句进一步抒发感慨，表现了一种对生命变幻无常的无可奈何的悲哀，其中用庄子、宋玉的典故，增加了感慨的厚重。最后“正萧萧”二句，以景收束，因景传情，又回照了开端，使首尾连环，使词在一种愁云笼罩的凄凉氛围中缩住。

厉　鹗

厉鹗（1692—1752），字太鸿，号樊榭，浙江钱塘（今杭州市）人。康熙五十九年（1720）举人。乾隆元年（1736）应博学鸿词科试，无意仕进，潜心著述。厉鹗博洽群书，尤熟于宋史。词宗南宋姜夔、张炎，婉曲幽深，字句清远，声调和谐，每成高境，是继朱彝尊而后起的浙西派的重要作家。著有《樊榭山房集》二十卷，《湖船录》一卷，《南宋画院录》八卷，《宋诗纪事》一百卷，《南宋杂事诗》一卷及《绝妙好词笺》等。

谒金门

七月既望，湖上雨后作①

凭画槛，雨洗秋浓人淡②。隔水残霞明冉冉③，小山三四点。　　艇子几时同泛？待折荷花临鉴④。日日绿盘疏粉艳，西风无处减⑤。

①七月既望：指雍正六年（1728）阴历七月十六日。湖上：指杭州西湖。　②画槛：绘有花纹图案的栏杆。人淡：指人心淡，即心情恬淡。　③冉冉：慢慢地、缓慢地。　④鉴：镜子。此处指西湖水平如镜。　⑤绿盘：荷叶。疏粉艳：指荷花日渐稀疏、凋谢。

在《白雨斋词话》里，陈廷焯评论道：“余最爱樊榭《谒金门·七月既望，湖上雨后作》”，词“中有怨情，意味便厚，否则无病呻吟，亦可不必”。他说出了这首词的一个特点，即“中有怨情”，不是“无病呻吟”，所以“意味便厚”。

如何“中有怨情”呢？其怨情均含在了词的写景写情之中了。上片侧重在写景。“凭画槛”，点明“湖上”，“雨洗”句点明时间，同时对雨后西湖景色作了总的描述。“秋浓人淡”，是说秋气越来越浓，寄情山水的恬淡心情也油然而生。这为通篇定了基调。接下的两句写远景，极目远眺，夕阳西下，天边一抹余霞，给雨后苍碧的自然景物添上一层明亮色彩。而“小山三四点”，新奇别致，极为传神。下片写情，则意中有人，“艇子”二句为倒装句式，突出期待之情，原先约定与她同泛湖上，赏景折荷，而现在已入秋，花已凋零，人在何处！透露了心中的遗憾、失望。最后二句以景结情，写秋风一天天地吹拂，剩下绿盘样的叶子，花已不留一瓣，没有可吹落的了。雨带去了美好的时光，带走了相聚的希望，至此则由遗憾、失望，转而为“怨”。所以这首词以湖上雨后景物来表现作者对美好事物的向往和幻灭的悲哀，但是含婉不露，故有余不尽之意耐人咀嚼，且显示出了味厚的特色。

贺双卿

贺双卿（1715？—？），女词人，字秋碧，江苏丹阳人。据其同里史震林《西青散记》载，双卿生在绡山一农家，负绝世才，秉绝代姿，嫁金坛村夫周氏，婆婆凶狠，丈夫庸俗粗暴，最后“劳瘁以死”。著有《雪压轩诗词集》。

凤凰台上忆吹箫

残 灯

已暗忘吹，欲明谁剔，向侬无焰如萤①。听土阶寒雨，滴破残更②。独自恹恹耿耿，难断处，也忒多情③。香膏尽，芳心未冷，且伴双卿④。 星星⑤，渐微不动，还望你淹煎，有个花生⑥。胜野塘风乱，摇曳渔灯⑦。辛苦秋蛾散后，人已病、病减何曾⑧。相看久，朦胧成睡，睡去还惊。

①剔：挑。古代点油脂灯，灯芯浸在油中，将灯芯挑长一些，灯就亮些。侬：我。萤：萤火虫。三句意思是，灯火已暗下去了，忘记把它吹灭。它想变得明亮些，又无人去挑灯芯，那微弱的火焰如同萤火一般。 ②土阶：土台阶。滴破残更：雨点滴到天明。 ③恹恹：瘦弱的样子，形容灯光的微弱。耿耿：闪闪发亮。难断处：灯光欲熄未熄的样子。忒：方言，太。 ④香膏尽：灯油已熬干了。芳心：指灯芯。这三句意思

是，灯的香膏已经燃尽，灯芯却未冷，依依不舍地伴着我贺双卿。⑤星星：形容灯光将熄，像天上的星星一样，还剩下一点光亮。⑥淹煎：拖延着、熬煎着。花生：指灯花再出现。旧时认为灯芯爆出灯花是喜兆。这三句意思是，灯光渐渐微弱了，不能闪动，还盼着你多延续些时，盼着你爆出灯花来，预示给我一个喜兆。⑦“胜野塘”二句：意思是我看你胜过那野塘里，风中摇曳的渔人灯火。⑧“辛苦”二句：意思是眼看着飞舞着的秋蛾，从灯边散去了，我这已病倒的人，病情何曾减轻呢！

女词人的命运是悲惨的，她的一生在杵杖恶骂声中度过，而其所遇与所历正是中国古代多数妇女命运的写照。这首咏“残灯”的小词便是备受折磨摧残的女性命运的象征，女词人将自己的身世以残灯的形象作了生动的概括和描绘，读者自会通过这一艺术形象去联想到她悲剧性生涯的凄惨，并为之洒下一掬同情之泪的。

古人对咏物之作论述甚多，惟强调的是诗人与物的关系，即须是有人有物，有寄托方为妙品，蒋敦复《芬陀利室词话》说：“小小咏物，亦贵得风人比兴之旨”，“非区区赋物而已”，“未有无所寄托而可成名作者”。贺双卿的“残灯”词之所以成为名作，即因其中含了寄托，而其寄托又绝非一己的身世之悲，她的悲哀代表了封建制度、封建礼教压迫下，千千万万妇女的命运，所以词的意义就不同一般了。

全篇紧扣“残灯”二字，把一盏将要熄灭的灯写活了，她反复刻画残灯的形象，将片时之景描摹入微，而且不光生动地绘出残灯之形，还将其心理感受附之于灯，使残灯也情意化了，人与物交融为一体，即灯即人。女词人虽没有直言自己的身世命运，没有直言控诉压迫她的恶势力，但残灯的形象便把词人之旨含蕴其中，这样残灯之形清晰可见，词人之情又亲切可感，形成了撼动人心的艺术形象，因而读了这首词便被其情景感染，久久不能忘怀。

双调望江南

春不见，寻过野桥西①。染梦淡红欺粉蝶，锁愁浓绿骗黄鹂②。幽恨莫重提。　人不见，相见是还非。拜月有香空惹袖，惜花无泪可沾衣③。山远夕阳低。

①野桥：野外的小桥。　②“染梦”二句：意思是那染梦似的淡红色的小花，欺哄了对对的粉蝶；锁愁的浓绿树叶，骗了鸣啭的黄鹂。染梦、锁愁，将花、叶拟人化。　③拜月：古代妇女的一种祈福的方式。这二句意思是，我对空中的明月祈祷，希望得到幸福，却只有香烟徒然缭绕着衣袖，我有心惜花，可连惜花的眼泪也流不出了。

贺双卿仅为一普通农家女子，嫁非其人，造成一生的悲剧命运，但是她有没有过自己真正的感情生活，有没有过自己的意中人呢？无人知晓，也不见记载，只是从这首小词里仿佛是透露出一点隐情，她似乎有过心上人，有过甜蜜的爱情，而写这首词时，那已成为了往事，但却是难以忘情的往事，所以女词人便写了这篇伤春怀旧之作。

词的上片重在写景，写暮春时节，为寻春而过桥西去，然而所见却是红花粉蝶，若梦若幻，绿叶浓密，仿佛锁了浓愁，骗得黄莺儿不住地声声啼啭，于是惹出了“幽恨莫重提”的悲怨，因为往事不堪回首，回首令人心碎。但却又不能不回首，故自然转入下片。下片重在抒怀。先说伊人是见不到了，即使见到也会“相逢应不识”。“拜月”二句的承接，则是全篇最凄婉、最伤情处的刻画，说过去美好的祈福，美妙的理想通通成了泡影，到如今已是欲哭无泪，希望破灭，心如死灰。这两句中该是蕴有多少难以言说的愁情苦语，多少女词人的悲哀隐痛啊！故其婉而深，哀而伤。最后以景语作结，更烘托了惨淡的哀怨，凄苦的愁情。

据《西青散记》上说，女词人常常以自己具有的“才情自悔”，所以她不愿留下墨迹，将其创作以粉笔（化妆所用之笔）书于芦叶上，意在不想保留。惟其如此，她的词便不同于文人雅士们的创作，更不同于沽名钓誉者的文章。沈祥龙《论词随笔》说：“词之言情，贵得其真”，“其真处有自然流出者”。贺双卿笔下的文字是心声、是真情、是纯任性灵的自然流露，故读来荡气回肠，哀感无穷。

郑　燮

郑燮（1693—1765），字克柔，号理庵，又号板桥。扬州府兴化县（今属江苏）人。乾隆元年（1736）进士。任山东范县（今属河南）知县，转潍县（今山东潍坊）知县。因赈济得罪豪绅去职。乾隆十八年（1753）后以自耕及卖画谋生。善画竹兰，系“扬州八怪”之一。又精书法，自成一格，号“六分半书”。诗多反映民生疾苦，又善道情、小品文及俚词。《郑板桥全集》中有《板桥词钞》。

瑞　鹤　仙

帝王冢①

山河同敝屣，羡废子传贤，陶唐妙理②。禹汤无算计③，把乾坤重担④，儿孙挑起。千祀万祀，淘多少英雄闲气⑤。到如今、故纸纷纷，何恨秦头汉尾⑥。　休倚，几家宦寺，几遍藩王，几回戚里⑦。东扶西圮，偏重处，成乖戾⑧。待他年一片、宫墙瓦砾，荷叶乱翻秋水⑨。剩野人、破舫斜阳，闲收菰米⑩。

①帝王冢：帝王坟墓。　②山河：指帝王统治的江山，即统治权。敝屣：破鞋。羡：钦敬。陶唐：陶唐氏，即唐尧。妙理：精妙的道

理。 ③禹：夏禹。汤：商汤。夏禹把王位传给了儿子启，商汤沿用了世袭制。无算计：欠考虑。 ④乾坤：天地，代指天下、政权。 ⑤千祀万祀：千代万代。英雄闲气：指多少英雄豪杰为了争夺江山而闹出了许许多多悲剧。闲气，寓有没必要演出的历史悲剧之意。 ⑥故纸：指史书。纷纷：各种各样的。秦头：秦朝之前，即指战国七雄的争斗。汉尾：汉末，指三国的纷争。 ⑦休倚：不要倚靠。宦寺：宦官、太监。藩王：诸侯王。戚里：皇亲国戚。这四句意思是，千万不要倚靠几个太监，几次分封诸侯，几回皇亲国戚的支撑。 ⑧圮（pǐ）：倒塌。乖戾：不合。这三句意思是，扶起了东边的，西边又倒了，对哪一边依重得过了头，都会造成危机四起，不能合成一股。 ⑨宫墙瓦砾：宫殿变成废墟。荷叶乱翻秋水：皇家成了无人管理的池塘，荷叶乱翻。 ⑩野人：农民、乡下人。菰米：雕胡米，狭圆柱形，可煮食。

这首词称它是史论也可，抒感也可，总之是板桥道人表达了他对历史、人生的看法和感慨。

词中有两层对比，一是把唐尧禅让与禹汤的世袭作了对比，提出自己的看法，以为世袭不如禅让，世袭的结果是造成千代万代无休止的权力纷争，形成了不可胜数的历史悲剧。这一对比表明了板桥的唯心史观，他只看到了世袭制造成的争权夺利的许多惨痛的历史，而不知人类进步的法则，其实世袭制的出现，对于人类历史的发展还是有其进步意义的，它不是倒退而是前进。又一是词中对帝王之家的败落之景作了描绘，说昔日的帝王随着宫墙的倒塌消逝了，如今画面中的人物已换成了乡野村夫；昔日供帝王观赏的荷花池已无人管理，如今村夫正无所顾忌地在池边收获着菰米。显然这些景物的描写深寓了他对朝代更替，权力争夺的憎恶与否定，而通过这两层对比，用这形象的史论，不仅表达出他对历史的体会，更主要的是表达了对现实的感受，很有些警世的意味。

“板桥词最为直接痛快，魄力自不可及。”（陈廷焯《词则·放歌集》）这首词真是痛快淋漓，一泻直下，无遮无拦，让人感到一种不可挡的气势向你扑来。

沁　园　春

恨

花亦无知，月亦无聊，酒亦无灵。把夭桃斫断，煞他风景，鹦哥煮熟，佐我杯羹①。焚砚烧书，椎琴裂画，毁尽文章抹尽名②。荥阳郑，有慕歌家世，乞食风情③。　　单寒骨相难更④。笑席帽青衫太瘦生⑤。看蓬门秋草，年年破巷；疏窗细雨⑥，夜夜孤灯。难道天公，还钳恨口⑦，不许长吁一两声？颠狂甚，取乌丝百幅，细写凄清⑧。

①夭桃：鲜艳茂盛的桃花。语出《诗经·周南·夭桃》：“桃之夭夭，灼灼其华。”煞：破坏、毁坏。佐：辅助，即佐酒，作为下酒菜。　②椎：砸碎。毁尽文章抹尽名：将自己的文章通通毁掉，不留名

姓。 ③“荥阳”三句：用唐传奇白行简《李娃传》故事。荥阳郑生赴京（长安）应试，遇妓女李娃，相爱，郑生流连酒色，放弃考试，钱用尽，只得行乞街头，李娃见到后，即出资供他读书，最后考中做官。郑板桥《道情十首》序中说：“我先世元和公公（即指郑生）流落人间，教歌度曲（谱曲）。”慕歌家世：指先世郑生曾有过卖唱为业的身世（郑生曾于败落时，为人唱挽歌为生）。乞食风情：做乞丐的风情故事。风情：指男女相爱之情。 ④单寒骨相：意思为注定穷苦的骨相。更：改变、更改。 ⑤席帽：用藤席的骨架编织的帽子，即戴破帽子。青衫：唐代八、九品文职低级官吏穿的衣服。太瘦生：语出李白《戏赠杜甫》：“借问别来太瘦生，总为从前作诗苦。”生：助词，无意。 ⑥蓬门：草编的门。疏窗：破窗。 ⑦钳：一作“箝”，封住、夹住。钳恨口：即把心中有“恨”之人的嘴封住，不许讲话。 ⑧颠狂：狂放不羁。乌丝：即乌丝栏，有黑色格的素绢或纸。百幅：即很多幅（绢或纸）。细写凄清：细细地写出胸中凄清的恨情。

在我国的历史人物中，郑板桥的知名度大概不亚于李白、杜甫，他的“难得糊涂”四个字，几乎家喻户晓，甚至成了许多人的座右铭，可见人们对他的喜爱与欣赏。

板桥作为“扬州八怪”之一，书法怪，绘画怪，其诗文也与众不同。他的词诚如词评家们所论，仍是独树一帜的“怪”。陈廷焯《云韶集》说：“板桥词摆去羁缚，独树一帜，其源亦出苏、辛、蒋，而更加以一百二十分恣肆，真词坛霹雳手也！”又说：“板桥词，讥之者多谓不和雅正之音，此论亦是。然与其晦，毋宁显；与其低唱浅斟，不如击碎唾壶。”还说：“板桥词，无一字不直截痛快。”“淋漓酣畅，色舞眉飞。每一字下，如生铁铸成，不可移易，真一代奇才。”严迪昌在《清词史》中评到这首词说：“初诵读，不免给人奇奇怪怪的癫狂感觉，细作辨味，内里流转回环、寻隙喷薄的是股郁勃懑气。词的上阕几乎全是带着破坏性色彩的意象，从中透发的是较之一般愤世嫉俗的语言更为锋锐的呼啸声。”所论都指出其词作的狂怪风貌，而这篇《沁园春》又可作为他的词中狂怪的代表。

写这首词大约是在雍正十年壬子（1732）之前，当时板桥尚未中举。题目只用了一“恨”字，题旨全含在其中了。他的恨，显然是封建时代不得意于时的知识分子的心头恨，是愤世嫉俗者的愤懑和牢骚。此词一出，旋即传诵，直至于今仍受到人们的喜爱，因为这词不光是板桥之恨的喷发，简直成了失意的知识分子的代言书，痛快淋漓，激情流注，却又抑扬跌宕，顿挫多折。查礼说他的词是“豪酣兴健，挥洒满幅”（《铜鼓书堂词话》），“‘酣’是情思饱和湍急之极，‘健’则是笔力足以托起溢满之情，于是显得淋漓酣畅”（严迪昌《清词史》）。的确如此。

蒋士铨

蒋士铨（1725—1785），字心馀、苕生，号清容居士，又号藏园。铅山（今属江西）人。乾隆二十二年（1757）进士，官翰林院编修。蒋士铨是乾嘉时期有影响的诗人，与袁枚、赵翼并称“江右三大家”。他论诗也重“性灵”，但对“性灵”的理解与袁枚不同，而且比较强调“忠孝节义之心，温柔敦厚之旨”。《清史稿》本传云：“士铨赋性悱恻，以古贤者自励，急人之难如不及。诗词雄杰，至叙述节烈，能使读者感泣。”有《忠雅堂诗文集》《铜弦词》二卷。

水调歌头

舟次感成

偶为共命鸟①，都是可怜虫。泪与秋河相似，点点注天东②。十载楼中新妇，九载天涯夫婿，首已似飞蓬③。年光愁病里，心绪别离中。　咏春蚕，疑夏雁，泣秋蛩④。几见珠围翠绕，含笑坐东风⑤？闻道十分消瘦，为我两番折磨，辛苦念梁鸿⑥。谁知千里夜，各对一灯红。

①偶：配偶。共命鸟：佛经中说雪山有一种鸟，一个身子，两个头，

名叫共命鸟。这里比喻恩爱夫妻。 ②秋河：秋天的河。天东：天河之东。天河，即银河。银河东有牛郎，西有织女。这里作者以牛郎自喻。二句意思是我的眼泪像秋天的河水，点点不断地洒在天河东。 ③飞蓬：形容头发乱蓬蓬。三句意思是十年来她在家中独守空房，如同“新妇”一样（即与丈夫相处时间短），因为夫婿得有九年在外奔波，所以无心梳妆打扮，头发乱蓬蓬。 ④春蚕：指李商隐《无题》“春蚕到死丝方尽，蜡炬成灰泪始干”之句。咏春蚕，即表示对妻子的思念和爱情的坚贞。疑夏雁：疑心夏天大雁为何不来。表示对妻子音讯的盼望。泣秋蛩：到了秋天便听着蟋蟀不停地哀鸣。蛩：蟋蟀。 ⑤珠围翠绕：指妻子戴满珍珠翡翠。东风：春风。二句意思是，几时见到过她戴上珠翠，身穿华丽的衣服，在大好的春天里露出开心的笑容呢？言外之意是自己无法使妻子过上称心如意的日子。 ⑥两番折磨：两次生病受折磨。作者曾因两次生病而乞归。梁鸿：东汉人。梁鸿与妻孟光隐居霸陵山，耕织为生，十分恩爱。这里以梁鸿、孟光喻指自己与妻子。

这是一首怀念妻子的词。诗人外出，夜泊河边，有感而作。

词的上片写夫妻长年别离之苦。先以对句开端，自叙夫妻的感情和命运。“共命鸟”是说夫妻相依为命，恩爱有加，而第二句陡转，说两人都是“可怜虫”。如此起句，自然引起读者的兴趣和疑问，故引出下文。但三、四两句又不马上作答，而是书写悲苦之情，以秋天的银河作比，形容泪水之多，接连不断。接下“十载”三句，写悲苦的原因是会少离多，与牛郎、织女一样。这三句是从妻子一方落笔，是想象中的情景。而收束的两句又从自己一方叙写。到此，都是开端“共命鸟”“可怜虫”的具体内容，是作者舟次所感的一部分。

下片抒写思念妻子的深情。过片三句皆为短句，音节急促，表现出强烈的感情，将长年的思念之情，因季节变化而感觉不同的景况刻画得异常细腻、深致。接下“几见”二句，又表达了自己对妻子的思念和歉疚之情。“闻道”三句，则进一步写妻子的贤淑和对自己的体贴思念。其中用梁鸿、孟光的典故，将夫妻二人互相体贴、敬爱之情作了更深一层的刻画。最后的收尾与开头相呼应，写夫妻相隔千里，互相思念。

蒋士铨是善于抒写骨肉亲情的一位词人，这首词可作为一篇代表，笔意流动，柔情缠绵，深挚婉曲，词的结构也均衡完整。

黄景仁

黄景仁（1749—1783），字汉镛，一字仲则，号鹿菲子，江苏常州人。四岁丧父，家贫。十六岁应郡试第一，乡试不举，奔走四方以谋生计。曾应乾隆东巡召，被列为二等，入四库馆为缮录，得毕沅资助捐为县丞，受债家逼，未补官即抱病出京求助，病逝于山西运城。以诗名世，亦工词，有《竹眠词》二卷，又名《悔存词钞》。王昶谓其词“出入辛柳间，新警略如其诗”（《黄仲则墓志铭》）。以《两当轩集》传世。

忆秦娥

湖天阔①，清湘望断三更月②。三更月，猿声是泪，鹃声是血③。　　曲终数点烟鬟没④，此间自古离愁窟⑤。离愁窟，几丛斑竹，临江犹活⑥。

①湖：指洞庭湖，位于湖南北部。　②清湘：即湘江。望断：望尽。　③猿声：《水经注·江水》有“巴东三峡巫峡长，猿鸣三声泪沾裳”之句。鹃声：白居易《琵琶行》有“其间旦暮闻何物？杜鹃啼血猿哀鸣”之句。此处将其合而为一，说听到猿声鹃声，不由得潸然泪下，血泪和流，伤感之极。　④曲终：指湘水女神鼓瑟的神话传说。唐钱起《省试湘灵鼓瑟》：“曲终人不见，江上数峰青。”此处化用。烟鬟：女子鬟

发柔美浓密，此处借指女神，喻其风神（一解比喻烟云笼罩的山峰）之美。意思是神女奏罢哀怨的琴瑟之曲，便隐没在几点烟鬟似的山岩里去了。⑤此间：指湘江流域。离愁窟：离愁最集中的地方，如舜之二妃娥皇、女英死于此，屈原投水自杀也在此，故云。⑥斑竹：一称湘妃竹。《博物志》："尧之二女，舜之二妃，曰湘夫人。舜崩，二妃啼，以涕挥竹，竹尽斑。"二句意思是，那几丛泪痕点点的斑竹，还在江边倾诉神女的伤悲。

乾隆三十四年（1769）冬，作者到达湖南，凭吊了屈原、贾谊等前贤之祠，又登临衡山，观赏南岳风光，并谒见了湖南按察使王太岳，但终未找到安身之所，他不得不于第二年春末，怀着忧伤的心情离开了湖南，从洞庭出发顺江而下，面对着浩浩渺渺的八百里洞庭，诗人悲慨万千，写下了这首词。

黄景仁才气很大，但一生不得志，而且贫病缠身，故其笔下多伤感幽怨之作，这首词也如是。词的上片写伤感，诗人面对深夜月下浩渺的洞庭水色，在这晦暗的景色氛围里，耳听着凄楚悲哀的猿声鹃声，其悲怀伤感灼然可见。下片点明了离愁。其中融入了湘水女神、屈原等古代神话及历史人物的悲怨故事，将一腔悲感作了更为深婉的表达。通篇以灰暗凄冷的色调烘染出怨苦的心境，而这种低沉萧瑟之情之景，无疑是那个时代才人沉沦的真实写照。

贺新郎

太白墓，和稚存韵[1]

何事催人老？是几处、残山剩水[2]，闲凭闲吊。此是青莲埋骨地，宅近谢家之朓[3]。总一样、文人宿草[4]。只为先生名在上，问青天、有句何能好[5]？打一幅，思君稿[6]。　　梦中昨夜逢君笑。把千年、蓬莱清浅，旧游相告[7]。更问后来谁似我，我道才如君少。有亦是、寒郊瘦岛[8]。语罢看君长揖去，顿身轻、一叶如飞鸟[9]。残梦醒，鸡鸣了。

①太白墓：李白墓。在安徽当涂采石矶。稚存：洪亮吉（1746—1809），字稚存，号北江，江苏武进人。乾隆五十五年（1790）进士，与黄景仁同乡，又是好朋友。　②残山剩水：见第289页《青玉案·天然一帧荆关画》注②。　③青莲：李白号青莲居士。谢家之朓（tiǎo）：南齐大诗人谢朓。李白对谢朓推崇备至，集中多次言及。采石矶有谢公山，一名青山，谢朓曾于山上筑室居住，李白晚年居当涂，与谢公山相近。　④宿草：隔年之草。文人宿草，即文人墓上的宿草都一样，意思是同归于死。　⑤先生名在上：采石矶太白楼有楹联："我辈此中惟饮酒，先生在上莫题诗。"（意为到此楼来只管饮酒，不要作诗，因为李白曾于此题诗，后人谁都无法超过。）问青天：李白曾登华山落雁峰说：这山最高，我呼吸的气都可以上通到天帝的宝座了，真遗憾，没有携带着谢

朓惊人的诗句来，于是“搔首问青天耳”（见冯贽《云仙杂记》）。又，计有功《唐诗纪事》说：李白到了黄鹤楼，吟了两句诗：“眼前有景道不得，崔颢题诗在上头。”这二句是将上述诸典融合化用，意思是我今在先生墓前，先生大名在上，我何敢贸然题诗？ ⑥君：指李白。意思是我只能在腹中打幅思念太白的稿子。 ⑦蓬莱清浅：蓬莱是传说的海上仙山。《神仙传》中记麻姑仙女曾对人说：“接待以来，已见沧海三为桑田，向别蓬莱，水清浅于往者，会时略半也。”故形成“桑海沧田”“蓬莱清浅”之成语，比喻事态变化巨大。这几句意思是昨夜做了梦，梦见与李白相逢而笑。我便把李白逝世后，千年来的世事沧桑，旧游之处的巨大变化告诉了他。 ⑧“更问”三句：写梦中与李白问答。前句为李白问：在我之后有谁似我；第二、第三句为作者回答：说才气如李白的太少了，也只有孟郊、贾岛几位诗人可数了。寒郊瘦岛：即郊寒岛瘦，因孟、贾二人为诗凄清瘦硬，故称。 ⑨长揖：深深地作揖，以示告别。意思是答话刚刚说完，只见李白作揖而去，他身轻如一片飘叶，像鸟样地飞去了。

这首词写得很浪漫，有实有虚，有真有幻，把作者深深崇敬李白的心态作了深致形象的表达。

黄景仁对李白最为服膺，早年诗风受李白影响很大，他的行止也多步李白的行踪，尤其是在李白晚年寓居和客死的当涂逗留最久，所作诗文也多是追慕李白，而且风格也很像太白诗。这首词是他凭吊太白诗文中的一篇。据洪亮吉作黄景仁《行状》中说，乾隆三十六年（1771），朱筠于安徽做学政，他二人在其幕中。第二年三月上巳日，朱筠在采石太白楼会宴宾客，十数人赋诗，景仁也在其中，为年岁最小者。但顷刻间他的诗便作成，有数百言之多，致使大家都停笔不作了，以为自愧不如，他的诗题为《笥河先生偕宴太白楼醉中作歌》。这首词就是用词的形式再次表现了诗的精神。

这首词在构思上、语言上都很奇警，在众多的凭吊李白诗词中，可称不落俗套，其下片用梦中问答的形式，虽说是仿效了南宋词人刘过的《沁园春·寄稼轩承旨》（刘过词中是写白居易、林逋、苏轼三人争论写西湖之美的），但是不失新巧，自然流美，不假雕饰。人称景仁词长调多豪隽，即有豪情，有厚味，此评中肯，由这首词即可见一斑。

杨芳灿

杨芳灿（1753—1815），字才叔，号蓉裳，江苏无锡人。乾隆拔贡，官甘肃伏羌知县、户部员外郎。先后主持衢杭、关中、锦江诸书院。好为诗词，亦工骈文，有《真率斋稿》及《芙蓉山馆词钞》。

满　江　红

寒夜感怀和谔斋舅氏[①]

一梦黄尘，人世事、随他翻覆[②]。君不见、香桃自笑，风桐自哭[③]。尽有热肠堪任侠，惜无媚骨能谐俗[④]。看容颜、强半为愁销，秋眉绿[⑤]。　　元蝶化，缃千轴；白凤吐，才千斛[⑥]。算墨池滋味，此生尝足[⑦]。诗好只应供鬼唱，文成誓不教人读[⑧]。锦囊空，只剩一编书，东华录[⑨]。

①谔斋：作者之舅父顾斗光，号谔斋。　②黄尘：黄土沙尘，比喻尘世、俗世。翻覆：变化无常。　③香桃：轻佻香艳的桃花，比喻低眉献媚的小人。风桐：梧桐树。比喻君子、高雅之士。这二句是以香桃、风桐作比，说明献媚邀宠者得蹑高位，登要津，自鸣得意，而正直磊落之士却置闲处散，不受重用，独自伤悲。　④“尽有”二句：意思是尽管古道热

肠，任侠仗义，可不愿奴颜媚骨，迎合世俗，就难以容身。⑤容颜：容貌。秋眉绿：语出李贺《浩歌》“看见秋眉换新绿”诗句。秋眉：指老人衰白的眉毛。古人以绿字形容鬓发乌黑，故秋眉绿是说乌黑发亮的鬓发都已愁白了。⑥元蝶：即玄蝶，黑色蝴蝶，比喻焚烧书卷后的纸灰。因康熙帝名玄烨，避讳，将“玄”改“元”。缃：书卷。白凤：一种鸟，古人曾用白凤的油脂燃灯，借指读书人点的油灯。千斛：比喻才气很大。这四句意思是，自己花费了无数才智，灯下著述，饱尝了辛苦，如今只能付之一炬，千轴书卷化作了黑色纸灰。⑦墨池：砚台，借指读书人的苦乐滋味。⑧“诗好”二句：意思是虽然诗文作得好，可是无用，只能烧掉成灰，供鬼歌唱，故发誓不再教人去读书。⑨锦囊：书袋子。《东华录》：书名，乾隆三十年（1765）清政府重开国史馆，蒋良骥任纂修，摘抄《清实录》，成为编年体史料长编，因国史馆在东华门内，故称《东华录》。杨芳灿入户部参与修会典，《东华录》为其必备的资料。

这首词几乎与郑燮《沁园春·恨》同一机杼，只是板桥词更恣肆直露，痛快淋漓。杨芳灿这首则温婉一些，其词旨大体是一样的，即告示世人读书与读书人无用，为人正直，古道热肠无用，世道是不公平的。作者胸中块垒不平，牢骚满腹，借与舅父唱和喷发出来，同时也表示了他刚直不阿，不愿奴颜媚骨做人的人生态度。

全词真率圆畅，首尾贯通，挥洒自如。

凌廷堪

凌廷堪（1757—1809），字次仲，安徽歙（shè）县人，生于海州（今江苏连云港）板浦。少年学贾，青年习词曲，中年始从事制艺科举，成进士，但自请为教职冷官，以求治学奉母，选任宁国（安徽宁国）府学教授。晚年弃官，主讲歙县紫阳书院，以实学教导乡人。其《礼经释例》《燕乐考原》等，成为朴学中巨著。诗词创作亦佳，词宗南宋，词集有《梅边吹笛谱》存世。

雨霖铃

真州城南访柳三变墓，询之居人，并无知者①

秋容初肃②。向城南道，细访幽躅③。春风柳七曾吊，寻仙掌路，亲携醽醁④。欲酹秋坟，寂寞处、应荐寒菊⑤。更唤取、谁按红牙，唱彻当年晓风曲⑥。　那知望、古空萦目⑦。剩凄迷、野草年年绿⑧。无人解道陈迹，惟只见、乱鸦相逐。指点吟魂，一缕斜阳、挂在疏木⑨。但怅望、无语江湖，暗打寒山麓⑩。

①真州：今江苏仪征。柳三变：北宋词人柳永，初名三变。这里说真州城南有柳永墓，但另有他说。柳永作为著名词人，晚年贫病潦倒，死后

人们集资（一说众妓集资）把他埋葬了，而且有的地方每年清明日，载酒肴饮于柳永墓侧（一说妓女们于春日上冢）称为“吊柳会”。 ②秋容初肃：秋天已露出了清爽的风姿。 ③躅（zhú）：踪迹。意思是在面向城南的道路上，仔细寻访词人的遗迹。 ④柳七：柳永，宋人对他的昵称。仙掌路：即张宗橚所考地名仙人掌。醽醁（líng lù）：美酒。这三句意思是，春日吊柳会，我也寻访仙人掌柳永墓地，携了美酒去凭吊。 ⑤酹：把酒洒在地上以示祭奠。这二句意思是，准备以酒酹奠孤寂的荒墓时，想到应该献上一束傲霜的菊花。 ⑥取：助词，无意。按：拍打。红牙：红牙板，歌唱时拍击伴唱。晓风曲：指柳永《雨霖铃》词，其落句为“今宵酒醒何处？杨柳岸，晓风残月”。 ⑦“那知”句：意思是哪里想到，这仙掌路上竟望不到柳永墓，古人的遗迹都无，入眼的唯是一派荒凉萦绕的景象。 ⑧“剩凄迷”句：意思是只剩有一年一绿的野草，一片凄迷。⑨吟魂：指词人之灵魂。二句意思是在这一片荒凉的景象中，能够指点出词人灵魂所在的，是一缕挂在疏林上的斜阳。 ⑩“但怅望”二句：意思是这次寻幽访古令人失望，惟有默默地听那江湖水声，暗暗拍打荒寒的山麓。

乾隆四十四年（1779），凌廷堪于秋天到了真州，时年二十三岁。这首词大约就作于此时。

柳永是一代词宗，他的墓地在何处，历来说法不一，凌廷堪所寻访凭吊的是真州仙人掌的柳永墓，作者未尝不知这里的柳永墓未必是真，但他仍是以虔敬尊崇之心去寻访，去祭奠。词之上片便是写他怀着崇敬之心寻幽访古，充满着对这位词史上著名词人的心仪向往之情。下片是说访古未果，空留一片惆怅。作者以赋法铺叙，层层入深，用《雨霖铃》的词牌，显然也是有意附和柳词，而且词的风格、技巧也深受柳词的影响，具有柳永词的味道。

张惠言

张惠言（1761—1802），字皋文，江苏常州人。嘉庆四年（1799）进士，官编修。精通《周易》《仪礼》。工词及散文，为常州词派创始人。又辑有《词选》，清词至常州派出而体格一变，实受此选影响。有《茗柯文编》及《茗柯词》。

木兰花慢

游丝同舍弟翰风作①

是春魂一缕，销不尽，又轻飞②。看曲曲回肠，愁侬未了，又待怜伊③。东风几回暗剪，尽缠绵、未忍断相思④。除有沉烟细袅，闲来情绪还知⑤。　家山何处？为春工、容易到天涯⑥。但牵得春来，何曾系住，依旧春归⑦。残红更无消息，便从今、休要上花枝⑧。待祝梁间燕子，衔他深度帘丝⑨。

①游丝：指春天里飘动的蛛网游丝。舍弟翰风：作者之堂弟张琦，字翰风，也是常州词派的主要作家。　②春魂：指游丝，作者说它代表了春魂。意思是春天将尽了，可那飘飞的游丝消亡不了，又轻轻飞去，那就是春魂。　③曲曲回肠：既指游丝之形态，又指作者之心态。侬：我。伊：它，指游丝。三句意思是，眼看那曲曲的游丝，像回肠九曲，牵动了我的

愁怀，而我的愁情未了，又要怜惜起它来。 ④“东风”二句：意思是尽管东风几次暗暗将它剪断，可那游丝（春魂）仍是缠绵不尽，春魂不断，相思也不停止。此处“思”字有双关语意，“思”谐“丝”字。 ⑤沉烟细袅：指沉香烟气细长缭绕。二句意思是惟有那袅袅细长的沉香烟缕，缠绵不绝，像是知晓游丝的情意。 ⑥春工：指构成春天的一切活动。二句意思是，游丝的家在何处？它为了筑成春天的景色，海角天涯到处漂泊，怎能有固定的家山呢？ ⑦“但牵得”三句：意思是游丝将春光自天涯牵来，但是不能将春留住，春色依然是悄悄地去了。 ⑧残红：花事凋零。这二句意思是春花已经凋谢，游丝不要再飞上花枝留住她，那是徒劳的。 ⑨“待祝”二句：意思是要告诉梁间的燕子，衔取游丝飞入帘内，把那一缕销不尽的“春魂”留在帘内。

张惠言是清代后期影响最深远的常州词派的创始者，常州词派的出现，一变清词风气。虽然他的词仅存四十六首，但是成为常州词人的代表作，影响所及直至民国以后。他主张“尊词体”，认为“意内而言外谓之词”，强调比兴寄托，等等。而这首咏游丝的《木兰花慢》是他的一篇名作，也是实践其主张的一篇代表作。

正因为他主张词应该是意内言外，要有比兴寄托，所以这首词在意象的选取与组合上便带有多义性、模糊性，游丝成为了“春魂”化身，春魂又含了词人的情思，情思中又蕴含多层意绪，既可理解为惜春、伤春，又可理解为对理想、事业、爱情以及一切美好事物的追求。总之，寄托遥深，不好穷尽。

如他自己所说："幽约怨悱不能自言之情，低回要眇，以喻其致。"（《词选序》）所以谭献评这首词"屈曲洞达"，"屈曲"是指这词"低回要眇"的笔法，好像飘忽不定、难以捉摸的游丝一样，若断若连、似接非接；"洞达"则是"喻其致"，即透过迷离的意象感知到他以咏游丝来抒发的幽约怨悱之情。

不过，由于用笔屈曲，幽约要眇太过，使得词之用意隐晦含婉太甚，较难理会。

陈文述

陈文述，原名文杰，字隽甫，号云伯，又号退庵，浙江钱塘（今杭州）人。嘉庆五年（1800）举人。官安徽全椒县知县。有《紫鸾笙谱》四卷。

减字木兰花

吴门元夕[1]

月明华屋[2]。夜深犹绕阑干曲。何处清游[3]。一树梅花拥画楼。　参差雁柱，玉筝弦上关山路[4]。四壁宫花[5]。红烛春寒小玉家[6]。

①吴门：今江苏吴县之别称。　②华屋：高大华美的屋宇。　③清游：清雅地游赏。　④雁柱：筝的弦柱斜列，参差如雁行。关山路：化用古诗《西北有高楼》："清商随风发，中曲正徘徊。一弹再三叹，慷慨有余哀。"即表现闺中人思怀远方的夫君或恋人。　⑤宫花：宫中特制的花，供装饰用。　⑥小玉：神话中仙人的侍女，后亦泛称侍女。这里是借指抒情女主人公。

元夕之夜，一位娇小的女子孤寂无聊，独自伤神，她独处华屋对月，一片清澈寒冷的月光令她辗转不眠。夜深了，月光还朗照在曲曲的阑干上。这月光牵动了她的相思，使她怀念起意中人来，但又不知意中人现在何处。她无聊无绪，惟有画楼外的一树梅花与她相厮守。这是上片之情景。由明月、曲阑、梅树、画楼等几个深具情韵的意象组合，而境界凄凉哀婉。下片从心理上刻画。在百无聊赖中，借弹筝自遣，而筝声发出的也是思念远方人的哀怨之曲，脉脉含情。良人不在，又为谁去梳妆打扮呢？那宫花插在墙壁上，自己只与红烛相伴，挨着这寂寞的春寒之夜。这里是借其索寞无聊的行动，摹画出她元夕的相思、怀念的苦情。其所用意象同样是充满幽悲伤感色彩的，这些意象组合起来，境界更加哀怨伤感。

这首小词清丽凄婉，含蓄蕴藉，通篇是景语，不露秋毫情意，而实则句句是情，字字关情，说景即是说情，很有温庭筠词的味道。

邓廷桢

邓廷桢（1775—1846），字嶰（xiè）筠，江苏江宁（今南京市）人。嘉庆六年（1801）进士，道光间官两广总督。道光十九年（1839）与钦差大臣林则徐同心协力禁鸦片烟，取得胜利。后调任闽浙总督。曾六次与侵犯厦门的英舰队激战，并将其击败。道光二十一年（1841）受到投降派诬陷，被充军伊犁（今新疆维吾尔自治区）。后召回，官至陕西巡抚。有《双研斋词》。

酷相思

寄怀少穆①

百五佳期过也未②？但笳吹，催千骑③。看珠澥盈盈分两地④。君住也，缘何意？侬去也，缘何意⑤？　　召缓征和医并至⑥。眼下病，肩头事，怕愁重如春担不起⑦。侬去也，心应碎。君住也，心应碎。

①少穆：林则徐字。参见本书“林则徐小传”。　②百五佳期：指寒食节。从冬至起第一百零五天是为寒食节。　③笳：胡笳，指军号。千骑：指马队。　④珠澥：珠海。盈盈：形容海水清澈。分两地：作者调任闽浙，与林则徐分开。　⑤缘：因为，由于。意思是把你留下，是为了什

么？把我调离，又为了什么？ ⑥缓、和：春秋时秦国的两个良医，缓曾到晋国给景公看病，和也曾被召到晋国给平公治病。这里是借喻朝廷召集了一批投降派的人物，指责、诽谤禁烟。 ⑦眼下病：指目前国家、民族的危机。三句意思是，目前解救国家、民族的危亡，是你我的肩头大事，恐怕这种家国之忧像春愁一样担不起。

这是一首充满爱国激情的词章。

清道光时期禁烟运动开启了中国近代史的篇章，力主禁烟并作出了辉煌业绩的邓廷桢、林则徐等，不但是禁烟的功臣，而且是中华民族史册上值得大书特书的民族英雄。赋诗填词对于他们来说都是“余事”，但由于他们有着强烈的爱国激情和凛然正气，所以将其满腔忠愤不平之气泄诸词中，就有一种特殊的回肠荡气的感染力量。

邓廷桢填写这首词的时候，是他离开广州到闽浙任总督之后。本来他与林则徐通力合作，取得了禁烟的极大成功，但却在抗英的关键时刻，二人被迫分开。作为满怀爱国热情，渴盼力挽狂澜的志士，他不能不为国家、民族的前途担忧，不能不为朝政的腐败无能愤懑。所以当“佳期”到来之日，他便把满腔的忧虑和怀思，向自己生死与共的同僚、挚友倾吐。

上片是写对调任的不满。词以发问起句，突兀强烈，表明作者还深深沉浸在往事之中。接下三句说，军号声声，正催促马队出发，眼看着就要和盈盈珠海分离了。写的是于广州作别时的情景。再后的四句则表达出他的不解和不满。下片转写对国事的忧虑，对老朋友的怀念。先是正面指出朝廷对禁烟抗英的策略不当，用非其人，国家将受到损害。接下来三句进一步写使人发愁的事，是怕朝廷被投降派左右，所以这“愁”使他感到难以承受了。最后四句表达了互相思念之情和共同爱国之心。

词为短调，但深曲细致，上下片的后四句结构相对应，更觉妙趣盎然。

周　济

周济（1781—1839），字保绪，一字介存，晚号止庵。江苏荆溪（今宜兴）人。嘉庆十年（1805）进士，官淮安府学教授。少有远志，与同郡李兆洛、泾县包世臣以经世学相切磋，兼通兵家言，习剑刺骑射。后悉弃去，隐居金陵春水园，潜心著述。其词上追北宋，婉丽而秀润。谭献称："止庵自为词，精密纯正。"（《箧中集》卷三）论词承张惠言常州词派之说。著有《晋略》《介存斋论词杂著》《味隽斋词》，并辑《词辨》《宋四家词选》等。

蝶　恋　花

柳絮年年三月暮，断送莺花①，十里湖边路。万转千回无落处，随侬只恁低低去②。　满眼颓垣欹病树，纵有余英，不直封姨妒③。烟里黄沙遮不住，河流日夜东南注④。

①莺花：化用丘迟《与陈伯之书》"暮春三月，江南草长，杂花生树，群莺乱飞"几句的意思，比喻美丽的春天。　②侬：他、他们。只恁：只如此。意思是柳絮就如此随着春风低低地飘飞去。　③欹：侧斜。不直：不值得。封姨：风神。这三句意思是，满眼所见的是断垣残壁，病

柳也倚墙斜立着，就是有剩余的柳絮，也不值得风神忌妒了。 ④“烟里”二句：意思是阳春时节，柳絮如烟，纵有黄沙也阻挡不住日夜东南流去的河水，即春光流逝，如“东南注”的河流一样。

周济是继张惠言之后常州词派的又一位代表词人，他的影响所及直至于今。这首小词是他咏物词的代表作，是咏柳絮的。

柳絮，可称之为微物，但是作者透过这微小的生灵窥视了自然和自我，表现出了似有寄托，似无寄托，若即若离的朦胧之美感。说它有寄托，那就是仿佛是寄寓了一丝老病交侵，生命无几的恨憾，然而你却又很难具体把握这种人生的感喟，所以比较隐晦。夏承焘、张璋《金元明清词选》评这首词说：“此词写春感，似寄托而非寄托，含意比较隐晦，结语尤当仔细领会。‘烟里黄沙遮不住’的烟，当指阳春烟景，‘黄沙’可与下句‘河流’联系起来理解。作者惋惜春光的流逝，如同‘东南注’的河流一样。这和《论语》的‘逝者如斯夫，不舍昼夜’同一用意。用很小的柳絮开端，用很大的河流结尾，小与大的对比，这也是词家惯用的一种表现手法。”这里特别强调了落句的耐人寻味。不错，全词起处用“柳絮年年”，结处用“河流日夜”，前后贯穿着强烈的宇宙意识，既有渺小与宏大的空间观照，又有永恒与短暂的生命反思。读者可凭自己的认识去体悟其深含的意蕴。

周之琦

周之琦（1782—1862），字稚圭，号耕樵，一号退庵，河南开封人。嘉庆十三年（1808）进士，历任翰林院编修、湖南巡抚、广西巡抚等职。有《心日斋词》四种，第一种为《金梁梦月词》。其词格“与元张翥为近”（龙榆生《近三百年名家词选》），黄燮清评云：“《梦月词》浑融深厚，语语藏锋，北宋瓣香，于斯未坠。”（《词综续编》）

好　事　近

纸　鸢①

片羽又青云，摇扬半天春色②。莫羡儿童牵引，怕东风无力③。　　微茫纤绠系虚空，远影定谁识④？偏是绿杨烟外，有流莺窥得⑤。

①纸鸢（yuān）：风筝。　②片羽：比喻风筝像飘飞起的羽毛。青云：指蓝天。二句意思是纸鸢在蓝蓝的天空飘扬，摇曳生姿，给绚丽的春色增添了勃勃生机。　③“莫羡”二句：意思是不要称羡儿童牵引着它飞上天去，因为怕东风无力把它吹扶起来，才用力牵引的。此中带有几分不安的心情。　④纤绠：指放风筝所用的牵引线。绠：本为汲水用的绳索，此处代指细细的丝（棉）线。二句意思是用一条纤细的绳索把它系在高远

微茫的虚空中，这能安全吗？它远去的身影人们都看不见了，它会不会感到孤独？ ⑤流莺：黄莺，一名仓庚。二句意思是它远去的身影只有“绿杨烟外”的流莺才能看得清楚。言外之意是，风筝的这种独特感受，它的危机感，别人无法同情和理解，只有黄莺才能与它同病相怜。

这是一首咏纸鸢的词。

咏物词，或托物言志，或借物抒情。这首词的寄意是什么呢？只要了解一下作者的身世就会理解了。作者二十七岁中进士，先后任翰林院编修，湖南、广西巡抚等职，已属青云得意。但他所生活的嘉道年间，中国封建社会已到了日趋衰落的时代，君主昏聩，政治腐败，财政困窘，贪官污吏横行，民不聊生，反抗层出不穷。清政府对知识分子、进步文人大兴文字狱，动辄罹祸，使得知识分子如临深渊，如履薄冰。他在出任巡抚时，看到种种时弊，心情已是惴惴不安，所以在广西任上就以病乞归，不愿再混迹官场。

这首词可能就是在他即将告退时候写的。词人借物抒情，借纸鸢的形象，用纸鸢的象征意义，抒发了他的忧虑惶恐、惴惴不安的心情。词中所表现出的“系虚空”的危机感，是他切身的体会，而这种体会也正是黑暗的世态在知识分子心灵上的投影。他的惶惶不安的心情，也正代表了当时知识分子的普遍心态，所以这首词是具有一定的代表性和深刻的认识价值的。

丁绍仪在《听秋声馆词话》中说周之琦的“《纸鸢》一词，寄兴尤婉”，说得一点不错。

林则徐

林则徐（1785—1850），字元抚，又字石麟、少穆。福建闽侯人。嘉庆十六年（1811）进士，历任江苏巡抚、湖广总督等职。力主禁鸦片烟，曾上奏云："此祸不除，十年之后，不惟无可筹之饷，且无可用之兵。"道光十九年（1839）被任命为钦差大臣，赴广东禁烟。与两广总督邓廷桢等协力查办，缴获英、美烟商鸦片二百三十七万斤，在虎门烧毁，并多次击退英舰的侵扰。道光二十一年（1841），因投降派的诬陷，与邓廷桢同被革职，远戍伊犁。后召回，任云贵总督，病逝潮州。有《云左山房词钞》一卷。林则徐并非词家，但"其词则与嘉道间诸大老可以并驾齐驱"（谢章铤语）。

金缕曲

和嶰筠韵①

绝塞春犹媚②。看芳郊、清漪漾碧，新芜铺翠③。一骑穿尘鞭影瘦，夹道绿杨烟腻④。听陌上、黄鹂声碎。杏雨梨云纷满树，更苹婆、新染朝霞醉⑤。联袂去，漫游戏。　　谪居权作探花使⑥。忍轻抛，韶光九十，番风廿四⑦。寒玉未销冰岭雪，毳幕遍闻香气⑧。算修了、边城春禊⑨。怨绿愁红成底事⑩，任花开花落皆天意。休问讯，春归未。

①嶰筠：邓廷桢（见本书“邓廷桢传”）。 ②绝塞：荒远的极边。这里指作者充军的新疆伊犁。 ③新芜：新生的野草。 ④鞭影瘦：指鞭影越来越看不清楚了。烟腻：形容杨柳如烟如雾。 ⑤杏雨梨云：杏花如雨，梨花若云。苹婆：苹果。朝霞醉：形容苹果红艳如朝霞。 ⑥谪居：被贬官到边塞之地。探花使：古代考中进士后举行集会，第一次集会称“探花会”，其中派两名年纪最轻的游遍名园，此人被称为“探花使”。 ⑦九十：指春天的三个月，即九十天。番风廿四：即二十四番花信风。此处借指春日百花盛开。 ⑧寒玉：形容山顶冰雪未化，状如寒玉。毳（cuì）幕：游牧民所住的毡帐。 ⑨春禊（xì）：阴历三月三日，古代将此日定为“上巳节”，这一日人们到郊外水边嬉游，以清除不祥，也叫作“修禊”。 ⑩底事：何事，什么事。

林则徐是位彪炳史册的人物，在道光十九年（1839）的虎门销烟中，他与邓廷桢通力协作，狠狠地打击了英、美等烟商的嚣张气焰，击退了进犯英舰的侵扰。他的辉煌壮烈的业绩家喻户晓，妇孺皆知，他也成为人们心目中不向侵略者屈服，不做奴颜媚骨，铁骨铮铮的正义者、爱国者的化身。但他处在一个政治腐败，君王昏聩无能，小人当道的时代，纵有千般良策，过人胆略，也无济于事。道光二十一年（1841），他与邓廷桢均被革职，不久同被充军到新疆伊犁。

值得感佩的是，作为逐臣，一般地说总是精神沮丧，愤懑不平，牢骚满腹的，可是这位逐臣却是一反常人，从这首词里我们所看到的是，抒情主人公是一副开怀乐观的形象。身在绝塞，身为逐臣，按说这样的身世处境，笔下流出的文字当是低回怨悱，痛苦哀伤的，但是这里所描述的则是另一番情景，作者仿佛不是逐臣，而是出差新疆，做了一次“春禊”的旅游者。你看，词的上片写边城的美丽春景，起句便是赞叹之语，说极远的边塞是美丽媚人的，接之以三个层次来描绘边城春色之美：先是“看”清清的流水漾着细细的波纹，大地铺盖上新的绿草，夹道的绿杨飘着缕缕的薄雾，一骑远去，鞭影越来越不清晰了，而后是“听”，婉转、断续的黄鹂在鸣叫，同时又见近处的杏花如雨，梨花若云，苹果似朝霞，这该是何等样的美景胜境！最后作者提出，应该一道去游赏，充分享受大好的时光。下片则转写春游及其感慨。作者并没有把自己看作是“谪居”，相反，他觉得自己是“探花使”。所以他要充分利用这难得的机会，不能轻抛春光与春花，尽管冰雪未消，不免有几分凉意，但那寒玉样的山峦，那毡帐里飘出的香气，真是令人快然欣喜，把这游赏权作“春禊”岂不正合适。所以如果在这大好春光里生愁生怨，那成什么事！要知，花开花落都是天意，一切都任之自然，即使春天去了，也不必惆怅。你看，如此情景，哪里像是出自逐臣之口。由此令人联想到当年苏轼的被贬黄州，坡翁纵是心中老大的不愉快，可他笔下的作品总是洒脱旷达，著名的《念奴娇·赤壁怀古》和《赤壁赋》等，不正是他那襟怀坦荡，乐观豪迈个性的写照吗？林则徐与之相并，虽说各具特点，但刚毅、乐观的性格还是有相似之处的。

林则徐有名联云："有容乃大，无欲则刚"，他之所以进退荣辱泰然处之，其原因也正在于他的襟抱里念念不忘的是国家、民族，余则无所求，无所欲，因而他可以做到至大至刚，不会为自己的失意而忧伤。这首词在艺术上虽然称不上有多么高的美学价值，但绝不失为一篇佳构。其原因就是词中有真气，有正义的浩然之气，因为有一等襟抱人才能有一等的诗篇，林则徐此篇当属一等。

龚自珍

龚自珍（1792—1841），又名巩祚，字瑟（sè）人，号定庵。浙江杭州人。道光九年（1829）进士，授内阁中书，升宗人府主事，不久改礼部，告归不复出。父丽正为段玉裁婿。因得其薪传，故通经学、小学、史地学，属于今文学派。曾与林则徐、魏源等结宣南诗社，讲求经世之学。时人以奇才目之，诗文独造深峻，傲睨一切，生平著述甚丰。其词多狭邪语，既不依傍常州词派，也不依傍浙派，风格绵丽处如周邦彦，飞扬处如辛弃疾。有《定庵全集》及《定庵词》。

浪　淘　沙

写　梦

好梦最难留，吹过仙洲①。寻思依样到心头。去也无踪寻也惯，一桁红楼②。　　中有话绸缪③，灯火帘钩，是仙是幻是温柔。独自凄凉还自遣，自制离愁。

①仙洲：即仙境。　②一桁（héng）：一座。桁，梁上的横木。这里作量词。　③绸缪：缠绵。

龚自珍是近代史上著名的大诗人，同时也是思想史上卓越的旗手，他对整个封建统治和封建文化都予以大胆的怀疑和批判，影响至为深远。

这首《浪淘沙》所表达的是对美好爱情的追求，颇有“离经叛道”，一反传统礼俗的个性表现。写这首词时作者大约二十岁，正是人生充满浪漫的爱情生活的季节，作为多情的才子词人，自然有爱的需求和向往，所以便将其激荡的恋情行诸笔端，发之为词。

词中写的是他与一位女子在梦中相会。开端便谈刚刚经历过的一段难留的好梦。这梦境似乎不是人间，而是天上的仙境。醒后寻思，情景宛然，梦却消逝了，没留什么踪迹，可寻思起来，又是自己见惯的情境。那梦里的“仙洲”就是她的那座小红楼。在楼中，我们有说不完的情话，缠绵缱绻，软语温存，美妙极了。当黄昏到来时，燃起灯烛，放下帘幕，她那温柔的韵致，使我真不知自己是成仙了，还是在幻觉中。可一转眼，这一切都消逝，剩下的只有自己独自凄清的况味。词里所写的是迷离恍惚的追忆，境界朦胧，而情致不免一个“艳”字。

这首词收在他的《无著词》中，这个词集所写的据说都是作者真实的事情，所以词中的男女主人公应是确有其人其事的，只是作者用记梦的浪漫形式写出罢了。读之可从中见其思想、性格的一个侧面。

浪　淘　沙

书　愿[1]

云外起朱楼，缥缈清幽，笛声叫破五湖秋[2]。整我图书三万轴，同上兰舟[3]。　　镜槛与香篝，雅憺温柔[4]。替侬好好上帘钩。湖水湖风凉不管，看汝梳头。

①书愿：书写自己的理想愿望。　②五湖：太湖。　③三万轴：即三万卷，谓大量的图书。兰舟：木兰舟，以木兰树制造。　④镜槛：镜架。香篝：香炉外的笼罩。雅憺（dàn）：形容女子高雅安闲。

词题“书愿”已表明要写的是自己的理想愿望。作者的理想愿望是什么？他用形象的描述作深婉含蓄的表达。

词中所描述的形象，概要地说，就是整理好我的书卷，携带上美人一同乘木兰舟泛游太湖，我要在湖中荡漾，同她共度温柔，看着她梳妆打扮。这情景实在很浪漫，很美妙。但这是表层意思，若与作者的思想、身世联系起来看，则会另有一番领悟。龚自珍作为早期的民主主义运动的先驱，他的理想是变革时代，改造社会，渴望拯救国家，可这首词却表现出了儿女情，二者形同水火。其实，这是作者取用了传统的写作手法，即借美人香草以寓胸襟怀抱，抒写性灵。所以这里说和作者同上木兰舟的美人，正是用以托喻作者追求的美好理想，他越是表现出对美人炽烈的爱，则越是表明他对理想愿望追求的强烈，故词风很有楚骚味道。

此外，他专意于太湖上去泛兰舟，也暗含了春秋时范蠡携西施泛舟五湖的故事，隐然以范蠡自喻，范蠡助越灭吴之后，激流勇退，过隐逸者的生活去了，作者对此是心仪向往之致，故将意藏于内，用迷离之语出之。

项廷纪

项廷纪（1798—1835），一名鸿祚，字莲生，浙江钱塘（今杭州）人。道光十二年（1832）举人。曾两次应礼部试，不第。家资颇富，中年以后，家庭屡遭变故，以致困顿不堪。幼学填词，崇尚花间。其词多幽艳哀怨。著有《忆云词》甲乙丙丁稿。项廷纪是浙派词人的后劲，但能自出机杼而不为姜（夔）、张（炎）所束缚，对以后词人如蒋春霖等影响很大。

清　平　乐

池上纳凉

水天清话，院静人销夏。蜡炬风摇帘不下，竹影半墙如画①。　　醉来扶上桃笙，熟罗扇子凉轻②。一霎荷塘过雨，明朝便是秋声。

①蜡炬：蜡烛。　②桃笙：竹簟。四川阆中地区产桃笙竹，节高皮软，制成竹簟，暑热之日卧其上无汗，故人称为桃笙。熟罗：丝织物轻软而有疏孔的称罗，所用为练过的丝织成，即称熟罗，未练者称生罗。

夏夜纳凉于荷池边，忽有所感，作者即以此为题发而为词。上片描绘了夏夜之景。起二句突出“清”“静”二字，并成为全篇的基调，接下二句写风摇烛光，竹影婆娑，绘出一幅夏夜特有的图景，景中有动有静，活灵活现。“竹影半墙如画”，这使人自然联想到郑板桥的题《竹》：“夏日新篁初发，绿阴照人，置一小榻其中，甚凉适也……于时一片竹影零乱，岂非天然图画乎！凡吾画竹，无所师承，多得于纸窗粉壁日光月影中耳。”这段文字恰成这词句的具象描摹，情景相仿。下片前二句继续写纳凉，微醉之后，被侍者扶坐竹席上，轻摇罗扇，观赏荷塘，悠然陶然，美不胜收。但结尾二句却突然折转，一瞬间，雨过荷塘，亭亭的荷花岂能不凋残败落，于是作者忽而生起忧虑，并感到秋日将临了。如果说上片结句用了实写，以动静相间之笔绘出了一景，那么下片这结处则出之以虚写，是假想之景。但是这陡然出现的景象，使全篇蒙上了一层淡淡伤感的色彩。所以乍读之，觉似悠闲，至落句，便感到心伤，笔法灵动清奇。

项廷纪有才无运，中举之后，再也不得进身，心中自是不平和悲怨，因此借荷塘边纳凉而抒其抑郁愤懑之怀，用凄迷之景写凄迷之情了。

玉　漏　迟

冬夜闻南邻笙歌达曙

病多欢意浅，空篝素被[①]，伴人凄惋。巷曲谁家？彻夜锦堂高宴。一片氍毹月冷[②]，料灯影、衣香烘软。

嫌漏短，漏长却在，者边庭院[3]。　　沈郎瘦已经年，更懒拂冰丝，赋情难遣[4]。总是无眠，听到笛慵箫倦[5]。咫尺银屏笑语，早檐角、惊乌啼乱[6]。残梦远，声声晓钟敲断。

①篝：香笼。古人往往在笼内焚香，把衣被等放在笼上薰，以使衣被有香气。空篝，暗示作者独自一人，无人关顾。　②氍毹（qú shū）：铺在锦堂上的毛织地毯。　③者边：这边。“者”通“这”。　④沈郎：指南朝梁沈约。沈约历仕宋、齐、梁三代，能诗文，著有《宋书》《四声韵谱》等。他在给徐勉的信中说自己：百日数旬，革带（裤腰带）移孔，用手握臂，一月细半分（见《梁书·沈约传》），后来用沈郎瘦比喻文士多愁多病身。冰丝：指琴弦。赋情：指填词。　⑤笛慵箫倦：比拟之辞，笛、箫都疲倦了，意思是笛箫演奏直到结束。　⑥银屏：镶嵌有银丝花纹的屏风。意思是南邻的宴会与这边只一屏之隔，其欢声笑语连早晨屋檐下的乌鸦都惊起乱飞了。

项廷纪在《忆云词甲稿》序中说：“生幼愁癖，故其情艳而苦，其感于物也郁而深。”看来作者是位多愁善感，又是位羸弱多病的人。因此他对身边的生活较之一般人要敏感，体味要深细。这首词如其题目所说，是冬夜里听到南邻歌舞欢宴，一直热闹到天亮，造成作者彻夜不成眠，遂将此情此景加以描述。

上片用的是对比手法，虚实结合，以环境、氛围、景物、心情、冷暖、欢愁、漏长漏短等强烈的对比反差，表达内心的痛苦和悲伤。下片扣紧题意，侧重于“听”的描写，述其被南邻通宵达旦的喧闹，扰得彻夜难眠，好不容易到了清晨可以蒙眬入睡，却又被晨钟惊醒，全是无奈和懊丧的情结。这首词通篇言愁，但不见一愁字，却又愁情无处不在，作者把他的难言之情全部浸淫在摹景之中了，因而颇具感发的魅力。谭献于《箧中词》中说：“莲生，古之伤心人也。荡气回肠，一波三折，有白石（姜夔）之幽涩而去其俗，有玉田（张炎）之秀折而无其率，有梦窗（吴文英）之深细而化其滞，殆欲前无古人。”又说：“以成容若（纳兰性德）之贵，项莲生之富，而填词皆幽艳哀断，异曲同工，所谓别有怀抱者也。”意思是说他的词荡气回肠，一波三折，幽婉深细，他和纳兰性德，一个是富者，一个是贵者，填写的词却哀感顽艳，真是常言所说的伤心人别有怀抱。

顾　春

顾春（1799—1876），女词人，字梅仙，又字子春，号太清。西林觉罗氏，满洲镶蓝旗人。乾隆二十年（1755），祖父鄂昌（时任广西巡抚）因胡中藻诗案牵连，被赐自尽。太清一出生便是“罪人之后”，为荣恪郡王绵亿府上一顾姓包衣（家奴）收养，遂以顾姓。后嫁绵亿子奕绘贝勒为侧室（即妾）。太清词清隽自然，朴实言情，具真淳本色。词家论满洲词人，有“男中成容若（纳兰性德），女中太清春”之语。况周颐称其为“闺秀中不能有二”。有诗《天游阁集》、词《东海渔歌》。

早　春　怨

春　夜

杨柳风斜，黄昏人静，睡稳栖鸦。短烛烧残，长更坐尽，小篆添些[①]。　　红楼不闭窗纱，被一缕、春痕暗遮[②]。淡淡轻烟，溶溶院落，月在梨花[③]。

①小篆：盘香，其形盘屈如篆文，故名。也可解为香烟袅袅如小篆文。些：语助词。　②春痕：指柳条。　③“淡淡”三句：化用晏殊《寓意》诗句：“梨花院落溶溶月，柳絮池塘淡淡风。”溶溶：形容月光荡漾。

这是一首春夜怀人的小词，写得细腻动人。作者仿佛是摄像师，将镜头做几次切换，形成几个春夜特有的画面，又将几个画面做了匠意的组接，于是建构了动人的意境。她所摄取的是从黄昏到深夜的一段时间里的情景，而空间只是红楼内外的小场面。上片“杨柳”三句是室外黄昏之景，“短烛”三句是室内之景；下片“红楼”二句承前，还是室内情景的摹画，而“淡淡”的三句则又转到了室外，时间已是夜深人静之时。取景镜推来推去，移动切换，流转自然，灵动鲜活。特别是其过片处的“不闭窗纱”四字，“实写而出空灵剔透韵味，正因有此‘不闭’，殆同园林中之花窗借景一般，将月下梨花的轻烟笼及的景象摄入视线，与室中‘小篆添些’的馨香融和一气，境界毕现”（严迪昌《清词史》）。

“凡写迷离之愁，止须述景”，“不言愁而愁自见”（贺裳《皱水轩词鉴》）。这首词无一字言愁，只是“述景”，但是一股撼人心脾的愁情向你袭来，令你感叹，甚至共鸣。女词人驾驭词体的艺术才能实在是高妙！

江 城 子

落 花

花开花落一年中，惜残红[①]，怨东风。恼煞纷纷[②]，如雪扑帘栊[③]。坐对飞花花事了[④]，春又去，太匆匆。　　惜花有恨与谁同！晓妆慵[⑤]，忒愁侬[⑥]。燕子来时，红雨画楼东[7]。尽有春愁衔不去，无才思[8]，是游蜂。

①残红：落花。 ②恼煞：恼人至极、恼死人。纷纷：形容花瓣飘飞。 ③帘栊：竹帘。 ④花事：游春赏花等事。 ⑤慵：懒。 ⑥忒愁侬：太使我生愁了。忒：太。侬：我。 ⑦红雨：指落花。画楼：华美的楼阁。 ⑧才思：才气与文思。

顾春的这首咏物词堪称“一片空灵，天仙化人之笔”，所以她被称为“咏物圣手”（况周颐语）。

这首词朴实无华，语言浅近，几乎用不着加注，读者即可畅读无碍，非止好读易懂，且像嚼橄榄一般，耐咀嚼，耐品味，正是沈雄所说：“此等语愈朴愈厚，愈厚愈雅。”

咏物词须有兴寄，或借物言志，或托物寄情，或以物喻人，而物意、物情、物我融而为一，即所谓不粘不脱，方为上乘。无疑这首咏“落花”词应当说是上乘之作，虽然写的是被多少文人写滥了的题目，但由于女词人能从中“袭故而弥新，沿浊而更新”（刘熙载语），故使其咏物不落窠臼，有新意，有创造。其“新”全在一个“谁”字上，在下片的燕子、游蜂之二物上。因为从物的摄取来看，燕子和游蜂都有特定的情韵含义。燕子飞来常被作为情人归来的象征；游蜂采花，其义含贬责。这里似有隐情，但无须坐实去领会，只理解个中有所情事也就够了。这样词中之“意多”的特点便显露出来。你可将这首词作为惜春、怨春来读；也可联系“光阴易逝，我生行休”的身世之感来读；又可以看作是思怀情人、春情难禁等等。总之，词之内涵丰富，意蕴深含，有余不尽之意，耐人寻味。

江城梅花引

雨中接云姜信①

故人千里寄书来，快些开，慢些开，不知书中安否费疑猜。别后炎凉时序改②，江南北，动离愁，自徘徊。　　徘徊、徘徊、渺予怀③，天一涯，水一涯④。梦也，梦也，梦不见、当日裙钗⑤。谁念碧云凝伫费肠回⑥。明岁君归重见我，应不是，别离时，旧形骸⑦。

①云姜：作者的女友许云姜。许氏嫁与阮元的儿子阮福，因染疾而回原籍仪征治疗，遂寄信给作者，此篇即收到信后所作。　②炎凉时序：意有双关，既言时令、寒暑的改变，也有世态炎凉的含义。　③渺予怀：意思是令我感到渺茫。化用苏轼《赤壁赋》“渺渺兮予怀，望美人兮天一方”句意。　④天一涯，水一涯：即天各一方之意。　⑤当日裙钗：裙钗本为女子衣物，此处借指云姜，即那时的你。　⑥“谁念”句：意思是长久地在碧空底下发呆。凝伫：伫立凝望，思怀、盼望的神态。费肠回：即令人九曲回肠，苦苦地思念。　⑦旧形骸：往日的容貌。

顾春词为世人所知较晚，因为她深居闺阁，又身世坎坷，借赋诗填词遣怀抒闷而已，绝无拿去发表，沽名钓誉之意，所以直至2001年才有其完整的《天游阁集》付梓问世（辽宁民族出版社出版）。不过她的“女中太清春”的诗名是早被人称颂的，那是因为她的作品毕竟有人见到，而所见到的即为人叹服称赏。她的这篇收到女友信后的感怀之作，便是一首广为赞赏的情真意切的感人之作，其真挚的情意，怀友的炽烈，真是扑面而来。

严迪昌在《清词史》中说：“顾春词造诣之高，体现在烹词炼句自然精工，无着意刻画痕迹。”这首词就可作为一例。全篇肺腑之言自然流出，几乎是口头语，白描铺陈，看似寻常，其实是匠意的精工。

再者，女词人用的词牌《江城梅花引》，是以《江城子》和《梅花引》二词牌复合而成，从二字、三字一顿，到四、五、七、九言，句式变化参差、错落有致，加上响亮的韵脚，极富于节奏感。这与词人关切云姜安否、心中疑猜不安的激荡心情十分吻合。所以况周颐说这首词“情文相生，自然合拍”。

蒋春霖

蒋春霖（1818—1868），字鹿潭，江苏江阴人，寄籍大兴。少负隽才，屡不得志，遂弃制举业，就淮南盐官。性倜傥，不谐俗，一生落拓。同治七年（1868）冬访友途中，卒于吴江垂虹桥。少工诗，中岁弃去，专力于词，遂负盛名。词风沉郁苍健。谭献《箧中集》称其词："流别甚正，家数颇大，与成容若、项莲生，二百年中，分鼎三足。"有《水云楼词》。

柳　梢　青

芳草闲门[①]，清明过了，酒滞香尘[②]。白楝花开，海棠花落，容易黄昏[③]。　　东风阵阵斜曛[④]，任倚遍红阑未温。一片春愁，渐吹渐起，恰似春云。

①闲门：门前寂寞冷落之意。　②酒滞：沉溺于酒中，即醉了醒，醒了醉之意。香尘：带有落花香气的尘土。　③楝（liàn）：落叶乔木，暮春开花。楝花开时是谷雨最后一个花信风，海棠开时是春分的第一个花信风。节序是春分、清明、谷雨。故这里说的是清明已过，谷雨也将尽（因楝花已开，即在谷雨中了）。容易黄昏：意思是于不知不觉中到了黄昏时候。　④斜曛（xūn）：夕阳的余晖。曛：落日的余光。

蒋春霖一生坎坷不遇，抑郁潦倒，所以发之为词，那积蓄经久的深愁潜怨便时不时地流露。这首词便是一篇描述春愁之作。词人所采用的手法是将述景和言情交织在一起，景情齐到地抒写了愁怀。

上片说低矮的栅门外，芳草萋萋，清明已过了，自己借酒浇愁，醒了醉，醉了醒。转眼间已到了黄昏时分，这寂寞情景真是不堪忍受。过片承前意，说阵阵晚风吹来，余晖脉脉，把阑干倚遍，还是无法排遣孤寂，虽然不是乍暖还寒的时候，可是仍感到处处凄冷。此时此刻，此情此景，愁情愈加深浓，犹如那漫天的春云，凝聚着、飘动着，却不散去。至于其愁情的内涵是什么，读者可自行体味。

人们在评价这首词时，大都集中在词的落句审美体会上。夏承焘、张璋《金元明清词选》说："历代词人写愁有许多名句，如李煜的'问君能有几多愁，恰似一江春水向东流'，秦观的'春去也，飞红万点愁如海'，贺铸的'试问君愁几许？一川烟草，满城飞絮，梅子黄时雨'，等等都是。蒋春霖此词的'一片春愁，渐吹渐起，恰似春云'亦是佳句。从句法上（看），这三句和李煜的'离恨恰如春草，更行更远还生'很相似。"钱仲联《清词三百首》说："末三句置之南唐、北宋名篇中，何尝逊色。"等等。说明这落句的确精采绝妙，令人叹为观止。说它精妙，就是因为它以具象化的实体物，表现了抽象的难以言状的"愁"，同时引发出人的美感。

卜 算 子

燕子不曾来，小院阴阴雨。一角阑干聚落花，此是春归处。　　弹泪别东风，把酒浇飞絮[1]。化了浮萍也是愁[2]，莫向天涯去。

①飞絮：飘飞的柳絮。　②化了浮萍：传说浮萍是杨花（柳絮）所化。

这仍是一首言愁的小词。陈廷焯《白雨斋词话》谈到这首词时说："鹿潭穷愁潦倒，抑郁终生，悲愤慷慨，一发于词。如《卜算子》云云，何其凄怨若此。""凄怨"，点出这词的特色。其实词中所写无非一个字："愁"！他不说愁的内容是什么，只把抽象之"愁"，作具象的描绘，使空中荡漾之情变为可知可感之物，读了使人百感交集，哀乐不能自主。

这首词上片写春归景象，暗寓身世。说燕子不来，是由于阴雨天气，自然界是"阴阴"的，如此氛围，不但影响了燕子，也传染了词人，故其开篇便是失落和伤感的。接下去是他蓦然见到的景象，阑干一角聚集了片片飞红，那里成了香冢，也是春的归宿。联想奇妙，语极沉重。而这里似乎又是词人身世的写照。下片则是春恨乡愁一齐道来，哀婉凄绝。这里用了"飞絮""浮萍"满含伤感的意象，古人以为浮萍就是柳絮的魂化，随流水飘泊到天涯，这里说"化了浮萍也是愁"，浮萍可哀，流走天涯无归处，则其愁情不断如浮萍逐水，无边无际，因此伤春之怨，落拓之慨，羁旅之悲，衰疾之苦，等等，自是不言而喻了。难怪说他的词“何其凄怨若此”，实在是令人不忍卒读。

谭　献

谭献（1832—1901），原名廷献，字仲修，号复堂，浙江杭州人。同治六年（1867）举人，曾署歙（shè）县、全椒、合肥等地知县。论词宗常州派的张惠言和周济。有《复堂类集》《复堂词》，又选清人词为《箧中词》。

青门引

人去阑干静，杨柳晚风初定。芳春此后莫重来，一分春少，减却一分病。　　离亭薄酒终须醒①，落日罗衣冷②。绕楼几曲流水，不曾留得桃花影③。

①离亭：送行、饯行的地方。薄酒：少量地饮酒。　②罗衣：丝织的衣衫。　③桃花影：代指情人。

这是一首伤离怨别之作，抒情主人公是一女性，写的是她将心上人送走以后的伤感，孤独，索寞无聊，既伤离又伤春的心情。

词一开始便写她的孤寂，她说心上人去了，刚才还在晚风中为他折柳饯行，现在人去楼空，风小了，杨柳叶沉静下来，那相并同依的阑干静静的，像什么事也没发生过一样。她如何不伤心伤神呢？送别他是在一派大好的春光里，本来春天应该是令人快意的，可对她来说只有痛苦和忧伤，所以她不愿春天再到人间，春天少来一分，她便减少一分相思愁苦的病。接下转入下片，她说在离亭为他饯别时喝过一点酒，现在酒醒了，楼头也已日落，感到罗衣轻单，倍觉凄凉，于是她更加思念起他来，总希望能寻得一点他留下的踪迹，可是楼边的几曲流水，过去一同去过的地方，踪影都无，想从寻觅中得到一点慰藉也不可能了！思念之深切，孤独之难耐，让她备感凄清和寂寞。

词很短小，可是凄婉而深厚，尤其是女主人的心理刻画，深细入微，那“相见不如不见”的特有心态，那想排解，却又无法排解，自寻安慰，得不到安慰的百般无聊的心情，确是描绘得尽致淋漓。

谭献是常州词派的后劲，主张：“作者之心未必然，而读者用心何必不然。”意思是说读者可以在阅读时发挥自己的想象欣赏体会作品（不一定是作者心中有的，告诉给读者的）。这首小词应该怎么看呢？陈廷焯评之为“纯乎骚雅”（《白雨斋词话》），就是说他认为词中含了“骚雅”之意，但是怎样的骚雅，怎样的隐怨呢？那就由读者去思索了。不过这也说明词的内涵丰富，不但有感动人的审美价值，也还有启人思致的认识价值。

王鹏运

王鹏运（1849—1904），字佑遐，号半塘，晚号鹜（wù）翁，广西桂林人。同治九年（1870）举人，历官内阁侍读、监察御史、礼科给事中。同情康梁变法。其词承常州的余绪，而予以发扬光大，为“清末四大家”之一。对清末词坛颇有影响。词风沉郁，语言工丽，多写其不得志的哀怨。有《半塘定稿》等多种。所辑《四印斋所刻词》，以校勘精审见称。

点　绛　唇

饯　春

抛尽榆钱①，依然难买春光驻②。饯春无语，肠断春归路。　　春去能来，人去能来否？长亭暮，乱山无数，只有鹃声苦③。

①榆钱：即榆荚，形状似铜钱而小，圆形连缀成串，故称。　②驻：留住、停留。　③鹃：杜鹃鸟，春天鸣叫，声如“不如归去”。参见第171页《浣溪沙（血洒青山尽作花）》注①。

饯春，是饯送春去，为人送行可以说“饯行”，这里说的是“送春”，词题也用了一个“饯”字，是拟人化的表示。

送春是常见的题材，但本词经作者别出心裁地处理却翻出了新奇，令人耳目一新，使平常之题产生不平常的艺术效果。艺术创作贵在创新，但问题在于如何去创新。王鹏运这首小词的创新就在于他把人的社会行为赋予了自然界，使自然现象有了人情味，翻出“无理而妙”的情趣。

试看词起句便出人意料，说榆钱洒了满地，那是想把春光买下，让她永驻，钱可以购物，似乎榆钱也可以买得春光了，想象真是奇特，但这想象却含了惜春的情意。春光怎可能买驻呢？她总要按照自己的规律运行，逝去是必然的，所以才有“饯春”。可是春光毕竟无情，你为她饯送，她却无言以对，纵然你为她伤心肠断，她仍要归去，所以这上片以无可奈何的心绪收结，而题面之意也已完成。下片则陡然转为人事，由“春”写到“人”，说春光难买，不过去后还会再来，人呢，去了还能再来吗？春光是可贵的，人岂不更可贵！故明为惜春，实为惜人，至此词旨更翻入翻深。接下三句，不对“人去能来否”作答，却以景语相承作结，用暮春之景表达了由惜春引起的诸多愁情意绪，含吐不露，耐人寻味。

这首小词短短数句中，几经转折，曲折含婉，其别开生面的想象，极见新意。欧阳修《六一诗话》中说：“若意新语工，得前人所未道者，斯为善也。”用此评说本词是很合适的。

浪淘沙

自题《庚子秋词》后[①]

华发对山青[②]，客梦零星[③]。岁寒濡呴慰劳生[④]。断尽愁肠谁会得？哀雁声声[⑤]。　　心事共疏檠[⑥]，歌断谁听？墨痕和泪渍清冰[⑦]。留得悲秋残影在，分付旗亭[⑧]。

①清光绪二十六年庚子（1900）帝国主义列强为镇压义和团运动，组成了八国（英、美、德、法、俄、日、意、奥）联军。七月二十日攻占北京，慈禧太后、光绪帝西逃。八月二十四日开始议和。第二年辛丑（1901）七月二十五日，清政府与侵略者签订丧权辱国的《辛丑条约》。八月，慈禧与光绪自西安启程返京。庚子之秋，作者正在北京，与朱祖谋、刘福姚等人正聚会于宣武门外校场头条胡同寓所，众人悲愤填膺，相约赋诗填词，遂成《庚子秋词》二卷。本词是词集编成后题写的。　②华发：花白头发。意思是满头华发面对青山。　③“客梦”句：意思是客居在京城里，很难入梦，即使入梦也是零零星星的。　④濡呴（xǔ）：濡，潮湿；呴，吐出。濡呴，语本《庄子·大宗师》，文里说鱼离开水，落在了陆地上，互相用吐出的唾液挣扎着维持生命，后为成语“涸辙之鱼”，以作为人同处困境而互相帮助之意。劳生：辛劳的生活。此句意思是在深秋寒冷的时候，我们抒写了诗词，结成《庚子秋词》，好比是涸辙之鱼，相濡以沫，这词集可以慰藉我的劳生之苦了。　⑤“断尽”二句：意思是我的愁肠已断尽了，谁又能理解？只有孤雁为我哀鸣，算是对我的回答。　⑥疏檠（qíng）：孤灯。檠，灯架，代指灯。　⑦渍：沉浸。意思

是墨迹和着泪水结成清冷的冰。 ⑧“留得”二句：悲秋残影，指《庚子秋词》集。分付旗亭：交付给酒亭（店）。二句意思是，这词集又能有多大用场？姑且留下这些悲秋的残影，换取杯酒，借以浇愁吧！

庚子事件，八国联军入侵，《辛丑条约》的签订，这在中国近代史上是极其屈辱，极其惨痛的一页，作者亲历事件的始末，但是作为一介书生，他又能奈何，惟以哀歌寄慨罢了。所以，他将满腔的悲慨化作了词章。

词上片第一、第二句交代了《庚子秋词》的写作背景和作者当时的心境。颇有杜甫“国破山河在，城春草木深”的伤痛之情。第三句写秋寒逼人，说的是自然寒意，其实含了外夷入侵，祖国沉沦，朝廷腐败无能，造成人民涂炭等令人“心寒”的深意。接下的二句，抒写了为国忧愁，为民啜泣等不能平静的愁怀，以及无可倾诉的孤愤，满纸辛酸，催人泪下。下片则继续申说，前二句再以问句出之，表达了激愤难平的心情。故第三句表明了三人同悲，和泪濡墨，著词抒慨的心境。这既是实写，又是夸张。但作者深知，词写得再悲苦，也于国事无补，不过是“悲秋残影”罢了。所以最后二句说只能像历来忧国忧民的文人一样，旗亭唤酒，借酒浇愁而已。

这首词悲凉哀怨，感情真切，运用比兴寄托，含婉蕴藉，是爱国词人忧心国事、关心民生的一篇佳构。

张景祁

张景祁（1827—约1899），字孝威，又字蘩甫，一字韵梅，别号新蘅主人。浙江钱塘（今杭州市）人。曾为薛时雨门下士，同治十三年（1874）进士，以庶常改福建连江知县。晚年由福建渡台湾，宦游淡水、基隆等地。著有《新蘅词》九卷，外集一卷。

齐天乐

台湾自设行省，抚藩驻台北郡城，华夷辐凑，规制日廓，洵海外雄都也。赋词纪盛①。

客来新述瀛洲胜②，龙荒顿闻开府③。画鼓春城，瑰灯夜市，婭队蛮靴红舞④。莎茵绣土⑤。更车走奇肱，马徕瑶圃⑥。莫讶琼仙，眼看桑海但朝暮⑦。　天涯旧游试数⑧。绿芜环废垒，啼鴂凄苦⑨。绝岛螺盘，雄关豹守，此是神州庭户⑩。惊涛万古。愿洗净兵戈，卷残楼橹⑪。梦踏云峰，曙霞天半吐⑫。

①台湾自设行省：《清史稿·地理志》载："台湾……清顺治十八年，郑成功逐荷兰人据之……其子郑经改东郡为东宁省……康熙二十二年讨平之。改置台湾府，属福建省。……光绪十三年，改建行省。"抚藩：

指台湾巡抚、台湾布政使。台北郡城：指台湾府。华夷辐凑：华人、外国人聚集一处。雄都：雄伟的大都市。 ②瀛洲：神话中海上的三神山之一，此借指台湾。此句意思是有客人来述说台湾的新的盛况。 ③龙荒：原指匈奴龙城。荒，荒服、荒远之意。龙荒为泛指古代北部地区，这里借指台湾。开府：开建府署，这里指台湾建省署巡抚。 ④画鼓：鼓上涂有彩画。瑰灯：这里指电灯。娖（chuò）队：整齐的队列。蛮靴：鹿皮制的舞鞋。红舞：台湾习俗，妇女以穿红色衣服为祥瑞，凡喜庆日，皆着红裙，故称。 ⑤莎茵绣土：莎草如茵，把土地铺得十分美丽。 ⑥奇肱（jī gōng）：《山海经·海外西经》载，有个奇肱国，那里的人会做飞车，从风远行。这里是指光绪年间动工兴建的台北至基隆、台北至新竹的铁路。当时的火车有名号："腾云""御风""超尘""掣电"。马徕：原指天马到来，这里借喻火车。徕：通"来"。瑶圃：指仙境，这里借指台湾宝岛。 ⑦琼仙：天仙。桑海：即沧海桑田，变化巨大之意。二句意思是劝天上的神仙，对这里的巨大变化无须惊讶。 ⑧天涯旧游：作者曾宦游台湾，任淡水知县。试数：经历过的诸事可数。 ⑨废垒：指基隆一带与法军作战的营垒。鵙：鸟名，即伯劳，夏七月啼鸣。 ⑩绝岛螺盘：形容台湾岛如浮出大海的碧螺。雄关豹守：指关隘由夷人把守。豹：指"序"中所云"华夷"之"夷"。神州庭户：意为这里是祖国的门户。 ⑪"惊涛"三句：意思是希望用东海的万顷波涛，洗净、卷残兵戈、楼橹，永无战争。兵戈、楼橹，指武器、军备。作者在此处有注："近闻埤、南、嘉、彰，土寇窃发。"即指当时地方有战事。 ⑫"梦踏"二句：梦中登上云峰，看到红了半边天的朝霞，心旷神怡，令人陶醉。

张景祁曾在台湾为官，对台湾有着深厚的感情，以台湾为题的诗词写了若干首，本篇是其中之一。

宝岛台湾历来是中国领土不可分割的部分，清代一直把它隶属福建巡抚管辖，至光绪十三年（1887），方作为独立的省。词人于这年之后，再度赴台，看到了台北繁盛景象，百姓生活有了很大的改观，便满怀深情地赋诗填词，热情讴歌所见所闻的巨大变化，同时也表达了对这里的人们歌舞升平，不知居安思危的情景有所忧虑，篇末更流露了消灭战争，实现永久和平的美好愿望。

这首词是以记实的手法铺叙，上片侧重描绘台北的繁荣兴旺，下片侧重抒发观感。尽管词中有实有虚，描写、夸张兼具，但它记录的是宝岛台湾在一百多年前的真实情况。我国历来有“以诗证史”的传统，即诗歌往往弥补史乘之所不足。所以张景祁的这些诗词真实具体描述宝岛台湾在那时的情景，无疑是对那些企图分裂祖国版图，出卖国家、民族利益的人们当头棒喝，也为史册作了有力的证明。严迪昌《清词史》说：“张景祁从官台湾甚久，对此岛深有感情，并准确认识到‘此是神州庭户’的重要性”，“赞颂宝岛台湾的《齐天乐》，也是清词史上罕有之作”，“词中专写台湾‘故实’，俾使中华版图完璧于词史上，实乃张景祁不可磨灭的功绩，是他为清词增添的光辉的一笔”。

陈廷焯

陈廷焯（1853—1892），字亦峰，江苏丹徒（今镇江）人。光绪十四年（1888）中举后，有志难遂，饱经流离之苦，四十岁病卒。常州词派代表作家，他主张词要沉郁，从悲郁中见沉厚；又说以忠厚为体，沉郁为用；要有兴寄，写胸中悲慨，语言含蓄，温厚和平。著有《白雨斋词话》《词则》等。

蝶 恋 花

中宵不寐，万感交集，赋《蝶恋花》一阕，天下后世见我词者，皆当兴起无穷哀怨，且养无限忠厚也。

采采芙蓉秋已暮，一夜西风，吹折江头树①。欲寄相思怜尺素，雁声凄断衡阳浦②。　　赠我明珠还记否？试拨鹍弦，更欲从君诉③。蝶雨梨云浑莫据，梦魂长绕南塘路④。

①采采：连续不断地采。《古诗十九首》："涉江采芙蓉，兰泽多芳草，采之欲遗（wèi）谁，所思在远道。"芙蓉：荷花的别称。这三句意思是采啊采啊采荷花，但是秋天已暮，采荷已晚，一夜西风，把江边树都吹折了，即使采摘到又能送给谁呢？　②尺素：尺长的帛，古人以帛为

书写用具，此处代指书信。衡阳：湖南衡阳，大雁于秋天南翔，至衡阳即不再南飞。这二句意思是，想写述说相思的信，信是写了，却无法传递。 ③赠我明珠：用张籍《节妇行》“君知妾有夫，赠妾双明珠”句意。鹍（kūn）弦：用鹍鸟筋制成的琵琶弦。鹍：形似鹤的一种鸟，这里代指琴弦。这三句意思是，你送给我的明珠，表示了爱意，还记得吗？此时我正思念你，试弹弹琴，抒发一下情怀，但如果能在你面前弹一弹该有多好啊！ ④蝶雨：化用《庄子·齐物论》庄周梦蝴蝶事，即庄子做梦梦见了蝴蝶，醒后竟不知是自己变成了蝴蝶，还是蝴蝶变成自己。又用宋玉《高唐赋》楚襄王梦神女“朝云暮雨”之典事。梨云：李贺《谢秀才有妾改从于人》诗云：“泥忆云，望断梨花春。”后即为梨花梦、云梦所本。浑莫据：都是虚幻的，不可信的。南塘路：指与情人相会的地方。这二句意思是，蝶梦、雨梦、梨花云梦，都是幻梦，都是不可信的，可我却总是梦见你我的相会。

陈廷焯生活在清末，此时的中国正是内外交困，国将不国的时代，故词人先于序中说：“中宵不寐，万感交集。”这交集的万感显然是对家国命运的忧患情怀，这种沉重的情感如何表达呢？他用美人思己，也就是己思美人的美人香草的传统比兴之法作了抒发，表达了尽管天涯沦落，但于家国仍是深怀忠贞不渝之情。

词人主张填词要“有寄托入”“无寄托出”，就是词要写得含思要眇，表现为既有寄托，又不能太指实，要在迷离恍惚中，令人有所体悟。所以这首词乍看是为男女思念之情，写得扑朔迷离，而实则内蕴了无限忧国忧民的哀怨，无限忠贞的爱国之情，所以他的词有寄托，但是读来却感到比较婉曲，比较温厚。

文廷式

文廷式（1856—1904），字道希，号芸阁，又号罗霄山人。江西萍乡人。光绪十六年（1890）进士。由编修历官至翰林院侍读学士。甲午之役，劾李鸿章畏葸懦怯，后为李鸿章所陷，削职。戊戌政变时倾向于改良主义，曾助康有为进行活动。词风豪放，于清代浙西、常州两词派之外，独树一帜。有《云起轩词》。

鹧鸪天

即事①

劫火何曾燎一尘②？侧身人海又翻新③。闲拈寸砚磨砻世，醉折繁花点勘春④。　闻柝夜，警鸡晨⑤，重重宿雾锁重闉⑥。堆盘买得迎年菜，但喜红椒一味辛⑦。

①即事：迎新春即事，隐含作者奏劾李鸿章“丧心误国”，被陷罢官之事。 ②劫火：佛家语，指世界毁灭时出现的大火，后泛指大的灾难，这里指当时的战乱与朝廷被投降卖国恶势力把持。燎：烧。一尘：一粒微尘，作者自喻。 ③侧身人海：在茫茫人海之中谨慎立身。翻新：即岁月翻新，又到了新的一年。 ④磨砻（lóng）：磨、砻均为磨碎物品的工具，这里指磨墨。点勘：校勘，这里为仔细观察、体味之意。二句意思

是，闲时以磨墨写作来消磨时光，醉中折枝繁花来领略春光。 ⑤柝：指巡夜时敲击的木梆子。警鸡晨：用南朝祖逖、刘琨故事，祖、刘二人皆为爱国志士，一次同眠，半夜听到鸡叫，立即起床，说："此非恶声也！"遂起而舞剑。（见《世说新语·赏誉》）后以此作为关心国家大事之典。 ⑥闉（yīn）：古代城门外层的曲城，这里泛指城门。意思是夜来的浓雾紧锁重重的城门，暗喻了朝廷被丑恶势力包围。 ⑦堆盘：旧俗，岁暮要备菜肴，称堆盘。红椒一味辛：红椒为辛辣之菜，放入堆盘以调味。这二句意思是，盘中堆放着买来的迎年菜，我最喜欢那红椒的辛辣。此处暗喻自己如辣椒般的个性。

甲午战争，中国近代史上一次奇耻大辱的战争，清廷之腐败，国力之贫弱，当要之无能，种种弊端再次大暴露，作为政要的李鸿章，只求苟且身计，畏葸懦怯，屡误战机。生性耿直，又极力主战的文廷式上疏弹劾，结果非但没有使李鸿章受挫，反而自己遭到了革职的处理。这首词题"即事"，就是言及此事，作于词人被罢官之后。词通过迎接新年的描述，反映了当时的政治斗争，表现了自己艰难的处境和不屈服的品性。

这首词看去闲散淡宕，其实处处激越，绵里藏针，说的是"即事"，其实是言志。文廷式的词有的表现为吁天怆地的楚骚的样式，但此篇却不是，而是显得温丽朴拙，峭拔挺出。

郑文焯

郑文焯（1856—1918），字俊臣，号小坡、叔问、大鹤山人。奉天铁岭（今属辽宁）人，属汉军正白旗（一说正黄旗）。光绪元年（1875）举人，官内阁中书。旅食苏州，为巡抚幕客四十余年。精通音律，雅慕姜夔之为人。其辛亥革命后的作品，多写其对清王朝覆灭的悲痛。为“清末四大家”之一。有《大鹤山房全集》。

月下笛

戊戌八月十三日宿王御史宅，夜雨，闻邻笛感音而作，和石帚[①]。

月满层城，秋声变了，乱山飞雨[②]。哀鸿怨语，自书空、背人去[③]。危阑不为伤高倚，但肠断、衰杨几缕[④]。怪玉梯雾冷，瑶台霜悄，错认仙路[⑤]。　　延伫，销魂处。早漏泄幽盟，隔帘鹦鹉[⑥]。残花过影，镜中情事如许。西风一夜惊庭绿，问天上、人间见否[⑦]。漏谯断，又梦闻孤管，暗向谁度[⑧]。

①戊戌八月十三日：光绪二十四年（1898）八月十三日，是日为戊戌变法失败，谭嗣同等“六君子”遇难日。王御史：王鹏运（见本书“王

鹏远小传”），曾官侍御史，故称。石帚：与南宋词人吴文英同时的词人，二人友善。但清人误以为是姜夔。姜夔有《月下笛》词，这里步其韵，也以石帚为姜夔。 ②层城：高城。秋声：指入秋以后各种声响，如蟋蟀、风吹草木声等等。这三句说月光如水，洒满高高的城头，此时听到的秋声与往年不一样，全是惊风急雨之声，所见也是乱山昏昏之景。 ③书空：晋殷浩被罢官后，每日书空，只写“咄咄怪事”四个字。这二句意思是，听到的只有鸿雁哀鸣，仿佛表达着哀怨，它不肯停留地飞去了。时局如此险恶，我只能暗自书空，真是咄咄怪事！这里暗含了对时局的不满。 ④危阑：楼头高危的阑干。这二句意思是，我在这里登高倚阑并不是为了摹写伤情绮怨。此时见到月光下的衰杨，只剩垂垂几缕，心中好生凄悲。 ⑤玉梯、瑶台、仙路：皆为仙境宫阙，这里隐射光绪被囚中南海瀛台事。这三句意思是，朦胧的月色里，似乎看到了玉梯瑶台，仙家宫阙，但仔细察看，那是雾冷霜悄的沉闷肃杀之地。 ⑥延伫：长时间地站立。幽盟：秘密的盟约。鹦鹉：鹦鹉可以学人言，此处为传言泄秘密之意。这四句是指谭嗣同等密谋包围颐和园，救助光绪，误信袁世凯，结果袁泄密，戊戌变法失败事。 ⑦残花过影：花已残败，所余不过是残花之物。镜中情事：指变法之事如镜中花，水中月一样。这四句意思是，变法失败，留下的是悲惨的一幕，这如同水中月，镜中花的变法，像一场梦幻，一夜之间即告失败，如今好像是大地的红情绿意被摧残殆尽，此中的事情人间天上皆可知晓。 ⑧漏：指报时的铜漏。谯：谯楼，城门上的望楼。这里指谯楼上的更鼓声。孤管：指序中所说的“邻笛”。度：给、给予。这三句意思是，漏声更鼓声停了，又梦幻般地听到了邻家传来的笛声，呜呜咽咽，这吹笛人为谁吹奏呢？这里暗用了晋向秀《思旧赋》典故。嵇康被杀，临死还弹了一曲《广陵散》，慷慨就义。后向秀途经嵇康旧居，闻“邻人有吹笛者，发声寥亮”，追思往昔，感叹而赋。本词用此典，显然是为悼念“戊戌六君子”。

戊戌变法发生在光绪二十四年（1898），从这年的四月二十三日（6月11日）至八月十三日（9月28日）止，先后百日，故又称“百日维新”。这场维新运动进展很不顺利，维新派与保守派，帝党与后党斗争激烈。到了八月初，以慈禧为首的保守势力反扑过来，光绪拟发动政变，于是求助维新人士，一方面由康有为向英、日、美公使求救（未得结果）；一方面派谭嗣同于初三日夜访袁世凯，劝说袁杀荣禄、除旧党、保光绪，挽救新政，并派兵包围颐和园（慈禧在园中）。袁装作应允，初五日返津后，即向荣禄告密。荣禄得知政变消息后，向慈禧密报。慈禧立即囚光绪于中南海瀛台，重新宣布“训政”，又将谭嗣同、康广仁、杨深秀、杨锐、刘光第、林旭六人缉捕，十三日处斩于宣武门外菜市口（时称“戊戌六君子”）。就在十三日这天，作者宿于王鹏远寓所，闻此噩耗，极为愤慨，遂援笔而书，写下了这首《月下笛》。

“这词实写当天闻到的一场惊心动魄的政变惨剧。表达了词人站在同情维新派立场的悲愤心情。对皇帝被幽禁瀛台的关切，对袁世凯出卖维新党人的痛恨，并对生存者与被害者人天永隔的惆怅，层层递进。回肠百折，语欲吐而还吞，也极得向秀《思旧赋》的神理。得此一阕，大为戊戌词史生光。”（钱仲联《清词三百首》）此段评说可资参照。

浪淘沙

别枕雨声残，罗被秋单[①]。昨宵故国梦重还[②]，想见水心宫殿影，斜月空寒[③]。仙境已尘寰，蓬海虚澜[④]。后庭谁唱念家山[⑤]？不信浮云能蔽日，试望长安[⑥]。

①别枕：指枕边话别。雨声残：秋雨声停止了。 ②故国：京城。 ③“想见”二句：意思是宫殿倒映在水中，斜月的寒光照在水面上。水心宫殿影：化用李煜《浪淘沙》“晚凉天净月华开。想得玉楼摇殿影，空照秦淮”词意。 ④蓬海：指海上蓬莱仙岛。二句意思是，仙境已变了人寰尘世，蓬莱仙岛也化为乌有，成了一湾水沼。这里暗示了国家的面目皆非，现状惨不忍睹。 ⑤念家山：本为词曲名，李煜所作。《南唐书》说李煜“妙于音律，旧曲有《念家山》，王亲演为《念家山破》，其声焦杀，而其名不祥，乃败征也”。此曲已失传。这里用意是暗喻慈禧、光绪出逃西安，朝廷中竟无人顾“念家山”，纷纷逃命。 ⑥“不信”二句：化用李白《登金陵凤凰台》“总为浮云能蔽日，长安不见使人愁”诗句及辛弃疾词《菩萨蛮·书江西造口壁》“西北望长安，可怜无数山”句意。意思为不信浮云能将太阳遮蔽，两宫会回銮的，国家会有希望的。

这首词作于光绪二十六年（1900）庚子事变之后。这年七月底，八国联军侵占北京，慈禧太后挟光绪皇帝仓忙逃往西安。词人有感于此，遂赋词以抒悲慨。

词虽为感时之作，但没有正面纪事，而是通过梦境和梦后的悲感去表现。

上片起句写梦前的情事，给全篇铺设了悲剧的氛围。说枕边话别的时候秋雨声刚刚停歇，回味着分手的情话，辗转反侧，孤单不眠，更觉罗被单薄，不耐五更寒。然而就在自家忧伤未断时，恍惚入梦，故接下的“想见”二句写梦境，用“想见”是表明梦醒忆梦。梦中但见月光惨淡，斜照宫殿，阴沉的殿影倒映寒波冷月之中。如此凄迷惨淡之景，使人自然联想到两宫出逃后的惨痛的现实。

下片写梦后感慨，说国家遭此祸变，在大难临头时却跑的跑、逃的逃，王公大臣作鸟兽散，朝政之腐败、权要之贪生怕死，实在令人发指。故其“后庭谁唱《念家山》”的反诘句，充满了悲愤和怨怒。最后则表示一种良好的愿望，化用李白、辛弃疾诗词句意，运思巧妙，极切两宫出逃之事。

全词从个体离别之悲起句，意在强化国事的悲痛，表明国事，家事，事事伤心，词情起伏跌宕，但层次极清晰分明，由对国事惨变的哀伤而对“后庭”腐败的愤慨，进而表示国难终会解脱的信心与希望。情意足满而又声韵流美，诚可谓是一首风骨劲峭的佳作。

况周颐

况周颐（1859—1926），原名周仪，字夔笙，号蕙风，广西桂林人。光绪五年（1879）举人，官内阁中书。工填词，与同里王鹏运共晨夕，寝馈其间者五年。论词主“重、拙、大”，要求情真景真。所作词严守音律，情调抑郁。辛亥革命后，多寄寓其眷恋清室之思。与王鹏运、朱孝臧、郑文焯称“清末四大家”。有《蕙风词》《蕙风词话》。

苏　武　慢

寒夜闻角①

愁入云遥，寒禁霜重，红烛泪深人倦②。情高转抑，思往难回，凄咽不成清变③。风际断时，迢递天涯，但闻更点④。枉教人回首，少年丝竹，玉容歌管⑤。

凭作出、百绪凄凉，凄凉惟有，花冷月闲庭院⑥。珠帘绣幕⑦，可有人听？听也可曾肠断？除却塞鸿，遮莫城乌，替人惊惯⑧。料南枝明月，应减红香一半⑨。

①角：角号，古代军中的一种乐器。　②“愁入”三句：意思是愁情上贯于远空的云中，此时寒气包围着，霜花浓重，面对着红烛孤坐，泪烛不停地流下，人已怠倦不堪。红烛泪深：含有杜牧《赠别》“蜡烛有心还

惜别，替人垂泪到天明”诗意。 ③清变：变，是变声，七音中有变徵（zhǐ）变宫。此处可引申为旋律。这三句意思是，忽而听到了角号声，那声音由高昂转入了低沉，表达出的思绪渐渐幽远难回，终于凄楚幽咽的声调断了，无法把那旋律再吹奏下去。 ④迢递天涯：遥远的天边。三句意思是，角号在风声里中断时，又听到那遥远的天边传来了更鼓的声响。 ⑤枉教人：空使人。丝竹：弦乐器、管乐器的总称，这里泛指音乐。玉容：指美女。三句意思是，这情景令人回忆起少年时代的往事，那时喜欢音乐，常与歌声、乐曲声及美女相伴。 ⑥“凭作出”三句：意思是任凭角声表达出百种凄凉的思绪，但仍表达不了花冷月静的小小庭院里令人生出的伤感。 ⑦珠帘绣幕：借指闺房。 ⑧遮莫：尽教之意。三句意思是，除了北来的大雁之外，尽教人惊心的就数城头的乌鸦，它的叫声仿佛替人听角惊颤。 ⑨“料南枝”二句：意思是料想明天鸟儿栖息的南枝上，那红花定然是减损了一半。

况周颐在他的《蕙风词话》中有一段叙语，他说：“吾词中之意，唯恐人不知。于是乎勾勒。夫其人必待吾勾勒而后能知吾词之意，即亦何妨任其不知矣。曩（nǎng）余词成，于每句下注所用典。半塘（指王鹏远）辄曰：‘无庸（不用）。’余曰：‘奈人不知何？’半塘曰：‘倘注矣，而人仍不知，又将奈何？矧（shěn）填词固以可解不可解，所谓烟水迷离之致，为无上乘耶。’”他说得非常明确，上乘之作多为“烟水迷离之致”的作品，也就是既可解又可不解，耐人咀嚼和品味（当然这与词谜和不通的词是两码事，不可混为一谈）。

本首词，恰好有其“烟水迷离”的特点，至今为止，没有一致的定解，解说者都以个人的感知去试作诠释，不过没有太大的差异。说明词所引发的美感体验是丰富的，严迪昌《清词史》以为是：况周颐前期的作品，写在光绪十五年（1889）。“这首感时抒情词，在婉委的情韵中颇多悲凉。特别是表现了愁者自愁，乐者自乐，‘珠帘绣幕’中人麻木不仁，处于危厄之际却无动于衷，有很深的讽喻意。”也有人以为是属叙写离愁别绪之作，抒发了远在异乡的游子在特定情境下的情愫，等等。总之词所表现出的意旨是耐人寻味的，具有较高的美学价值的。词人自己，也将本词作为得意之作，他说：“余少作《苏武慢·寒夜闻角》云：‘凭作出，百绪凄凉，凄凉惟有，花冷月闲庭院。珠帘绣幕，可有人听？听也可曾肠断？’半塘翁最为击节。比阅方壶词《点绛唇》云：‘晓角霜天，画帘却是春天气。’意与余略同，余词特婉至耳。”可见这首词的下片颇具特色，为人称道，连作者自己都很得意。

减字浣溪沙

听歌有感

惜起残红泪满衣[①]，它生莫作有情痴，人天无地着相思。　　花若再开无故树[②]，云能暂驻亦哀丝[③]，不成消遣只成悲。

①残红：落花。 ②故树：原来的树。此句以花喻已死去的情人，以树自喻。 ③云：比喻死去的情人。暂驻：暂时停留。

在人生的道路上会有诸多伤感的事情发生，而爱情的伤感，尤其是所爱的人早逝的悲哀，大概是最能牵动人的柔肠的。因而赋诗填词者，倘遇到这令人悲痛伤感的事，笔端流出的文字往往是真切动人，撼人心弦的。况周颐的这首正是写其伤悼已逝情人的伤感之作。

这是一首短制的小词，只有六句，上下片各三句，但就在这短章里，词人却将他真挚的情意表达得尽致淋漓，读之也令人添悲增恨。上片起句便入题，字字沉痛。说每见到落花便产生无限的珍惜之情，于是悲从中来，泪满衣衫。何以如此？因为娇美如花的她，过早地亡故，香消玉殒，欢情也随她而去了。第二、第三句承接得很妙，他不再直写如何悲伤，而是以因果倒装的两句，自叹自哀，说如果真有来生的话，绝不做痴情的男子，因为被“情”字纠缠实在痛苦，而且这苦情又无处排解，无法消除。如此表达是揉直使曲的笔法，这要比正面说伤心述苦情更深致，更哀婉。下片是承上意宕出一笔，作假想之语，说即使她真的复活，而我已非昔时的我，“纵使相逢应不识”（苏轼《江城子》），旧情难续了。再假如说她是天上的流云，能暂驻一时，可天人相隔，也只能叫人徒增哀伤罢了。最后一句关合全篇，点醒词题“听歌”，说听歌非但没有得到“消遣”，反倒“成悲”，因为歌声勾起了无边的怅触，撩动了深深的伤痛，与首句“泪满衣”相呼应。

这首小词以“真”字取胜，况周颐说：“能以吾言写吾心，即吾词也。”（《蕙风词话》）他把他那“情痴”者的心作了真实的抒写，故而真气弥满，灼人心脾。

梁鼎芬

梁鼎芬，字星海，一字伯烈，号节庵，广东番禺人。光绪六年（1880）进士，改庶吉士，授翰林院编修，官至湖北按察使。有《欸（āi）红楼词》一卷。

菩　萨　蛮

和南雪丈甲午感事①

无端横海天风疾②，龙愁鼍愤今何及③？夜夜看明星，荒鸡听二更④。　　凄凉三月雨，念此芳菲主⑤。鶗鴂一声先，人间最可怜⑥。

①南雪：叶衍兰的号，叶与作者同乡，诗人。丈：尊称。甲午：指光绪二十年（1894）发生的中日甲午战争。叶衍兰为甲午之战写了十首《菩萨蛮》。梁鼎芬于第二年和作了十首，本词即为其一。　②无端：毫无道理，指日本发动的侵略战争是无理的。横海：谓中日之间只隔一海。③龙：指清朝皇帝。鼍：俗称猪婆龙。代指清朝大臣。　④荒鸡：夜间鸡叫提前，古人以为不祥，又暗用祖逖、刘琨闻鸡起舞之典故。意思是二更天就听到了鸡鸣，这是国家的不祥之兆，于是涌起了救国的激情。⑤芳菲：花草香美的样子。芳菲主：主管芳菲的春神，此处喻指光绪皇帝。　⑥鶗鴂：杜鹃。此二句化用《离骚》“恐鹈（tí）鴂之先鸣兮，使夫

百草为之不芳”句意。意思是杜鹃先啼叫了，人间的百草香花将失去颜色与芳馨，“芳菲主”也不能做主了，这是最令人伤心可怜的！

甲午战争是近代史上一次令国人悲愤痛心、备感屈辱的战争。清光绪二十年（1894）日本出兵侵占朝鲜（当时朝鲜臣属清政府），又对中国援军发动袭击，八月一日，正式宣战，日军悍然越过鸭绿江，占领东北的大连、旅顺港口，清军节节败退。第二年二三月，威海、澎湖、台湾，纷纷陷落，清海军全军覆没。清廷大震，急派李鸿章赴日议和。四月，签订丧权辱国的《马关条约》，此事激起了中国人民的愤怒，词人叶衍兰于当年写了十首《菩萨蛮》抒发了怒火与强烈的爱国激情。本词作者次年作和，一抒幽愤。

这首词运用比兴的手法，感事而发，词中皆有实指。上片首二句指甲午海战的失利。接二句则就此而伤感，而愤怒，而抒发了爱国激情。下片则是表达对光绪皇帝载湉（tián）的同情。“凄凉”句，用花事阑珊的暮春比喻清廷的政局。“念此”句指光绪皇帝。光绪主战，然而又无实力，西太后操揽大权，光绪名为一国之主，实际是个傀儡，所以是“人间最可怜”者。

朱祖谋

朱祖谋（1857—1931），又名孝臧，字古微，号沤尹、彊（qiáng）村。归安（今浙江省吴兴县）人。清光绪九年（1883）进士，先后任侍讲学士、礼部侍郎、广东学政等职。后归隐，晚年居苏州。“清末四大家”之一，叶恭绰《广箧中词》云：“彊村翁词，集清季词学之大成。”有《彊村语业》词集二卷，他人补刻一卷，入《彊村遗书》。

鹧　鸪　天

庚子岁除①

似水清尊照鬓华②，尊前人易老天涯。酒肠芒角森如戟③，吟笔冰霜惨不花④。　抛枕坐，卷书嗟，莫嫌啼煞后栖鸦⑤。烛花红换人间世⑥，山色青回梦里家。

①庚子：光绪二十六年（1900）。岁除：除夕。　②清尊：指清酒。尊：酒樽。鬓华：两鬓斑白。　③芒角：植物的尖叶。森如戟：森列如戟。　④“吟笔”句：《开元天宝遗事》载，李白梦见笔端生花，由是诗才横溢。这里反用此典，意思是想吟新词而笔结冰霜不生花，即因愁、冷而写不出新词。　⑤后栖鸦：最后归栖的乌鸦。意思是不要嫌迟栖的乌鸦乱叫声的嘈杂。　⑥“烛花”句：意思是面对红烛，我仿佛是到了另一个

世界。

庚子之变，八国联军入侵，北京被联军占领。这年岁末朱祖谋隐居在宣武门外校场头条王鹏运寓所。岁除之夜是在强盗铁蹄下度过的，这滋味当是可想而知了。作为关心祖国命运，痛感国土沦亡，人民涂炭的词人，此时百感交集，不吐不快，遂填此篇以抒悲慨的情怀。

上片写除夜愁怀难禁。“似水”二句说，水一样的清酒，照出了我斑白了的两鬓，我这酒樽前的人虽在京城里，却如同身寄天涯一般，真是容易变老。明明是身在京师，却说“天涯”，这就暗示了两宫出逃西安，京城已成了边鄙之地，其内心的沉痛不言自明。接下二句，再伸此际的心绪、情态。想饮酒以解心忧，但却停杯止酒，因为胸中不能平静，森严如戟；想要借吟笔抒怀寄慨，而吟笔结冰，什么也写不出来。真可谓愁情满怀，无由可解，痛苦不堪。

下片则写梦中惊起，不能成睡的感慨。“抛枕坐”三句，是说梦中忽然惊醒，于是抛开枕头坐起，卷书叹息，尽管耳边夜鸦乱啼，也莫去嫌它的恼人。词人用外部动作的刻画表现其内心的苦闷，用笔婉曲，尤其是“莫嫌”句，由自己的烦恼推及外物，更加倍写出了烦恼的浓重。最后以一对句作结，将愁怀的摹写推向了极致，说夜不成眠却生出了梦幻般的感觉，眼前仿佛是换作了另一个世界，又仿佛是见到了自己魂牵梦绕的家乡。这句的结尾，不只属对工稳，而且另开一境，极其传神，将词旨进一步地深化了。

这首小词写的苍凉沉郁，严迪昌《清词史》称：“从‘酒肠芒角’‘笔惨不花’，可知其胸中块垒之压闷，末联峭然抒露了对政界的厌倦。”

康有为

康有为（1858—1927），原名祖诒，字广厦，号长素，又号更生，广东南海人。光绪二十一年（1895）进士，官工部主事。参与光绪帝“百日维新”，起草变法诏令。变法失败后，逃亡国外。此后组织保皇会反对民主革命。1917年策动张勋复辟，旋即失败。著有《新学伪经考》《大同书》《万木草堂诗钞》附词。

蝶　恋　花

记得珠帘初卷处，人倚阑干，被酒刚微醉①。翠叶飘零秋自语，晓风吹堕横塘路②。　词客看花心意苦，坠粉零香，果是谁相误③。三十六陂飞细雨，明朝颜色难如故④。

①被酒：中酒、被酒所醉。　②翠叶：翠绿的荷叶。横塘：地名。在今苏州市西南。这里泛指水塘。二句意思是飘落的荷叶在秋风中沙沙自语，晓风把它们吹落到横塘的小路上。　③词客：词人，作者自指。坠粉零香：形容荷花凋残、飘落。此三句意思是，眼看着那飘落的荷花，心情非常凄苦，这荷花的命运到底是被谁耽误了呢？　④三十六：表示为数众多。陂：池塘。这二句意思是，那数不清的荷塘上，无处不是细雨霏

霏，明天荷花的颜色定会不如今天！

这是一首咏怀之作。作者借咏荷塘之叶落花残，抒发了凄苦难堪的心境。全篇由“心意苦”三字辐射开去，上片侧重摹景，下片侧重抒情，虚实相映，含蓄婉转，读之令人凄然不欢。

词由描述入手，其景中已见凄苦之状。起始三句写珠帘初卷，中酒微醉之人倚阑凭眺。这里时地空、人景情俱到，极概括，又极蕴致。开篇已露出了伤感。接下又用纯景语的“翠叶”二句紧承，写倚阑所见的残败景象，而“横塘路”又暗含了美人不重到的幽独、失落之感。

过片“词客”句承上启下，直写情怀。“词客”回应“倚阑”人，“心意苦”为点睛处，说明全篇皆在抒难言苦情。“坠粉”二句又由落叶写到残花。词客面对残花又生起“谁相误”的联想，是人误花期，还是花期误人，难解之谜，不了之思，将“心意苦”和盘托出。接下去更转进一层，以虚笔出之，“三十六陂”二句，是借典映托，由此及彼，推想明朝处处荷塘、处处细雨，处处飘零，那将是怎样一种情景呢？虚拟之景收煞，将“苦”字续足，又含悠然不尽的情味。

美人香草用以托寄，此篇托咏之意惟一“苦”字，至于所苦者何，作者并无明指，但其所勾画的苦况苦境苦情，则是充满感人的魅力，极含蓄，极朦胧，读者可凭联想去补足。

谭嗣同

谭嗣同（1865—1898），字复生，号壮飞，湖南浏阳人。湖北巡抚谭继洵之子，少年时即胸怀大志，能文。甲午战争后，提倡新政，为湖南维新运动的中坚。光绪二十四年戊戌（1898）入京，受四品衔军机章京，参与康有为、梁启超的变法，八月政变事发，被捕，与林旭、刘光第等人同时被害，为“戊戌六君子”之一。有《谭嗣同全集》。词仅存一首。

望　海　潮

自题小影①

曾经沧海，又来沙漠，四千里外关河②。骨相空谈，肠轮自转，回头十八年过③。春梦醒来么④？对春帆细雨，独自吟哦⑤。惟有瓶花，数枝相伴不须多。　寒江才脱渔蓑⑥。剩风尘面貌，自看如何？鉴不因人⑦，形还问影，岂缘醉后颜酡⑧。拔剑欲高歌。有几根侠骨，禁得揉搓？忽说此人是我，睁眼细看科⑨。

①为自己小照题词。　②“曾经”三句：作者为湖南人，小时居北京，十三岁随父谭继洵至甘肃巩秦阶道任所。十五岁回湖南浏阳读书两年多，再返西北，故云。　③骨相：本指人体骨骼与相貌。此处为算命

之意。肠轮自转：形容心情不平静，如车轮转来转去。 ④春梦：犹美梦，指为实现自己的理想而奋斗，如同一场梦。 ⑤吟哦：写作诗词，推敲诗句。 ⑥“寒江”句：意思是自己像是在寒江上刚脱去蓑笠的渔翁。 ⑦鉴：镜子。 ⑧颜酡：醉酒后脸色发红。二句意思是向镜中的身影发问，红红的脸色是不是因为醉酒的结果。言外之意是常自借酒浇愁。 ⑨细看科：仔细地看看。科：古典戏剧中表示动作的用语，即科介。

光绪八年（1882）春，作者自浏阳动身，秋抵兰州父亲任所，遂填此以抒怀寄慨，表达了壮志未酬又刚强不屈的情怀。

从题面及所写内容来看，大约是作者揽镜对影，起兴写怀，吟哦抒慨。词之笔势腾挪跳跃，亦虚亦实，镜中之影与现实之形浑融交织，于迷离闪烁中，跳荡着这十八岁青年人的激情。

上片起始三句先述行踪。写出行动之爽健迅捷，地域之辽远广阔，显示出作者的豪俊英姿，极雄浑壮阔，激昂慷慨。接下去一转，“骨相”三句写失意之怀，点出十八年来空劳岁月，不胜感慨。“空谈”“自转”是自我的评价与身体感受，抒发了他高远的追求，与这追求尚未实现的苦闷。“春梦”句的自问，既绾合了前几句，又折笔转为现实之我的描绘。现实之我以“对春帆”二句作答。不光有形象，也有躬自反思的况味。结穴用景语，进一步勾画出起伏不平，有志不骋，孤独寂寞，又刚毅不屈的情怀。

下片“寒江”三句与上片开端照应，继续写自我形象，蕴蓄苍凉之意，慷慨之情。接下去的三句，又转为现实之我与镜中之我的对比。仍用反问句法，实中有虚，虚中有实，隐约露出风流自赏的情态，峭拔有力，耐人寻味。下边“剑拔”一句又振起一笔，使前边勾画的形象顿起飞动之势，活画出英雄少年发扬蹈厉、侠骨风流的神采。接下的“有几根”二句，进一步皴染，语虽直白，但气骨铮铮。至此，全篇意旨已尽，形神俱出，而结尾二句陡然一转，宕出远神，点睛结穴，回振全篇，大有泉流归海之势。其侠骨自芳，风流自赏之趣，堪称绝妙。

谭嗣同“性不喜词，以其靡也。忆其十八岁作《望海潮》词，自题小照，而觉微有气骨”（《石菊影庐笔记·思篇》）。这里说“微有气骨”，其实何止“微有”？应是“颇有气骨”。作为十八岁青年的自抒怀抱，能如此纵横坦荡，豪迈不羁，在词林之中亦当算少有的雄杰。

梁启超

梁启超（1873—1929），字卓如，号任公，广东新会人。光绪十五年（1889）举人。康有为的学生。戊戌变法失败后，逃亡日本。辛亥革命后，曾拥护袁世凯，出任司法总长。又曾与段祺瑞合作，出任财政总长。晚年在清华大学任教。有《饮冰室词》。

水调歌头

拍碎双玉斗①，慷慨一何多！满腔都是血泪，无处著悲歌。三百年来王气②，满目山河依旧，人事竟如何？百户尚牛酒，四塞已干戈③。　千金剑，万言策，两蹉跎④。醉中呵壁自语，醒后一滂沱⑤。不恨年华去也，只恐少年心事，强半被销磨⑥。愿替众生病，稽首礼维摩⑦。

①拍碎双玉斗：《史记·项羽本纪》载：在鸿门宴上，刘邦用张良计，从小路逃跑后，留下白璧一双献给项羽，玉斗（玉酒杯）一双献给亚父范增。范增很愤怒，认为刘邦狡诈，项羽又沽名纵敌，于是将一双玉斗放在地上，拔剑击碎。此处借以表示愤怒异常。　②王气：象征帝王运数的祥瑞之气，这里指清王朝。清王朝自顺治元年（1644）算起，

至写此首词时（1895年之后）已有二百多年，这里取其约数，故云。③百户：官名，元代设置。此处借指统兵的将帅，或泛指文武官员。四塞：本指四处都有险可凭的边塞，这里代指边境。二句意思是朝政腐败，文武官员过着纸醉金迷的生活，置国家于不顾，边境上战事不断，国家危在旦夕。 ④千金剑：《吴越春秋》载：伍子胥过江，解佩剑给渔父，说：此剑有七星北斗文，价值千金。这里是比喻报国的壮志豪情和学问本领。万言策：指大臣给皇帝上书，作者为救国救民而奔走呼号，写出过大量的文章，宣传拯救国家民族的谋略。蹉跎：受到阻挠。 ⑤呵壁：语出《楚辞集注》王逸《天问序》。屈原被逐后，彷徨山泽，见楚先王庙及公卿祠堂，壁间画有天地山川神灵及古圣贤等，于是作《天问》，书于壁，呵而问之，以泄愤懑。滂沱：形容眼泪如滂沱大雨。二句意思是，报国无门，也只有借酒浇愁，醉中愤怒地责问天神，酒醒又悲慨万分，泪如雨注。 ⑥强半：多半、大半。 ⑦稽首：叩头、叩首。维摩：佛祖名，传说与释迦牟尼同时，曾向佛弟子文殊师利讲说大乘教义。这里是借此典表示为了解除众生的苦难，愿以虔敬的态度去寻求真理。

梁启超是近代史上著名的人物。光绪二十年（1894）春，梁启超到京参加会试。七月，中日甲午之战爆发。面对日本侵略者的横行霸道，清政府的腐败，李鸿章等人的卖国求荣，加之荒唐的军事指挥，致使清军海陆受挫，不得不于第二年签订《马关条约》。当时，一面是侵略者伸出血腥的魔爪，加紧对中国的殖民地化，一面则是以慈禧为首的清朝统治者依然醉生梦死，歌舞升平。作为爱国志士，梁启超与康有为等大声疾呼，激励国民和政府中具有正义感、关心国家命运的人士，奋起抵抗侵略，掀起了“公车上书”运动。但当道哪里听得进一个年轻举人的声音，于是他满怀悲愤，写了这首洋溢着爱国激情的《水调歌头》。

词的上片写对国家危机的感慨，下片侧重写济世抱负无由实现的忧虑。全篇充满了少年爱国者的英豪气概，沉郁中蕴有勃发的热情，很有鼓动人心的魅力，与他的政论名篇《少年中国说》同为颇具感发力的佳构。

这首词采用直抒胸臆的手法，不假修饰，痛快淋漓。其语言多用对举，如“满目山河依旧，人事竟如何”，“百户尚牛酒，四塞已干戈”，“醉中呵壁自语，醒后一滂沱”，等等，形成强烈对比，突出了感情表达的效果。词中多处用典，自然贴切，使强烈爱国热忱的表达更为深刻，更为真挚。

王国维

王国维（1877—1927），字静安、伯隅，号观堂，浙江海宁人。早年深受德国哲学思想和文艺思想的影响，从事中国戏曲史和词曲的研究，著有《宋元戏曲考》和《人间词话》等。两次东渡日本。回国后，先后任通州、苏州师范学堂教习、国学图书局编辑，晚年任清华大学研究院教授。1927年，在北伐军节节胜利时，自沉于北京颐和园昆明湖。有《观堂长短句》《海宁王静安先生遗书》《人间词话》等。

采　桑　子

高城鼓动兰釭灺①，睡也还醒，醉也还醒，忽听孤鸿三两声。　　人生只似风前絮②，欢也零星，悲也零星，都作连江点点萍。

①高城：指北京城。鼓动：指城头上报时的钟鼓之声。兰釭：燃兰膏的灯，泛指精致的灯。灺（xiè）：灯火将熄灭。　②絮：柳絮。传说柳絮飞落到水面上即化为萍。

王国维是位大才，是近代史上不可多得的大师，他在学术上的贡献卓著，直到今天依然产生重大的影响，然而他在政治上却是封闭的，清室覆灭后，以遗老自居。当胡适推荐他担任清华大学国学研究院的教授时，已是“五四”时期，他仍然很保守。大约正是为此而使他产生孤独、萧飒、人生无常之感，所以最后竟以自沉颐和园昆明湖了却一生。

这首词格调低沉，充满悲观厌世之情。他喜欢尼采“血书”的文学作品，又推崇李后主真情的袒露，而他这首小词同样是用自己的赤子之心、自己的血写成，毫不掩饰地抒发了真情实感。有人称，他的这篇《采桑子》是一幅自画像，是他为自己的人生作了鲜明、生动的写照。甚至有说这词仿佛就是其投湖自尽的谶语。

不过，作为一篇文学作品，我们从其审美价值上去考虑，这词仍有其可读性、审美性，乃至具有一定的认识价值，所谓“血书”者何？此篇可窥之一斑。

蝶 恋 花

窈窕燕姬年十五，惯曳长裾，不作纤纤步①。众里嫣然通一顾，人间颜色如尘土②。　　一树亭亭花乍吐，除却天然，欲赠浑无语③。当面吴娘夸善舞，可怜总被腰肢误④。

①窈窕：形容少女美丽动人的姿色，内涵美好与幽静、容态与品德等多层意义。燕姬：燕指河北一带，此处泛指北方之意，燕姬则指北方的

少女。语本汉辛延年《羽林郎》：“胡姬年十五，春日独当垆。长裾连理带，广袖合欢襦。头上蓝田玉，耳后大秦珠。两鬟何窈窕，一世良所无。”长裾（jū）：长裙。纤纤步：形容走路的脚步轻缓细密。这三句意思是，看那北方的少女多么美好，正是十五岁的豆蔻年华，穿着长长的裙子，走起路来不像南方女孩小碎步的样子，而是那么自然、优雅、大方。 ②众里：在人群之中。嫣然：形容女子笑得甜美的样子。通一顾：形容少女回眸一顾盼，眼波含情，好像心有灵犀一点通，让人销魂。二句的意思是，她在人群稠密的大庭广众之中，回眸一笑，就让人感到垂青一顾，脉脉含情，如果用她与一般俗人来比，那么世间的任何美色都如尘土了。 ③花乍吐：即花刚刚开放，暗喻燕姬如花初放。三句意思是用芳菲鲜艳的满树红花，花枝亭亭来比喻燕姬，那么浑然天成，神妙无比，再没有其他语言可以表达的了。 ④吴娘：本指南方女子。这里暗喻故作姿态以媚俗者。二句意思是，试看那自夸善歌舞的吴娘，她们误以为扭动腰肢即可得宠，真是可怜。

对这首小词有两种说法，一种以为是王国维托物阐示其境界说，一种以为是有本事可寻（见萧艾《王国维诗词笺校》），是写真人真事的。两说并存，皆可索解。不过无论前者后者，都可从中看到王氏主张“造境”与“写境”的理念。

王国维在《人间词话》里说：词“有造境，有写境，此理想与写实二派之所由分。然二者颇难分别。因大诗人所造之境，必合乎自然；所写之境，亦必邻于理想故也”。所以人们以为这首小词即是“可引发读者许多丰富的联想，颇有象喻之意味，而且其所象喻的一种‘境界’又与王氏之为人及其论词之主张都有不少暗合之处。所以我一向都以为这首词很可能是王氏将自己的为人修养与论词之见解的两种抽象情思化为具象之表达的‘造境’之作”（叶嘉莹语）。

钱仲联《清词三百首》则云：“这首词的主要命题，在于主张‘天然’，亦即‘自然’。上片对燕姬的肯定，是肯定其不为矫揉造作，亦即肯定其自然；下片否定吴娘的自夸善舞，亦即否定其不自然。这当然可以从人格修养这一含义较广的方面去理解，但从王氏论元曲论词多主张自然的方面考虑，还是收缩在论诗词的范围内为好。”

由此看来，这首词是具有多意性的特点，读者从中可以找到多种诠释，而且皆可成立，说明小词包孕之深广，我们不必强求一律地去把它坐实。即使是如萧艾所云，此写的是京中一“卖浆旗下女”，那是“写实”，也即“写境”，仍属论诗词的范围。

用诗（或词）体论诗（或词），这在我国古典诗词中是为一种类别，如元好问、龚自珍、赵翼等都是以诗论诗的大家，王国维此篇当是这一传统作法的佳作无疑。

吴　梅

吴梅（1884—1939），字瞿安，号霜厓，江苏长洲（今苏州）人。南社社员。曲学专家。先后执教于东吴大学、北京大学、中山大学、中央大学，主讲词曲二十余年。抗日战争期间，转徙于武汉、湘潭、桂林、昆明等地，卒于云南大姚县。著有《霜厓三剧》《南北词简谱》《词学通论》《霜厓诗录》《霜厓词录》等。

临　江　仙

短衣羸马边尘紧，五年三渡桑干①。漫天晴雪扑归鞍②。旗亭呼酒，黄月大如盘③。　　苦对南云思旧雨，杏花消息阑珊④。新词琢就付双鬟⑤。紫箫声里，看遍六朝山⑥。

①羸马：瘦弱的马。桑干：河名，源出于山西马邑县桑干山，东入河北及北京郊外，下流入永定河，又称浑河。二句意思为身着短衣骑匹瘦弱的马，在边地的风尘里奔波，五年中已经三渡桑干河了。　②“漫天”句：此为描写北方特有之景，即有时晴天会下雪，行旅中，即使有日头，也会有风雪。　③旗亭：指酒店。二句意思是到了天晚，就在旗亭休息，饮酒，看到天上如盘的黄月挂在东方。北方风沙大，故月色显

黄。 ④旧雨：指老朋友。语出杜甫《秋述》："秋，杜子卧病长安旅次，多雨生鱼，青苔及榻，常时车马之客，旧，雨来；今，雨不来。"后人将"旧""雨"合用，代指老朋友。阑珊：指杏花已残，花事凋零。此二句是说苦苦地对着向南飘去的浮云，想念起家乡吴会的老朋友，大概家乡的杏花已凋残了吧！ ⑤双鬟：代指绾着双鬟的歌女。意思是记得那时谱了新词就交给当场的少女们歌唱。 ⑥紫箫：紫竹所制之箫。六朝山：指南京一带的山，南京为六朝古都。这里泛指江南之山。二句意思是回想起当年在歌舞升平中度过，走马看遍南方秀美的山山水水。

这首词是作者游幕北方时所作，写其厌于北方荒漠及幕僚的生活，思念家乡秀美的风物，浪漫闲散的日子。

上片写北方生活之苦况，描绘了荒寒之景。开始二句用典，说距故乡越来越远，可总是离不开边荒之地，故沉痛之极。接下的三句刻画北方特有的风雪、黄沙景象及单调无聊的生活。

下片写怀乡。全从想象中来，化虚为实，与上片北方荒漠之景形成鲜明的对照，而于对比中，其辞幕思归之意即更鲜明突出了。

秋 瑾

秋瑾（1875—1907），字璿（xuán）卿，别号竞雄，又号鉴湖女侠，浙江绍兴人。1904年留学日本，次年加入同盟会。归国后提倡女学，于上海创办了《中国女报》，并亲到金华等地联络会党，组织光复军。与徐锡麟分头准备发动皖、浙两省起义。事泄被清军逮捕，英勇就义。有《秋瑾集》。

鹧 鸪 天

祖国沉沦感不禁①，闲来海外觅知音②。金瓯已缺总须补③，为国牺牲敢惜身④！　　嗟险阻，叹飘零⑤。关山万里作雄行⑥。休言女子非英物⑦，夜夜龙泉壁上鸣⑧。

①沉沦：沉没，指国家处在危厄之中。感：感慨。不禁：禁受不住、忍不住。　②海外：指日本。知音：指革命同志。　③金瓯：原指酒器，后比喻为完整的国家。金瓯已缺，是说国家已经破碎，被帝国主义列强瓜分了。　④敢：怎敢、岂敢。　⑤嗟：感叹、感慨之语。　⑥雄行：英雄之举。　⑦英物：英雄杰出的人物。　⑧龙泉：宝剑名。泛指宝剑。宝剑挂于壁上而自鸣，表示将要杀敌。语出王嘉《拾遗记》：说帝颛顼（zhuān xū）有宝剑，不用的时候剑在匣中发出如“龙虎之吟”。又据吴芝瑛《记秋女侠遗事》说，秋瑾“在京师（北京）时，摄有舞剑小影，又喜作《宝

刀歌》《剑歌》等篇”。

秋瑾在中国近代史上，在民主革命先驱者行列中，是一位带有传奇色彩的人物，是位奇女子，被称为“鉴湖女侠”“巾帼英雄”。她作为封建社会的女性，能以天下为己任，为拯救国家危亡，解民于倒悬，竟抛家别子，东渡扶桑，寻找救国救民的真理，最后功败垂成，慷慨就义，这等襟怀抱负，这等英勇义烈，这等献身精神，确实令人起敬，令人景仰。

“诗品如人品”，过去人们称赞杜甫说“人高则诗高，人俗则诗俗，一字不可掩饰”，将其移来用于女侠其人，我以为也很合适。这首抒怀之作即可作如是观。词是她1904年赴日后填写的，应该说这首词是她品格的形象化、诗化的表述，是她志行的写照。词全以朴拙之情语，作直抒胸臆的抒写，率真俊爽，充盈着救国热忱，洋溢着爱国激情。读之如见其人，如闻其声，勃勃英姿跳荡于字里行间，其豪放之气概，超迈之高格，令读者不能不为其人格魅力所感动。

在我国的诗歌史上，表达爱国志行的作品为数不少，而作为女性作者，作如此深具阳刚之美、悲壮之美的词却不多见，应该说秋瑾是伟大的。她在一首《满江红》词中高唱道：“身不得，男儿列；心却比，男儿烈！”这与本首词是一样的且豪且壮，表现了女词人高格亮节不让须眉的胸襟怀抱，其大声镗鞳比之苏、辛的铁琵铜琶似更令人振奋，动人心魄，因为它出自被历来看作是弱质的女性之手！